第七届鲁迅文学奖获得者

鲍尔吉·原野 散文精选集

河在河的远方

鲍尔吉·原野◎著

时代文艺出版社

图书在版编目（CIP）数据

河在河的远方 / 鲍尔吉·原野著. —长春：时代文艺出版社，2019.1

ISBN 978-7-5387-5743-9

Ⅰ. ①河… Ⅱ. ①鲍… Ⅲ. ①散文集－中国－当代 Ⅳ. ①I267

中国版本图书馆CIP数据核字（2018）第002981号

出 品 人　陈　琛
产品总监　郭力家
责任编辑　李天卿
　　　　　曾艳纯
装帧设计　李　斌
排版制作　隋淑凤

河在河的远方

鲍尔吉·原野 著

出版发行 / 时代文艺出版社
地址 / 长春市泰来街1825号　时代文艺出版社　邮编 / 130011
总编办 / 0431-86012927　发行部 / 0431-86012957　北京开发部 / 010-63108163
官方微博 / weibo.com / tlapress　天猫旗舰店 / sdwycbsgf.tmall.com
印刷 / 北京彩虹伟业印刷有限公司
开本 / 700mm × 980mm　1 / 16　字数 / 381千字　印张 / 26.75
版次 / 2019年1月第1版　印次 / 2019年1月第1次印刷　定价 / 48.00元

图书如有印装错误　请寄回印厂调换

目录

第一辑 乌鸦站在秋天的大地上

第二辑 河流没有影子

第七辑 不许管狗叫狗

第八辑 蝴蝶一如梦游人

第九辑 小卖部的手风琴声

第一辑 / 乌鸦站在秋天的大地上

王　三

我来草原，已入9月。本应该翠绿无边的草原褐黄无边，是土的本色。不少牧民早上醒来，一看窗外眼泪就下来了——土地跟冬天一样，这哪是夏天啊！

我住在苏木（公社）招待所。院子里栽种的西瓜、茄子和白菜绿得抢眼，跟夏天一样。院子里有机电井。

头一天早上，我让骂声吵醒。一个女人骂："你个臭不要脸的王三，臭流氓！"趴窗看，做饭的妇女手指着天空骂，脸涨红，用围裙擦嘴角的白沫。她姓田。

奇怪，这么偏僻的地方，一大清早就有人上公社耍流氓来啦？也可能贼偷了厨房的东西，跳墙跑了。

早饭是奶茶和肉包子，有切得整齐的咸菜条。女厨师忙着上茶、端包子，我想问王三的事没好意思张口，兴许是他们两口子吵架呢。

吃完饭，到菜园溜达。红砖尖角砌的畦子里，白菜舒卷肥硕。畦子外边的青草快枯死了，闭眼睛等咽气呢。从开春到9月份，这儿没下过雨。菜畦子里的青椒、柿子长得都好，扑扑拉拉的。跟青草比，菜就是国家干部，人到这儿都想当菜种上。

再看，畦子里晾着打开的西瓜，白瓤就开了，不好吃扔掉。也有红瓤扔的。在乡下，败家子才这么干。

公社的院子大，赶上两个足球场那么宽绰。红砖墙围着一排天蓝色彩钢瓦屋顶的房子。出太阳前，几百只雨燕在彩钢瓦上空兜圈子，落下，全站檐上，脑袋对着院子，好像特听话。墙边种一排向日葵，近前瞧瞧，花盘的瓜子少了挺多，露半拉白脸。

傍晚，我在屋里点燃艾草，准备熏蚊子。窗外又有女人骂："有种的出来，看我怎么收拾你？臭养汉老婆王三，你个挨刀的货！"

王三是女的？当然女的也可以叫王三。我有个女同学就叫周三。再趴窗看，院子里没人。这一阵儿，苏木干部到各村抗旱，不来上班。我尽视野扫视从大门到菜地到办公室到简易厕所的大院之内，没人啊？只有一排喜鹊站高压线上。王三躲哪去了？也许这个女厨师有妄想症，独自说话。我耐不住好奇心，出了门。女厨师见我，羞涩而灵巧地转回自己房间。她四十岁出头，还会羞涩几年。

大片的火烧云在西天布阵，预示明日又是无雨的响晴天。喜鹊像跳水一样从电线上钻下来，在墙根奔走。公社大铁门已经关上了。王三看来挺阴险，不现形，却没停止骚扰活动。

第二天我起得早，沿公路跑步回来，见女厨师用铁锹头端两只死喜鹊往外走。

我问："咋回事？"

"我药死的。"

"你咋还药喜鹊呢，多不吉利？"

"要什么吉利？这帮家伙把葵花、西瓜、柿子都祸害得不像样了。"

"噢，喜鹊干的坏事。"

她把死喜鹊扔到公路边的垃圾堆上，说："可惜没药死王三这个坏种。"她拿铁锹头往高压线瓷壶上指，那儿站一个大喜鹊。

“王三是喜鹊啊？”

“对，我给它起的名。它是这帮坏喜鹊的头子，指挥喜鹊往下冲、上墙、祸害瓜菜。都旱这样了，还祸害东西，真不要脸。”

“王三认识你不？”

“认识。你说它不要脸到了什么程度？把我洗晒的衣服叼下来，拿爪子踹、拉屎。它跟我记仇了，报复我，还站窗台上隔着玻璃朝我瞪眼睛。它们嗑瓜子不吃仁，光嗑，这叫啥玩意儿？”

没过两天，女厨师撒在墙根用农药泡过的菜被一只溜达进院的牧民的羊吃了，羊死了。女厨师用工资赔了羊，被辞退回家。

这个院子只剩下我和王三。它与我对视几天之后飞进院子，甚至到我身边散步。我对它说，你害死了你的同事，害死了羊，害得女厨师下岗了。

王三像沉思，尾巴翘起来如令箭一般。它翅膀上的黑羽并非纯黑，有宝石的浅蓝色泽。

我忘了问女厨师，为什么管它叫王三呢？我怎么看都看不出这只喜鹊哪一点像王三。

乌鸦站在秋天的大地上

从格日僧苏木往东，一直到新苏莫苏木，秋天的大地仿佛沉浸在往事中。早晨的白雾八九点钟才散尽，牛毛黄的荒草被雨浇过，贴在泥土上。褐色的大地延伸到地平线的雾岚里，好像在想一件事。大地如果想一件事，四周变得静悄悄，像在帮它想。夏日的牛群和野花去了哪里？雨水去了哪里？野鸭子和像踩一双滑雪板飞翔的蓑羽鹤都无影踪。大地失去了这么多的东西，势必要闭上眼睛想一想。

乌鸦第一个闯入草原的早晨，即使没有人，它们也“呱呱”叫着，听取从远处传过来的回声。仔细辨析，乌鸦们叫得短促，是半句话，等待别的鸦来接续，咕——呱。像说相声有捧有逗，嗯啊那是。它们的音长，刚好跟扇动翅膀的频率符合，也像借力。过一会儿，乌鸦站在了泥褐色、带着白霜的大地上。

乌鸦赤着双脚，结霜的泥土上留下它们的足迹，像国画所谓皴，钉头皴、拖泥带水皴。动物都赤脚，而在秋天看到赤脚的乌鸦，让人感到它们一年当中一无所获，甚至没得到一双短靴子。草原上没有粮食，乌鸦们三三两两站着，抬颈看，似乎对不长庄稼的土地感到气愤。

我一步步朝乌鸦那里走，不知哪一步让它们起飞。走到很近的地方，瞧见乌鸦翅膀有几根大羽闪蓝光，像高级的漆，黑里暗藏着深蓝。如果不是乌鸦，连宝石都放射不出这么神秘的色泽。人说乌鸦聪明，像水里的海豚。我觉得海豚更友善一些，乌鸦显得傲慢。它一定高估了自己的智力和嗓音，也高估了黑色的高贵含义，因此跟其他的鸟格格不入。看不到乌鸦有什么朋友，譬如乌鸦在枝头跟黄鹂对唱，没有的事。

乌鸦在岑寂的大地行走，感到秋天的荒凉，像一只大筐空了，里面的好东西都被拿走。乌鸦其实很善良，知道大地的疲惫，来到这里散步，是为了与大地做伴。大地在秋天没有伴儿了，喜鹊到村里杀羊的人家报喜，麻雀飞到收割粮食的地方，草已经休眠，只有乌鸦来这里散步，想引发大地的对话。乌鸦赤着脚，一抬一放，在大地身边走来走去。

公鸡肖像

一张脸，像枣那么大，比枣红。上方悬一只黑眼睛。是的，一只眼。另一只眼睛长在对面的脸上。这是一张沉醉多年的面孔，像鸡血石那么红。如此鲜艳的脸庞，眼睛理应是黑色，是的，公鸡有黑色的眼睛。它的眼睛全是瞳仁，没地方长眼白。眼白对它没什么用，它不需要翻白眼。红与黑构成公鸡的面目，还需要什么？喙。是的，它需要吃东西，吃米或沙粒。在红与黑之外，公鸡长出向下弯曲的、坚硬的、黄色的喙。黄喙配合黑红好看极了，这是德国国旗的颜色组合。红脸上的尖喙，如果不是黄色该是什么颜色呢？绿色？滑稽，吉卜赛人和鹦鹉才这么搭配。紫色、蓝色和灰色都不对，公鸡的黄喙流露正气，也叫阳气。喙的上端像倒扣的船，镶嵌出气的鼻孔，不必专门长一只鼻子。人用鼻子吸气，用嘴吃饭，是两套班子，鸡合而为一。想想也是，如果人的口鼻长成一体也没什么不行，但满口的牙没办法安置，鼻腔盛不下这么多牙。人之杂食需要牙，人的胃和肠道也需要牙把食物磨碎。鸟类连鼻子带嘴囫囵于喙上只适合吞咽不嚼的东西。

红黄黑是公鸡面孔的主调，色彩不错，但有点儿秃。公鸡早明白这个，头上早有一顶大红鸡冠子戴着。冠子即帽子，但公鸡的冠子是肉的，一走一哆嗦，神气。从工程学角度说，鸡冠子不管吃不管喝也不管视力与消化。它管文化，文化即无用之物中的用处，装点王侯之气。公鸡仿佛知道自己鸡冠子神气并为此赳赳然。只有鸟类有冠，其他动物都是无冠者，连老虎这么威严的兽王也无冠。人之冠是别人做的，皇冠也是工匠造完扣在皇帝头顶上的。公鸡的冠子为爹娘所赐，戴上了就摘不掉。但冠子常常成为公鸡们互殴的受害物，公鸡掐架之后鲜血淋漓，血来自冠子。公鸡的冠子在上，颌下有肉坠呼应。下坠亦鲜红，滴水形状，是一对，与鸡喙呈九十度，与鸡冠构成T式结构。公鸡作为艺术品，构图很完美。

公鸡头设计得不错，而它的羽毛更美。如果说鸡头是工笔细绘，鸡的羽毛则是大写意，印染工艺有一种反光物质染织，如壁纸。公鸡羽毛中也有反光材料，在阳光下流光溢彩，羽毛折射光芒又有各自的色彩，比金鱼更绚丽。公鸡最美的羽毛是颈羽，王羲之当年做鸡毛笔用的就是鸡之颈羽。鸡颈羽短而分层，颜色由浅入深，像胸前挂满了勋章。公鸡发怒时，“勋章”如雨伞一样打开。脖子炸出一圈羽毛的公鸡是可爱的，虽然它在生气。生气的公鸡脸更红，爪子开始发力。炸开的颈羽像给它的脖子套了一个飞碟，仿佛在旋转。生气也是公鸡的本领，它一身的武士气质，如果脾气温顺，就像一个假货了。公鸡更美的羽毛，或曰美的巅峰是它的尾羽——高高耸立，如流苏一般垂下，这近乎奇迹。它的尾羽翘那么高干吗？超过了头顶。这也属于文化，为了好看。从造型说，公鸡是一个倒三角结构，上端又是马鞍型。它的脚像高脚酒杯的脚一样支撑底顶，匀称、简洁、有力。公鸡为了让造型显得更美，常把一只脚缩羽毛里，独脚支撑。武术中的金鸡独立即由此而来。齐白石说画公鸡要把它爪子画得抓地。没错，一只脚支撑这么一大堆美术品一定要抓地。鸡爪子黄色，与喙呼应。喙和爪是公鸡的武器，用黄色标出来了鲜明。

我们看到的公鸡雄姿都是它的侧影。正面看鸡看不出什么名堂。而看人要从正面看，人的两只眼睛都在正面摆着，相貌也在正面。人是前后扁，鸡是左右扁。人没有尾羽这些名堂，侧面太平凡，跟鸡没法比，差远了。公鸡（包括母鸡）走路有趣，脚一伸一缩，像按京剧的板眼行走，一步不多也不少，等候鼓点。鸡原本是飞行物，变成家禽之后才开始走路，走成了这个样子。法兰西人多么懂得美。他们艺术高超、科学昌明、作战也厉害，在海外有过许多殖民地。法国人不崇拜熊，不崇拜熊猫，他们崇拜公鸡。公鸡值得拜一拜，它是美和勇敢的化身。

母　　鸡

我在所有的儿童画中，都看过他们画的鸡。对孩子来说，画鸡满足了他们对鸟的仰慕，因为鸡不善飞，于是孩子就把鸡和其他在陆地行走的哺乳动物画成一家人。譬如鸡和小猫小狗一起开会、旅行或争吵。

女孩子喜欢画母鸡。这是她们在动物中找到的一个母亲的形象。母鸡在儿童画中可以比猫狗表现出更多的母性和美丽。在孩子笔下，母鸡像公鸡一样五彩缤纷。他们认为妈妈必然是美丽的。尾羽一根根地用彩色描绘，并柔曼地高高挑起。为什么母鸡比其他动物更具母性呢？孩子们觉得那么多小黄绒球，一般叽叽喳喳的雏鸡更像孩子，更惹人珍怜，更需要抚爱。抚爱它们的妈妈就是母鸡大婶——在民间故事中，母鸡的角色常常是大婶。这样，孩子就把自己的处境移情到画中，它所反映的道理乃是永恒不变的一个道理：幼稚者天生应该得到爱抚。而这样的画（画在孩子心里其实是一个故事），女孩子又满足了充任母亲的愿望，她们喜欢模仿妈妈去当一个妈妈，去爱抚那些更加弱小的生灵。

在画里，女孩子把母鸡画得像妈妈一样美丽，而鸡雏一律是听话乖巧的，譬如排着队。孩子们的画最有趣的，是母鸡从未空着手。孩子把母鸡的翅膀当作手。母鸡妈妈的翅膀上，常常挎一个精巧的小皮包，这是年轻的妈妈所不可或缺的。有时，这只“手”还会举一支冰淇淋或一只香蕉。孩子们在画的时候，分明感到翅膀举一只冰淇淋的困难，但仍然不愿把翅膀画成手，因为这就不像鸡妈妈了。她们宁愿鸡妈妈艰难地举着水果或一本书，自然这是一本讲故事而不是学数学的书，使它更像母亲。

孩子们在鸡的形象中也感觉到了翅膀寓意的怀抱感，随时会把孩子们搂过来。而男孩子画的鸡多是公鸡，羽毛凌乱，傻傻地站在一厢，仿佛等着什么人前来决斗。

鸡鸣三通

醒得早，安排再睡间，枕边传来鸡叫，我以为入梦了。梦也有梦声——开香槟、双刀对决、电视观众傻叫——耶！还有断断续续的交响乐章节。我揣想，这是勃拉姆斯的《德意志安魂曲》么？梦里，想把一切弄真切真是不能。鸡鸣是真声，我复醒来。这是乡村？眼前的所有指明，无乡村。

我住的地方叫××花园，左右有建工局家属楼、玻璃厂、一所中学、一所带泳池的澡堂子。哪来的公鸡？也许有人三更放录音。

想起，顺仿罗马雕塑的山墙往前走，约为卷烟厂宿舍，近黄河大街，在那儿见过鸡，满地啄食，没考察公母情况。那一带，从太阳升起算，有一堆中年以上的人在谩骂。电视上不管播什么事，他们全质问："有啥用？不如给俺们交采暖费。"骂一通，背手看人下棋，转身再骂。中午，他们回家吃饭睡觉，下午继续。那儿有鸡，想起来了。城里不让养鸡（让养狗，为什么不让养鸡？鸡有四德：信、勇、护群、羽炫），在一家穆斯林饭馆下面，鸡踱步。一只公鸡像想心事，抬起一只爪，并不迈出，歪头沉思。

借鸡鸣，起身看这时辰的风景。三点。克莱斯特公寓楼的吊车臂像表针一样摆动，上面挂着灯，防飞机撞上。夜色稀薄了，如蓝珐琅屏风褪了一些颜色。街上没人。我喜欢夜最深处的行人。别人睡觉，他为一件事精神饱满地行走。也就是这些。我找一个梦接着睡。

一晃儿，又觉鸡鸣，不像刚才的鸡，流行音乐的话叫声线涩滞。就公鸡的鸣唱而言，属高音，越往后越高——《图兰朵》鞑靼王子卡拉夫的咏叹调即这般，吐出所有的气，让空气震荡。这一鸣畏缩，聊复尔尔。看到天已半白，白过乡村大嫂手里没褪尽色的蓝包袱皮儿。星星没了，月亮傻傻地还不回家。车稀，街上还没人。

鸡第三通唱，在市声响起之后。窗下有早市，车马进退出声，人互相指责。这时鸡叫，孤单的一声，和什么都不挨着。最多的是吆喝，“一元啦！煎饼一元”，“豆浆，新鲜豆浆”，“谁吃枇杷果，降血脂啊”，“电池、辣椒便宜卖了”。（什么声线？什么发音方法？电池和辣椒一起卖？）公鸡不想叫第二声，留着，天朗夜静时分试喉。

白　鹭

白鹭抬起一只脚有如珍惜。我觉得它的长腿对它来说有些碍事，太长且太细，每迈一次步都须慎重，高高地抬起来落下。而且，白鹭靠翅膀飞行而不是靠腿。人的腿对人来说，长度刚刚好，怎么用都方便。白鹭抬脚、伸出、落地三个动作中间均有短暂停顿，戏曲武术杂耍行话叫“范儿”。即承上启下的节点，配合锣鼓点儿。这么高洁的大鸟，举手投足是应该有范儿，此为慎独。我见过这样的京剧演员——他在家里端茶杯，送茶至嘴边，上厕所提裤子皆带范儿。范儿如书法之转折，之顿挫，起笔——行笔——收笔。但这位演员在家的范儿有些滑稽。我想，他为什么看上去滑稽呢？我认为他拿范儿喝茶、刷牙、夹菜、撒尿时缺少锣鼓点，仓仓才、匡才乙才、乙才匡才、匡！这才对，范儿有了靠山故不滑稽。白鹭比他强，同样没乐队——没有云锣、梆子和铜钹，一举一动都在点儿上。白鹭飞过汀州，落于湖畔，树和水都成了它的陪衬。天地本由万物组成，而白鹭、仙鹤、朱鹮天生不凡，让野猪、牛羊、兔子和我这些在大地上奔跑的种群难以望其项背，不可企及呀，从哪儿比都比不上它们。我们羽毛不行，飞翔不行，仪态不行，颜色也不行。同是鸟类，白鹭飞得多么优雅，而麻雀则如鸟里的老鼠或土豆。只可惜我家附近的麻雀没见过白鹭，我也是这两年南游才见到山野和稻田里的白鹭。就算麻雀见到了白鹭，也飞不出人家那个样子，腿太短。

我在秦岭的汉阴县、洋县见过许多白鹭。秦岭更名为鸟岭未尝不可，或更亲切。所谓秦岭并没有更多的东西，看不见山，只有郁郁苍苍的大地隆起。汉江蜿蜒流过，把左右峰峦分为秦岭巴山。这里见不到土，只见到植被。土在这里享福了，没有龟裂与曝晒，它们荫翳于草木庄稼中。耕地上生长稻田，田里有螺蛳、泥鳅，这是不用农药的结果，朱鹮以这些东西为食物。在苍茫的大山里，稻田显出匠心的巧慧。经过世世代代的精耕才有这样的秀美。白鹭和朱鹮打破了秦岭的静谧，白鹭飞过来，一字的身体扇动黑缘的翅膀，悠然落在田里，我如同看到梦里的情景。早晨，白鹭的身后还有雾，轻纱的雾包裹山脚，仿佛藏着无数白鹭。傍晚，白鹭在江上盘旋，宛如燃烧的江面让它们不敢下落。落日燃尽了山顶的树木，星星比村庄的灯光先亮。白鹭双双飞远，筷子般的双腿笔直伸出。背景重叠着模糊的群山和澄蓝的天色。它们飞到远处，仿佛那是比秦岭更远的岭。

自从杜甫说“一行白鹭（没看清几只）上青天”之后，后人总想知道它们的下落。但杜甫未说白鹭上完青天又去了哪里。兹唐朝始，留给后人的全是它们上天的记忆，仿佛白鹭一排接一排地起飞。为什么没人写诗说它们下来了呢？这些白鹭不如“两个黄鹂鸣翠柳”的黄鹂让人安心。古诗文常留下这种封闭的结局让人猜想。陶渊明说完那么好的桃花源后，接着说渔人带官府的人旧地重游却迷了路。又说“南阳刘子骥，高尚士也”，此人寻桃花源竟为此亡故。陶渊明说“后遂无问津者”。怎么会无问津者呢？我去过人迹罕至的南西伯亚大草原，连那里都有中国人，中国人哪都去，怎么会不再寻访桃花源呢？问题出在刘子骥“未果，寻病终”上面，他一定被人害死了。文中陶渊明两次提到村里人“皆出酒食”，一次提到“不足与外人道也”。陶渊明并没说高尚士刘子骥到没到桃花源，只称“寻病终”。我不负责任地说，桃花源中人用毒酒药死了刘氏，因为他贸然闯入环保程度很高的古朴村落，带去了两汉魏晋的落后风俗。他被害的消息传出来，再也没人琢磨这个事，否则怎么能找不到一个小村子呢？它能在地球上消失吗？陶渊明说得明明白白——“缘溪行，忘路之远近，忽逢桃花林……林尽水源，便得一山，山有小口，仿佛若有光，便舍船从口入。初极狭，才通人。复行数十步，豁然开朗”。对不对？路径一点儿不复杂，比在超市找厕所容易多了。

回到白鹭上面，我们管不了古代的事。汉江边上，白鹭低头啄鱼，倒映在水纹瑟瑟的江面上联盟，仿佛有江水的梳子梳理它的羽毛。白鹭仅仅吃一点儿鱼就长得这么高洁？我看过好多人天天吃鱼仍然很蠢笨，脸黑得如荞面蒸饺。白鹭的灵魂显然比人类和大多数鸟类都清高，比毛驴更清高。它似乎懂得养生的道理，又懂节食和气功的道理。这种鸟通体洁白无瑕，这不仅仅是羽毛的问题。白鹭举止优雅，又像去过法国。它和我们的区别，不是人鸟之别，区别在于我们生活于不同的界面。白鹭与鹿，与蜂鸟、天鹅、蜜蜂们都像天堂里的走兽飞禽。不知什么原因，竟和我们混到一块儿了，真是可惜。

白鹤向南方

开城山清水秀。朝鲜北方的苍莽群山差不多到开城停住了脚步，再往南地势开阔，耕地更多。山上杂树深绿，而小块的稻田的绿里带一层鹅黄。从旅行大巴往外看，稻田上空飞过一对鹤，白身子，翅膀下缘和长脚是黑色，乍一看，像黑飘带的白风筝。我听说开城的军事缓冲区有亚洲最大的湿地，丹顶鹤从西伯利亚到中国盐城过冬，中间的栖息地是朝鲜。

白鹤成群飞过来，给人感觉瑞气升腾。我想起屏风画的画面上有仙鹤翻飞，刺绣的、贝壳的、漆画的众鹤于云上松下点缀太平，这是宋徽宗开创的一种画风。开城的白鹤像一大家子人，携妻带子，如旅行。再看，朝鲜妇人的衣裙好像从白鹤演化而来，她们的白短上衣上系黑飘带，配黑长裙，如鹤在稻田行走。

开城的普贤寺建于1042年，是禅宗的寺院。院内古松苍郁，有一棵山桑树至今已有一千多年。来此如来唐代的寺院，青瓦屋檐长广，松木屋柱，窗上糊着高丽纸，比多数中国庙宇更有古风。寺内，第一座大殿的门叫“解脱门”，游人抬头看这三个汉字，颇有踌躇。红尘中人真不知腿子该不该迈进去，估计在想，是解脱好还是不解脱好？佛法所谓解脱，说放下，如脱衣解带一般丢弃烦恼，这是个大难题。解脱名利已经很难，解脱各种各样的束缚更难。有些束缚是自己套上的，有些束缚由外部强加。

到开城的人要看朝鲜和韩国的军事分界线。分界线处有六幢简易平房，三蓝三白。军事会晤在中间的蓝屋举行，游客可进屋参观。被参观的只有桌椅，桌子上铺绿台呢，无其他。

站在瞭望塔往下看，朝方士兵穿土黄色夏常服，佩手枪，戴大檐帽，面向北方立正站立。韩方士兵穿短袖上衣、长裤、矮腰皮靴，属于作战服，戴钢盔，向朝方跨步站立，佩冲锋枪，中间有美军士兵。

军事分界线两侧，有游客蜂拥参观。游客们的休闲服饰，使这里一触即发的对峙气氛添了些世俗色彩。

导游说，有一次朝方军事区的游客用中国话向对面游客喊：“你们从哪来呀？”韩方的游客答：“我们从沈阳来。”两边游客的气氛活跃，挥手，喊：“祝你们玩得开心，一路平安！”

军人们始终沉默着，紧闭着嘴唇，他们已经沉默了六十年。在朝鲜半岛的土地上，同一个民族的同胞不能开口说话，而中国游客可以在分界线南北高声谈笑，导游不禁落泪。“解脱”在这里是个沉重的词。

上车去开城的高丽博物馆，路边的一棵大树上，白鹤栖于枝上，伫望南方。

白马寺的鸽子

在我的印象里，白马寺这个名字比别的寺名更灵秀纯朴。拜谒归来，得到的也是这个印象。由此想起平山郁夫画的淡绿调子的丝绸之路系列，想起玄奘大和尚。读他翻译的心经，偶然间，心会跳出来揣摩玄奘和尚当年从白马寺的石阶走下来，袈裟普通，手里握一卷经书。

到白马寺，和尚们正作晚课，深红的殿门里一片明黄的僧衣。诵经声和着木鱼，深情委婉，香炉烟气缭绕不散，像给黑铁大香炉包裹白纱。再往上看，一只灰鸽子立檐上，分明来听取梵唱。和尚诵经，池边金鱼汇聚来听，这是我在杭州见过的。我也见过燕子听经，这样的事其实并不神秘，许多动物喜欢听音乐。静谧的旋律，安详的气氛会感染所有生灵。小鸽子站在一片灰瓦的檐头上，像探头往里看，又像回味经文，为古刹添一份意想不到的生气。

鸽子挺着骄傲的胸脯，仿佛经文为它而诵，这样理解也对，佛法为天下所有生灵祈福，包括鸽子。它摇动小脑瓜看古柏，看香烟缭绕。眼前这棵古柏，据说已生长一千五百多年，树身纹理拧着劲长上去。对面的松树与灵霄藤共生八百年，树枝向殿内倾探，也像听经。一千多年了，这间大殿的诵经声绵延不息，不知多少小鸟、松鼠来此闻悉。寺外的野草野花每天也在这个时候听到海浪一样扑来卷去的法音。

诵经还没结束，鸽子飞起，在木檐和柏枝间起舞。所谓起舞是它不落下，不飞远，扑棱着翅膀旋来旋去。这情景被我看到，心里感动。跳完舞，它又站到檐头。做杂役的和尚收拾庭院，落山的太阳把树枝映得像一幅黑红分明的版画。小鸽子还没打算飞走，也许今晚就住在庙里了。一片安详气氛包裹着它，睡吧，梦里香甜。

白　玉　鸟

接　吻

这两只一雌一雄的白玉鸟在简朴地“饭疏食饮水”之外，常常直面接吻，即互触对方鲜红的角质喙。鸟类学家可能会说此举非吻，但我宁愿以人心度鸟腹，作情爱观瞻。它们挺着饱满的胸，气势赳赳地啄伴侣的喙，透着体贴。我的惋惜在于，鸟喙不如柔润的唇，难得深意。但我非鸟，安知鸟之乐呢？鸟喙固坚，如封闭的葵花子或锐角的钻石，在白玉鸟玲珑的脑瓜上鲜红美观，左右衬着点漆黑眸。它们用美喙吻来吻去，或许比人类的口唇迎接更有滋味吧。

唐人丰仪

鸟的体形和现代美人的标准不同，胖些好看，如盛唐的宫娥鸟披一袭羽衣，胖起来后，灵动跳跃不减，锐眼与瘦劲的橙色双爪愈显伶俐。它们并卧假寐时，则像故宫博物院里的一对白玉苦瓜。

鸟是小女鲍尔金娜所养，起名叫罗曼、罗兰。夏至移笼窗外，它们栉风沐雨，饮食心情却好于从前，渐胖了，胖了好看。鸟胖人瘦，乃盛世景观。

嘤 鸣

白玉鸟歌喉并不圆润，但它也像唱卡拉OK的那些人一样，只管唱，不屑顾及别人的耳朵。大约好看的鸟儿鸣唱都不悦人，最美者孔雀的歌声（如列那尔的描写）不过伸着脖子叫“莱昂”两音而已，而神界的凤凰是什么唱法，谁也没听过。

白玉鸟操通俗唱法，音域窄，旋律平庸雷同，有趣的是它们的二重唱。倘雄鸟毫无才华地大吼“唧——”时，雌鸟埋首低和“咀咀恰恰”，合乎配器与和声的道理。某次，我仿此腔调加入，二鸟大惶恐，高居杆上噤声。看来一样（实际乃异样）的话，从不同的嘴说出，效果绝不同。另有一次，我把它们的叫声录下来，对笼播放，彼等漠然，若无其事地啄沙吃米，像没听见一样。看来假唱在哪儿都不受欢迎。

鸟儿都是体育家尤其是体操家，其闪展腾挪会让人类俯面惭愧。如鹰在千米高空准确俯冲稳擒野兔，且无降落伞与罗盘，人行吗？蜘蛛结网、候鸟远翔、猎豹奔跑，都非人所能练习或模仿。当然，人比动物的高超处也很多，如主持电视节目等，还有在鼻烟壶里画画。

白玉鸟在小笼子里展翅飞旋一周，复归原位，从无冲撞颠扑；在笼中横置的高低二棍上，跃上翻下多次仍不失矫健，更无我所固有的头晕迹象。另有一景可观，我在一篇文章中写过，在此抄下：“雌雄双鸟栖于木棍上时，雄鸟小爪右移几步，徐展左翅，翎毛历历可见，复横移归位，依于雌鸟，展右翅。”这大约是伸懒腰吧，但并不妨碍对方。而劲爪横握木棍细碎蹿移的动作，无法不让人佩服。

絮 窝

吾妻在安装鸟笼的横担木棍时，两端系了麻绳，近日这两口子不断以喙撕扯麻绳，使之条缕成絮，垫窝，因为雌鸟开始下蛋了。

当鸟儿以爪撑着地面，扭动有力的脖子怒扯麻绳时，我不禁怜悯。人们已经为它们置好专门的草窝，供孵蛋用，又放进棉花和树叶。但白玉鸟无视于此，仍用自己的努力给未来的儿女手制温床，这也是无望的事情。去年，它们孵了几个月，均未果。鸟最惧惊，但谁能为小鸟的抱窝而制止窗外汽车的轰鸣呢？幼鸟终于没孵出来，但作为生物，鸟们还是充满生机地产卵与絮窝。

我家的鸟没福分生活在森林中，没福分于大自然的天赐中寻找树枝落羽来构制家园。我们几次想将其放生，但它们已失去了谋生的能力，怕会饿死。现在，它们每日撕扯着麻绳，从不懈怠。

我真想劝它们停下来，因为不通鸟语，甚至想写信告诉它们别弄了。我想说，鸟啊，无论你们或我，都生活在早被别人构置好了的处境里。这种构置也许不是最好的，但无法拒绝。

鸟不语，仍然劳动。它按照遗传基因的指令做事，即做该做的事。这种事不仅是需要，而且属于“生存的原始冲动”。人类虽然可以通过许多科技手段节劳，但仍然不能完全排除并无实际益处的来自本能的冲动。比如体育、说话，包括无休止的战争。真正的智慧也许就是像雄鸟扯麻一样安之若素地做别人觉得没用但属于自己的事情。

罗曼·罗兰

我家养了一对珍珠鸟，女儿给公鸟起名罗曼，母鸟叫罗兰——那时小女正在读《约翰·克利斯朵夫》的连环画。

珍珠鸟是白色的。罗曼的羽毛比罗兰更白，更健美。在一天中，罗曼忙于梳理羽毛、鸣唱、向罗兰调情。罗兰邋遢、馋、不善动。同样一身白羽，罗曼披挂整洁，像准备随时参加舞会的绅士；罗兰总也收拾不利索，如乡下不会过日子的老娘们儿。罗曼的喙鲜红，罗兰的喙色彩浅些，橘红。

我比较热衷于观赏公鸟的调情活动。倘若它们并肩而立，罗曼啄两下自己的胸羽，必给罗兰啄两下，然后放声高唱。它的歌声没有百灵动听，但也够复杂，具备和声与织体。其声宛如“采薇……啦”云云，在这几个音阶的间隙，又以上下喙“咯嗒嗒”地伴奏，像沙锤一样。母鸟罗兰则木讷，估计它不是羞涩，因为它后臀长期悬一个粪蛋也从不羞涩。它无能，同时对罗曼的歌喉亦默然。

罗曼除歌唱外，亦有动作。跃上跃下为其一，啄小沙粒伪装不胜惊喜为其一，于小笼中飞旋一周复归原位则属绝技，比较可观的乃为展翅。罗曼在木棍上横向左移几步，展右翅；复右移展左翅，实在矫健极了。然而罗兰仍漠然着。倘若是我，见母鸟这样无趣，早就打个呵欠不练了，但罗曼不敢稍怠，爱而有恒。

得　意

近来，我会在每早五点四十五分准时醒来。生物钟这么准时，让人不好意思。因为我并不是一位潜水艇的大副或向过往列车行注目礼的深山小站的站长。精确是他们的天职。

起坐，搓涌泉穴，这时窗外会传来颤音的呼唤：“……二”。“一”与“三”呢？不清楚。这是在桑园练功的师傅的命令。

与“二”同时，麻雀在树梢乱成一团。好像合力声讨一个可恨的人，但每只都径自说，不理会别样的发言。

曙色渐渐浓了，阳光携着火烧样的色斑趴在窗户上。卖牛奶的拖拉机边上，有一个不长的执瓶的队伍。

在麻雀最吵的时候，高处传来一声流利的鸟鸣：“卢——”

此音清泠、纯净而悠然，自然比“二”好听得多。麻雀立刻缄口，它们也知道优劣。我循声寻找，感觉此鸟居于对面七楼人家。

虽然看不出它的模样，但能体会鸟的矜持。它出一声而后默然，一种让周遭肃然的大师式的得意。过半天，麻雀们试探着嘈杂起来，接着又是一声长唳，如天上划过银币，彼等再次哑默。小时候，我们在课间争得忘情时，身后传来老师的轻咳，喧哗立刻无踪。那时，老师虽漫不经心，但得意之色已经满溢，如高楼那只鸟儿。

等待被鸟吵醒

每天早上三点钟醒，时差还没调整过来——身体和大脑系统跟自己兑换时间债务，固执的人不买账。我尽力把醒的时间往后推，四点，五点。干脆想一个办法，把窗打开，等待被鸟吵醒。

鸟们都是夜盲患者，它们的视网膜之管状细胞没有在浅黑——深黑环境里辨察空间的能力，没进化到那儿。而人之裸露的皮肤上竟有视觉蛋白，感受光，这就是所谓生物钟的秘密。皮肤被羽毛覆盖减低了光敏性。可是鸟不覆羽穿什么，穿旗袍吗？它们穿不了人类的衣裳。

鸟在天光曦微之时大叫，好像天亮是多么大的事情，像没见过天亮。它们串通起来叫——唧哩哩，滴哩哩，啾……吱……用不同口音说同一件事。有的鸟嗓子不好，磕打牙——咯咯咯，踏。鸟乱营了，但没造反。一鸣激起万鸟鸣，我窗对面一百米是森林，鸟以为它们的大鸣大放会让阳光速降，太阳仍然矜持地运行，拿着尺播撒阳光。

没有谁比太阳更懂时间，时间可能就是太阳搞出来的。它均匀、深入、无处不在。时差到底是怎么回事、飞机逆地球自转轨道飞吗？赚了时间？北京飞法兰克福佯称四小时，却飞十小时，时间被缩水还是涨了？涨了。涨的部分回北京被海关没收吗？不没收，归你了。耶，我比同龄人多了六个小时，算归程，我多出了十二小时，我要把我妈生我的时辰往前调一天，还是往后调一天？并通知我妈。总之天增岁月人增一白天寿。想，空姐天天飞，比如一年飞一百个航班，将比我们多赚五十个昼夜，飞四年比我们大一岁，自己暗知却不用改身份证。飞十年，妹妹变成了姐姐，这也算长寿的方法。

鸟这么吵却不烦人，也挺奇妙。感谢上帝，没给鸟设计城管那么大的嗓门。自然界的一切均和谐。鸟多言多语，音弱而琐碎。而虎啸据说在月明之夜可传出五十公里远。低频，能把猎人吓尿裤子。好在它只在发情期才啸，好在它不像人类一直发情。电视剧不就是人发情的故事吗？由发情的导演导发情的演员演，发情欲发情的人观看，韩国情美国情中国情。我住的楼下实为一家德国餐馆，四棵开白花的大苹果树下铺十多张桌子，客常满，人悄声。一个年轻的侍者，脑袋正窄侧宽，贝克汉姆正是这种脑型，金发，他用力擦闪光的刀叉，举眼前看一下放入象牙色帆布袋。客人们坐在苹果树下吃聊。他们吃的东西都被树叶挡住了，没看见。女士穿得少，在十四点到十九点的强烈阳光下曝晒。这段时间阳光紫外线β波最强，对任何人种的皮肤都有害，尤其白种人。这里，皮色深是时尚。他们安静地叙谈传到三楼我的窗户口已经变成絮语。感谢上帝，没让德国人吆五喝六，虽然这是他们的国家。

天大亮，鸟儿收声，以为把太阳喊醒了，累够呛。鸟儿天天喊太阳，人坐享其成。天亮，真是一件大事，所谓太阳再一次升起，多不容易。人麻木，知道太阳早晚得升，比鸟精通事理，却少了惊喜。

花雀和花斑的鸟蛋

我喜欢的书里有两本鸟类辞典。那本《世界鸟类彩色辞典》记录了据说是全世界的鸟。翻开这本书，我从人世界顺利地进入鸟世界，美而好。我说不好最喜欢哪只鸟。一般说，非洲的、大洋洲的鸟类羽毛绚丽，但读书读不出鸟的啭鸣，也看不到鸟飞的样子，因此我认为它们都好。

鸟的小脑瓜和圆圆的眼睛惹人喜爱，而它们的羽毛令人崇拜。每根羽毛都比瑞士手表精密。你盯着羽毛看久了，觉得小鸟周身披的都是树叶子，脉络从主干分开，向外长，如一棵树。鸟背上的大羽毛是它的大叶子，肚子还有小圆叶子，一片压着一片。脖子上的一圈儿小叶子色泽华丽，公鸡为甚。一只小鸟有这么多毛树叶包着，还不让人崇拜吗？不崇拜鸟，你还想崇拜谁呢？如果你觉着褐色羽毛不像树叶的话，翠鸟的羽毛与树叶几无异矣，而这圆矮的小绿树顶上探出鸟的小脑袋和滴溜乱转的圆眼睛，多么可爱，它从一团树叶里钻出头颅。然而，羽毛比树叶更精致，通风轻质光滑防水，这就是鸟，上帝骄傲的作品。它静立枝头，就足以令人赞叹，好像是一件放在枝头的工艺品，而它，扑棱一下，飞起就没了踪影。这个能耐绝不是一般的工艺品所能具备。故宫里摆放的那些珍玩——譬如翡翠蝈蝈——也没有扑喇一下飞出屋的。

鸟啊，美丽的鸟——其实我特想写下它们的学名，记不住，除非照着抄——鸟的学名不像人名那样平易近人，比如刘国瑞啦，王丹丹啦。鸟的名如杰克黑寡妇雀，这哪像学名，像谩骂。鸟类学家给它起的就这个名字。还有僧帽燕，不像名字，也没征求鸟的意见，这些名字取的基本上不成功，所以我记不住。

我喜欢在树林里走，我知道树枝里藏满了小鸟。倘若树叶动一下，即有鸟飞出或飞入，只见叶动，不见鸟影。鸟的鸣唱是树端的合唱的河流。“流”的意思是——小鸟唱歌带出尾音，比如“的卢——”，它把“的”唱完，“卢——”留在树林里。你感觉这个玲珑的“卢”的余音从这棵树串到那棵树上，在流动。有的鸟唱歌的歌词是“观鱼——”那么，这个华丽丽的“鱼——”像飞鱼一样穿过树叶，飞进林边的池塘。

在林里走，小鸟嗖地落到你身边，如有人在暗地里扔过一块石头。它关闭翅膀，针似的小喙在地上啄两下飞走，也不知吃没吃到东西，也可能只是走走形式。我曾趴在小鸟飞过的地方仔细观看有什么可吃的东西——草籽、甲虫什么的，但什么也没有啊？在其他地方，我也趴地上观看鸟之食品，什么也没有，只有石子、沙粒、蚂蚁。有一天，一只鸟暴露了它们假装在空无一物的地面上大吃大喝的秘密。这个鸟嗖地飞下来吃东西，嗖地飞走。我看到，它只是以角质的喙在地面左右划了划，像人在水缸沿上杠菜刀一样。这就对了，如果树林里无端地冒出许多米粒，农民还种粮食干吗，农业部改成鸟业部得了。它们只是在大地划划嘴。嘴馋了，划一划可以解馋。以后，我馋什么东西吃，拿手绢在嘴上擦一擦也算吃过了。

动物园大鸟笼的一只横棍上落着各式各样的鸟，像摆了一趟花，如果不是它们脖子太灵活，远看真像花。现在想，它们就是花（不光是树）。小鸟头顶、冠子、脖子、翅膀、尾巴由各种颜色的羽毛组合，像花瓣与花蕊的组合，鸟如花。美术是小鸟的强项，中国美术家协会主席副主席跟小鸟和花朵比啥都不算，学徒都不够。人工与造化永远不能比。

小鸟是身披羽毛的花朵，飞来飞去。我愿意当小鸟有一百条理由。有一天我在脑子里把这些理由梳理了一下，去掉二十多条，增加了六条。我想我主要是喜欢俯瞰大地，看人只看到他们头顶的百会穴，看人的脚尖从脑袋下面左一只右一只地窜出来，这就是人，人在行走。作为高傲的鸟，我无须看到人的脸长什么样。在鸟的眼里，人高矮如一，只见肩膀而无胳膊腿儿，他们如甲虫。鸟看到河流像一匹白布那样展开，闪着白光，看到金黄的稻田飞过白色的鹭鸶。鸟看到的山峰并不多，其实没有峰。（峰只是山顶的几块石头）。云雾在山脚围成一个环，好像谁吐的烟圈儿套在山上。鸟儿从来不说“道路”这个词，它不知道“道路”是什么。上下左右扑喇一下，飞就是了，为什么去寻找道路呢？鸟儿虽然有爪子，也会走一点儿路，但爪子用得很节省，有翅膀的生物谁还走路，谁还奔跑，谁还会在操场上转圈跑步挣钱呢？至于说，人穿皮鞋，穿凉鞋，更让鸟笑话。不会飞的种群，费脚啊。

鸟落在树上，替这棵树当一会儿花，飞走，去另一棵树上当花。小鸟选又高又直的树做巢，下蛋孵小鸟。鸟蛋上带着花斑点，褐斑或黑斑。鸟类学家说这是伪装色，我以为不尽如此。我拿一只野鸭蛋左右端详，终于发现它大体上是一个地球的微缩图。上面明显有澳洲，印度尼西亚（比例略大），中国及中南半岛，但没有日本，如果有，就可以卖钱了。母野鸭成心不让人赚钱，故意没在蛋上孕育日本。小鸟从鸟蛋里孵出，张着黄嘴大叫，之后羽丰，在天空飞翔，成为一只美丽的、歌唱的、树的、花的、俯瞰大地的、清洁的鸟。

麻　雀

彩色的鸟儿在城市里几乎灭绝。对鸟类这种视觉发达的昼行性动物来说，羽毛敷彩，是它们生存与繁殖的标识。但人类的视觉同样发达，因此彩色的鸟儿消失，只剩下麻雀。麻雀、老鼠是人类在城市里数量最多的动物伴侣，昆虫次之。

我喜欢麻雀，把它看作是鸟类派驻这里的代表。它们傻，无论环境多么完蛋都飞来飞去。它们具备鸟儿的一切所有：强健的胸肌，身上交错的骨梁，骨骼中空质轻。麻雀像其他鸟儿一样，听力良好，可以分辨百分之一秒内两个不同的频率，人类则不可能。第比尔根和罗伊那的鸟类学著作表明，鸟类有可能听到比人类音频低的频率，这让发烧友嫉妒，人们对音箱的奢求就是低些，再低些。但你耳朵不行，怨谁？我在操场跑完步，常观察麻雀飞翔、行走、啄食。麻雀走路是可笑的，不能用左右爪交替前进，像被地面电击，双爪一并弹向前方。鸟类中仿佛水禽才会左右爪开步走。瞩目麻雀蹿蹦时间长了，忽见操场外有人双腿交错走，反觉可笑。鸟类的阶级无论怎样划分，麻雀都是贱民。它们自己也知道。瓦砾上、废井里、草丛中，哪儿都有麻雀旅行。它们简直就像天上的老鼠。有一次，我见一只麻雀嗖地钻进学生扔掉的破足球鞋里，然后扑棱，半天才退出来，吓坏了。它觉得又遇到了

1958年人人敲锣消灭麻雀那个运动。在一国范围内，人人动手剿灭某一种鸟类，在历史上无二例。

麻雀在小树上俯冲落地，再飞跃而上。我觉得这和觅食并无关系，而是在炫技，像庄子写的那只鸟儿，它鄙夷鲲鹏，起飞太过隆重。如果看到麻雀炫技，感到鲲鹏升空是麻烦。而麻雀，如某电梯广告词所夸赞过的，是“上上下下的享受”。而麻雀的空中一掠，也给城里人的视觉带来悦意。我们的天空毕竟还有飞翔的生物，这也得感谢麻雀。

多年前，我随父母入“五七干校”，在当地读书。老师中有一姓姚的，教英语，南方人。他右腿因为踢足球受伤把髌骨摘掉了，走路像木头一样直。姚老师清华毕业，被其他工人出身的老师冷落，而他对我们也很冷漠。冬日晚上，姚老师直挺挺地走到一口石砌的井旁，罩上捕鱼的网。第二天早上，无数麻雀在网里挣扎冲突，它们的小爪子攥在网线上摆头伸翅，绝望极了。姚老师收网时，井边已有同学围观，他们称奇。姚老师冷峻地把网绳一拉，甩在肩后，背一团乱麻雀回屋。别人说，他用盐花椒水和的稀泥糊住活麻雀，一个个扔到火盆里，烤了吃。我不太信，姚老师一个人能吃那么多麻雀？在他屋后，看到了细洁的骨头；很远的渠里，也见到了小细骨头，泛黄了，夏天被雨水冲过来的。

起飞

麻雀在厚厚的白雪上起飞。它们圆滚滚的，身上惭愧地带着大气污染积蓄的尘灰。远看，我甚至诧异：土豆怎么会飞到房檐上呢？它们的确像刚从地里挖出来的，带泥的土豆。

回到家里，我再次从鸟类辞典里找到麻雀，它的褐色的翎羽原本也是精致的，虽不艳丽，却不失鸟类的优雅。当然从格调上说——一位研究格调的人认为——紫与褐永远是下层社会喜爱的色彩。幸好麻雀未想跻身上层社会。也许它飞过动物园时，瞥见孔雀在铁丝笼里踱步，以为上层社会都要生活在笼里，于是大喜，一跃冲天。

我看到麻雀在深可埋膝的雪上起飞时，激起粉末。想到麻雀坚劲的两爪蹬地飞升，竟受到了雪的“解构”，就像一个人踩在一排西瓜上投篮。我想麻雀一定会生气。而我想到它们踢腾得雪花乱溅却使不上劲，就想笑，此不仁也。

在雪中，麻雀寻找食物很难。昨天有一只钻进了我住的楼道里。听到脚步声，这只麻雀“乒乓”撞窗。可怜的飞行家不晓得世上还有玻璃。在我儿时，见到小鸟入楼，不知会怎么的快乐，而现在是想让它出去。我把二楼过道的窗子打开，但不知怎样诱它从三楼下来，三楼就是楼顶。回屋，攥两把小米顺楼梯撒了一路。我坐在家里想象，麻雀款款啄食，口腹渐饱，逾窗飞走。当然这只是我的揣摩。过了一会儿，我探望，鸟没了，楼梯上的小米却黄澄澄的让人心疼。若有老太太走过，肯定骂，哪个王八这么败家，或说这人真傻，背小米上楼，连撒了都不知道。我赶紧扫入簸箕，沿屋檐撒了一溜儿，给麻雀搞一些明天的早茶。它们发现后，会惊讶，边吃边探讨：你们说真有圣诞老人吗？

大雁在天空的道路

大雁不乱飞，如果你的记忆和观察力足够好，会看到大雁在天空沿着一条道路飞行。仿佛这条路的两旁栽满了高高的树木，大雁准确地从树木中间穿过而不会碰到枝叶，天空的道路会转弯，大雁也随之转弯，这条路的宽度刚好是雁阵的宽度，大雁们不疏落也不拥挤地从上面飞过。

大雁飞过后，我们看它们飞过的天空一无所有。这说明我们的视力有很大的局限性，眼睛还没有进化到看见所有事物的程度，暗物质只是人类想见还没见到的物质之一。但人见到眼前的一切已经够了，这些已经足够人类应付了。在大雁的眼里，天空上的河流湍急流淌，天上长着人类看不见的庄稼与花卉，这些植物不需要土，它们的根扎在云彩上。天上的花卉见到哪个地方好，就飘下来呆一夏天。我听新疆的人说，他们看见一片山坡上长着好看的、不知名的花，第二年就见不到了。这事很简单，这是从云彩上飘下来的花，第二年去了别的地方，比如去了伊朗，但我没告诉这个新疆人。

大雁飞过时，我多希望它飞慢一点儿，让我看清它笔直排列的橘红脚蹼和翅膀上精致的羽毛，好像它偷着藏起了许多18世纪西方作家的笔。大雁排成倒V字从我头顶飞过，仿佛是一艘看不见的潜水艇激起的浪花。然而头顶掠过的是大雁白白的躯干和黑褐色的翅膀。它的翅膀伸得那么宽，好像去抱一捆抱不动的干草。好笑的是它双翅边缘的羽毛向上挑起来，如乐队指挥伸出食指指示哪一件乐器节奏快了一拍。雁阵飞走后，天空寂了，也没有传来大雁才听得到的波浪和树叶的喧哗声。雁阵飞得那么远，阵形仍然不变，仿佛地面站满了检查它们队形的检察官。大雁快变成黑点时，云彩跑过来模仿它们飞行，但没有队形，也没有橘红脚蹼和向上挑起的翅羽。云彩不过是浑浑噩噩的群众，它们从众，自己并不知飘向哪里。云彩还喜欢乱串门，这一片云无由地钻进另一朵云中。妇人絮棉被常常揪一朵棉花絮在这里，揪一片絮在那里，絮在棉花薄的地方，仿佛是揪云彩。

在河岸行走的大雁比鹅还笨。它们的双脚站立还勉强，走路如同陷入淤泥里。你想不到这么笨的大雁飞起来那么好看。那双笨拙的、橘红色的双脚终于可以不走了，像两支笔插在笔架里。飞行的大雁，伸出长长的脖子，仿佛等待有人给它们挂上不止一枚勋章。大雁知道，世界不是走的，而是飞的。没有谁能走遍全世界，却可以飞到。大雁在飞行中看见丑恶的拿着猎枪的人变得渺小，它看到蔚蓝的湖水向身后退移，比退潮还快。在大雁眼里，山峰并不高耸，如披着袈裟的僧侣在地上匍匐。细细的小河巧妙地绕开山峰，找到了山坡上的花朵。

大雁永远在队伍当中。六只大雁一起飞行，十二只大雁一起飞行。大雁从来不像麻雀那样偷偷摸摸地独自飞行。夜里雁群睡觉，老雁站岗。在天上飞翔，老雁用叫声招呼同类。雁的家族，一定和和睦睦。蒙古人把鸿雁亲昵地称为鸿嘎鲁，视如亲戚。鸿雁守信，每年某月某日来到某地，从不爽约。蒙古人看到走路歪歪扭扭的鸿雁又来了，带来了小鸿雁。它们在天空排成雁阵，仿佛是礼兵的分列式。蒙古人看到这些鸿雁喜笑颜开。

为写这篇小文，我打开百度寻找大雁的照片。看到它们可爱的、充满礼仪感的大雁的样子后，又看到了百度百科的第二篇文章：“大雁的吃法。红烧大雁……”这让人沮丧极了。我在沈阳航空博物馆附近看到一家饭馆挂的招牌即是“炖大雁”。鲁迅假狂人之口，说几千年的中国历史每一页都写着吃人。人的历史何止于吃人，还吃可以吃得进嘴里的、有肉的一切生物。人的祖先在饥馑年代可能都吃过人。这种基因多多少少总要遗传下来。在法制时代，吃人不可得，便吃雁、吃猫、吃狗、吃蛇，吃其化学成分为蛋白质的血肉之物。而不管那些动物是否友善与可爱。达尔文说人类是进化而来的，我见到一些人之后立刻怀疑这个学说，人是进化来的吗？好多人并没进化过，一直是野兽。他们是怎样逃脱了进化又衣冠楚楚领到人的身份证呢？用我老家的话说："他妈怎么生出这么个玩意呢？"

燕　子

燕子在雨前飞得比篱还低。我坐在桑园里，看到柳树在闷热中摆动枝条，像玩累的小女孩儿扇动自己的裙子。草们交头接耳，传播关于雨水的各种猜测，它们甚至竖起尖尖的耳朵，听远方有没有雷声。没有，“吱吱”的声音是从对面街上传来的加工铝合金门窗的电锯声。

雨燕在草丛中掠来掠去，像寻找丢失的东西，如钥匙。看不出燕子也会粗心大意。但飞这么快，它能看清地面的东西吗？草丛里藏着许多毛桃，那是碧桃树在昨夜的风里遗落的。手拎防雨绸兜子的老太太，弯腰拣这些毛桃，去皮之后串成念珠，在手里摩挲。燕子还在找，借此做出各式优美的舞姿。它双翅微张，尾羽微张，闪着墨绿的亮彩，像一把空气中的剪子，或许它已经剪断了许多蜘蛛刚刚拉出的亮晶晶的丝，使蚊虫逃生。燕子挺着饱满的胸和小小的喙，似乎为此自豪。

我见过燕子们的照片。白腰雨燕的羽毛是深棕色的，飞翔时才露出白腰，像穿露脐装的少女。非洲的塞内戈燕，白喉红胸，像饮酒串皮的渔民。线尾燕的翅膀也是墨绿的，红冠，如守卫欧洲古堡的士兵。美洲的楼燕形体近隼，在燕的羞怯中多一些威严。毛脚燕背黑腹白，小而胖，短短翘起的尾羽十分好笑。

我喜欢汉字中的“燕”、比“雁”字灵透亲昵。燕子像猫、企鹅一样，得到人类的接纳与喜爱。在乡村，檐前或打谷场上，常看到燕子的身影，寓意丰足。它也和云朵、小鸭子及大红花一起，进入牙牙学语的孩子们的歌谣中。孩子喜欢拍着手唱“小燕子，穿花衣……”。虽然燕子并不知道这是唱它，匆匆飞去，否则要驻足檐下听听这些歌词，而“雁”字在人眼里，与远行有关，与怀乡和思念有关，辽远，并带一丝凉意。

女性的名字中，有许多“燕”字。起名的父母认为它代表着美丽和灵巧。口里念着，有几分溺爱。当然这些名字，如“丽燕、秀燕”，在鸟类辞典中是找不到的。

而桑园中的燕子，仍在来往寻找，越飞越低了。

啄露而歌

我在一篇文章中写过："雨后，桑园在许久的寂静之后，传来一句怯怯的鸟鸣。"

早上，我又在雨后的桑园听到了这样的啼唱。这只鸟的喉间仿佛有丰盈的水珠，或者它在练气功，津液满颊。我担忧的是，这样歌唱，不会呛水吗？我童年的朋友三相，曾向我炫耀含水歌唱：抿一口花茶，唱颤音的"美丽的哈瓦……"还没等"那"，呛了。一阵咳嗽，我把他脊背噼啪一通捶打。

雨后，树叶上流漾水珠，小鸟感到树上挂满水滴的钻石，惊喜自语。也许，它有意啄一滴水漱口再唱，像我唱蒙古族歌之前须饮烈酒润喉一样。

行家说，这自是鸟的唱法，叫"水音儿"。画眉、红子都会此腔，尤其邢台以南产的红子，腔名"衣滴水儿"。我宁愿相信这样的情景：初晴，鸟儿啄头顶的一滴水，"凉啊！"它不禁喊出声来。如果没有污染和人类捕杀，鸟儿实在过着神的生活。

紫微紫微紫微紫

布谷鸟的歌唱近于幽怨，布谷！布谷！粮食生产真是大事。音色还好，木管乐味道。喜鹊之唱像用碗岔子刮铁锅，是乐器族里钹或宿醉人晨吐的声音。一对在天上儿这样唱道：

公：紫微、紫微、紫微、紫（音译）。

母：瞧瞧（声低微）。

它们盘旋环绕，飞得不高不低、不快不慢，“紫微紫微紫微紫，瞧瞧”。

还有一种鸟鸣，单音儿，“吱”，给我的感觉，它叫一声眨一下眼。此音好像不闭眼发不出来，而且是眨双眼皮的圆眼。鸟眼都圆，见不到细长如关羽或林艺莲式的眼睛。

鸟的视力——鸟类学家说——是动物中最优秀的，它们几乎靠视力生存（白日的猫头鹰除外）。鸟儿有最好的听力，可以同时分辨二百分之一的两个音。这最使我困惑。对人来说，它是一个音。

有的鸟儿唱连音，重音在后面。啾啾啾啾、嘀！五言。前四个音节如拨弦，后边的音节是鼓。这里面有奥妙。读古诗最舒服的就是五言，四言六言均不贴人心怀。“白日依山尽，无人送酒来，青青河畔草，大雪满弓刀”。

诵诗时敲一只木鱼，觉得五言之诗简直是真理。其实诗的每句为六言，第六个音符是休止符，参差上口，意味连绵。这和汉语的单音节相关。斯拉夫语系之元音、转音、粘连音得不到五言的脆白之韵。英不落的鸟儿也有斯拉夫语系的演唱，声音在喉咙里打滚，有舌音和脑部共鸣的混音。我听不懂意思，波希米亚的斯美塔娜一定听得懂。

风吹过，圆而密的雪松摇不得枝叶，只好扭动腰身，像摆呼啦圈。柳条叩首，杨树不动。风大了，杨树掰掉枯枝扔下。白杨不知如何迎合风，甩一甩枝条不就保全筋骨了吗？给我的感觉，杨树一直闭着眼睛，在夏天到来之前，在圆而微卷的绿叶长出之前，它不屑看眼前的一切，即使喜鹊把粪便拉了一身也不睁眼。难怪小鸟说：瞧瞧！

我住的房间在二楼，南面是公路。路基高，眼前有墙遮挡。摩托车像在冰上滑过，卡车也看不见轮子。城里听到的车声只是鸣笛，在这里，汽车的声音穿过树林仍保留发动机的轰鸣，同时听得见鸟鸣，包括它们自言自语式的啁啾。西面有一条铁道线，火车间或通过。有一天，我站在垃圾堆上看见客车的窗口在林木间嗖嗖闪过，只三十秒就没影了。火车的声音更真切，车轮在钢轨上的摩擦，还有车厢之间的撞击声，呼隆隆或咣当当，象声词，说不好。在乡村听到火车的行驶声，让人的心思通向远方。

湖里的红鲤鱼因为抢吃掰碎的方便面扎成一堆，面块儿像球场的球那样传来传去，攒拥它的是无数圆嘴。也可以说，在这里看到了众嘴的群吻。在离湖边很远的假山边上，有一条小鱼随波逐流。我算一下，它离群吻之地约有一千米，中间有岛，可能它再也游不回去了。

新　鸟

去年新栽的树冒出小叶子，它们是从南方运来的大树和小树，能不能活就看它们自己的运气了。每次看到树林里的枯树，我心里有一些不安稳。周围的树越绿，枝叶越茂盛，越显出枯树的可怜。但我住这个园区的树都绿了，它们中间有两三年和四五年前栽的树。冬天看不出树的生存状况，它们像都死了，或全活着，这是说北方。人比树优胜之一是冬夏都能看出谁还活着呢。树活着的方式很简单——早春，在枝上发几片绿叶就可以了，开花的树开一开花。树在夏天伸枝散叶，长出数不过来的叶子，叶子就像它下的蛋，下得越多越好。风一来，叶子哗啦哗啦响，哪一棵树响动大，说明它们家日子过得好，树与树之间就是这样攀比的。有特殊禀赋的树，长叶不说，还结水果，这是对人间额外的馈赠。苹果和沙果是近亲，梨跟苹果五百年前也是一家。有的树结出的果跟谁也没亲戚，香蕉、榴梿、荔枝对苹果来说都是外星人，但也能吃。人就认吃。对吃不了的东西，人想方设法从它身上剥夺点儿啥，不然不罢手。谁第一个从橡胶树上割出了树胶？他比第一个吃螃蟹的人还狠。这个人脑子里想的事和别人不一样，跟秦始皇的思维差不多。

树冒芽了，我在园区里转悠，看到冒芽的树知道它活了。还有许多树没冒芽，但我相信它们没死，只是没冒芽。南方人比北方人更顽强，当年那么多上海知青下放到黑龙江，除了金训华夭亡，其他人活得都挺好，因为他们有文化。树也是这样，没什么不一样。后来，每一天都有树冒出新芽，这与我巡视或企盼都无关。我即使钻进山洞里闭关打坐一个月，树也会开花冒芽。

这些树是新树。对谁新呢？它们栽到这里之前已经是树。对园区或对我说来，它们是新的吗？树在每一个春天都复生，都是一棵新树。它们冒出婴儿的芽。这一点比人真是幸运多了。我没见到哪个人在春天比冬天年轻了十岁，他们和我依然故我，胳膊上永远长不出簇新的绿芽。那一日，我忽然感到树上叽喳乱叫的鸟是新鸟，它们第一次见到春天。如紫铜一样落满尘土的桃树开出粉红的桃花，让它们叽喳乱叫。枯黄的草地冒出新绿让它们惊叹。我家的猫认为凡是会动的东西都有生命，无论纸片、风中的树叶或者虫子。因为会动，故有魂灵。新鸟也作如此观。草动了，绿慢慢爬上草的头顶。花从树干里钻出来在风中颤抖。它们活了，只不过暂时还不会飞。新鸟儿禁不住大叫，这不是反天了吗？它们奇怪人、墙壁和石头为什么不大叫。鸟儿为了这件事又大叫起来。小鸟对世界保持新奇，它们的心一动。翅膀就自动打开，飞到哪里看一下。雨也是活物，雨水整齐地降下来，降在草地上，毫不犹豫，好像去年就来过这里。鸟儿对雨滴成千上万地落地更觉得奇怪，它觉得地上可能盛不下这么多雨，而雨会砸到其他雨的头上。没等鸟儿看清，雨已落地并转移到一个地方。雨对每一个地方都很熟悉，无论屋顶、墙、灌木或下水道都是它们的老家。鸟儿赞叹没有翅膀也会飞的雨，赞叹青草和花朵。小鸟飞升天空，用双翅给自己的歌声打拍子，真是太有意思了。

新鸟爱着春天的每一个地方。它落在桃树上，树枝用摇晃表示欢迎，这是树的礼节。鸟儿检查枝上的花苞可不可以吃，看到花蕾从迸裂的枝头钻出来。那么，是不是树皮不结实，泄露了这些花？还有更多的花被绑扎在树干里，等待明年泄露。新鸟发现了自身的优势——大地和天空都属于它，猫与狗却没有这样幸运。鸟儿在天空飞翔，在大地休息。猫狗奔跑和休息都在大地上，只能仰望，而不能在天空穿行。新鸟全力飞行，看到更多的桃花，多到它已经不打算落下去观察了，鸟儿看到春水载着树的模糊倒影静静流淌，把这些树影运到没有树的地方。春雨过后，新鸟又惊奇地大叫，冲刷一新的石子分明是一些宝石，这些柠檬黄的、赭紫的石子难道不是宝石吗？没人捡，也没人赞叹，这让鸟儿叽叽喳喳。

鸟儿到底在干什么

新居的南窗和北窗都见得到鸟的身影。它们从左到右或从右到左，在玻璃窗外划直线或斜线。刚搬进来，这样的情形让人一愣，城里见不到此景。鸟之飞行如弹射，如石头飞过去。住了一段时间，才察觉这是福气。承鸟不弃，它们肯在窗前划来划去。远处的天空上，更小的鸟在缓缓地飞，像漂在水库上的树叶子。

这个园区住的人不多。树上飞来飞去的小鸟仿佛替代各家的人出户聚谈。空寂的含义大约就是置身草木之间，鸟儿弹出弹入，车辆和人都在远处。

鸟儿不停顿，它们一直赶往一个地方。我区分不出鸟群当中谁是谁，只看见它们中间的一只鸟嗖地去了那个地方，又有一只嗖地去了另一个地方，却弄不清它们的路线是从哪里到哪里。譬如，一只麻雀在我家露台顶上的木制雨搭上大步跳，像小孩儿跨越铁道的枕木。它跳到最边上一根木头远眺。它远眺不过两秒钟，如果是我则什么都没眺望到，麻雀已一头冲到了楼下。我不知它这么快发现什么，去了哪个地方，是灌木或草丛？鸟飞去的地方，只见其落，却不知它落在了哪里。人的眼睛永远跟不上鸟的身影。又如，另一只麻雀落在我家露台上的栏杆上，这是我巴不得见到的情景。它脖子左右扭了几扭，便飞进夹道对面的树里。树里有什么呢？这是我常常思索的事情。麻雀一定在那棵树上发现了什么情况——那儿有一个好看的树杈？一条小虫或一只可爱的藏在树里的麻雀？故飞入探寻。在我们眼里，那只是一棵树，与别的树差不多。树上长满了树叶，树叶跟别的树也差不多。我们根本看不见树里面的事情，发现不了这棵树的丰富和奇异。树在人的眼里只是一个概念，真可惜了。

我在荒野里走，几只鸟儿齐刷刷从头顶飞过，落进前面的草地里。而我赶到那里查看时，只有草和地上的泥土，别的什么都没有，而且鸟也没有了。我觉得我所查看的可能并不是鸟儿刚才落的地方，但人根本记不住它们落地的确切地点，没那么好的视力。按照因果律，鸟儿一定在那个地方看到了什么，捉到、吃掉、埋掉、总之处理掉了什么东西。如此说，鸟儿瞒着人不知干了多少事，它们当着你的面办这些事，你却不知这是什么事。鸟儿觉得人都是大傻子。

人觉得这个世界是由他们控制的，这里挖挖、那里建建，然而控制个屁，人只活在他们自己的世界里，活在什么微博、微信、陌陌里。鸟儿有鸟儿的世界。在空旷的田野上，鸟儿知道哪里有水源，哪里有它们的窝，哪一棵树上有什么样的虫子。鸟儿按它们脑内地图的定位，知道哪儿有沟渠，哪儿有什么样的树。有什么其实我也不知道，总之那是丰富有序的鸟类的世界。我们对此一无所知，只从表象上看它去了这里，又去了那里，却不知它们在干什么，甚至不知那只鸟是哪只鸟。鸟儿没有清闲过，它一生都在忙忙碌碌。可能长了翅膀都要忙忙碌碌。你知道你能飞，你知道你飞得很快，怎么会不飞呢？飞则忙碌。鸟儿的视力敏锐，心好动。它看到太多的东西让它停不下来。我猜想，鸟儿心里一想“飞”，肩膀稍微动一下，身体已经在空中飞了，大地尽在鸟瞰。而落也不麻烦，心里想“落”字，翅膀合拢，双爪已捉住树枝。这样的念头，它一天出现一百多次。我比较爱溜达，每天跑步、骑自行车的活动半径在十公里左右。不算驾车，我的活动量在人类里面算多的了。跟鸟儿比，这啥也不算。鸟儿的活动半径每天上百公里，动车高铁都没法跟它比。鸟儿不是瞎飞，它好像一直在办事。办什么事呢？按说吃喝是大事，但人类看不见它什么时候吃喝。窗台及柏油道上小白花一样的鸟粪证明它们吃过也喝过了。它们还办什么事，玩？我猜测玩是小鸟每天相当重要的事。它们嗖一下扎到这里，嗖一下扎到那里，可能都是玩。玩啥呢？不知道。咱们人类体积太大，又没翅膀，没办法嗖地跟它们扎进草丛里看它们怎么玩。

我站窗前，看鸟儿划过来划过去，分明是不带你玩儿，你甚至不知它们玩儿什么。假如带你玩儿，也真玩不了。比如，它们从三楼排风的木窗格子上飞到一楼蔷薇花的灌木里，人无奈。非不想也，而不能也。鸟儿钻过密密的灌木在地面啄几粒想象中的草籽，飞到五楼的排水管子上，人怎么能追随它的足履呢？不过心想往之。多数人没这种想往，注重功利的人，没好处不去钻带刺的蔷薇花的灌木，没更大的好处更不会到五楼的排水管上站着。如有赏金，钻灌木和到排水管上站着对人都不是什么难事。我已体会出鸟儿的快乐，这和排不排水管无关，跟自由有关。自由的前提是把身体和心灵收束至简，简到不影响飞行。吃的呢？有点儿草籽和小虫就行了，没虫子吃也不要抱怨。住的地方以树林为家，任何一个树杈都是家。其他东西概不需要，然后飞、玩儿、办事。鸟儿也要谈恋爱。我见两只鸟儿在天空谈恋爱，它们相逐而飞，转弯，上升或下降。两只鸟儿保持相等的距离和相似的姿态，太美，但难度也太大了。

鸟儿叮咛

没有比鸟儿更絮叨的了。鸟儿如果在地球上消失，一半是说话累死的，另一半被其他鸟说话吵死了。

一棵大树，树叶何止千片？每片树叶后面都可以藏一只鸟，吱喳没完。我在树下，耳边环绕哗然鸟鸣，几百只或许上千只鸟一起说话。我用耳朵分辨不出有多少只鸟，心里也算不过来一瞬间有多少只鸟叫了多少声。就像大铁锅炒黄豆，你算不出一秒钟爆多少声，记不住哪只黄豆爆了，只见黄豆此起彼伏地动，抽搐，啪啪，然后啪啪啪。

人见得到锅里的豆子，见不到树上的鸟儿。仰视树，只见到树，而鸟儿的话语像被筛子筛落一般漏下来，比落叶还多。假如，鸟鸣的声波可以用颜色标注——在一个可视的仪器里，那么，这棵树将落下粉红、莹蓝、明黄的光粒，是一串烟花似的鸟鸣。

听声音猜不出小鸟羽毛的颜色，不知哪会儿，一只鸟儿嗖地弹到地上，啄一口东西仰头咽下去（鸟儿动作太仓促，吃没吃到东西弄不清）。这是蓝羽毛的鸟儿，比麻雀小一圈儿。它向后梳的背头一直梳到尾巴上，是孔雀蓝——我姐小时候有一条这种颜色的条绒裤子——它的眼睛描了白圈儿，喙是……它飞了。我听到树上鸟的合唱中有一声弱弱的“唧唧”，是它在叫吗？又有一只翠鸟以眨眼般地速度落下来，像被别的鸟儿从枝上挤下来的。这只鸟转圈儿蹦高，何事乐得蹦高？它翅膀如柳树的嫩叶那样绿，脊梁像柳树到了秋天，深绿里带着灰。这个鸟儿的叫声是“嗞儿、嗞儿”，像往葱叶里吹气发出的声音。它飞走了，演出到此结束，再演该收票了。

我在树下坐着，尽量不动，也不敢打喷嚏和呼噜，为看到从树枝上下凡的小鸟。我希望每一种类的小鸟，或每种音色的小鸟派一个代表下树接见我。我承诺不动手捉你们，我把两只手紧紧攥在一起，不动。鸟儿下地散步的少，除了蓝的、绿的和两只灰鸟下来呆过几秒钟。这四只鸟儿胆子忒大，敢在人身边呆几秒钟。人说人坏，动物和鸟类比人更知道人的坏。小鸟敢落在黄牛和母猪的背上，没鸟敢落人背上的。一个人八十岁了，也没鸟敢落在他背上。

现在是早上，从屋脊越过的阳光照在草地上，没漫进阳光的草地上还有白霜。青草站立，而去年的枯草还匍匐。

鸟儿一天的话说在早上，中午、下午和晚上听不到它们发声。它们在说什么呢？鸟儿一定看到了人看不到的有趣的东西，交流所见。昨夜下过雨，落叶松下面棕色的松针被洗得干干净净，像一地打碎的木梳齿。鸟儿们传布着一个消息：松树下面摆着木梳，卖木梳了！喜鹊喜欢从这棵树尖飞到另一棵树尖，空中只出一声——嘎，落下再叫——嘎嘎。鸟里面，它算寡言者。喜鹊没办法像小绿鸟小蓝鸟小灰鸟那样在树枝上乱钻，它的大尾巴碍事。

湖上的冰层化开又冻，再化再冻，现在剩有奶酪薄厚。冰下模糊移动的黑影，是草鱼的脊背。花猫把人吃剩的鸡骨头拖进一个废弃的洋铁皮炉筒子里。这些事都看在鸟儿眼里，是它们谈话的内容。树林西边是一个铁道线，火车汽笛一如圆号的声音，浑厚而干净。当年设计火车汽笛的人一定是一个音乐家。火车停下来的时候会泄气，呲——白雾包围了机车，它仍然缓缓移动。而到了晚上，一辆火车飞驰而过，窗户如一串飞越夜空的灯笼。深夜里，见不到车，只见灯笼飞奔。这些事情都是鸟儿要说的话。

南面的湖水已经开化很久，有两只野鸟泅水，脖子一伸一缩，如互相叮咛——水凉啊，是的，水凉。——但天气很好，不错，很好。——你觉得有风吗？不是风，是树林的气息。

它们游着，它们端详对方游，仿佛不留神，对方就会沉下去。水面从野鸟胸脯间划出八字的微痕，它们点头、互视，不断叮咛。树上的鸟鸣，也可能是情侣之间的叮咛。它们不怕别的鸟听到，别的鸟也不怕别的鸟听到。情话乱成一锅粥，不怕听。

对，鸟儿们说的话跟猫无关，跟火车也无关，是彼此体贴的情话。它们一遍遍叮咛对方，不管对方是不是在听，说到筋疲力尽。

鸟儿在嘲笑什么?

榆苑冒一片浓烟，过去瞧，工人烧荒。借春风，把地上厚厚的茅草烧尽，化灰肥地。男工人穿迷彩服，亚热带丛林作战时的伪装衣现在普遍成了劳动服。女人戴口罩，扎厚头巾，穿运动服。他们手举铁锹扫帚，面对四处奔突的火焰。枯索的早春，火焰以其明亮的活泼让人爱也有点儿不安。如果火窜树上，铁锹扫帚伺候。工人是附近的农民。

草地过火之后，留下流动的痕迹，像急流冲过。是说，枯萎的一尺多高的草被水冲过，如头发卷曲地面，火烧过，黑色的灰烬留下水流一般的波纹。脚一踩，炭灰“噗”地没了。看上去，灰是黑炭，烬是白炭。一夜过去，风把黑白炭吹跑了，地干净，露出一绺绺的青草尖。它们烧不尽，草尖却黄了。

到今天，青草还没有成片出现。一条被人踩得光亮的土路上，青草露头儿。它们挑土硬和人走过的地方先发芽，真犟。青石板台阶的缝隙先出青草，横竖划出绿色的格子，比地上绿得快。

英不落的园林除去亭子，还有雕塑和桥。有一个通往湖心岛的桥凹兜向下，如同把赵州桥造反了，行人由上而下再上，从功能说，也属于桥。雕塑是这里的大观。一个女武术家塑像背剑矗立，二指冲天。塑像跟基座相比显单薄。周围几棵柏树长得太快，把武术家挤在当中，成了隐蔽的哨兵。看得出所有的雕塑系出一人之手，无不写实，一丝不苟。人和动物若做成塑像，必须变化，而不能按解剖学的比例做，写实就失真。古希腊的雕塑若看着写实，也只在“看”时，再看，比例全有改变。某楼前一座母子鹿雕塑，难为了雕塑家，它们的嘴太像嘴了，微张的样子像念俄文单词。鹿的犄角和尾巴断了，放在边上。放生池有一座少女塑像，高挑身材，纱衣，腹肌做得很好，长发却像一卷书。还有一座白大夫塑像，他热切地凝视前方——晋察冀边区受伤的将士。想起白求恩遗嘱——“把我的行军床送给聂司令，皮箱送给贺司令，马送给冀中的吕司令。请加拿大党组织关照我的妻子……”

林中出现新挖的树坑，堆着的土像洗过。土在土的里面就是新的，没有灰尘。那么，什么是灰尘？它不是土吗？从树坑边湿润、带纹理的土看，土是土，端正，质地如一。而灰尘是灰尘，到处跑，它们弄脏了土的外衣。灰尘和风是一伙的，土没有和它们联盟。走着，见一根电线杆子，木质，裂缝，刷黑色的柏油。如果在林中见到一根电线杆子，谁都想骂它。和树一般高一般粗的电线杆子，虽然直立，却像叛徒，像水货，像欧典地板，或暗探。它的头上穿过电线，打扮得如同公家人，但还不招人待见。我拍拍它，说：回去吧！

鸟可能会笑。快到家了，东边榆树传来“唧唧——”刚抬头，西边“唧唧”。鸟在一秒钟换了位置，后一句“唧唧”听着像“嘻嘻”，它在嘲笑人。鸟惹不起人，只好嘲笑一下，笑他们混浊的眼力、迟钝的听力以及转动脖颈的笨拙。没安滚珠儿，没安万向轮，怎不笨拙？鸟儿打不过人，也“科技”不过人，却可以高踞人类头顶，看这帮没翅膀的家伙在地上埋头走，用声音追他们。早上看电视，一位野外动物学家说：“人们不一定能发现珍稀动物，要靠动物的粪便判断其行踪。”

对城市人类学家来说，靠人类粪便判断他们是什么人、在搞什么，实在太难了。腊八蒜、烤鸡胗、扒口条、鱼香肉丝、汉堡，他们什么都吃。

鸟　居

辽宁大学操场东侧有一个掷链球的场地，六菱形，五个面由三米高的铁网拦着，另一面是链球出口。从未见什么健儿掷链球，水泥地的边缘长满了苜蓿草和拉拉蔓，网上有几只快乐的小鸟儿。

鸟儿的双爪在胸前捉住铁网的丝格，像我们抱着一棵树，眼珠滴溜溜地张望，这一定很舒服。如果人攥着铁栏杆向外看，样子悲壮，让人想起诸先贤，喜欢苏俄歌曲的则以喉音低唱“感受到不自由是莫大的痛苦……”这样的车尔尼雪夫斯基最爱唱的歌曲。但鸟儿振翅一飞，已到铁网的另一面，双爪当胸了，非常妥帖，这个网的上空是敞开的。原来鸟儿这么喜欢铁网，动物园里也是这样设计的。辽宁大学的鸟儿不断伏在铁丝网的里面和外面，从外面看里面，又从里面看外面，很懂哲学。也像一个窃贼反复享受释放——逮捕——释放的乐趣。

我走过去了，三只小鸟很不情愿地飞到树上，齐齐地看着我，担心搞乱它们的家园。其实没什么可搞乱的，既没有床单，也没有冰箱彩电。我很累，刚跑完五千米。为了让小鸟忧心如焚，我故意弄乱沙子，用手指在铁丝网上飞爬。它们一定含着眼泪想：完了！完了！这家伙要占领这个好地方。

网下是茂密的草，苜蓿在每片叶的腋窝里都探出一束未放的花朵，边缘是艳红的，像我们小时候，左手攥着右手刚露出一点儿的五个指头，假装是狗爪子。或让别人猜哪个是中指。苜蓿未放的小花也这样使劲攥着，花一开，雪白，红色一点儿都没有了。

兔子最爱吃苜蓿草椭圆深绿厚实的小叶子。我曾经问过曾祖母，兔子吃苜蓿到底是什么滋味呢？她说，就像你吃苹果一样。这话给我留下的印象非常深。后来一见到苜蓿草，就焦急地张望，希望有兔子来。而见到一望无边的苜蓿，竟替兔子心疼了。拉拉蔓是琐碎的东西，从头到脚全是草籽，假装富足。你难道想冒充麦穗么？看到草的高低起伏，我想上帝在云端看人间的森林也不过如此。因而我希望在荫翳蔽日的草的枝叶下，走来一队小心翼翼的探险者，即使我在其中也很好。打着裹脚，握刀的手早已汗湿了。这时我想起小学一年级时，老师教的一首歌：

高高的兴安岭，
一片大森林，
森呀林里住着，
勇敢的鄂伦春。
一呀一匹马呵，
一呀一杆枪……

唱“一呀一……”的时候，舞蹈如下：一只手放在背后，另一只手伸出，一条腿抬起，头偏向一方。可见当一名鄂伦春族人也是快乐的。那么这里就是小鸟儿的兴安岭吧。

我不再久留，刚离开链球场，三只小鸟儿箭一般地扎下来，回到它们魂牵梦绕的家园。什么东西都有一个顶好的去处，譬如我们认为黄山好。对小鸟儿来说，能到带铁丝网的链球场最好，它们——用旧小说的话讲，是——在此享尽了荣华富贵。

鸟　群

鸟群飞在天空，特别是秋天的时候，像头顶突然出现的一层落叶，旋转着、摇晃着，然后齐齐转弯，隐没在楼群之后。

鸟群，譬如说鸽群，纷纷把头低下，翅膀频率加快，倾斜着身子，再高高地升起来。我以为它们都喜欢这样的飞行，像失去平衡，栽下去，之后骄傲地升起来，这时让地面的观者长出一口气。

它们转弯再升起，宛如航行在海上，仿佛躲避一个打过来的浪头。可是天空没有汹涌的潮水，明净得连一丝云都没有，就不禁为它们的嬉戏而惊喜。鸟儿如国画家，在无尽的虚空里拟出背景，如云，如雾，如夜，如水。而它们把翅膀倾斜并急速扑拍时，使人们感觉如站在海底仰望。

城市的天空早被烟尘蔽翳，所谓“夏云峥嵘，秋云闲散”不复现焉。这里的天空像一个纸盒上面永不开启的盖子。而鸟儿群飞，让我们想起这是天空，儿时老师曾用手指着告诉过的。是的，那儿是天空。鸟儿在空中转折，成为仰面看到的唯一的美丽，恍然想起了乡村。那里时时有鸟儿飞过，让人感到乡村的天空是活的，不仅有星星月牙儿，还有鸟。鸟用飞翔告诉你四季与晨昏。城里，就是常常有乌鸦飞过也令人愉快。乌鸦除了出声粗俗以及伫立枝头的姿态令人诧异之外，飞起来也有一些鹰的苍劲。也许它一直是模仿鹰的，但人类不知为什么并不认同。于是乌鸦比任何鸟儿沉思的时间都长，在无人迹的野山的秃枝上。

鸟群在空中盘旋，使人们看清了解翅的全部。每一根翎像扇骨一样排列着，精美健劲。它们一遍一遍抚摸着城市的天空，仿佛这样可以把天擦干净，把梦想还给期待者。

鸟群飞过峡谷

从山顶往下看，峡谷飞过的鸟像一群鱼游过白雾的河流。

鸟脊背黝黑，张开翅，伸出尖尖的喙。

高山顶上草叶凛立。所有的草都蹚过云的河流，被云抱过又松开。山顶的草瞭望三十里外的风景。

鸟群飞过峡谷，像钻进山的口袋。悬崖的野花数不胜数，孤松的松叶是一把梳过流云的木梳。

鸟逆风而飞，气流裹着水的湿意，天空的蓝色只剩下最后一层。蓝的后面，清白无尽。

鸟群像从山顶撒下的一簸箕树叶，树叶在风里聚首，重新攒成一棵树。

高山高，风吹走了山顶多余的装饰之物。石头缝里没有土，只有树，低矮的松树抚倚巨石。被风搜索过的山顶，野花贴着地皮，花瓣小，如山的领子的纽扣。

山顶见不到鸟栖，如同见不到野果和草籽，岩石在风中眯起眼睛，鸟粪早已风干。我在山顶发现一只踉跄的野蜂，它老了，或醉在蜜里，翅膀零落如船桨，仿佛想用这只桨支起不中用的带黑道的身躯。劲风的山顶竟飞来一只野蜂，鸟飞低于峡谷，野蜂是怎样飘上来的呢？

鸟在峡谷里飞，像在隧道里赛跑。风把隧道挤出裂缝，逆风的鸟，翅膀集合着满舵的力量。从生物生理学说，胸大肌在鸟的身上占了最大的比例。鸟的胸肌牵拉翅膀，一升一拍，力量比人做单杠的引体向上大百倍。

小小的鸟们都是力量家。啄木鸟用喙敲击树的力量有几十公斤，鸟的双足从树枝弹跳起飞，力量有十几公斤。没有弹起的高速，鸟飞不起来。鸟身上没有赘肉，它们不贮存脂肪。最可喜的是鸟的羽毛，那是一片压着一片的花瓣，如绣上去的清朝官服的补子，是仿生学家至今没研究清爽的防水防寒的系统工程。

山顶的野草只有短短的叶，趴在石头上。在风里，它们习惯于匍匐的姿态，人间叫低调。自然界的事物没有一件不合理。没有哪种动植物违背环境伦理而高调，它们不会无理由地高大、绚丽、尖锐、臃肿或苗条，它们不做不近情理、不知好歹的事，它们不是人。山顶的石头如桌如凳，宛如待客之地，常来坐的只有白云。

白云携二三子，来这里歇息，或晤谈。人想象不出云彩在一起谈一些什么话，如古人云的云。去白云坐过的石凳上坐一坐，有成仙的意味。凡此类可以成仙之地，风都大，裤子呼啦呼啦灌成两个面口袋，头发如水草朝一个方向漂，耳朵里灌满风声。那么，成仙之后做什么呢？什么也做不成，风太大。站着趴着都不适宜，看书唱歌也不适宜。成仙需要一般人不具备的坚强。小鸟们都不想成仙，从峡谷飞过去，像一群鱼。

鸟 投 林

暮色起时，飞鸟像空中的落叶，大片掠过头顶。归巢的飞鸟不再徘徊，笔直地飞过去，飞回自己的家。

鸟的家在林中。鸟这一生不知有过多少个家，尤其是候鸟，它们的家全都在林中。落在岩石土坡上过夜的小鸟，是鸟中的迷路者。无枝可栖，鸟才站在地上睡觉。

鸟看树和人看树不一样。树不光是鸟的家，树简直就像鸟的村庄。村里住着数不清的同类，一双滴溜溜的眼睛就是一只鸟。它的家被包裹在树叶里，谁都看不到，只有小鸟自己知道。鸟相信，枝杈是树身伸出的手臂，邀请它们在臂弯做一个窝。可是，树林有密密匝匝的树杈，哪一个作窝最好，鸟心里有数。

鸟具有生物当中最好的眼力，从一千米高空看清楚小虫爬动。科学家说，它的视觉分辨力可以看到鸟们一下一下扇动翅膀。人只觉得鸟嗖地飞出，别说看翅膀扇动，连翅膀都看不出。但小鸟的眼睛有夜盲症，天一黑就要回家。人的夜视力勉勉强强，虎、狼、猫在夜里看东西就像咱们看电视一样清楚。

站在白马寺旁边新建的印度寺院的门外，我看到一片飞鸟低低地钻进远处的柳林。不是降落，而像插进林中，树杈间，不知它们怎样减速。

头一次见鸟这么着急，天黑了找不到自己的家吗？或者别的鸟占了自己的家？人看来，夜里的鸟不妨到哪儿栖居，道旁孤零零的树，屋檐上，随便住一夜算了。人其实没想过小鸟晚上在哪里入眠。鸟，却比人想象得尊贵，它们一定回到家里睡觉，和伙伴们，在一个大家庭。让它们这么迫急地赶回去，比人赶火车更急。

鸟比人更想家。一个鸟巢里面不过是横七竖八的细树枝，没有金银财宝。鸟不稀罕财宝，泰戈尔说，鸟的翅膀系上一块黄金就飞不起来了。鸟觉得这个细树枝的小窝里不能没有主人，回巢才有香甜的梦。科学家观察到，鸟甚至说梦话。我目送黄昏中归林的鸟儿，盼望它们个个找到自己的家。

爱情暖脚

当橘红色、刺眼的阳光从对面楼的三单元三楼那扇玻璃射过来时，刚好是上午八点四十五分，自然这是在冬天，12月底。而这束探照灯似的反光出现在二单元四楼的玻璃上时，已接近九点三十分。附近小学的喇叭将要传出教导主任的男声，训斥学生们队伍站得不直。近来，这个学校的学生，特别是低年级的学生，队总站不直。

冬日的太阳从污染的烟气中露出面庞，一轮橘红。如果透过黝黑的、枝干上擎的碧桃树丛看太阳，如被黑湿的干柴架起，太阳显得新鲜，有铜版画的意思。

鸟儿这时飞来，一派只是随便看看，旋来旋去，如逛商店的女人；另一派会飞下，在靠墙立一排大葱的雪地上一路蹦过。另一些鸟儿落在窗台上，旋颈、抖翅、磨喙。有只鸟儿立在旧单车中轴上，左叨右啄，宛似钳工。

这时，有一只鸟儿蹲在电线上——最近，每天这个时候，它都来。电线从旧红砖楼房通向反射阳光的新楼，是电话线。鸟儿站在线的中段，即下垂的弧的底端，有微风时则悠荡。电话线下面有起脊的铁皮屋顶的自行车棚，眼下覆盖白雪，对鸟儿来说，它就是积雪的山坡。这只鸟儿比麻雀大，也有褐羽，然而顶赤，大约是朱旦红。

朱旦红每次在电话线上勾留十几分钟或半小时，起飞时，盘旋再三，能感到它把翅膀展开在空中环绕是非常舒服的事情，况且是积雪的山坡。南面有黑枝架起的新鲜太阳。

这时，对面楼里走出一个年轻女人，挺拔矜持，脸上有满足后的落寞。

楼下老太太说过，这女人男的在国外。这时来电话，正是外国的晚上，半价。

这只鸟儿正分享他们的电话。或许越洋的爱情最能暖脚，让朱旦红驻足并悦悦然盘旋。

以后，常常能见到鸟儿和那女人。

又过一阵儿，空迹。鸟儿与女人，不知道是谁先离开的，车棚的雪也化了。没有爱情，雪竟也会融化，真是。

鸟像神一样生活

一只鸟落在树上，树成为鸟的家。

在人看来，家要有床，有门窗，乃至水缸、锄头、放鞋的柜子、写字台与电视机。东西多，称之为富有温馨。因而，人看鸟的家简陋零乱。

鸟不这样看。鸟眼里，纵横枝条即为沙发长椅，即为单双杠，即为体育场的看台及台阶。鸟以为，人类的财富是他们由于自身笨拙无能而准备的垃圾，无价值。人不会飞行，又不能光脚在大地上行走，更不敢在冬天走，于是穿鞋。所有的鞋都比不上鸟爪那样耐寒耐热耐磨轻灵绝缘。所有的鞋——鸟认为——无论它叫阿迪达斯、老人头、鳄鱼，都是人类不得已而后使用的道具。美？不可能美。未经上帝之手怎么能谈得上美。至于说到价格的高下，鸟知道这是人类自己骗自己，他们不骗同类骗谁呢？众所周知，在熊、鱼类和昆虫面前，人连一双鞋也推销不出去。鞋如此，人类的衣服、围巾、袜子，所谓被子、枕头以及更可笑的裤衩、背心莫不如此。人类爱说“变态”这个词，其实他们早变态了，戴乳罩、割双眼皮难道不变态吗？变。如果一只鸟趿一双鞋飞上天空——用我妈的话说——简直笑死人了。当鸟看人钻进铁皮盒子前行、拐弯、鸣笛并闪耀两个大灯的时候，觉得这是不会飞行的生物对飞行生物可怜的模仿，他们蠢到开一个橡胶轮子的铁盒子到处跑。

不会飞就不飞嘛，安静地坐在一个地方多好。其他，譬如人的家里备一口水缸或自来水是因为他们家缺少一口泉眼，而且，人不知道江河湖泊的方位，知道了也不可能跑到那里伏倒喝水再跑回来。人有写字台是人靠写字（材料、账目、作品）苟活。人有锄头是靠种田谋生。鸟认为，具有先天性缺陷的生物才靠技能而不是本能谋生。如果你是一只会飞的鸟，已具备了一切。衣食住行样样都被上帝安排好了，什么都不缺。如果人类不砍伐森林，不污染水源，鸟子鸟孙都能活下去而且幸福指数老高了。

人类呢？人类靠大量资源活着，用漫长的时间接受教育并采用八选一、八十选一、八百与八十万选一的方式决定一小部分人活得好。而鸟，鸟鸟活得都好。

鸟吃小虫或草籽果腹，今天吃过了睡觉，不考虑明天，也不琢磨吃其他众多生命，比如羊蝎子牛尾、鸡轸鸭脖子鱼翅。人吃了今天的食物要思念明天明年乃至晚年的食物，吃一切能吃之物。除了食物，人还惦记明天的位置、荣誉和股市。人是这样的多、这样的坏，不谋划不行。

当人类用生物矿物资源保障不了自己的生存安全的时候，发明科技手段让自己生活得——姑且叫——好一些。然而，世界上科技最发达的国家同时也是军事工业最发达的国家，如美国。军火业发达除了发动战争即杀人之外，没有任何好处。因此，鸟决不会羡慕小鹰号航母和卡拉尼什科夫冲锋枪。鸟不羡慕科技，它们认为，科技对人而言，是弥补他们的短处和贪心所准备的技巧系统。譬如可以走得远，看得远，听得远，以及占有更多的资源，包括月亮之上的氦-3。鸟不需要。如果说到看电视，鸟认为这是人类最能暴露自己愚蠢的事儿。他们不了解自己的生活，于是看电视剧里别人怎么生活。至于一些明星与名流的光焰，鸟以为这是人类的僭越——上帝没给予他荣誉却被他冒领。名流不蠢，蠢的是他们的景仰者，后者自称粉丝。当粉丝们把那些循环系统、呼吸系统、生殖系统以及淋巴、扁桃腺、肾上腺与自己一模一样的人视若神明的时候，鸟看不下去，拍拍翅膀飞了。鸟想问人类：你们见过神吗？尔等把笑都给搞哭咧。

鸟儿飞飞，大地像一幅永无尽头的长卷。油菜地镶着渠水颤动的银边。房屋如果不冒炊烟，如同新发掘的考古遗址。鸟钻进风如鱼钻进水，风用双手紧紧裹住鸟儿，怕它们摔下去。河水有的分岔，有的汇合。老鼠从广阔的田野上跑过，被砍掉的白菜把根留在土里。山多高啊，鸟悠然飞过，在山顶抛一泡带草籽的粪便，岩石如开小白花。鸟看到火车傻头傻脑地奔跑，不知去干什么了。而太阳升起来之后，这是在秋天，被山遮住阳光的草地涂一层白霜，光照的草地露珠烁烁。鸟飞过来飞过去，没什么事务，这辈子就这么过，舒服，真舒服。

鸟感觉鸟类可能比人更接近神的生活。天下有一棵树是它的家，天下无数之树都是它们的家。住哪一个家都无须花费、置办、申领与动迁。而人只有一个家，大城市新结婚的人恐怕连一个家都安不下。正如人居有门窗是怕偷怕冷怕热，鸟在透明的没有门窗的树家上生活，不冷不热不脏不盗。鸟想问上帝，您为什么把人设计得那么无奈？冷热不宜，坐卧不宜，喜怒不宜，饥饱不宜，不宜不宜。他们竟能吃出糖尿病和痛风，这是为什么呢？神不语且安详，鸟也安详。如果不被囚禁笼中，鸟不急躁。鸟不晓得嫉妒、怨恨，不会狂笑讥笑冷笑嘻嘻嘿嘿哈哈与跷二郎腿。鸟宁静，鸟一跃上天，鸟喝干净的水，鸟擅长所有艺术中最伟大的艺术——歌唱。

神什么样？神至少自由，像鸟那样在天空活动。神应该是干净的，包括饮食。神当然会歌唱。

当我写下“鸟像神一样生活”的时候，还想写下另外一句：如果人像鸟一样生活，该有多好。

俯视者

假如上帝不太为难，就把我变成一只鸟吧。有过几十年人的经历，我已经很知足。

假如我真的变成鸟——醒来发现胳膊进化为翅膀，在被子里已经很不方便，也没法塞进袖子里；双腿的肉不见了，缩为火烈鸟一般瘦劲的足；爪子穿鞋，无论拖鞋和皮鞋都不妥帖，那就从窗台跳下去，飞吧！

我不会飞翔，其实鸟也不知道怎么飞。我和鸟都得依靠本能。从楼顶飞过去，我熟悉的城市此刻是像煎饼一样摊开的平面图。黄河大街不过是一条水渠，人们迈着小步行走，特拘谨。车开得很，遇到红灯还要停下来。从天空上看马路上的人，他们好像都没脑子，不知道自己要到哪里去。他们的身高消失了，像被压缩的黑点。黑点下面交替伸出两只脚，我看到了无数人的秃顶。俯瞰中，男女区别非常小，看不出哪一个女人长什么样，也看不出她的腰细不细。至于说到衣服，几乎都白穿了，只看到肩膀和围巾。年龄也看不出来，老年人走得慢，年轻人走得快，仅此而已。走路的人脚伸到前面，跑步者腿在后面蹬。打车的人最搞笑，他拉开车门钻进去，好像进了下水道，人没了。

我在沈阳上空徘徊，想去的地方一晃儿就到了——这是百鸟公园，我在那里跑步。水源地那两株梨树花开得真好，白得一点儿不掺假，特别明显。

房顶摆着干透的玉米棒，柠檬色。跑步的人不知道房顶有这些玉米，不然早把它偷走了。跑步的人跑得太慢，而且不知道谁在他们前边跑。他们跑得一点儿都不轻松，像找厕所拉尿。露天游泳池的大狼狗也被我看到，它正用舌头舔铁链子，给链子溜须。百鸟公园对面是辽宁大学，那里面的树多好。风吹过，桃树上的颜色又淡了一些，地面却更白。花瓣落地被寸草举着，每株草都举一个粉色的摇篮。等到桃树花冠秃了，地面花瓣覆满，像一张大床。

辽大操场好看的不是跑道，假塑胶跑道已经分层了。看台的台阶黑点错落，有鸟吗？好像有几只麻雀。我在主席台屋顶看学生们推铅球、呐喊、四百米接力，一切都瞒不过我的眼睛。

如果我是鸟，会毫不犹疑地离开城市，飞到有河流的乡村。乌鸦在田野里散步，每一片树林都藏着无数秘密。河水即使越过卵石，也要造一个小瀑布。乡村的早上有炊烟，黄牛在乡路上蹒跚。夏至之至，阳光还没爬上大地，每一株草的脖领子都灌满了露水。晚秋的大地，草不仅穿上金黄的礼服，袖子还洒了一层精致的白霜。买房？鸟还买什么房？不要跟鸟说房屋每平方米多少钱，包含百分之五十土地出让金。鸟比人洒脱就在于不买房，无数的树杈都是鸟的居处。为什么要住在一个地方并死在那个地方呢？鸟飞翔，去想去的一切地方，不干房事。

一个人如果想变成鸟，骨骼是一个问题。鸟的骨骼具有高强度、低重量的特征。它有纵横交错的骨梁，肋骨横突与下一根肋骨连接。鸟骨轻而坚固，鸟有全视野。鸟的视觉优于哺乳动物，正如哺乳动物的嗅觉超过鸟。鸟的视力和听力比人类高明。它的羽毛包含羽轴和小羽枝，是流线型的空气挡片，还是防雨的厚被子，是保温层。鸟的羽毛是美丽的花衣裳。

上帝能把人变成鸟吗？这里面有好多麻烦事，用官场的话说，叫“程序挺复杂”，不变就不变了。成为鸟那天，无非早上发现自己多了一副翅膀，抽烟喝酒都不方便，也吃不了烙饼，改吃榛子和松子。喝水要啄，挺胸扬脖吧嗒嘴。体制如果知道一个人变成了鸟，估计会停发他的工资了。

当一只鸟——比企鹅、火烈鸟、鹭鸶好看得多的鸟有的是，只不过人们不知道——松金翅、白嘴潜鸟、红眼绿鹃、小滨鹬、抚蜜鸟、彩火尾雀、绣眼、褐隼、啄羊鹦鹉、黄腰唐加拉雀都好看。好看的鸟比好看的人多得多，跟鸟搞对象也比跟人搞对象更容易。

第二辑 河流没有影子

南方的河流

南方的河流平缓饱满，小雨像丝网一样漂在河的表面，河把它们运到不下雨的地方。

南方灰白色的河流驶过吃水线很高的运沙船，沉重的船体移动，仿佛时刻在爬坡，河水的表情愈加灰白。谁都能看出河水比船更疲惫。

远眺南方的河流，它如同刚刚解下围裙，拾完柴草、喂过猪、做熟了饭的母亲。疲惫的南方河流，天天驶过货轮和运沙船。

南方河流众多。在多山的南方，河流自古已是道路。马蹄虽未踏过，拥挤的船舶磨白了河流。它们没时间看天，也抓不住河底的水草，唯有沉默流淌。

南方的河流一如蚌壳色的大地悄悄移动，这块地不长稻子和杂草，只有瓦楞似的波纹和船的村落。

船开往天际。南方的天际融化了地平线，仿佛河水在天际走散了，河流成了天际的尾巴。南方的鸟儿名字叫鸥，叫鹭，长着长长的脚，随着河流游荡。

南方的河流子女众多。多如牛毛的小溪从山里渗透大河。溪水在山里像儿童一样清澈，进入河流就老了。它们过早投身劳作，肩扛货船，手挑鱼虾。溪流进入河流之后开始寡言，它们听不懂彼此的方言，南方的方言比树上的枝杈还多。

南方人在陆地上仗没打够，把仗打到江上，草船借箭，火烧连营。人类脖子二根筋，河流脖子一根筋。河流没办法抬头辨识打仗的人和船头的旌旗。后来听到战鼓息了，呐喊息了，落入水下的箭镞长出绿毛。

河跟鸟兽一样在夜晚休息。南方的河流用月光洗自己的布衫。千里月光洗千里河衣，万里月光洗万里身体。南方河流的手足上全是泥巴，脊背长满老茧。月光倾水、一摇一顿，河流白一点又白了一点，松开皱纹，尔后休息，一梦出了洞庭。

渔舟唱晚唱南方河流之晚。唱歌人头戴斗笠、身披蓑衣。南方的方言音调繁复，融汇了水车、江鸟、猿与山鬼的音调，咿咿呀呀。渔歌更像鱼歌，渊深幽远，如水草飘荡河面。

南方的河流为五谷奉献奶水，南方种两季和三季稻谷，河和河的子孙哺育稻和稻的子孙。稻子开花了，稻田滚过南方河流的浪花。两湖两广的大米里藏着南方江河的气味。白帆其实不白，河流缓缓而流，云母色的南方天空下面只有油菜花鲜明晃眼。

南方多雨的河流培植的竹子吹出玲珑的笛子曲，南方多鸟的河流倒映海螺似的青山，南方鱼虾丰盛的河流把村庄哺育成水乡，南方驮着竹筏的河流淘洗白皙的月亮。南方的河流古代叫水，如今叫江。在长江和珠江的出海口，南方的河流汇入大海，我替他们庆幸，它们终于可以歇歇了。

夜的河

夜的河边，像听见许多人说话，含糊低语变成咕噜咕噜的喧哗。河在夜里话多，它见到石头、水草都要说说话，伸手拍打几下。漆黑的夜里，看不清河水，月色没给涟漪镶上银边。河水哗哗走，却见不到它们的腿。

站在岸边，你不相信前面有一条河，不知道是什么在流。星星太少，在天空聚不拢光，照不见河水窜行的脊背。鸟儿拉长声鸣啼，见不到它飞。

夜只是对人类视网膜的蒙蔽，却打开了动物的视窗。人与动物的视觉感光细胞不同，所谓“漆黑”的夜，在狼看来如蓝色的清晨，在猫看来，是蜜色的黄昏，万物清晰柔和，只有人和鸟类（猫头鹰除外）的眼睛被夜遮蔽了。上帝让人鸟在夜里失去视觉力，是收束了你的能力，让你歇息，让另外的种群开始生活。没想到，人类在爱迪生的带领下发明了电灯，在伏特的带领下贮藏了电，诞生了不夜城，糖尿病、失眠症和高血压症也随之诞生。人类要为他们发明的每一样东西付出成本，一般说由后代为前辈付出成本，包括医疗费和性命。

河在夜里潜行，步伐越来越快。河无须看路，路在一切地方。水流不怕石头，不怕灌木和岸上的狼。水啥都不怕，它既分散又聚拢，谁都分不开水，水剩到最后一滴也抱成团。

乌云在天边垒出黑堡，在远方阻挡河流。世上没一件东西能挡住河，河曲折但不投降，河断流但不往回流。小河投身大河最终汇入海，水库和大坝都截不住河流。河水卑下，河水清澈或混浊，河水浑身是土，却像青草一样繁盛，像民主高于城墙。夜的河漂过许多人的梦，河水用黑缎子把这些梦包起来送到远方。河水在夜里跟水草拉手，和夜鸟微笑，河在夜里看一切比白天更清楚。所谓阳光并不能照亮一切地方，它留下的阴影和它照亮的东西一样多。夜袒露所有地方，甲虫在灌木下面爬行，枯叶的背后藏着一只褐色的蝴蝶，鸟窝建在树顶。夜不想遮掩什么，夜也遮掩不了什么，夜比白天更广大。

河在一个时辰游出了乌云的地带，星光在头顶闪亮。晴朗的夜空是景泰蓝的花园，这么蓝，天空舍不得在蓝上镶嵌太多星星，只镶了百分之一，如同表盘的标记。这些蓝渐渐融化——夜色也会融化，天空在黎明泛白，是因为蓝融化于大地，主要化在海里——像蓝冰涣散，慢慢堆在河中间，包裹了许多星星。星星在夜的河里洗澡，周围的河水发送白光，后来变成了灯笼，鱼儿穿行。夜色在河里越积越多，让河水慢下来。夜的河驮着越来越淡的景泰蓝缓缓流淌，天快亮了。每到这个时候，河水都要在脖子上系一条玫瑰红的纱巾，再披一条金缎带。黎明跳进河里喧闹，天大亮，河水流得宁静如常。

河流的腰

我路过的地方是这条河流的腰。水流优美地向河心拐过去，剩下一大片开阔地，是腰闪出的地方。

河比天空和大地更有人间的气味。

河流束腰的地方，岸更高，长在上面的高粱仿佛举着石榴的籽，高粱的叶子在风中暗斗，唰唰响，谁也不服谁。

河有一百种表情，皱眉是急流，沉思则缓涌。最静的时候，河面落一根羽毛都会起纹，像镜子一样亮，但比镜子柔软。这时的河如早上刚刚醒来的儿童。儿童看世界，无分别心，世上没有他们不接纳的事物。儿童眼里的事物没有好坏，只有已知与未知。儿童进入世界唯一的路叫作好奇，像这条河，不停地流，只为探索，去没去过的地方，去感知。

河一辈子都在水里。河生于雨，生于泉，生于玻璃窗上的哈气，生于草叶的露珠，生于牛马的尿，晚年流入海里。

河流归海，是惯常的说法。但如果河水分成滴，有多少滴流不进海？进海的水滴是少数，就像得道的人是少数。大部分水被骄阳蒸发了，被泥土绊住了后腿。好在水滴不死，结为冰雪也没冻死。水好就好在死不了，它们比谁都擅长转世，蒸发、下降、流动，循环在天空和大地的血管里。谁能想到，水永生，它们淹死别人，却淹不死自己。谁也别想把水烧死，水反过来浇灭火。这是老子赞美过的水，淹不死冻不死的水。虽然从医学说，人体百分之七十是水，但人仍然不是水。人身除水分之外百分之三十的肉决定了人的弱处，既烧得坏（脂肪可燃）又淹得死（肺不适应），还怕冻。

水有许多名字，河、海、江、洋，多了，翻字典带三点水旁的字众多，都跟水有关，证明水的势力大。

水在河里的时候，名字叫河。天下的河太多了，名字也多，好名破名都有。我听过裤裆河、狗咬河、狼不来河的河名，这名差不多在骂河。河也有好名，桑干河与汾河，听上去都好听。人认为，河的名字永远代表这条河，然而“这条河”早没了，一眨眼就流出十米。桑干河怎么会永远是桑干河呢？人所说的桑干河早流走了，汾河、淮河、剪子河、灯笼河也早流走了。但是，原来的河水流没了再起新名也不方便。叫什么好呢？谁来起名，谁传播这个名呢？最可叹，河刚起新名，水又流跑了。我觉得，天下河流不必起这么多的名，起一个不妨全国通用，叫“流河”或“淌河”，或“水的河”，朴实准确。

河的腰是这样的细，让减肥的女子羡慕。河的颈子、河的脸庞、河的胸都在河里。小鸟们知道河的容颜四肢在哪里，从天空上看到的。河水日流夜流，而我坐火车飞机看到许多处于盛水期的河套，种满了庄稼，早没水了。河的腰没了，变成蠢汉的肚子。

公无渡河

月亮尝试渡河，却迟迟停在河水中央。河里比天上更惬意，像坐上了一个笸箩，摇摇晃晃。月亮在河心显出白净，这也是它不愿渡到对岸的原因。河水一波一波地淘洗，不白也白了。河里的月亮像把着白云的门框照镜子。照镜子感觉时间过得好快，当月亮不白了，天色一点点亮起来时，月亮才想起所谓黑夜即将过去，但它还没过河。它记得要看一看对岸的柳树，看散乱的柳丝下面鱼群的动静。

桃花往河里跑，岸上的桃树争相把花枝伸向水面。枝头河上，生出两重桃花的繁复。风路过桃花林放慢脚步，怕触落花瓣，屏住呼吸穿过花的枝头。风不懂，它走过哪儿都是风，像雨走到哪里都是水滴。桃花仍从风的身影里纷纷坠落，漂在水上渡河。风不知如何是好，把花瓣拣起送回枝头但拣不过来，随它去吧。风用扫帚把树下的花瓣扫入河水，桃花坐着自己的船。豆粒大的桃花翻身落进水里，瓣瓣都是小舟。桃花还没坐过船，如今坐上了自己的船。何止船？桃花没见过白云，没见过青草，更没渡过春水。春天的小河静静地流，看上去几乎不流。多看一会儿，河上的浮冰划破柳树静止的倒影。桃花不知向何处去，满世界都有逛头。桃花觉出两岸后缩，如被两挂大车拉动，岸上的桃树被车拉走，惟水不动。对岸好，栽着比草更矮小的桃树，枝上仍开着看不清的小桃花。桃树间穿插柳树，以绿枝打扫什么。渡河为桃花所愿，可是不知怎样渡到对岸。一条木船往对岸开。艄公把橹一头系在船首，一头在河里搅动，船径直开过去，在视野里越发缩小。桃花才知这个世界的景观是越远越小，小山小桥都摆在远处，而桃花离母树越发远了。渡过了两个渡口。它的头顶尽是柳枝，柳枝伸手打捞路过的花瓣。

鸟儿渡河。鸟儿被滚滚的流水吸引，它觉得水去的地方一定是个好地方，否则它们不会这么匆匆忙忙。鸟儿飞临河的上空，看出河水在追赶前面的浪头，掐它们的脖子掩埋它们。河水下面如同有一口大锅，把水烧得跳起来。小鸟顺河的流向飞行，看到河面比大地平坦，前方是银色，后方也是银色，鸟儿像一只河流所放的小黑风筝。鸟儿累了，到对岸的草地上休息，在河边走一走，看河水什么时候停下来休息。河不会停，像天空的云彩停不下来，它们身上都安着永动机。

马渡河如一场搏斗，双蹄踏浪，而浪涛兜头涌来，想把马淹没。马踏浪如踏在无鳞的龙背上，以蹄为刀剑，杀开一条无底的路。在水里，看得出马与河俱怒气冲冲，它们搏杀，打碎多少浪花的盔甲。马的长鬃沾水，肌肉紧张，昂起的脖子血管贲张。马游到对岸，河水也静了，对手与对手互致敬意。马理解不了河水的力量，不知它暗中想把自己推到什么地方。马的归宿是草原，它在山麓静立，等黄昏降临属于马的时光。马畏水。在水里，所有的生物都要随波逐流，水里没有马的自由，没有被风卷起鬃发的豪迈。

天空上，银河是夜晚才流淌的河流，流不尽，也不入海，天上没有海。在人的视野里，海于天际同天空汇合，但海还是没融入天空。借着天空的蓝，海造出更蓝的、动荡的水面。白日里，云的队伍宛如一条河——如果它们不是乌云，如果在天边站成一长溜——淹没山峰。云朵俯察大地的河流生出羡慕，那是如镜的、有浪花且有帆船的水流。河水流淌得比云朵更沉静，而且从来不像云那样走走停停。云想渡河，却怕它的丝棉入水后沉入河底。云练习像河那样蜿蜒流淌却学不会，小云在蜿蜒中从云层掉队，成为孤立的蚌。云在天上渡河，它看到自己的影子轻捷地划过河面，云反复渡河不能止休。在河边，有大片的云朵排队，它们等待一朵一朵地渡河，坐上它们想象的缆车。

乐府诗云，朝鲜的白首狂夫欲渡滔滔之河，妻子扯衣断襟，苦劝不成，狂夫坠河溺死。其妻手拨箜篌出悲声，歌曰："公无渡河，公竟渡河。"此歌不胫而走，由汉至唐。李贺诗："公乎公乎其奈居。被发奔流竟何如……"李白诗："被发之叟狂而痴，清晨临流欲奚为。旁人不惜妻止之，公无渡河苦渡之。"这是一个谜，他们一直在猜狂夫为什么渡河。如果没有"公无渡河"这首歌，如果"公无渡河"这句汉代的口语说的不是这么蹊跷，就没人猜他入河的原因。古往今来，河流一直是动物和人类的隐蔽的坟场，尽管它滑如琉璃，鸥鸟翔集，它是许多人和事的终点。

河流没有影子

白桦树和黑榆树有同样黑色的影子。我把两只粉色的牵牛花扣在眼睛上，看东西一律是粉红，但它们也有影子，像酒盅一样。

鸟的影子难得一见，它的影子从房檐掠过去，像窜过一条蛇。它的影子在飞翔中消逝得那么快，那也是影子。

云的衣衫有一些透明，因而它的影子如同树林的荫凉。站在山顶上看云的影子，大的占几亩地。这么大的云彩的影子笨拙地移动，好像要搬走地上的庄稼，搬不走，它自己慢慢走了。

让每一样东西拖着黑色的影子是太阳的意思，喻示一切事物终将消失，除非它没有影子。

只有河水没有影子，因为它透明。水可蒸发为云，可渗地成河，水可无限分割又瞬间接合。水的影子是冰雪，而冰雪消融又回归于水。只有水不死。

在早上的光线里，螳螂的影子被放大好几倍，像是钢铁制造的侠士。它正在欣赏自己的影子，它没想到自己的爪牙一夜长到这么大，更适合穷兵黩武。在江南，比一丛乱竹更潇洒的是一窗竹影。郑板桥说，他的竹是对着粉壁墙竹影描下来的。郑画的竹子笔墨平平，妖气重，和他的做派一致。

前面说没有影子的只有河流，大凡透明之物，均无影。人也如此，心里空了，就没有好事坏事的影子，如同河水留不下浪涛的影子。透明的人如同一只手不分手心手背，是一团混沌，无抓亦无放。透明的人或物不阻挡阳光，阳光从他（它）们的身体穿过，顺便带走了烦恼。

人的影子在地面或长或短，或胖或瘦，物理学说这是由太阳与地球的位置造成的，我以为这恰恰是一个譬喻。早上，影子往西方拉长，如人之童年，喻示未来的岁月尚多。影子在中午伏在脚下，说盛年阳光最旺，阴影躲了起来。傍晚的影子又长了，但长的是已经度过的岁月而非未来，步入老年。

世上看不到红影子、绿影子，影子不是色彩，是暗地里的轮廓。影子无白色，白纸的影子也不是白色。影子不经你同意量出你的长宽高，放在地上，告诉你不过是你。就影子而言，你和别人并没有两样，高贵、典雅、妖娆这些词对影子用不上。下雨天，雨冲走了人与物的影子。雪天，人和墙头小鸟的影子格外黑，远方积雪山峰的影子反射蓝光。

黑夜是地球的巨大阴影，这影子深邃稠密，把所有的事物归纳为黑。人在黑夜里睡眠，孩子的身体在黑夜中生长，黑夜缔造了一个独特的世界。在地球的影子里，万物看到了别样的光亮，这就是星星和月亮的光。人对黑夜的光寄寓美和期盼，星光喻示前路微茫，月光寄托相思千里。万物在地球的影子里享受每一夜，而昆虫和动物在夜里开始它们正规的生活。夜，不过是影子，如同一株草身后的影子。事实上，一粒沙的影子也可以创造像夜这么大的黑暗，只不过沙的空间与地球不一样，而空间与时间不过是人造的观念，方便自己记录地点、年龄和自己所做未做的事情。他们把时间称之为光阴，光为昼，阴为夜，说的是光和它的影子。

蛇没有影子，它匍匐在地，盖住了自己的影子。雨滴没有影子，它降落得太快，人看不清它们的影子。火没有影子，它和阳光一样炽热。死人没有影子，他们终于甩掉了影子长眠于地下。歌声的影子是它的回声，人心的影子是他们的记忆。有人不为当下生活，靠记忆的影子生活。所有的记忆——不管好还是不好的记忆——终将变为影子。影子乃虚无，只是人们看不穿这一点罢了。

楠 溪 江

楠溪江是树状水系，如一个翡翠的网，包络着永嘉的大地。坐在竹排泛流，像坐上了安轮子的车在碧玉上滑行。江水深绿，比鸭绿江还绿，低头看江，却清澈，不是藻绿。

在这里拍下的照片不像真的——金黄的竹排在江上游弋，水面像铺了一层翠绿的树叶子。我坐在竹筏前面的小竹凳上，碧水分流而过。清幽啊，似魏晋时代的景物。我虽没在魏晋呆过，却觉得魏晋山水大约如此。撑篙的船老大七十多岁，草鞋系了一朵红绒球。而别的船夫只穿塑料拖鞋。红绒球随船老大撑篙簌簌微动，非英雄不能如此。他祖上一定是将军，说不定就是桓温。这更让我相信楠溪江从古代流过来，今朝见到是偏得。事实上，所有的江都从古代流过来，只是被GDP害成了毒江或臭水沟，楠溪江侥幸活在青山绿树之间荡漾。

以乐曲譬喻，长江是庄重浑浊的无标题交响曲，黄河是民乐齐奏的《万马奔腾》。楠溪江则如一支竹笛独奏曲，静远虚无，音符里带着涟漪，声声滴翠。在楠溪江上漫游，时间改变了行走的样式，你觉得钟表的时针分针的手脚缩了回去，时间变成了一个古老的磨盘，它慢慢地转，由人工推着行进。

楠溪江两岸皆山。江水并非在山谷蜿行，是山从江边长出来。山和江水有一样的碧绿，仿佛是水体的结晶堆成山。山与水在永嘉呼应一体，均清悠旷远。

楠溪江有许许多多的支流，像树叶张开的脉络。能每一个支流走一下才好，穿上救生衣，把楠溪江的水走遍是一项能力。古人就是这么走的，这样的行旅可跟山水更深结缘，跟野花、小猴和鸟儿们结缘。时间虽长一些，却能够真正走入山水怀抱。在楠溪江，一切都慢了下来，适宜做一些更慢的事情。譬如迷路，涕泗中被同伴找到；譬如被无毒的小蛇咬了一口；譬如被猴抢走帽子和相机；譬如在山涧里发现解放初期大财主埋藏的珠宝，翡翠手镯七八只，“袁大头”不计其数。

此地山的样子奇崛，或藏有唐宋元明清以来的好东西，包括刀剑碑帖。说不定还有谢灵运留下的山水诗全集刻本或其他神秘的东西。谢家是大户，世代有钱。这些钱干吗呢？不会去杭州买房，杭州（余杭郡）那时还很小，就像北京人不会去邯郸买房一样，他把钱换成了珍宝，传给儿孙。逢战乱，谢氏子孙把珍宝藏进山里，因为那时没有农行保险箱。越看山，越觉得山上遍布永嘉历代名人所藏的好东西。我问草鞋系红绒球的船老大：“这山好上吗？”

“这山根本上不去。”他答，分明是怕珠宝被外人启获。

“药农也上不去吗？”

“现在药农也不让上了，封山。”

原来是这样，永嘉可以成为全国文物保护模范县。

竹筏慢悠悠漂浮，水面如大块的绿冰，些微涟漪才使它像水，飞鸟在水面投下一瞬而逝的影子又使它像无尘的冰。滑冰运动员到这里一定有滑几圈的冲动。在我们游历的这个下午，山里无风却凉意沁人。竹筏行进时，两岸山林的鸟雀发出欢呼声，我愉快地向它们挥手致意。它们继续热烈呼喊。我只见树木，看不到鸟儿，但它们看得到我。小鸟跻身密密麻麻的树叶后面扯着嗓子高唱，气氛感人。

“莫摆手了，喂猴的人进山才摆手。一会儿猴都下来了，你没带吃的东西，猴会发脾气。”

“发脾气怎样？”我问。

“猴把你身上衣服剥下来撕成条，把烂泥丢在你脸上，把你墨镜抢过来它自己戴上。去年，一只猴把警察的大盖帽抢下来戴上，坐在山崖上，好滑稽的。”

我放下手，挥手时我心里想的是三军仪仗队而不是猴，尽管仪仗队的人也是由猴进化的。鸟还在呼喊，像无数人在集市里高声讲价。鸟会有这么多话要说吗？我记得小鸟是半天才说一句话的，像梦话。但这里鸟多，鸟们对树、对青山和碧绿的江水有讲不完的话。它们怕别的鸟没听清自己说的话，重复多遍。而别的鸟也在重复刚才说的话，聋人对话就这样。

上岸，我们到村里转转，到林里转转，到山脚下转转，与村民、牛犊、母鸡、鸭子和房子合影留念，返回。我还坐原来的竹筏上，草鞋的红绒球仍然微颤。太阳落山了，晚霞在群山之上奔走厮杀，血流满地，几颗亮星躲在仍然蔚蓝的天际观望。夕阳把山巅烧成了漆黑的焦土，掩埋了云的旌旗与城堡。天际平静之后，墨一样黑的山峦全都戴上金红的斗笠，剩余的金光铺洒在楠溪江上。江上的深绿隐退了，代之金红。夕阳摊在水面比天边更红，仿佛有一层薄薄的火苗在悄悄燃烧。鸟雀对此大为惊奇，噪声更甚。船老大一下一下撑着篙杆、竹排行进无声。我坐着，船老大站着，暮色宽阔的翅膀遮住了江面，他草鞋的绒球变成模糊的黑球，像从炭火里扒出来的土豆。

河在河的远方

对河来说，自来水只是一些稚嫩的婴儿。不，不能这么说，自来水是怯生生的，是带着消毒气味的城里人。它们从没见过河。河是什么？用“什么”来问河，什么也得不到。河是对世间美景毫无留恋的智者，什么都不会让河流停下脚步，哪管是一分钟。河最像时间。这么说，时间穿着水的衣衫从大地走过。这件衣衫里面包裹着鱼、草和泥的秘密，衣领上插着帆，流向了时间。

河流览历深广。它分出一些子孙缔造粮食，看马领着孩子俯身饮水。落日在傍晚把河流烧成通红的铁条。河流走到哪里，空中都有水鸟追随。水鸟以为，河一直走到一个最好的地方。

天下哪有什么好地方，河流到达陌生的远方。你从河水流淌的方向往前看，会觉得那里不值得去，荒蛮、有沙砾，可能寸草不生。河一路走过，甚至没时间解释为什么来到这里。茂林修竹的清幽之地，乱石如斗的僻远之乡，都是河的远方。凡是时间要去的地方，都是河流的地方。

河流也会疲倦，在村头歇一歇，看光屁股的顽童捉泥鳅、打水仗。河流在月夜追想往昔，像连续行军几天几夜的士兵，一边走一边睡觉。它伤感自己一路上收留了太多的儿女，鱼虾禽鸟乃至泥沙，也说不好它们走入大海之后的命运。也许到明天，到一处戈壁的故道，河水断流。那是一个无人知晓的地方，河流被埋藏。而河流从一开始就意气决绝，断流之地就是故乡。

河的辞典里只有两个字：远方。远方不一定富庶，不一定安适，不一定雄阔。它只是你要去的地方，是明日到达之处，是下一站，是下一站的远方。

常常的，我们在远方看到河流，河流看到我们之后又去远方。如果告诉别人河的去向，只好说，河在河的远方。

黑河白水

北地，当白雪覆盖河岸的时候，黑色的河流缓缓流过。这么冷了，我不知道它为什么不结冻，袅袅升腾白雾。这的确是一条黑河，凝重而坚定地前进，虽然并不宽也不激壮。在冰雪世界，任何有动感的事物都令人感动，况且是一条河流。

这样一条黑水流淌着，在白雪的夹裹下充满苍郁，让观看的人心软了，坐下来叹息。

而所谓“白水”，也难见。德富芦花称：“日暮水白，两岸昏黑。秋虫夹河齐鸣，时有鲻鱼高跳，画出银白水纹。”水白不易见，水清与水混则常见。对“水白”之景，我曾困惑过，后来在回忆中想起来了。的确是在“两岸昏黑”之时，天几乎黑透了，穹庐却还透散澄明的天光，无月之夜，星斗密密甫出，河岸的树林与草丛织入昏暝里，罩着虫鸣。这时，河水漂白如练，柔漾而来。在远处看，倘站在山头，眼里分明是一条曲折的白水。

雪中的黑河像一群戴镣的囚徒，水流迟滞，对天对地均含悲愤。像弦乐低音部演奏《出埃及记》。雪花穿梭而落，却降不进河里。人不禁要皱着眉思索，漫天皆白之中，这条黑河要流到什么地方去呢？这是在初冬，雪下得早。若是数九之后，此地所有的河流都封冻了。

观白水，如静听中国的古琴，曲目如“广陵散”。在星夜密树间，白水涳濛机灵，如同私奔的快乐的女人。白水上难见波纹，因为光暗的缘故。这时，倘掷石入水，波纹扩充，似乎很合适。在此夜，宜思乡，宜检旧事，宜揣测种种放浪经历。如同站在缓重的黑河前，应有报仇雪恨之想。

黑河与白水，我是在故乡赤峰见到的。他乡非无，而在我却失去了徜徉村野的际遇。人生真是短了，平生能看到几次黑河与白水呢，虽然这只是一条普通的河上的景色。

黑河境内的黑龙江

我住在酒店八楼。楼下每天传来循环往复的女声广播——“黑龙江是我国第三大河流，俄罗斯人叫它阿穆尔河，蒙古人叫它哈拉穆河，赶快上船吧！”

我想下楼告诉这个女人，阿穆尔河是蒙古语，不是俄语。西伯利亚的许多地名是蒙古语，如贝加尔、乌兰乌德、阿巴甘等。但我不想跟这个女人争论，她言说的核心是“赶快上船吧！”声音在风中飘，听上去像“赶快上床吧”，催人早睡早起。

“黑龙江是我国第三大河流……”从窗外传来时，我可能在睡觉（凌晨）或准备睡觉（夜晚），闻此言马上蹿到窗台观望我国第三大河流，一日无数次。大江丰满，大江从来不会急急忙忙。以黑龙江的宽阔而言，天际的云朵似乎只是它的陪衬。我看到，凌晨三点半开始，云朵就站立黑龙江两厢的天空，为它让道。黑龙江这时分应该叫白龙江，俄罗斯人应该叫它白穆尔河。江面如鲫鱼肚子一样银白。五点钟，这条肚子透出一些玉石般的微青，天上潦草的云朵挂上一些微红。如染色时代的照片那样浅而艳。我住八楼，江水不让我看到波浪，它也没什么波浪。成千上万吨的水流淌在平缓的河床里，要浪干什么？江的对面是我们的邻居俄罗斯。他们把中国原有的村庄海兰泡改名为布拉戈维申斯克（报喜城）。当年，他们在城里的东正教堂放置了一座报喜圣母像，尔后改了城市的名字。这些人把中国原住民的辫子系在一起往江里赶，不从者被哥萨克用长柄斧子砍死。

如今，对面的城市有了繁忙的码头，七八座吊车日夜忙碌。夜里，这座城市最高最亮的楼房是中国人建造的五星级饭店，号称远东第一高楼。黑龙江是一条界河，收集着两岸不同的文化和历史。早上，从高楼上一眼望到对岸的国土，感到很近，近里又透着陌生。我早上、中午、晚上从我的窗户为江照相。画面上有这边的沿江公园，母亲塑像。在不同光线下、江水青碧、灰白、宝蓝，还有一种洋铁皮色。深夜里，黑龙江和它的名字最为吻合，江水完全漆黑。江里如果有龙也一定是黑龙而非黄龙。江上过船，船头两盏大灯亮起，好似我家黑猫飞龙的大黄眼睛。

黑河的江边公园是我在此地的最爱。自天亮开始，江边公园就布满人群，散步的、跑步的、打拳的、踢毽的，花花绿绿的衣装把江边打扮得比花圃还鲜艳。人们欢愉的表情仿佛说黑河是最幸福的地方。我想，如果哪个地方在江边建城市，如果江堤足够高，不妨把所有房子全建在江边，绵延一百里，让老百姓家家都高兴。我跑步，从港务局码头跑起，经过母亲塑像和十几座纯铜的狗熊雕像，一直跑到高架桥，全长三点一公里，往返六点二公里。跑步时，一边是江，一边是绿地，心旷神怡。人在跑，江水在身旁默默地流，如同你的脚步与时光被江水流走了。想到人跑步不过区区六公里，而江水日夜倾流，不知疲倦，人显得太软弱无力了。中苏交恶时，一天夜里，两岸边防军开亮探照灯，机枪嘎嘎扫射结冰的江面。双方都以为对方有人偷渡。事实上，是一只狗在冰上追一只狐狸。如今两岸祥和了，连江流的样子看上去都祥和，不疾不徐。跑完步，我一边落汗，一边看四外风景，有趣的是泳人。

黑河人管游泳叫洗澡。早晨，江边走来如海豹一般浑圆，光着膀子的泳人。“洗去？”别人打招呼。“洗去！”海豹晃晃手里的毛巾。这些泳人三五个一堆，衣服脱一起，下江。在黑龙江游泳，无论怎么游都被江水推着走。他们下江后，从几百米外的下游上岸，走回原地再下江。人在江里，只露个小脑瓜，实在比海鸥还渺小。上岸后，男人用毛巾被裹腰脱泳裤。有个女人，解泳衣、露出乳房，再裹毛巾被脱下面衣装，自然大方。跟晒黑的胳膊比，乳房雪白。

一天早上，我遇到暴风雨。我有一篇文章的题目叫“夜空里栽满闪电的森林”，放在那天早上才恰当。天色忽暗，闪电从天空伸脚到江中。江水起了波涛。北面的天空却露出半片蓝天，照得杨树叶子明晃晃地翠绿。江边栽种的小花簌簌发抖，花瓣如同不会飞的小鸟扇动翅膀。雷声从俄罗斯传到中国，又从中国传到对岸报喜去了。突然，江面像洒石子一样砸下一片雨点，像追着波涛砸。雷雨的闹腾刚开始，却突然休止，头顶迅速换上了蓝天，好像刚才的雷雨跟这块天一点儿关系都没有，比话剧团换背景道具都快。我接着跑步，想起美国诗人查尔斯·赖特的诗：“从蓝岭的另一侧/九月的猛雷布下了预攻的炮火/云黑下来，一层暗似一层/闪电炮口的火焰/灼烧乌云的心脏/风景一寸一寸地/敞开”赖特描写的与刚才发生的景色十分相像，好像他也来过黑河或者狗娘养的报喜斯克。

夜 游

走进夜的水边，犹如闯入它的梦境。手的任何一个动作，不管多轻，都会弄破湖心的月亮。月亮摇啊摇，接驳碎片，复原，又破了。

夜里水暖，和一般人想的不同。夜里戏水，最妙处在收听水声：哗啦，哗啦，温润清婉，如歌声。游着，停下四望，树林如土地的睫毛，密密尖耸；山比白天似乎退后，又矮了一些。天地间只有一弯水，清虚似雾。其时，吾等大放其声，咦之吁之，声音贴水皮不知所终。

泳过，我们到高崖坐望。有人提议，夜半无人，何如裸之？想了想，谁也没裸之，慎独。崖上看湖，人被天地大美震慑，像后来看到的东山魁夷的画，真的美寓形于静。静者，何止无声？江淹赋曰："明月白露，光阴往来。"远望，天浅而水深，风把水的气息吹到脸上。月魄出窍，在水里洗得花白，一荡一漾。时间仿佛已经退场，这时，人偏偏想起时间。时间在哪儿？山水凝固，时间无处可以藏身。人突兀地想起昨日和明天，均无语，体味"光阴往来"。

若讲雄浑，大水比山更胜。山的气象在表，水的阔大藏在里边。水库方圆五十多里，此际无风无浪，是一番不着痕迹的大气象。这气象又和周遭的所有都沾着边儿，不光黛山和暗林，连草叶露水乃至虫鸣都和一湖水有了关系，为它接纳而共生。

我们上岸，是为水声月影感到不妥。坐而看水观云比“哗啦啦”更好。云在月夜穿行，可知什么叫“关山飞渡”。天的深远被湖水吸纳，唯剩空寂。月，距天远而离湖近，云彩的速度比白天加快，可能怕飞慢了掉到水中。云的队伍从月亮的上方和下方越过，可惜没在水上留下身影。云边有月光镶嵌，看着更满。浓云如俯冲的黑鹰。那些不均匀的云朵，像被人蹬出了窟窿的棉胎，散乱着，也飞过了天际。

我们坐着，不游泳，也不想回去，不再耽念夜行的兔子和蜥蜴，用现在的话说，“心灵被净化”了。当然，心灵第二天又恢复了原本的样子。

返回时，我们拎鞋光脚在草地中白花花的小路上走，不时惊起青蛙飞跃。回头看水库之水，一点点平了，月亮被拉长，最后变成一道粼粼的白光，竖在中央。

河流里没有一滴多余的水

从质地上说，花瓣是什么？它比绸子还柔软，像水一样娇嫩。雨后的山坡上，如果看到一朵花，像见到一个刚睡醒的婴儿，像门口站着一个被雨淋湿的小姑娘。花瓣的质地，用语言形容不出来。而它的鲜艳，我们只好说它像花朵一样鲜艳。无论是小黄花、小白花都纯洁鲜艳。花能从一株卑微的草里生长出来，人却不能，连描述一下的能力都缺乏。

从性格说，马比人勇敢，而性情比人温和。马赴战场厮杀，爆炸轰鸣不会让它停下来，见了血也不躲闪。冰雪、高山和河流都不会阻挡马的脚步。它的眼睛晶莹，看着远方。把勇敢与温良结合一体，在人当中，可谓君子；在动物中，是马。我哥哥朝克巴特尔贫穷，却买了一匹良种马欣赏。他不让马拉车干活，也不骑。每天早上，朝克拎一桶清凉的井水，用棕刷子刷马，然后蹲下，咧着嘴对马笑。如果马吃糖，他一定给马买糖；如果马看电影，他会拉着马上城里看大片。朝克对马的感情，和城里人养宠物不一样，马是哥们儿，是朝克的偶像。马在天地间吃草漫游，用不着管马叫儿子，搂着睡觉。马影响爱马人的性情，使之“温而厉”。

从流动说，河水心里一定有巨大的喜悦，而后奔流不息。大河流动时的庄严，让人肃然起敬。它非在逃离，是前进。只有贝多芬的音乐能描述河流的节奏、力量和典雅。贝多芬的交响曲没有多余的音符，也没有乐器单独演奏，一切共进。而河流里也没有一滴多余的水，每滴水和其他的水密不可分，一起往前跑。河是巨大的家园，鱼在河里享受着比人更幸福的生活。夜晚，河流兜揽所有的星辰，边晃边亮。

从胸怀看，鸟比人更有理想。当迁徙的候鸟飞越喜马拉雅山的时候，雪崩不会让它惊慌。鸟在夜晚飞越大海，如果没有岛屿让它歇脚，它不让自己疲倦，一直飞。它不过是小小的生灵，却有无尚的勇气。

人的勇气、包容、纯洁和善良，本来是与生俱来的。在漫长的生活中，有一些丢失了，有一些被关在心底。把它们找回来，让它们长大，人生其实没什么艰难，每一寸光阴都有用。

河流日夜向两岸诀别

河流看到岸上的人，如同火车里的旅客所见的窗外的树，嗖就过去了。让河水记住一个人是徒劳的事情。河流像它的名字说的那样，一直在流。没听说哪个人的名字叫流，张流李流，他们做不到。河流甚至流进黑夜里，即使没有星星导航，它们也在默默地流，用手扶着两岸摸索前进。无月的黑夜，哗哗的水声传来，听不出它们朝哪个方向流。仿佛河水从四面八方涌来，流入一个井。

河留不住繁花胜景。岸上的桃花单薄羞怯，在光秃秃的天地里点染粉红。枝上的红与白星星点点，分不清是花骨朵还是花，但河已流走，留下的只是一个印象。印象如梦，说没发生过亦无不可。倘遇桃花林，那是长长的绯红，如轻纱，又如窝在山脚下浅粉色的雾气，同样逝去。马群过来喝水，河只看到它们俯首，不知到底喝没喝到水，河已走远。

河水流，它们忘记流了多少年。年的概念适合于人，如秋适合于草，春适合于花，朔望适合于潮汐。没有哪一种时间概念适合于河，年和春秋都不适合描述它的生命轨迹。河的轮回是石缝的水滴到山里的小溪再到大海的距离，跟花开花落无关。当年石缝里渗出的水跳下山崖只为好奇，它不知道有无数滴水出于好奇跳到崖下，汇成了小溪。它们以为小溪只是一个游戏，巡山而已，与小鱼蝌蚪捉迷藏。没承想，小溪下山，汇入了小河，小河与四面八方的河水汇合，流入浩浩荡荡的大河，它们知道这回玩大了，加入悲壮的旅程，走入不归路，

归是人类的足迹，恐田园将芜。河水没有家园，它只灌溉别人的家园。河的家在哪里？恐怕要说是大海，尽管它尚没见过海。如果把河比喻为人，它时时刻刻都在诀别，一一别过此生此世再也不会见到的景物。人看到门前的河水流过，它早已不是昨日的河水。今日河水与你也只有匆匆一瞥，走了。没有人为河送行，按说真应该为河送行。河水脉脉地、默默地，夜里则是默默地流过，无人送它一枝花。河有故乡吗？河只记得上游。上游是它的青年、少年和童年，而这一个当下它还在上游。下游有多远，不是五里地、十里地，那是天际，是可以流去的一切地方，那里不是空间、是时间。

佛法常常劝人想到死亡。死亡不光是一个生命的终结，还是一块磨石、一个巨大的譬喻、一面镜子或召唤，是集合地点和最真实的存在。如果“存在”这个词具备实在的含义，说的即死亡。死亡蹲在遥远的天边，人一步一步叩拜它，事实上，它就在人的身边，和人一起到达天边。佛法认为死亡不光指生命，它还是别离。它是一瞬间离开我们的许许多多的东西，死这个词不便于四处应用，在佛经里的指代叫无常。如果不以肉体作生命的唯一，人与万物的死死生生从没有过停歇，生死不曾对立而在相互穿越，这里面不包括被贴上标签的“我”。佛法认知事物的第一道门槛是不让“我”入内，里面没有“我”的座席。河水有我吗？正像河水不会死亡，干涸是蒸发与渗入泥土，而非死亡。水在河里不停翻转，水分子时时与其他水分子组合成波浪或镜子般的平面。浪涛一秒之后化为其他浪涛，只有势，而无形。无形的、透明的水，没有财产、家业、家乡，乃至没有五脏六腑的水在流动中永生。水没有记忆，没有历史欠账，没有荣辱，清浊冷暖高下缓急对河流无所谓，它所有的只是一张长长的河床。

阳光每每给河水披上黎明的金纱，太阳落山之前到河里洗浴。河水如

奔跑的野火，贯通大地。河水上漂过稻花之香，熟麦之香。河水给山洗脚，于高崖晾晒雪白的瀑布。河水每到一处记忆一处，记忆山包括山上的一朵小花。记录天上与水面的星座。河水深处，鱼群如木梳从河的肋边梳过，水草在河底盛开暗绿的花朵。河水告别了山顶的弯月，告别了软弱的炊烟，告别鸟群。此时牧童在河面写字，羊群用鼻子闻河水的气味。河流穿过桥梁为它搭建的凉篷，穿越容易迷路的沼泽。河水于宽大处沉睡、狭窄处唱歌、河水的前方差一点点就汇入天上的银河。河水每时每刻都与岸上的一切诀别，以微微的波浪……

河床开始回忆河流

大地上的河床像一个干瘪的口袋，粮食没了，口袋显出宽阔。我在各地见到许多干涸的河床，它们不是耕地、不是广场，是从天边延伸而来的河床，只是没有水。

所谓一无所有，说的正是河床。如果有，也只有一些鹅卵石。夏天，不长庄稼不长草的土地是干涸的河床。乍见白花花的河床，心里惊讶，它是什么？它几乎什么都不是。你能相信一条宽阔的河流竟然一滴水都没有吗？在雨后，在盛水期见到干涸的河床让人不安，无法想象当年这里曾经有过河，可以用汹涌、清澈、波浪和白帆形容的河，它竟然没了。

对大自然来说，河没了，比人丢了钱更痛苦。如果河没了，鱼和水鸟的家也没了。两岸的青草没了，倒映在河里的星星也没了，因为星星不能倒映在石头上。如果河没了，连同河床一起消失是最好的。没有水，留下的河床好像是伤疤，是一条长长的干鱼的尸体。是的，干涸的河床如同尸体。是谁的尸体？是河的尸体吗？没听说河竟然还有尸体，水干了，白花花的河底只能是河的尸体。

干涸的河床好像在回忆，它抱着不应该拥有的沉寂回忆涛声和蛙鸣。河床回忆什么是水，它不知道水流到了什么地方，也不知道水会不会再来。当年水来的时候匆匆忙忙走过河床，带来鱼虾和泥沙。水没等站稳脚跟歇息，就被后面的水挤走了，水比车站的人流更拥挤。河床从来没想过一条叫作河的水流会干涸，这种惊讶比一个朝代的更迭更让人吃惊。

河床的悲哀是一个母亲的悲哀，她的产床上已经没有了孩子，她还在等待，并且哭干了泪水。一家外媒报道，从卫星上观察，中国境内二十年前约有五万条河流，现在这些河流中已经失去了两三万条。有两万多个河床母亲手里失去了孩子，她们怀里空荡荡的，等待人类把孩子还给她们。

人说，人是无所不能的，起初我不相信。当我看到一条又一条干涸的河床时，我相信了这一点，并为自己作为人类的一分子而感歉疚。人把河都消灭了，还有什么做不到吗？消灭一条河比建造（请原谅我使用“建造”这个词，这完全是人类爱用的词，而河流无法建造）一条河更容易。把河流上游的树木和竹林砍光，草原沙化，河就死了，只剩下河床这条敛尸袋。

当大街出现一个带刀痕的死人时，警察会为这个人的死因搜寻原因，曰侦查破案，人类为此发明了一个词叫“人命关天”。如果一条河死了，没人破案，没人痛哭，更没人祭奠。所以，当中国死去两三万条河流时，人们并没觉得失去什么，因为他们不是小鸟不是青草。他们忍受气候变化并心安理得，却没一个人指认杀死河流的凶手。在所有的案件里，如果凶手不是一个人而是一个社会的时候，罪行自然会被赦免，我们都不是罪人。

我们都不是罪人，我们劝自己欢乐并制造更多的欢乐。电视台从国外引进娱乐节目在媒体上操纵人们哭笑，让人保持人的正常情感。而河床敞开空荡荡的怀抱，她的孩子没有了，她以为人会惊讶会替她找回孩子。先前的人类离不开河流，人类所谓的“文明史”都诞生于河流的两岸。看地图，人类的城市多建造于河边，中国有多少城市的名字带着水字边。古时候，人祭祀河、景仰河，后来竟搞死了河。人爱说“算你狠”，搞死河者，何止于狠，是把事做绝了。

我觉得人类应该派一个人（比如政府官员）到河边告诉河床，河已辞世，水利术语叫断流。他们理应为河床献上一些祭品表达歉意，河的消失毕竟算是大事。或者，他们在河边装一个高音喇叭，日夜播放河水流过的声音和鸟啼声。总之，人应该为河的陨灭略微表示一点儿态度。

第三辑 / 夜空里栽满闪电的森林

星　辰

我有一个隐秘的想法，越来越想把它说出来，且不管别人是否耻笑。我的想法是：既然天上的星星这么多，又没有主儿，可不可以每人分一颗呢?

不是分星星的产权，我们得不到也搬不动具体的星星。我的意思说，撤销国际天文台对星星的命名，或者他们命名他们的，咱们再重新命名一下。每市每县每乡自行命名他们头顶的星星。大的，有益于国际交流的星星的名称暂时保留不动，如海王星、冥王星、北斗星等还叫原来的名。剩下其他星星，完全可以打乱重来，给人民带来意想不到的惊喜。比如说，旅游者来到新疆塔城市恰合吉牧场，一位白胡子老汉夜晚手指某星说，这是我，边上是买买提、窝依加依，右边是阿依古丽，阿依古丽边上是阿西尔。这窝星星都是他们村里的人。

这多好，比给老百姓分钱节省开支更能让他们高兴。农村牧区，以乡镇为单位各分一千个星星指标，命名时不得改变（占用）太阳、月亮、金星、水星、火星等重大恒星和行星的已有名称。命名期以五年为一届，届满重新命名，不得连任。像河南、山东这样的人口大省，一个乡镇分一千个指标显然不够，命名时优先考虑老年人、残疾人和复员军人。可以用乳名和外号命名星辰，但须征得本人同意。命名后，美丽的天空上将出现狗蛋星、满仓星、招弟星、吃不够星、扁担勾星、母老虎星、学究星和眼镜星。

这美好的设想，我还没有说完，接下来是：江西省玉山县石门村农民孙发财前往四川省小金县龙头村会见农民李大虎，他们同占一个星，即天文学所说的织女星。两人相见恨晚，喝酒夹菜，交换两地民生、治安、婚恋方面的信息，各自阐述了对电视剧的观后感。他们不仅在酒桌边上合影，而且用红外相机在织女星下合了影。红外相机的不足之处是看不出谁是谁，跟医院X光片差不多，骨白肉黑，但星星照得很清楚，这就可以了。

中国三百多个地级市，二千八百多个县，县下面有无数乡镇和村子，上网一查，牛郎星的命名人呼啦一大片，全出来了。他们有男有女、有高有矬、有半文盲也有211本科生。他们虽然有这样那样的缺陷但有一个共同的美德——遥望星空，寻找自我。当各省各县各乡各村的望星人的目光汇聚于一颗星星上时，有什么困难不能克服呢？他们，享受到了白天做工，夜晚成仙的幸福。土改后，农民有了土地。改革开放后，城里人买了自有房屋，但把自己名字命名星辰的幸福远远超过其他幸福，可以说比吃麻辣烫还幸福。

有人买了一台汽车却买不起车库，停在马路上凭警察贴罚款单。警察？警察能在星星上贴一个单子说这一颗星不属于你吗？贴啊，你咋不贴呀？有星星的人不需要车库，不需要汽油和保险。星星自给自足地在天上飘，不给人添一丝麻烦却照亮了夜空。这几年不断有人引用哲学家康德的话说人最重要的事不是吃喝拉撒睡，而是仰望星空，庄严自我。但更庄严的是你仰望以自己的名字（外号）命名的星星。

假如有一颗星星分给我，我每天晚上抽出十五分钟向它行注目礼，为它起一个我所景仰的人物的名字，一个月换一个人。如东方朔、苏文茂、孙道临、焦耳、吕其明、里根和瑞典前首相帕尔梅。我在想象中擦拭这个星辰上面的灰尘，种植想象中的黄瓜、豆角、韭菜和牵牛花。我所拥有的星星是夜海上的清凉岛屿，是一匹无鞍白马。我将请人为这个星星谱一首歌曲，我亲自配器并把它改编为铜管乐、琵琶协奏曲、巴乌协奏曲、京胡协奏曲、唢呐协奏曲、娱乐琴协奏曲。录下来，对着星星播放。

人这一辈子一晃就过去了。有了一颗星，可以让你多想想宇宙的事，别老想自己的事，过得慢一点儿。长寿其实就是活得慢。人有了自己的星星，可以面对星星站桩、打坐，犯了错误对星星忏悔。星星没什么损耗，而我们竟变得如此富有，为什么不呢？何必让它们的名字躺在天文台的簿子里呢？既然可以把错安在政府身上的手还给市场，那么，错安在天文台、气象台、地震台的手就应该还给民间，让老百姓一人抱个星星玩呗。不用安宽带，不用投资基础设施，啥也不用，只乐。

星星们是夜海里泅渡的一群白象，白象们蹲在黑色的礁石上等待清风。星星们用独眼遥望地球。星星奔跑，洒下更多的星星。人这辈子所看到的最值钱又不上锁的东西只有星星。有北窗又无楼房阻挡的人最幸福，星群镶嵌在不同的玻璃上。星星代表着真正的遥远，告诉人什么是静谧，什么是梦境，什么是永远找不到答案。星辰的白雀斑在夜的脸庞上发出叽叽喳喳的笑声。月亮左右看看星星，更多的星藏在披黑大氅的群山之后。星是夜的村庄，村庄里还住着更多的、更小的雪白的星。它们坐在广场等待天黑，等大星给它们安装翅膀。

星星本来可以飞到离地球很近的地方，但它们不肯来，没人知道其中的原因。且不管星星远或近，我在等候分星星的消息。

车站的月亮

常识说月亮只有一个，我宁愿相信月亮有备份有值班因而有许多个。李白和苏轼的月亮已被他们带走了，他们离不开月亮，走到哪里都要跟月亮一起玩，带着酒。草原、戈壁和西拉木伦河都有各自的月亮，为什么说月亮只有一个呢？月亮们形状如一、胖瘦如一，但性格和气味不同。我感到戈壁的月亮太高，而呼伦贝尔秋天的月亮看上去挺有钱。火车站的月亮只照各地的车站。

车站的月光被两道闪光的铁轨支出去太远，好像铁轨是月亮走到人间的梯子。月亮在汽笛和人流黑潮中显出工业化的特征。在站台等车，常听到喇叭里传出不需要旅客听懂的话，譬如——洞幺拐贰进五道。我在心里给这种话续下一句——天地悲凉草木秋。喇叭里说：接车拐六幺幺拐。对曰：碧海青天夜夜心。这一些奇怪的话，列车来到脚下微微地震动，唯一带红色大檐帽的铁路员工对着铁轨立正，都在月亮的注视下显出苍白，让人觉得车站的月亮很操心，缺少休息日，熟悉工作流程。

一次，我坐的火车在俄罗斯布里亚特北面的阿巴干车站停了五个小时。问停车的原因，说这列始发于乌兰乌德的火车比规定的时间早到了五个小时。阿巴干车站虽然没有往来车辆占道，也要按自己的时刻表运营。我们等待，但俄罗斯的旅客并不觉得难等，认为这是生活的一部分，仿佛上帝来到阿巴干也要停留五个小时。俄罗斯人在车站喝酒、接吻，有人把毯子铺在站台上睡觉。我在月台上光着膀子慢跑。那时候，我抬头看到阿巴干车站的月亮微红，像从桑拿房里出来的女人。天没黑的时候，麻雀从我肩头、耳朵边上笔直飞过又飞回，我从来没见过如此不怕人的麻雀。天色转为蓝灰色的暮霭，这里的天桥如同巨大的车站。我不明白俄罗斯人为什么把天桥修得那么高，楼梯如同中山陵的台阶。在天桥上瞭望，可见方圆几十里景物。它也许担负着军事上的职责，是一个要塞的制高点。在天桥上，我看到阿巴干车站的月亮从布满密林的山峦往上升，山峦之间有白的夜雾包裹，符合黄宾虹所画山水的皴法。月亮微红只是它的特色之一，这里的月亮的第二个特色是横着走，仿佛是一艘轮船。在中国，月亮——不管是不是车站的——照例向上升，如气球那样。我想起了一首乌克兰民歌《德聂伯尔》的歌词——你看那月亮暗淡无光，在黑云后面徜徉。是的，这个月亮可能从乌克兰飘过来，没拦住，飘到了南西伯利亚。

斯图加特火车站的月亮仿佛被奔驰公司收买了。这个火车站由奔驰公司修建，楼顶有一个莹白发亮且旋转的奔驰车标。从我站的地铁站的角度看，月亮跟车标并肩而立，一黄一白，都在转。斯图加特火车站没人售票，车头有一个孤独的司机。这里的车站听不到奇怪的广播。

车站的月亮属于离家的旅人，属于身上背行李的人、口音不同的人、着急的人。月亮用清光在地下写字：别离——回家。车站的月亮有清脆的回声。每夜，火车把月亮拉到远方，交给下一站的月亮。

明 月 夜

月亮每个月圆一次，圆是月亮的任务。人类在没发明历法的年代，用月亮规律的圆作为时间的标记。他们把三十天或三十一天叫作一个月，当然每年的二月只有二十八天。月亮成了时间的名字，并且有排行——一月、二月、三月、四月、五月，一直到十二月。十二月并不是那个月的天上有十二个月亮，而是这一年的第十二个三十天，这些事听上去很幽默。月亮既是天上月亮的名字，又是人间时间的名字。

月圆之夜是世上的美景，月亮像黄铜的盘子挂在深蓝色的夜空上。说月亮挂在夜空上不完全对，挂东西要挂在绳子上或者钉子上，月亮那么大，往哪儿挂呢？天上也没有绳子和钉子。总之，在农历每个月的十五那天，圆圆的大月亮出现在天空，月光洒落大地，地上好像结了一层毛茸茸的白霜。我们伸手摸深秋草木上的霜，手指肚感觉冰凉，树叶上的白霜会被手指的体温融化成一个圆印。月光的白霜摸上去不凉，踩一脚也踩不脏，它像霜不是霜，是光。明月夜，大路上、屋顶上、树叶和草上都覆盖了一层月光的白霜。看上去，万物像泡在牛奶里，干净而且安静。

圆月当空，夜色不那么黑了。它不仅浅了而且有一些蓝。你知道，深蓝色的夜和金黄的圆月亮放在一起很好看，大地丰满而又清晰。在这样的夜晚，山峦的轮廓，河流和树木的轮廓都显露出来。在真正的黑夜，这是看不清的。夏天的圆月之夜看得见青蛙在池塘边上蹦跶，甚至可以看清夜空上的白云。冬日，如果大地堆满了白雪，月光照下来，大地更亮了，可以看到兔子在雪地里扑哧扑哧地往前跑。它刚从雪里拔出后腿，前腿又陷在雪里，跑得一点儿也不快，一点儿也不像兔子。

荞麦花与月光花

前年上秋，我在刀把子地机井房住了一个月，就一个人。看机井，因为“水利是农业的命脉”，防止地主富农破坏。“文革”中的地富分子，当年也许是最驯良和健壮的人了，他们见人则把路让开，低着头。由于劳动强度远超过贫下中农，因而更健壮。譬如我们队里老刘家的坏分子、老武家地主和老胡家富农。

我早知道，他们再健壮，也万万不敢破坏机井，甚至连一棵庄稼也不敢碰。

一天的后半夜，我急起撒尿，跌跌撞撞冲到屋外。人醒了，但除了腿脚和撒尿的机关外都睡着，即古人所谓“寤”之状态，摇摇晃晃地缓释负担。尿时，睁开眼，一惊；闭上再大睁，竟害怕了。我发现机井房周围落满大雪，白茫茫无限制。我收尿遂奔回屋。躺在炕上想，下雪了，啊？这时候全身都醒了。先想现在是几月，这不才9月吗？中秋节还没过呢？再说也不冷啊？窗户开着，屋里也没有火盆。不行，我蹑足下地，趴窗户一看……

大雪，毛茸茸的，约莫一尺厚吧，随着地势起伏。渐渐地，我明白了，披衣出屋，来到当院的土坪上。

荞麦呀，这是荞麦地。它们迸放繁密的白花，花瓣密得把地皮都遮住了。在白花花的大月亮地里，就是一场大雪，吓退夜半撒尿者一名。我在机井房住了一个月，当然知道屋前左右都是荞麦，开花了。但想不到在月夜，茫茫如此。我站着，然后又蹲下了。我相信有“月魄”一说，即月亮的灵魂常在静谧之夜出窍。这时候，月色细腻柔美，地上的坑坑洼洼无不承受到这种白面似的抚摩。当然月亮不会无故出窍，倘它在地上有情人（比如在刀把子地附近），必是荞麦花无疑。荞麦花在倾泻的月光下，微仰着脸，翕张口唇，感泣而无力言说。无风，蓝琉璃的夜空，小星三五在东。白花花的荞麦地如此专注于一件事，这太感人了，想不到世上有如此美景，可以由于内急而得以窥之。我知道老天爷会下雪，但不知道它还会造设烘托一种非雪之雪，酷肖。文人所称“梨花似雪”，颇觉勉强。梨花在疏枝上攀举，地上黝黑，即使在月夜，也觉得这么高的雪不易。荞麦花却雪白无疑，那种朴实的村妇气，在月下净去，宛如城里美人了。

我感到，月光和荞麦的神秘交往还没有结束，他们跟人不一样，在静美中传递更广泛有力的信息。我以肉眼当然看不出来，但也不碍什么事。突然，我后悔了，当一个人厌倦白天的种种单调景物时，谁知道造化在夜里制出许多奇境呢？我不知错过了多少机会。

节气近于秋分了，脚下一蓬绿草的修长叶子上，果然沾满雾水。秋虫的鸣唱此起彼伏，唐人（如白居易）说的“霜草苍苍虫切切”，或“早蛩啼复歇”。我不知道唐朝时“切切”之音怎样读，白居易又是陕西渭南人。我听此虫声乃是“滋儿滋儿”。

看了一会儿，觉得有件事未做。想一想，认为应使另一半尿复出，然此物已不知去向。又待了一会儿，心里难受，想家了。也许是眼睛被雪白簇密的荞麦花逼出了酸楚。我今日想家，只是惦念父母，可用一个“忧”字结。二十年前想家，是想念包藏着童年与少年的远方的城市，实际是“怜”己。冷不丁想起，我怎么跑到这远离人群的刀把子地机井房前的土坪上蹲着呢？

况且是半夜。

现在，我的愿望仍是想看一眼月光下的荞麦地。天地间，月在上，荞麦地在下，我披衣蹲着。

群星的呼喊

听虫鸣可以练听力。夏夜的合唱里，虫的种类会超过一百种，越是细辨，越觉出大自然的丰富无可比拟，虫世界比人世界还要热闹。

作为音乐术语，听力，指倾听人对音准和音高的辨别力。唱歌跑调的人不是声带出了问题，是听力有偏差。而更深入的听力，可以同时听到乐曲中不同乐器的演奏，比如听出铜管乐里面小号和长号的音色，听到小提琴和竖琴的声音。莫扎特的晚期作品，喜欢以长笛和竖琴对位演奏，小提琴齐奏上下迎接，与歌剧的咏叹调相仿。长笛是女高音，竖琴是次女高音，小提琴是合唱队。当所有的乐器共同演奏时，同一时间听出不同旋律的不同乐器的演奏，就有相当好的听力，自然也是好的享受。

以这种态度听取虫鸣，感到大自然的音乐更神秘、渺茫与出人意料。把虫鸣当乐曲听，相当于看赵无极的画。他的画乍看像骗子画的，但越看越见出精妙，没有五十年的苦攻，当不了这样的骗子。他的画不具象，就像虫鸣没有旋律性。而他画里的一与多、线与面、构图（他好像用不上构图这个词，没构过）合乎星空一般的萧散自如，做是做不出来的，画也画不出来。赵无极的画接近于音乐，音乐里面实在是“没有什么”。假如这个“什么”是主题、是高潮、是究竟的话，好的音乐一律什么也没有。听巴赫和莫扎特的音乐，似乎连铺垫也没有。我常想说巴赫的音乐没开头，劈面就是剥开的橘子瓣的脉络。但巴赫每首乐曲的开头，不是开头又是什么呢？这么一问，又把我问住了。但这种开头不是起承转合的起，是太极拳一般、云朵般连绵得意的截面。高级的艺术品首尾相连，像匈奴人崇拜的头尾相连的团形豹。

虫鸣也没有开头，谁也不知道夜里是哪只小虫发出的第一声鸣唱。它们的鸣唱织体晶莹，比星星散落得更远，好像流星们相互呼喊。我觉得流星那么突然地栽到一个地方，一定会传来呼救声，只是声音要经过亿万光年才传到我们N辈孙子们的耳边。那我们为什么听不到亿万光年之前流星的尖叫呢？可能人的生命太短，连一声流星声还没听到就过去了。这样，刚好可以把虫鸣当作群星（含流星）的呼喊。

箕坐山野，闭上眼睛听虫的鸣唱，感觉虫鸣如电脉冲在示波仪里长短窜动，如同大地的心电图，又像草芽从土里钻出，还像一张大网把夜罩住，虫子从网里往外钻。睁开眼，四野空旷，平安无事。夜晚，天像玻璃碗一样空灵盈余，大地的绚烂全被黑暗收藏，唯一收不走的是这些晶莹的虫鸣。它们让大地铺满了钻石，天亮时跟露水一起消失。

他乡月色

我越来越想念图瓦，三年前在图瓦我就想到会想它。

国宾馆是一座安静的三层小楼，靠近大街。大街上白天只有树——叶子背面灰色的白杨树，晚上才有人走动。人们到宾馆东边的地下室酒吧喝酒。我坐在宾馆的阳台下，看夕阳谢幕。澄澈的天幕下，杨树被余晖染成了红色。你想想，那么多的叶子在风中翻卷手掌，像玩一个游戏，这些手掌竟是红的，我有些震骇。大自然不知会在什么时候显露一些秘密。记得我在阳台放了一杯刚沏好的龙井茶，玻璃杯里的叶子碧绿，升降无由，和翻卷的红树叶对映，万红丛中一点儿绿，神秘极了。塞尚可能受过这样红与绿的刺激，他的画离不开红绿，连他老婆的画像也是，脸上有红有绿。

图瓦的绿色不多，树少。红色来自太阳，广阔无边的是黄色，土的颜色。有人把它译为“土瓦”。我年轻时听过一首曲子，叫《土库曼的月亮》，越听越想听。后来看地图，这个地方写为“图库曼”，就不怎么想听了。土库曼的月亮和图库曼的月亮怎么会一样？前者更有生活。象形字有一种气味，如苍山、碧海，味道不一样。徐志摩一辈所译的外国地名——翡冷翠、枫丹白露，都以字胜。

图瓦而不是土瓦的月亮半夜升了上来，我在阳台上看到它的时候，酒吧里的年轻人从酒吧钻出来散落到大街上，在每一棵杨树下面唱歌。小伙子唱，姑娘倚着树身听，音量很弱。真正的情歌可以在枕边唱，而不是像帕瓦罗蒂那般鼓腹而鸣，拎一角白帕。我数唱歌的人，一对、两对……十五对，每一棵树边上都有一个小伙子对姑娘唱歌。小伙子手里拿着七百五十毫升的铝制啤酒罐。俄联邦法律规定，餐馆酒吧在二十二点三十分之后禁止出售酒类。而这儿，还有乌兰乌德、阿巴干，年轻人拿一瓶啤酒于大街上站而不饮乃为时尚，像中国款爷颈箍金链一样。

图瓦之月——我称为瓦月——像八成熟的鸡蛋黄那样发红，不孤僻不忧郁，像干卿底事，关照这些人。它在总统府上方不高的地方。我的意思说，总统府三层楼，瓦月正当六层的位置。所以见出总统府不往高里盖的道理。

书说，人在异乡见月，最易起思乡心。刚到沈阳的时候，我想我妈。见月之高、之远不可及更加催生归心。而月亮之黄，让人生颓废情绪，越发想家。我从沈阳出发到外地，想老婆孩子。而到了图瓦，一个俄联邦的自治共和国，我觉得我之思念不在我妈和老婆孩子身上，她们显得太小。所想者是全体中国人民。我知道这样说有人笑话，我也有些难为情，但心里真是这样子。虽说中国人民中，我所相识者区区不过几百人，其绝大多数我永世认识不到，怎么能说“想念广大中国人民”呢？而我想的确实就这么多。比如说，在北京站出口看到的黑压压的那些人（不知他们现在去了哪里）；还比如，小学开运动会见到的人，看露天电影看到的人，操场上的士兵，超市推金属购物车的人。我想他们，是离开了他们。在图瓦见不到那么多的人，也显出人的珍贵。早上，大街尽头走来一个人，你盼望着，等待着这个人走近，看他是什么人。但他并不因此快走，仍然很慢。到跟前，他一脸纯朴的微笑。

在图瓦，验证了人有前生一说，至少验证了我有前生。大街上，迎面遇到随便什么人，你得到的都是真诚质朴的笑容，像早（前生）就认识你、熟悉你，你不就是谁嘛。图瓦人迎面走来，全睛看你，突厥式的大脸盘子盛满笑意，每一条皱纹里都不藏奸诈。我像一个没吃饱饭的人吃撑着了，想：他们凭什么跟我微笑呢？笑在中国，特别在陌生人之间是稀缺品，没人向别人笑。而向你笑的人（熟人）的笑里面，有一半是假笑，和假烟假酒假奶粉一样。笑虽不花钱，却也有人不愿对你真笑。跟我社会地位低也有关。从美术美容观点看，假笑是最难看的表情，如丑化自我。纯朴的笑有真金白银。笑，实为一种美德。

我没想明白图瓦人为什么对人真诚微笑。而他们的生活当中，没有不诚实以及各种各样迷惑人的花招。中国人到这里一下子适应不了，像高原的人到低海拔地区醉氧了。这里没有坑蒙拐骗，人的话语简单，什么事就是什么事，这样子就是这样子。这让来自花招之地的人目瞪口呆，有劲使不上。图瓦人的笑容，展露的实为他们的心地。

总统府上空的月亮像带着笑意，俯视列宁广场。广场上一定有一些有意思的事情发生。我下楼去广场，看月亮笑什么。

列宁广场在克孜勒市中心。塑像立北面，身后山麓有白石砌就的六字真言，字大，从城市哪个角度都看得清。广场西面歌剧院。东面总统府。该府连卫士都没有，农牧民和猎人随便出入。总统常常背着手在百货公司溜达。广场中立中国庙宇风格的彩亭，描金画红。里面是一座巨大的转经筒，从印度运来，里面装五种粮食，一千多斤重。这些景色到了夜里跟白天不一样，所有的东西披上一层白纱，边角变得柔和，夜空越显其深邃，而瓦月距总统府上空其实很远，在山的后方。

广场上有两三个转转经筒的人，有人坐在长椅上，有人缓缓地散步。他们在和我相遇的时候虽露笑容，但更庄重。他们的人民到夜里变得庄重了。我们的人民晚上似更活泼。我想到，图瓦人虽把纯朴的笑容送给你，像满抱的鲜花，他们其实是庄重的。面对天空、大地、河流、粮食和宗教，他们生活得小心翼翼，似乎什么都不去碰。农民除了种地时碰土地，剩下的什么都不碰，包括地上的落叶也不去扫。人在这里安分守己并十分满足。看图瓦人的表情，他们像想着遥远的事情，譬如来生。又像什么都没想，脸上因此而宁静。这种表情仿佛从孩童时代起就没变化过（他们的小孩儿就这表情），更未因为衣服、地位、年龄和GDP而变化，只是成年人成年了，老人老了，表情都像孩子。再看月亮，我刚才在国宾馆看到的月亮像它的侧面，在广场看到的还是它的侧面，这是下弦月。看它正面除非上火星看去。

脚踩广场的月色上，没发出特殊的声音，月色也没因此减少（沾鞋底上）。月色入深，广场像一个奶油色的盒子。人都回家了，只有一人从东到西、从南到北慢慢走，这是我和我的影子。

银河的手臂

从小到大，看周围，没改变的只有天上的星星。

它们没少也没多，这是我的猜想。我小时候不止一次数星星，但没有一次成功。星星像倒扣的扎满了窟窿的水桶，射入桶外的光亮。星星像深蓝海滩晾晒的珍珠，风干后发出贝壳的石灰质的淡光。星星是天外不知疲倦的守夜人，记录着地球的转速。星星假如少了——比我出生的时候少了两颗——也没人发现，更没人痛心、追查或在网上搜索。所以我无须什么证据就可以说星星没变化，星星一颗都没有少，没被拆迁以及列入GDP。星星像夜的森林中的无数野猫的眼睛窥视人间。

我看到星星会想到童年。我觉得童年的星星大而亮，离人间比较近，我甚至想说出那时的星星也处于童年。为了不让人笑话，这话还是不说的好。我童年的地方有两山、一河，三层的楼房有三座，最繁华的莫过于满天星斗。那时有人逗我，说天下只有赤峰有星星，其他地方的夜如铁锅一般沉闷。这人还说那些下火车、下汽车的人，就是从外地来看星星的人。我听了真是自豪，以为星星是赤峰夜空结出的果实，像杏树结香白杏、桃树结水蜜桃一样。我从赤峰七小放学经过长途汽车站，见下站的人——他们东张西望，灵魂像被售票员收走了；牧区的人冬天穿着沉重的皮袄，脚蹬毡靴；有人拄着拐棍。我见到他们心领神会：唔，又是来看星星的。夜晚看星星的时候，我在心里分享外地人特别是牧区人看星星的喜悦。

小时候，我家络绎不绝地经过各路亲戚，他们到我家，然后去北京或呼和浩特，还有人奇怪地前往集宁；或者从北京、呼和浩特、集宁到我家休息一段儿，回他们自个儿家。一次，我大着胆子问一位亲戚：你上这儿来是看星星的吗？他竟想了很长时间，说是的。我又问，那你去呼和浩特看什么呢？他说看病。

天没亮，我和我爸我妈乘火车去甘旗卡，马路上所有的路灯都照着我们三个人。我爸的咳嗽像是问候路灯——它们在寒冷的夜里没结霜花，空气中带着冬天才有的铁锈味。星星挤在南山的背后，说它们潜伏在山后也没什么大毛病。南山戴雪，黑的沟壑如马的肋条。在新立屯我们吃了马肉饺子，我爸知道后很生气，我觉得味酸。

星星从克什克腾、巴林左旗和右旗那边飘进英金河的水面上，我趴在南岸，从草叶的缝隙往河里看——星星在洗澡、在悠游、在串门，而一颗空中落下的鸟粪吓跑了河里所有的星星。

我今天仰望星空的时候，关于星辰的知识一点儿没增加，而星星既没多也没少。观星使人感觉自己是近视眼，看不清它们，而它们又确凿地存在着。星星没有老，是人老了。星星没被氧化，它们身上没有自由基，不会脱发与肾亏，更不会得结肠炎或酒精肝。说到底，谁也不知道星星是什么，约略听说它们是发光的飘浮在太空的石头，这只是听说。人到老，对星星的了解也就是这些。印裔物理学家钱德拉塞卡比我们知道得多一些，说星星也会变瘦、变矮。当我们听说我们眼里的星光是千万年前射过来的之后，不知道应该兴奋还是沮丧，能看到千万年的星星算一种幸运吧？而星星今天射出的光，千万年后的人类——假如还有人类的话——蝾螈、银杏、三叶草或蕨类才会看到。如此说，等待星光竟是一件最漫长的事情。

群星疏朗，它们身后的银河如一只宽长的手臂，保护它们免于坠入无尽的虚空。

月亮从来就没穿过衣裳

月亮白天不出来，是因为它没有衣裳。它听说夜里人全都睡觉了，鸟也入睡。月亮方敢夜游，因为它没有衣裳。

喜欢望月的人不讲廉耻，如我，看月亮如何白白胖胖。我夜里不睡觉，只为看一看月亮。从窗棂看到的月、从回廊和柳梢头看到的月都差不多，都是月亮的这一面，或胖或瘦。它半个月减一次肥，再胖再瘦。水里的月亮比天上的月亮更真切，因为洗过。但钻进水里的月亮胆子小，即使微风，也要哆嗦。它怕有人不睡觉、偷窥。我懂月亮的担忧。为了夜跑，我买了一件反光背心。车灯照过来，背心的条纹射出强烈的反光。我在这条宽阔的蒲河大道上奔跑，虽有车辆驰过，看一眼反光背心心则安。一次，我奔跑中涌现尿感，挑选一个茂密的树丛背后解决。钻出来，我才想起不必去树后解手，反光背心告诉所有夜车的司机我正树后撒尿。月亮你太亮了，比我穿反光背心还亮，你怎能避免别人仰望呢？为护卫你的冰清玉洁，要么穿衣，要么调低亮度。你别相信人夜里睡觉这个传说，我在网上见到无数月亮一丝不挂的照片，替它捏一把汗。别人说月亮上没Wifi，它不知道。

如果我是月亮，就不介意这件事。小孩子从下生就看到你光溜溜的月亮，不奇怪的。到他垂垂老矣，月亮依然如此，这不就是天体吗？不必躲躲闪闪、不必减肥、也不必天亮前就逃走。据我所知，所有的人都知道月亮没穿衣裳，只有月亮觉得自己在漆黑的花园里夜游。衣裳嘛，不是多么重要的事情，月亮不怕冷又不怕热，衣不衣都无所谓。人穿衣是怕热怕冷，主要怕自己的身体不好看。真正好看的东西都无衣，如鸡蛋、如钻石、对不对？地球上没人像月亮这么白净，这么圆润，月亮不年轻也不算老，裸就裸着吧。按说呢，月亮有自己的衣服，即云彩。但它的云衫不尽职守。为什么？它们不想当别人的衣裳，它们自己想再穿一件衣裳。李白诗云“云想衣裳花想容”，道破了天机。云彩在天下到处跑，正是想找衣裳披在身上，你怎么能拿云当衣裳呢？况且，月亮无论穿上多么雍容的云衣，风一来，衣裳全被吹跑了，白穿了，找都找不回来。京剧界有一句行话，曰“云遮月”。吾问何意？人答此谓老生的嗓子。这番问答外人听不懂，这里解释一下，唱老生的好嗓子不必太亮（没穿衣），略带一点儿沙哑叫云遮月，好听，如月亮半穿半露的样子。而我形容略哑的嗓子所用的词是“包浆”，也说这层意思。

月亮光着吧，洒给地球的光多，有用。走夜路的人用月亮裸体的光寻找田埂，蹚避地面的坑。青蛙借月光爬上莲叶，这是它歌唱的舞台。月光下的汉江分开秦岭和巴山，好多人分不开哪儿是哪儿。人看不清树林里的蛛网，但蜘蛛看得清。结网不算什么大事，月光这一点儿光足够了，蜘蛛借着光把网结得如老木的年轮，它在网上倒退进步；似凌空无凭的飞檐走壁。石臼里的水在夜里积满，白天有小鸟松鼠饮用。水滴从石缝里滴出来，第一滴水准确地砸中了月亮，第二滴水等待月亮复原，然后再砸下。水滴认为它锻造了月亮，如锻造金箔一样，使它又薄又圆，可以卷起来包一枚纽扣。月亮月亮。在夜海游泳，岸边堆满了它脱下的白云的衣裳，它以为天下没人见过月亮。

望月要到海边。这一面十里沙滩，那一面万顷海水，四外无遮无挡。月亮升起来，海水忙不迭把它的金光往岸上推送，企图埋在沙子里。这样的夜，海与夜空已浑然一体，只不过海在颠簸金光。无风无云的月亮在海面上航行，掉到海里也没关系。它不怕湿了衣裳，没衣裳。此夜月是君王，地上无山无林，没有河流与庄稼，只剩下反光的海水。白帆与海鸥全已停歇，让出天空和海面，由月亮独步。大海用动荡来迎接月亮，并没让月亮感动。海无须集体摇摆，划区域掀动波浪，鼓过掌的就不用再鼓了。月在海上穿行得很快，它听说海风里的化学物质具有腐蚀性，月亮也不例外。海边房子的门窗和墙都裂缝了，海风撕裂了它们。在海边呆时间太长，会沾染方言。月亮提醒自己，全世界海边的居民都不说官话，无论里昂、悉尼、纽约、上海、青岛都是如此。这些地方的人又侉又洋。

每天夜里，月亮在全世界裸行一周，用光填平地面的坑坑洼洼，给海浪贴金。害羞的星星躲了起来，只有大胆的星星出来观望。

黑夜如果延长，月亮会不会熄灭？

如果黑夜延长，月亮怎么办呢？会不会黯淡无光？夜只在夜里出现，就像葵花籽在葵花的大脸盘子里出现，这个道理不言自明。如果夜延长了呢？小时候，我不止一次有过这个想法，但不敢跟别人说。它听上去比较反动，会给你戴上怀念旧社会的帽子，尽管我根本不了解旧社会。夜如能延长，不上学只是一个轻微的小好处，睡懒觉是另一个轻微的好处。我想到的大好事是抢小卖店。这个想法既诱人，又感到快被枪毙了，那时候，任何一处商店都归国家所有。任何“卖”的行为都由国家之手实施，个人卖东西即是违法。可是小卖店里的好东西太多，它就在我家的后面，与我家隔一个大坑。人说这个坑是杀人的法场，而我们这个家属院有一个清朝武备系统的名字，叫箭亭子。小卖店有十间平房，夜晚关门，闭合蓝漆的护板，好东西都被关在了里面，那里有——从进门右手算起——大木柜里的青盐粒，玻璃柜上放五个卧倒、口朝里的装糖块的玻璃罐。罐内的糖从右到左，越来越贵。第一罐是无糖纸的黑糖，第二罐是包蜡纸的黑糖，糖纸双色印刷。第三罐是包四色印刷蜡纸的黄糖。第四罐是包玻璃纸的水果糖。这三罐的糖纸两端拧成耳朵形，只有第五罐不一样，它达到糖块的巅峰，是糖纸叠成尖形的牛轧糖。我们都不认识这个“轧”字，但知道它就是牛奶糖。这里面，我吃过第一、第二和第三罐的糖，憧憬于第四、第五罐。家属院那些最幸运的兔崽子们也只吃过第一罐的黑糖，可能在过年时吃过一块，嘎巴一嚼，没了，根本记不住什么味道。他们其余时光都在偷大木柜里的青盐粒舔食。如果夜晚延长，我们可以从后院潜入小卖店，把打更的王撅腚绑上。我先抢第四罐和第五罐的糖，如果还有时间，再抢糕点——大片酥和四片酥，各一片。家属院的小孩儿有人说抢白糖，冲白糖水喝。有人说抢红糖，冲红糖水。烂眼的于四说他要抢一瓶西凤酒。因为他姥爷临终时喊了一声“西凤酒啊”命结。有人说抢铁盒的沙丁鱼罐头，我们没吃过，不抢。至于小卖店里的枕巾、被面、马蹄表、松紧带、脸盆、铁锹之类，我们根本没放在眼里，让抢也不抢。然而在我的童年，夜晚从来没有延长过。它总是在清晨草草收兵，小卖店一直平安在兹，我们每天都去巡礼，看糖。

月亮每夜带着固定的燃料，满月带的最多，渐次递减，残月最少，之后夜夜增多。如果夜延长了，月亮虽然不会掉下来，但会变灰，甚至变黑。黑月亮挂在空中，有很多危险，会被流星击中，也会被人类认为是月全食。它燃尽了燃料之后，像一个纸壳子在夜空里飘荡，等待天明，是不是有些不妥当呢？如果月亮不亮了，传说中的海洋也停止了潮汐这种早就该停止的活动，女人也有可能停止月经，使卖卫生巾的厂家全部倒闭。而海，不再动荡，不再像动物那样往岸上冲几步缩回，海会像湖一样平静。这也很好，虽然对卫生巾不算好。

人们在无限延长的夜里溜达，免费的路灯照在他们头顶。道路在路灯里延长，行人从一处路灯转向另一处路灯下。菜地里的白菜像一片土块，哗哗的渠水不知从何处流来又流到了何处。被墙扛在肩膀上的杏花只见隐约的白花却见不到花枝，如江户时代的浮士绘。路灯统治着这个城市，他把大量的黑暗留给恋爱的人。夜如果无限期延长，每只路灯下面都有学校的一个班级上课。下课后，赌博的人在这里赌博。多数商店倒闭了，路灯下是各式各样的摊床。人们在家里的灯光下玩，然后上路灯下玩。不玩干啥，谁都不知道夜到底什么时候变为白天。在夜里待久了，人便不适应白天，眼睛已经进化出猫头鹰的视力。他们可以在没路灯的地方奔跑，开运动会。他们开始亲近老鼠，蚊子取代狼成了人类的公敌。

如果亲爱的黑夜真的延长了，河流的速度会慢下来。河水莽撞地奔流容易冲破河堤。侧卧的山峰在夜里极想睡，在松树的枝叶里呼吸。星辰在此夜越聚越多，暴露了一个真相——每一夜的星辰与前一夜的星辰要换班，它们不是同样的星星。在星辰的边上，站着另一位星辰。猎户座、天狼星在天上都成双成对。连牛郎织女星也双双而立。夜空的大锅里挤满了炒白的豆子般的星星，银河延长了一倍。动物们大胆地从林中来到城市，它们去所有的地方看一看。比如超市和专卖店，它们坐在电影院的座椅上睡觉，猫在学校的走廊里飞跑，猴子爬上旗杆……

穿上夜色出行

夜是树木华贵的礼服。夜的黑金丝绒遮去了杨树身上的疤节和斑痕，夜色把它从头包到脚。每一片树叶的正反面也遮盖了夜色，防止水分流失。杨树，还有椴树、槭树都穿着这样的睡衣进入梦乡。在梦里，它们模仿乌鸦在金黄的麦地里飞翔。无论怎么飞，睡衣都没被风刮走，还紧紧裹在身上。树叶虽然在风里哗哗响，但刮不走夜色。树叶的正反面同样黑，如同乌鸦背上的羽毛。

白桦树每到夜晚要犹豫一下，它问有没有白一些的夜色，或与它树皮颜色一样的睡衣？夜不回答任何问题，它默默包住桦树的树干和树枝。桦树看自己一点点黑下来，先是灰色，后来变成深灰色，跟其他树没什么颜色上的区别。它很怕别人管它叫黑桦树，虽然俄罗斯和呼伦贝尔有这种树，但不是它。白桦树要永远白下去，夜懂不懂这个？不懂当什么夜？夜没时间管这个，它甩一下大氅的左襟，包住一半山河，甩右襟包住另一半山河。万物在夜色里变得矮小，灌木本来矮小，夜里显得更矮，根本看不出是树，倒像草墩子。夜用大襟扇动，搅拌夜色，夜色越来越浓。黑过松树的树干，黑过渍酸菜的石头，黑过大酱，黑过黑莓，煤堆在夜色里失去了轮廓。夜的被褥在大地上铺好了边边角角，“世界是你们的，也是我们的”，归根结底，在夜里世界只属于夜。夜没用水也没有水就把夜灌满了大地和天空，没被夜色淹没的只有星星。

小甲虫披着夜色行走，不仅凉爽，而且隐蔽。甲虫早就厌倦了身上花哨的，带斑点的外壳。这样的外壳，除了轻浮，还有哪样好处呢？夜色多么深沉，它让甲虫像一只黑钻石。不睡的鸟儿也不敢吃一颗黑钻石，那会噎死它。甲虫觉得自己爬行如一颗钻石爬行，其他生物都会让路。它看到同样乌黑的甲虫爬动时，以为见到了梦游的自己。兔子在夜里跑得更快，它庆幸自己每天晚上可以换上一身黑兔的皮草，它比白皮草更光滑，跑起来阻力更小。在夜里，黑兔子无论打滚、拉屎或竖耳朵都不会暴露目标。黑兔子靠在松树边上站立，看上去就是松树的一部分。如果不伸手摸，谁也不知这里有一只兔子。黑夜毫不费力就把兔子变成一块石头、一个树桩或一只狐狸。在夜里，兔子跑起来跟狐狸没什么区别，都是一道黑影，除非狐狸用放屁证明自己是狐狸。大部分鸟儿有夜盲症，夜里不飞，怕撞到树上。我看到夜里也有鸟儿在飞，可能是治好夜盲症的鸟。它们飞起来像乌鸦，听得见翅膀拍打树枝，却见不到踪影。一次有鸟群从夜空飞过，星星和月亮显出了它们的轮廓。它们急促扇动翅膀，如躲藏，飞过的夜空有一些发白。

云在夜空上依然很白，夜色包不住云，云和星月一样，仍在夜里面。夜有夜的不足，虽然白桦树变黑，白兔变黑，但云彩仍然白着，仍然在天上飘。云并没因为黑夜的降落到大地上睡觉。白云变黑无须夜色帮忙，雨来之时，云变灰变蓝甚至变黑，但还没有黑牛那么黑，却比老榆树还要黑一些。白昼的雨云俗称乌云，它乌而低而翻滚。如果下的是雷阵雨，太阳一出来，它立刻变白，比通常的白云还白，如蚕丝一般。我的理解是：它把雨水泄尽就白了，但雨水并不黑呀？它身上的黑去了哪里？我在黑夜里没见过乌云。夜里下大雨时，看不清天上有云，也见不到雨，只听到雨声。清朗的夏夜，天上的白云比白天更悠闲。一般说，夜里白云不多，只有几朵值班的云，它们飘得也不快。月亮钻进云里好长时间才钻出来，证明月亮和云移动得都不快。夜里没什么事，太快没用。月亮边上的白云如一座岛屿，它的大小对月亮刚刚好。你可以想象那片云是月亮的温泉。

风穿上夜色出行。夜色是风最好的衣衫，比丝绸柔软，比风还轻。如果拿一立方米夜色和一立方米风在秤上称，还是夜色更轻。风觉得夜色是天生的翅膀，宽广而适于起伏。身穿夜色的风钻过树林竟无声音，也不担心被树杈刮破衣衫，因为前方的夜色会为风打好补丁。风想象自己的拖地大氅很长，扫过草地，收拢更多的夜色。风跃过山冈，纵身跳入河流，衣衫丝毫无损。在夜里，风摸到堆积在水面上的更多的夜色。水仍然是透明的，但夜色让水面看上去有一点儿凝固。水有皱纹但夜色无纹，因此河水看上去流淌缓慢。河流慢慢地把夜色推到岸边，让星星回到原来的位置。风把大氅盖在水面上，飞进山里。无论从哪个方向看，山里都藏着最多的夜色，如沉淀的古墨。

谁在夜空上写字

夜里，登上汗乌拉山的山顶，风吹石壁，仿佛已经把山推出了很远。站在山上看远方的星空，如平视墙上的一幅地图。夜空像百叶窗一样倾泻而下，不用仰脖子。这样慢慢看就可以了，先做的事情不是辨寻猎户座在哪儿，以及牛郎织女星的位置，它们跑不掉的。先看夜幕有多大，这像一只蚂蚁探究沙漠有多大。大地之上皆为夜空，眼前的不算，夜从头顶包围到我身后。转过身，夜又从头顶包围到我身后。这么大的夜，却不能说是白天变黑了。我宁愿相信白天和黑夜是两个地方，就像大海与森林不一样。

流星划下，由天穹划入霍林河方向。我以为它落地三四秒后会发生爆炸，起火，照亮那一小片地方。但没有，我在心里重新数了三个数，还是没有。流星也不一定诚实，或者它掉进沙漠里了。科尔沁的沙漠漫无边际。在流星划下那一瞬，我觉得有一个高大的神灵在夜幕上写字，刚才他只写了一撇，他的石笔断了一个碴，化为流星。为什么是撇呢？他可能想写人。人没意思，神怎么会写人呢？他不一定写汉文，天神写字最有可能写回纥文。这是神奇的文字，催生了藏文和蒙古文。它的字形更接近自然，像木纹、冰纹或绳索的纹样。

面对这么一幅夜空，难免想在上面写写画画。汗乌拉山顶的灌木如一簌簌生铁的枝叶。风钻进衣服里，衣服膨胀为灯笼。夜色最浓重的部分由天空滑落并堆积在地平线，那里黑重，堆着夜的裤子。夜在夜里裸露身体，否则谁也看不到星星。夜只在傍晚穿两件衣衫，入夜便脱掉了。没有人能在夜里看清夜的身体。横卧的银河是天河的身体，夜在澄明中隐蔽。虽然有光，夜在光里交织了无数层纱幔，黑丝编造，细到了纳米级，让人的视力不管用了，兽眼管用但兽对夜不起妄心。风吹到山顶后变得无力，软软地瘫在石头后面，往下走几步，便感觉不到风的气流。河流白得不像河了，如一条蜿蜒的落雪地带，雪花满满地堆积在河床。

天比地好，它不分省市县乡，我眼前的夜空应该比两个县大，但它不说自己属于哪个县，也不设天空的县长。以后官不够当了，也许会在天上设省和县，让后备干部先当天上的省长和县长，慢慢过渡。夜空上面的群星，我以为跟星座什么的都无关系。把星星拟分为星座，不过是人类的臆想。星星是密码，是航标，是人所不辨识的天的文字。人类从古到今所看到的星空只在一个角度，是扁平的对望。而进入夜空，譬如上升到一百万公里之后看星星，看到的就不是什么大熊星座、猎户座了，序列全变了。星星像葡萄一样悬挂在眼前，在运行中变换队伍，传达新的密码。星星把地球人管它们叫大熊星座当成一个笑话。近看，星星有粉色、蓝色和地球人没见过的颜色。地球人离星星太远，星星仿佛是白色，实际这仅仅是光亮。正像灯光所发出的光，与白无关。

群山在夜里隐藏得最好，巍峨陡峭。这些外貌全被夜色藏了起来，山的轮廓变矮，只是稍稍起伏一下作罢。山坡的树终于变成跟山同样的颜色。月亮照过来，树林的叶子竟白成一片，像漂在树顶的河流。山石变成灰色，山上的泥土变成黑色。枭鹰的叫声如同恐惧于这样的寂静。风再次吹来，仿佛我是麦子，把我一吹再吹，让我成熟。我想如野兽一般从风里嗅到五十里外其他野兽的气味，但嗅不到，只嗅到苔藓的腥气。谁忍心和这么大一片星空道别？星星眨眼、荡漾、飘忽、航行。在无人的夜里，在山顶对星星打什么手势都被允许，与它们对话却显得徒劳，太远了。看一会儿，我大体的想法是星星散布得不够均匀。一是头顶少、四外多。二是东南少、西北多，窜一窜不行吗？远方的河水只白不流，如果走近，见到月光拦腰横在河面上，不让流。我知道狐狸、獾子、狍子在树林里活动，那里很热闹。又有流星一头栽到地面，太快，没看清这只流星多大个，也看不清它落到了哪个旗县。天上又有人写字了，折断的石笔头落在人间，它写的字在哪儿呢？

屋顶的夜

夜是什么？首先它不是一个对时间的描述。时间是穿过夜与昼的钎子，既不是日，也不是夜。夜是光线缺席？也不是。人们所说的光指太阳光，它只是光的一种。夜里亮起一盏灯，照亮墙壁和书本上的字。但夜还在，灯光撵不走夜。

夜像太阳和露水，每夜来到人们身旁，来到草的身上，站在大路两边。夜色为眼睛而不是手而存在，手摸不到夜的身体，夜在人的眼里像漆黑的金丝绒，像山峦，像典雅的雾。

月亮从东山俯瞰山路，夜藏在鹅卵石和树干的背后。夜没有影子。烟囱和院墙的影子是月亮的随从。无月之夜，夜把丝线缠在每一根树枝上，让黄花和蓝花看上去像一朵朵灰白的花，让人感到狗看东西的局限——狗的视网膜看不到彩色。夜站在山坡，跟松树并排站立，看公路睡眠的表情。

夜没在河里，夜进入不了水。夜看见无数大河在峡谷奔跑，像一条条宽阔的道路，且平坦。河水没被夜色染黑，不像草和树，它们每一夜都穿上夜送来的睡衣。

喜欢夜的不光是小偷，还有猫和猫头鹰。猫在夜里走路舒服，毫不费力地上房和上树。夜对猫头鹰来说是巨大的游泳池，被染成黑色的空气是池里的水。猫头鹰每夜游过十几个街道，体验有氧运动。

有几次，我后半夜在大街上走，遇到了更多的夜。它们站在玻璃幕墙的大厦的边上，趴在没竣工的楼房窗台上向外望。被月光漂白的草坪下面，潜伏着夜的碎末。我在马路中央的双黄线上行走，谁都没走过。我大声唱歌并朗诵，没人阻止你，路灯躬身聆听。我说——夜！叫上去像是——耶！再说一遍夜还像耶。在这么好的夜里人们为什么执迷不悟，钻进被窝里睡觉呢？

昨晚，夜来自一个未知的地方。那个地方如此之大，可以装下密密麻麻的夜。黎明前，夜悄无声息地撤离，干脆利落，没给白天留下哪管一小片条缕。它们撤退以吸铁石的方法集结，所有的夜被吸入一个折叠的口袋。

夜站在屋顶，像一层庄稼，风吹不散，它们认得每一片瓦。夜在瓦的下面做上记号，第二天看一下有没有虫子爬过。

钻入屋子里的夜安静，能忍受鼾声和难闻的酸菜味，它们在床上、桌上随便睡下，熟悉人的气息。外面的夜高大，监管着每一颗星星的位置，校正星座与地面的数据。

夜在哪里休息？绵绵不断的夜趴在花朵下面和向日葵脸盘子上打盹。夜走过昼的日光走过的所有路。夜知道所谓人生历史与时间的背面都贴着一个标签，上面写着：“夜”。夜比昼更享有恒久。

夜河两岸的灯火

坐船在夜里的河流里航行，船往东西南北哪个方向开都无所谓，这件事船长知道就好了。我希望船长迷路，开回去，然后再开过来。我曾到前舱隔着玻璃看船员开船，他们双手把着舵，认真地目视前方行进。我觉得不这么认真也是可以的。他们用力看着前方，实际上什么也没看到。河水只在船灯照耀的地方闪耀碎光，而正前方是巨大的黑暗，我们认为那都是河水。船似乎并没走，而仪表证明着它在走。坐船感受不到坐车才有的车轮轧在公路上的实在感，船漂浮。发动机以巨大的轰鸣声证明它在行走，在巨大的黑暗里行进，我替船想象船首分开波浪，本该是白色的浪花在黑夜里无声无息。

在这么宽阔的大河上，夜里只有一艘船行驶，仿佛它去的不是一个码头，而要把船开进更深的夜。城里的夜不深，像给夜上漆的人半道跑了。城里的夜色没等堆积到土地上就被车冲跑，夜只在城里的树冠和灌木里藏了一小部分，大部分夜还在笔直的高楼墙壁上爬行，常常爬不到楼顶就溜了下来。夜被酒吧和大卖场的灯光晃得睁不开眼睛，只好转身跑掉。更多的夜躲在下水道里，等待汽车和人的喧闹停下来之后回到地面。夜的听觉器官敏锐又容易受损伤，同样容易损伤的还有夜的金丝绒礼服。它们的礼服不怕风，甚至有防雨的功能，像鸟儿的羽毛那样。但这样的衣服怕沾上餐馆的油烟子味，怕车辆冲撞。在闹市区，夜的衣衫被车辆刮得像笤帚一样褴褛，挂在树梢。夜因此显出白，其实是薄了。夜的衣服不够穿，才会单薄。

河上有真正的夜。它们一层层铺在水面上，幽暗沉重但不妨碍河水流动，也不影响鱼往水面吐泡。像花骨朵一样的水泡被夜一一没收，夜不相信河水能开什么花。河流上的夜色是巨大的黑米面的切糕。我们这条船在分割这块切糕。船在河中心航行，切糕被切成两块，分属两岸。我站在船舷看水，水在哪里呢？天上无月，星星太远，看不清夜色下面的水。我以为，天光会给河的波纹描上银边儿，使水浪如一根根银条追逐。但没有，银子跟杜十娘的珠宝一起沉入了河底。

船离城市渐远，两岸的树林如黝黑的山丘，中间夹杂灯火。远处的灯火给我的印象是十分微弱，仿佛会被大风吹灭。这些光如伫立荒野里的一盏灯，径直点亮。这些发出金色光芒的灯正在观察我们的航船，它们看我们比我们看它们更好奇。我回头看看这艘船，两层客舱灯光通明，还有人在甲板吃鸭脖、喝啤酒，很壮观。我看到岸上的灯光渐渐离远，就有一些难过。我也不知道为什么难过。这些灯火并不在旷野里，它们来自居民的房子。仿佛我应该走近看一看这些灯光，感谢它们对我们的凝视。灯火一点点隐入树林里，再也见不到了。如果没有河水，跑过去看看这些灯火并不难。

船在航行，没人知道它在向哪里航行。四面八方都是浓密的夜色，但船只往前开。站在船上看星星，那些放射十字光芒的星星也像在夜的河流里航行。它们没有目的地，星星已在夜空的河流里航行了亿万斯年，没人在星星上吃鸭脖子、喝啤酒，星星上也没有船长。船的轰鸣声小了下来，我估计它进入了一条顺流的航道。两岸的灯火居于高处，那是山上的灯火吧。船又开了一会儿，看出衬在夜空背景的山峦。同样在夜里，山峦比夜空更显黝黑，仿佛是不长草木的黑石头。夜空比山峦清明一些，也许因为星星相互照亮，空域无限岑辽。人说大气层之外的空气稀薄。看夜空，最远处的夜色也稀薄。也许到牛郎织女星那里已经没什么夜了，最多是一个傍晚。看星星，如果你在原地旋转仰望，星星会像蝴蝶一样飞旋，仿佛大片的雪片欲落下来却被风吹走。这是跟星星玩儿的方式之一。除此，没找到其他跟星星玩儿的方法，还没人发明出来。船在行驶中微微动荡。河流此刻如果正在沉睡，船行的阻力会比白天大。如果河睡着了，便是巨人的睡眠，从它肩膀后背走过都不会吵醒它。船开得很慢，虽然我不知它有多慢，却能听到鱼儿跳出水面的“扑哧”声，鱼表示有一点点不耐烦。开过山区的航道后，两岸又有新的灯火，它们早早就对我们的船眨眼睛，眨的频率很快，快到岸边时，看到屋舍前长着高大的棕榈树，船行时树木遮住了灯光，如眨眼。我数了数，两岸的灯火数量不一般多，跟路灯不一样。灯火在两岸对视，均含情脉脉。白昼里太阳普照大地，谁也注意不到河边的房子里有一盏灯，它在夜里成了主角，在夜色、河流和山峦里，它们最明亮。

夜空栽满闪电的树林

闪电是上帝的胡须，我们终于有机会见到上帝的侧面肖像。相信上帝的人才怀疑过上帝的存在。契诃夫一辈子都在怀疑上帝。他的父亲对上帝过度信仰，契诃夫在打骂和唱诗中度过了悲惨的童年。契诃夫看到俄罗斯农民在信仰中愚昧地活着，没有人也没有神灵帮助过他们。巴斯德是微生物学的创始人之一，发明了疫苗，他总结一生的科学研究，结论是上帝存在。

被闪电照亮的地面有如发生了地震，看得清草的颤抖。闪电下，河流的浪头比白天更多，如同石块倾泻。

闪电更像一棵树，它的根须和树干竟然是金子做的。当雷雨越来越浓时，天空栽满了闪电的树林。一瞬间长出一棵。雷雨夜，天上有一片金树林。

草被闪电照得睁不开眼睛，手里接的雨水全洒在袖子上。草刹那间看到自己的衣衫变成了白色。秋天还没到，闪电收走身上的绿色。草想象不出自己明天变成一身素衣。

闪电照亮山峰的面孔。山沉睡的时候脸上柔和，崖上的松枝有如乱发。山睡了之后，一堆堆灌木向上潜行。山在闪电里醒来，看清了云的裂缝。云被沉雷震裂，如黑釉的大碗分成两半。

闪电之下，河岸的树林比河水走得更快。明天出现在河岸的树将是陌生的树。人并不认识每一棵树，就像不认识每一只羊，每一只甲虫和蚂蚁。河岸的树趁着夜色奔向了远方，走得相当远。我在贝加尔湖左岸见到一株斑驳的杨树，像我老家的树，摸一下更像。我问它，你到过赤峰北河套吗？树飒飒然，在风中吐露一串话，如布里亚特口音的蒙古语。我看它周围的树，觉得这是个移民部落，阜新的、朝鲜的、甚至有一棵树来自布加勒斯特。闪电照亮奔袭的树林。树停不下脚步，前呼后拥，枝叶牵携，脚下溅出泥浆。

闪电是天的烙铁。我老家早先把熨斗叫烙铁，其实它们是两种东西。在马的臀部做记号的是烙铁，而非蒸汽熨斗。天的烙铁把云烙得大叫，叫声传出十八里。天为什么在云上做记号呢？怕云跑丢了或云犯了罪？天的事只有天知道，富兰克林用铜线风筝把闪电招下来，差点儿被电死。

闪电是天送给地的焰火，让人间娇滴滴的，化学药剂的带图案的焰火显出可笑。闪电是力量，所有力量都带有野蛮特征而不是表演性。闪电多么美，瞬间照亮一切瞬间，收回自己的光，让夜空继续深厚。闪电让夜里的生物清晰。蓬松的泥土里藏着白色的虫卵，松针比松鼠尾巴更蓬松。

闪电是一条站立的火的河流，它不会是上帝的胡须。这条河流分成许多干流和支流，从雷流出，回到雷里。

闪电像夜空突然醒来。

夜　雾

夜雾让夜更像水墨画而不是油画。我印象里面，雾是早晨的客人，像小鸟和露水都是早上的客人一样。夜雾晚上不睡觉，它们找不到睡觉的地方。山谷被核桃树占领了。核桃的青皮上的刺让雾不舒服。是的，雾怕剐蹭，你可以把雾看成没缝被面的棉胎。棉胎被风的鼓风机吹大膨胀却找不到变回棉胎的办法，只好随风飘荡，不明就里的人名之为雾，那就雾吧。

雾在河面徜徉。雾的想法是用一条比羊毛衫还薄的雾被单把河盖上，一是怕鱼着凉，二是让河睡一觉。古往今来，没听说河睡觉，就像没听过心脏睡觉。如果雾让河睡着了，便可申请吉尼斯世界纪录。睡觉的河水不再有波浪，连小小的涟漪也止息。雾的薄被单盖在它的身上，河反而觉得身上更凉，但生出睡意。河从降生那天起就开始奔流，它的童年叫作小溪，而比小溪更小的胚胎期是一溜从石缝流下的雨水。雨水汇入小溪，小溪又遇见了其他的小溪。它们匆匆流向低洼处。溪水占满低洼处后外溢，寻找更低的地方停留。低处对水来说意味着长久、存留、安详，因卑下而圆满，相当于人类憧憬高处。无论在哪一个地方，更低处都是河道。溪水在河道汇合，被命名为河。它们最初来自不同的山，不同的云彩。化为雨水洒在不同的树上。如果溪水给自己起名，它不知叫什么名字好。如果把山名、树名、石头名都串联在一起，就会变成“威廉·伯纳德·珀尔·阿德莱德·帕德里特”等等，比英王的封号还要长。万千溪水进了河里就只有一个名字：河。就像成吉思汗统一各个部落之后就叫蒙古。八百多年过去，蒙古的名字没被改变，没被分割，没被取代。语言具备超过物质的价值，如蒙古。

河的名字还联着一个字——流，河和流生长在一起，就像无数溪流生长在一起，无法分割。河流一直在流，带着一肚子鱼虾，带着各地的土壤和方言。站在岸上看河流，它争先恐后，事实上它想停也停不下来，就像被裹胁到马拉松起跑方阵里的选手，只好跑下去。后面的水推着前面的水，新水渗入旧水的骨骼和血液里难分彼此，只有跑下去，跑到名为大海的水的平原中。

河在夜雾的笼罩下睡意蒙眬，河流睡一下未尝不可，如此良夜。写到这里，我忽然想起东山魁夷画的北欧的夜，如香水一般静谧。如果雪花可以提炼出一种香型的话，尽在东山魁夷的画里散发。那是冰雪的气息，清甜，如一个纯洁者的体香。她经受了江河沐浴，大自然赋予她复合的、精微的无味之味，一如夜河的气味。夜的河在白雾的抚慰下酣然入眠，鱼虾亦尽眠。河从此知道睡眠是一件美好的事情。有一位年迈的哲学家被问及一生最美好的事情。提问者以为哲学家会回答结婚，当教授，买车买房，得奖或主持公平正义等豪迈的话题。哲学家答：此生最好的事情是睡眠，提问者再问：那活着与死亡有什么区别呢？哲学家想了半天说：不知道，这个问题放到下辈子考虑。在睡眠里，河流的面容在月色下极为柔和，如婴儿在睡梦中的面容。风吹过岸边的青草，竟无声音。星星踩着更矮的星星下来看河流睡觉的样子。

月光洒在大地，地面呈现两种白色。撒在泥土上的奶白的月色仿佛给土地覆盖一层膜，黎明时由晨光启封。落在雾上的月光呈现锡白色。月亮仿佛嫌雾的颗粒不够密集，在雾的缝隙灌注了月光，二者合一，分不清雾与月亮哪一样更白。河流停止流动之后，雾在大地奔涌泛滥，雾成了空中和地上的河。雾把山的裸露的峭岩包上纱巾，绕山铺一层白莲花的底座。雾冲进树林，湮没了所有的树。树的梢头向夜空呼救。雾在所有的土地铺上白毡子，比哈萨克人的毡房还要白。昆虫和蛇察觉到这条毡子的湿润，以为自己进了澡堂子里面。在这样的夜里，夜色不好意思太黑，天空几乎露出蓝意，星星露出金意。白雾在夜里仍然是白的，它把山峦一座座分开，使之圆润，座座山峰都有白雾的莲花座。刚才说过河流已被夜雾哄睡了，树林在雾中露出一半枝叶，草土的露珠不再闪光，草叶早被雾气吞没。只有月亮高高在上，欣赏着大地的一切，雾改变了一切，让大地黑白分明，简洁有力。月亮认为所谓艺术不过如此而已。

第四辑 蜜的秘密

把自己甜死的甘蔗

我觉得甘蔗是极为离奇的植物，人如果不把它砍下来，它会把自己甜死。嚼甘蔗时，我一边嚼一边想：这么甜，甘蔗怎么受得了。真甜，太甜了！甘蔗早晚能把自己甜死。

甜死是怎么死的？首先是舌头因狂喜而麻木死掉了，像毒贩子吸食毒品过度死掉一样，然后是主管嗅觉的中枢神经被源源不断的甜给甜死了。这里说的是人，而甘蔗作为植物，我认为它承受不了这么多的糖分。甘蔗的糖是单糖，热量太大，不跑马拉松消耗不掉这么多糖。况且——我稍微卖弄一下——甘蔗只有皮和瓤，而没有肝脏。这就很成问题，没肝脏，就没一个化工车间把这些糖分解成葡萄糖或脂肪储存起来，也没有肾脏把糖尿出去。你不断在甜，你甜无止境，这怎么能行呢？甘蔗没有肝脏，是造物主的疏忽。当然植物们都没有肝脏，正如动物们不会通过叶绿素吃太阳的饭，但其他植物也没甘蔗这么甜。

甜大劲儿了是什么样？就像甘蔗这样，脸憋得紫红（没肝脏代谢），如同喝大酒的人一样。脸紫红且不说，甘蔗把自己甜得身披白霜，这是甜得没法再甜的征象。在南方，我看到卖甘蔗的就赶紧买一节嚼一嚼，让糖分进我肚子里待一会儿，否则糖会在甘蔗肚子里甜爆炸了。

小时候，我唯一的梦想是天天遇到甜。那时候没听过世上还有甘蔗，但知世上有糖块。正是糖让我感到世界的神奇。神奇，说的是世上有房子、有树、有土、有大人和小孩儿，但他们都不甜。我吃到糖后才感到世界的化学性和神奇性，一块黑不溜秋的结晶体在嘴里，让它在牙齿间叽里咕噜地翻身，我却欢欣鼓舞，觉着人活着真没白活。甜是什么？是热烈到死的密集话语，是稠密的湖水，是欲罢不能，是舌尖上的歌声，是生活的赞美诗，是味蕾的大合唱，是口腔的弥撒曲，是舍我其谁，是不知有汉，是玻璃纸里包裹的理想，是装在兜里握在手里的快慰。小时候，衣袋里有糖的孩子谁不快慰？吃进去是嘴里甜过，握手里是早晚要甜。

那时候，如知世上竟有甘蔗，赴汤蹈火亦要取之。人生立志，当什么杨柳松柏？毋宁当一株甘蔗，不管其他，先甜起来看。

人长大竟无趣了，无趣之一是不再崇拜甘蔗。见了甘蔗不景仰不咽口水不开口大嚼，此曰无趣。连甘蔗都吸引不了你，还有什么能吸引你？钱？是的，钱了不起，但钱甜吗？钱会造出甜但也造成苦，钱能放进嘴里嚼出甜水吗？人在兜里揣着整齐的钱，莫如在怀里揣一节甘蔗。别人问是什么，你可以说是金箍棒。到无人地带，你可以掏出甘蔗咔咔嚼之，甜水如河流灌溉你的胃与心肠。那一阵儿，你可能会放弃一些无趣的人生规划。总之，你会变成一个跟甜有关的人。

牛羊虫鸟不吃甘蔗，甘蔗的甜在于它和人的缘分。它为了人甜——姑且这么说吧，否则它为谁甜呢？它长在土里，它差一点儿就长成糖块了。

甘蔗真是个好植物，每一株甘蔗都应该佩戴一朵大红花。

月夜，到甘蔗林里，听一听甘蔗在说什么话，听听落在甘蔗身上的小虫子说什么话。月光在甘蔗身上照不了多久就变成了霜，甜得受不了哇！夜啼的鸟儿在空中兜圈子，呼唤“甘啊、蔗甘”。鸟儿被甜晕了，把甘蔗说成了蔗甘。仅仅是甜，就可以改变许多事情。

正像人有偶像，香蕉苹果鸭梨的偶像是甘蔗。甘蔗虽然不圆，不挂于枝头，但甜得心满意足，让水果们佩服得五体投地。

桑　甚

早上的风吹过桑树，桑叶沙沙作响，好像树上藏着好几百只蚕。桑叶翻转叶子，像两个人跳舞，女伴钻过与男伴拉手形成的拱门。叶子快要飞出去时，被叶柄拉回来，就像男伴用手把女伴拉回来。桑叶上没有蚕。桑叶跳舞的时候，蚕还在蚕房里睡觉。

我几乎不愿把蚕当成虫子看，虽然它哪儿都像虫子，但它更像蚕。我见过的蚕比虫子们扭捏，这不因它有一些胖，虫子们都胖。蚕为着什么而扭捏呢？我想像所有的蚕身上都穿一件透明的、剪裁得体的丝绸睡衣，雍容地爬行。其实不能够叫睡衣，睡衣露不出蚕的一系列的脚，它只是披在蚕背上的一幅披巾，光滑冰凉，没有皱折。蚕的披巾是质量最好的丝绸，好到什么程度只有蚕知道。

黎明时分，天空掀开夜的黑毡子，剩下一层蓝冰似的曙色，星星是蓝冰上的铜钉。冰随着天亮一点点化了，蓝色一点点衰减，只剩下白。天空在白天并不白，它蓝，只有在黎明前的片刻是白的，天空紧接着会掺入朝霞的红色橘色或什么色。天空在黎明前发呆的片刻，桑树的树干像天空一样白。那时候，我在新疆，我在北京时间的五点钟起床跑步，喀什噶尔的夜比黑毛驴还要黑，跑着跑着，天亮了。天亮之前先有沙枣花的香味被风吹过来，这种香意味沉迷，天竟被如此浓烈的花香给熏亮了。星星、月亮、太阳、镰刀、羹匙、门环和茶杯都会被沙枣花熏得亮光闪闪。喀什的天亮跟我跑步可能也有一点儿关系。我在喀什人民广场跑四圈，每圈八百米。咣、咣、咣，广场上回响着我的跑步声。隔几分钟，毛泽东塑像下面跑过一个人，跑向西。过一会儿，又有一个人从毛泽东塑像下向西跑去，夜色稠密，看不清是谁，但我知道这都是我。之后，天才一点点亮起来，好看清谁在跑步。我每每在天亮时分见到桑树，阿热亚路边栽了一排桑树，树干如失血色那种苍白。我摸树干，粗糙的树皮把手心蹭得十分舒服。我的目光由树干一点点上移，有时在树叶上发现一只滚圆的小鸟，当地人叫它地雀，背和肚子黑白分明。更多时候，我的目光从树干升到树顶时，树叶里还能看到星星。铁匠的手指把塑料管子的嘴捏细，洒街。铁匠把打制的犁、窗子和刀摆在门口，桑树的树皮越来越白，星星散佚之后，只有桑树独自白净。桑树的叶子不多，在树上挂着，对蚕来说，它们是悬挂的面包和香肠。桑叶不须太多，够蚕吃就好了。况且，许多生长桑树的地方并不养蚕。如果我植桑树也不一定养蚕，假如喝醉了把蚕当成虫子扔掉，岂不可惜?

我栽蚕树一定是因为桑葚。桑葚是桑树的鱼子，它的汁液把人的牙和胃肠染上浪漫的紫色。小时候，我们吃桑葚的时候互相看牙。五分钱买的桑葚放在旧课本纸张做的漏斗形包装里，我们把一两颗桑葚扔进嘴里，紫汁把牙齿变成黑色，嘴唇深紫，嘴成了可怕的深洞。人带着这样的嘴打闹嬉笑是最有趣的，这时稍稍的有一点儿像妖精，小时候，我们都愿意变成妖精。

买桑葚的机会很少，因为没钱。我们去南山仰望那棵桑树。从春天桑树的叶子刚刚冒出来，我们就去仰望。盼望它早点儿长出桑葚。夏天，桑葚羞怯地长出一点点，那是绿色的鱼子，我们盼着它变紫。桑葚紫了，如枝头上的黑枣。我们踩着伙伴的肩膀，小心摘下紫桑葚，也就是一人一粒，其他的桑葚还青着。一颗桑葚足以把牙染得紫红，如嚼槟榔的人。我们有意让桑葚的紫汁留在牙上，从南山走到街里，尽情地笑，让别人知道我们是吃过桑葚的人。

可是，蚕宝宝吃过桑葚吗？它沙沙地吃桑叶时为什么不尝尝桑葚？我想像蚕吃了桑葚之后变成了紫蚕，吐紫丝。紫，神秘、妖异、俗艳。一只俗艳的紫蚕吐出的紫丝织出的绸子有多么惊艳。像《一千零一夜》里公主的披肩。几年前，我经过一个村子，见桑树上的桑葚没人吃，掉在地上，被人踩瘪了，泥土开出一块块紫花。今夕何夕？桑葚掉地下被踩成泥却没人吃？我摘下桑葚吃了几粒，我想把所有的桑葚都吃完但吃不完，太多了。我怀着沉重的心情离开这棵桑树，因为没人吃它结的桑葚。

桃　子

没见过哪一种水果像桃子这么性感，这么鲜艳欲滴。像是一个人——显然是成熟的女人在哈哈大笑。她的笑声停不下来，颤抖中充满了甜蜜。

我吃桃子没有一口气吃下去的习惯，先看一看它怎么回事。孙悟空为什么喜欢吃桃而不是火腿肠。桃子头顶的红晕证明它此刻正在晕眩中，不知道为什么被人摘下来运到这里，更不知道有人要吃它，否则就要生白晕而非红晕。

熟透的桃子像一位穿游泳衣的女人——又是女人——湿漉漉地站在池边。泳衣是由于丰满而非下水弄湿的。秋天里，所有的水果都在成熟，只有石榴和桃的样子在说自己熟透了。石榴熟透由牙齿暴露。古语称：笑不露齿。石榴把这话听反了，让牙跑出来笑，表明成熟在它身体里的震感比地震还强烈。桃子抿嘴笑，满面腮红。桃子的笑容和它甜美的滋味如出一辙。人吃桃无一不被汤汁弄得败下阵来，和吃柿子败下阵来相仿佛。吃桃的时候，桃的衣服一捏就下来——这一点和女人毫无相同之处——于是手无处可放。光溜溜的桃肉根本捏不住。双手捧桃像猴，好像唯独他一人没进化到位。人捏着弄着吃这个桃，汤汁沾腮，如儿童一般。桃肉不像苹果那么严谨，吃一块是一块。桃不论块，论堆。咬下这堆桃肉却有丝络牵连，汁水四溅。桃衣早已一脱到底。它不像西瓜皮以一厘米的厚度管理汤汁外泄。桃把人吃得有一点点狼狈，像日本人那样越来越哈腰，吃完紧忙擦腮帮子，狐疑低头看衣襟左右是否沾上绯迹。

桃欢乐，人吃桃从头到尾这套动作，显示着桃的欢乐。桃子有一点儿恶作剧，有一点儿大咧咧，但甜美。桃子的祖传家训乃是甜美，用不着转基因再甜美。什么人就是什么人，三岁看老包括桃，岂有他哉。桃子不哭泣，下雨天挂在枝头的桃子也像游完泳的孩子一样欢笑。世上有人哭就有人笑，命运分配给桃子的任务是笑，那就笑吧。哈哈哈！哈哈哈哈！哭不缺少理由，就像笑不需要理由，哈哈哈，我看见桃子就想笑，日本品种的久保桃在中国变成了九宝桃，哈哈哈！我奇怪卖桃人守着喜笑颜开的桃为什么不笑呢？要等到电视里的春晚语言类节目上场才笑吗？中国并没有加入废除死刑的国际公约，为什么舍不得枪毙春节晚会最不可笑的相声小品呢？

很久以来，人类开始鄙视自身的胖。桃不然，无桃不胖。桃明白，牛胖了被宰，牛如果瘦成一条蛇更容易被宰。桃不想像核桃那样用皱纹伪装聪明，核桃如果聪明就不应该香脆而应该像杏仁那样苦。核桃仁的形状尽管像人的大脑但它一秒钟也没思考过。木瓜虽然像人的乳房却一滴乳汁也挤不出来，茄子更挤不出来。

桃给世界带来了什么？甜美的果肉，笑，还有桃花。桃花绯红，如同春天里落地的粉红轻云，十分适合釉上彩。桃花落在渠水里惹人怜惜，桃花落在驿道让人伤别，桃花被风吹到春天的粪堆上宛如命运不公，好像比苹果花吹到粪堆上还不公。可见桃子在桃花时代就引人注目。人类早就用桃花阐释命运。算起来，桃花运不算什么好运，逃离桃花才转好。陶渊明说的那位打鱼人“忽逢桃花林，夹岸数百步，中无杂树，芳草鲜美，落英缤纷”。这片林子走完了，“便得一山，山有小口，仿佛若有光，便舍船从口入”。是说，世外桃源原本跟桃花林没关系，跟“山有小口”有关，是俩地方。打鱼人从小口进入村里，见屋舍俨然，阡陌交通，此文没再提桃花的事。

杏

小时候，我家那个地方夏天没其他水果，只有杏。冬天跟水果沾边的东西是柿饼子和黑枣，比夏天还多一样。对小孩儿来说，萝卜、青椒、茄子都是水果。吃到嘴里“咔嚓咔嚓”响的就是水果，同样是水果的还有大白菜、小白菜、圆白菜、酸菜，均“咔嚓”。但真正的水果是杏，它结在树上，须仰望。菜嘛，是低头才看到的。杏仿佛知道自己的珍贵，它是内蒙古自治区昭乌达盟赤峰市夏天唯一的水果，由青而黄而橙黄挂在树上。那时候，赤峰市街里没几棵杏树，建国之后没把这些杏树砍掉也是怪事。东园子有两棵，西南园子有两三棵，全赤峰的小孩儿全惦记着这几棵杏树上的杏，成群结队去杏树人家的墙外看杏，指指点点，咽唾沫，问自己“这辈子能吃上杏吗”？离我家近的西南园子的杏树是“坐地户”的树，树下拴一只大狼狗，红舌头垂在胸前。我现在见到杏仍然会想起狼狗和下垂的舌头，但见到狼狗想不到杏。我们远远望着杏树，慢慢移动脚步，人群变成扇形。脚稍稍一动，狼狗抬头吠叫，使我们退两步。我们退，狼狗默许，然而移步向前，它一定要吠叫。狗叫为什么要抬头呢，它的嘴冲着天空才叫得出来。离得远，杏们是小黄点儿，藏在绿叶里。想看细致点儿，狗不让了。有一天狗被牵去配种（在没有微博微信的时代，狗配种的消息是怎么传出来的呢），我们到那棵树下把杏尽情地看了一遍。熟杏不愧叫杏黄色，除了红辣椒，它比任何东西都鲜艳。杏上仿佛有一层小白毛，又像结着霜。那天杏上挂着晶莹的露水，简直漂亮极了。杏在枝头挂着，已经看出其质地绵软，远胜“咔嚓”。咔嚓多么低等。我啃了多半个白菜，肚子已经撑得如皮球才尝到一点点甜味。杏多高贵，挂在树上让人仰望并咽唾沫。狗仰脖子才叫得出来，人仰脖子却咽不进唾沫。配完种的大狼狗美滋滋地回来了，我们猢狲散尽，离开了亲爱的杏树。

那时候，课本上画着别样的水果——苹果、鸭梨、香蕉，它们总是在算术课的加法运算题里出现，我们以为这是不存在的东西，它只在上算术课时才存在。就像凤凰并不存在却有凤凰牌自行车一样。然而杏让我们知道除了糖之外世界还有甜的东西，比如杏。我们知道了杏之后，同时知道了我们的舌头没白长。它除了品尝玉米面窝头之外，还预备着吃杏。眼睛也没白长，可以看到杏。晶莹橙黄的杏挂在枝头，肩膀上挂着露水，狼狗直着脖子吠叫。

我吃过我爸从北京买回的杏但没跟小伙伴们透露。这帮土鳖虫只停留在看杏的阶段就止步不前了。即使他们在讨论中说杏有点儿辣、有点儿咸的时候，我也忍住没说杏的真实味道——甜，略酸。杏的妙处恰恰不是“咔嚓”，人吃杏时，别人是听不到声音的，萝卜才是有声食物。杏具有神秘的绵沙口感。没吃过杏的人见吃杏的人一点儿声音也发不出来，在嘴里抿抿就咽下去了，一定百思不得其解，好像吃杏者嘴里安装了消音设备。这帮馋鬼正打算从吃者发出的声音来判断被吃之物是什么味道，杏让他们失望了，Sorry。

比品尝杏味更妙的事情是双手掰开杏。杏开了，露出比表面更鲜润的橘黄。杏里藏着俗称杏核眼那种双眼皮的杏核。杏如贝壳一样打开之时也没有声音，杏肉有黏核和不黏核的。Sorry，这两种杏我都吃过，但没跟家属院的兔崽子们说过此事，他们会恨死我。我把吃完杏剩下的杏核摆在窗台上晾晒，兔崽子们看到，问了这是啥呀？我支支吾吾说这是中药。他们问：啥药呀？好吃不？我答治哑巴的药，不好吃。他们确实没吃过杏，连杏核都不认识。这些人如今快六十岁了，童年在饥饿中度过，我也如此。胃每天都在叫喊饿，眼睛像动物一样不断找吃的东西。

我晾晒杏核是准备吃里边的杏仁，还是吃。杏仁味苦。甜蜜之物的心里常常是苦的。家杏仁不及山杏仁好吃。而山杏的杏肉我们都吃过，苦涩，基本不能吃，它的杏仁却有一点点甜。关于杏的赞美之词先说这么多，好像还没有说透，似乎还落下了什么，想不起来了。如果再说，则要说杏这个名字起得好，其音如鸟鸣，突兀，又有一些弹性——杏，还有一些回音。汉字的杏字也造得好，简洁而有美感，像伞下面张着一个口。有一度，我曾想为自己发明一个从来没人姓的姓。先想姓美，后来觉得倘若子孙长得丑就不好起名了。也想过姓飞，姓山，都觉不妥。其实姓杏挺好，在这里推荐出去，谁愿姓杏谁就去姓吧。

樱　桃

见过一则微信，照片显示：把樱桃用盐水泡过后，爬出白色的小虫子。微信加了一个惊悚的标题——你看了之后还敢吃樱桃吗？我看了之后心情大悦，想象我为什么不是那只小白虫呢？它的衣食住行都在香艳肥美的大红樱桃里，虽万户侯不易也。世上哪里有这么好的房子，躺在里面拿房子当饭吃。床是水嫩的水果凝胶，睡醒了吃两口，接着睡。床罩枕巾枕头墙壁地板天棚全是你的盘中餐，随便你怎么吃。它有一个统一的美好的名称——樱桃。上帝还是偏向弱者，把小虫安排在这么好的地方生活。上帝让强者用水泥这类乱七八糟的东西盖房子，然后贷款付钱、装修搞厨房马桶，麻烦事多不胜数。弄好了，睡觉要上睡觉的屋，吃饭要去吃饭的屋，而且要做饭。墙、椅子、枕头能吃吗？不能。这种房子无论叫别墅、跃层、河景房都是扯淡，都得装修、都得做饭、一点儿不智能。最好的房子是樱桃，苹果和梨差一点儿，但也行，前提是你要变成一只小虫子，白色红色都行，钻进去，连吃带住一辈子。

住在樱桃里，你被这所房子所包裹，到处都是香味。小虫在果肉的滋养熏蒸下变得白白嫩嫩，浑身上下没一点儿老皮。任何一种虫子的皮肤都比人的皮肤好，道理在于它的房子好。这所房子挂在枝头。一根果柄把樱桃连在枝上，不必担心果柄不结实，上帝已经让它经得住樱桃的重量，你操什么心？假如，樱桃从树上掉下来，里面的虫子只感觉房子如皮球那样弹了弹，很舒服却没有损伤，上帝把一切都安排好了。这所房子高悬枝头，如红灯笼一般，里面住着小虫。虫儿每天早上睁眼瞧一瞧，果肉的墙壁泛出金红的光，与往日一样。虫子如果关心外部世界，可以从樱桃的房子里往外钻，冒出小脑袋看一看。它看到树上挂满了樱桃，房屋闲置率99%，供大于求。鸟儿在枝头歌唱，听上去如唧唧，又如七七。有的鸟说舅，也可能是秀。鸟儿吐字从来都不准。风照例吹过去，把树叶的灰尘吹一遍，其实已经吹了好多遍了。太阳依旧挂在空中，它周围依旧什么都没有，与往日没什么两样。失眠的虫子夜里从樱桃房往外看，它看到露水的钻石在草丛闪光，渠水咕噜噜发出漱口的声响，它一直在漱口。月亮跟白天的太阳可能是同一个，也可能是两个，照白了地上的小路。虫子并不知道这地方叫樱桃国，它生而在此，觉得人类鸟类和蚂蚁回家都会回到一个樱桃式的房子里。如不如此，活着有什么意思呢？虫子住的樱桃房子，从人类眼光看有一点儿问题。它连吃带喝都在这个地方，不搞另外的卫生间。事实上，只有杂食动物譬如人的粪便才污秽。人的消化系统用吲哚的酶消化吸收食物才搞得臭不可闻，拉屎才需要有专门的屋子。虫子只吃樱桃，排泄物到不了臭的程度，总之它自己能忍受。

樱桃和山楂拥有共同的祖先，之后走在不一样的道路上。山楂以自己的白雀斑为荣，盼望做大，变成一只苹果。而樱桃更有文艺思维，它想变成葡萄，可以跟浆果、跟酒扯上联系。它们各自远行。山楂不仅没变成苹果也没摆脱质朴，名字里的“山”字一直去不掉。从樱桃的名字看，它显然进城了，也许进入了宫廷。樱是花名，桃乃丰腴之果。美色与甘味都让樱桃占了，而山楂还在那里酸，甚至变成了健脾的中药。樱桃走到离葡萄很近的地方停住了脚步。它不喜欢葡萄的藤。藤是什么？是绳子吗？那些站不起来，依附它者的植物才叫藤。樱桃觉得长在树上才风光，比结在棚下好多了。树有自己的宇宙，上面有树枝的山脉和树叶的土地，果实是这样的宇宙里的星辰。树上的樱桃常常觉得自己在飞，树叶哗哗作响时，它觉得自己飞出了几十里路，满天都是樱桃的身影。

樱桃是带有笑容的果实，不管这个世界怎么样，先笑起来再说。笑有丰颐，如樱桃的笑。而瘦子笑起来如核桃的笑。堆在盘子里的樱桃让画家产生画一幅静物的念头。血红的樱桃伸出横七竖八的长而绿的果柄，指明每一个樱桃的归属。一个成年人身上带着七八斤血，但没人赶得上樱桃的气血充足，它的血仿佛比人更多。如果拿樱桃作首饰，它比珊瑚还美。它在血红里含蕴深邃，如同它的笑容藏着凝视。谁跟樱桃对视，谁会败下阵来。它的红毫不犹豫，它在火炭、朝阳之外创造了另一种红。有一夜，我梦到樱桃长大了身体，长出鸡蛋大，我抢过来吃一口醒了。我回味这个梦，即使不醒，我吃到的也不是樱桃，而是李子。李子虽然也好吃，但它不是樱桃。如手指肚一般大的樱桃刚刚好。万物的状态决定了它的品质。如果变成比命运规定的更大或更小都会面临一场悲剧。

鸟啄樱桃人痛快

从八栋洋楼往北走，到河边见一片银杏树。银——杏，不光名好听，树也好看，是雍容大方的树。未至秋天，树叶不黄。过银杏队伍，沿河走，见一株樱桃树。樱桃好吃，树也不难栽，跟栽苹果树、梨树差不多。此树结满樱桃，大而红而艳而亮而惹人“爱不释眼”。我流连忘返，来了一个人，看护者。

樱桃看护者穿武警士兵夏常服裤子，上身是假鳄鱼T恤衫——我朋友称之为“丁雪”衫。他手拿一把镰刀踱来。

“这是什么樱桃啊？”我和蔼地问。

“大灯。”

大灯？这哪像樱桃名。“为啥叫大灯啊？”

“大灯是大灯笼的简称。你明白什么是简称不？”他问我。

“明白简称。”我回答，又问，“有没有什么鸟飞过来吃樱桃啊？”

“没有。我跟你说，”他拿镰刀比画，“世界上这些坏事都是人干的，和鸟没关系。”

“那倒是。我在这看看樱桃行吗？”

“看行。”他转身走，带着镰刀。

偷不行。我坐在树下看大灯。谁起的名？太好了。一颗颗大灯红得发紫，我想像它的汁液比血还浓。如有一尺高的小人在街上走，真像拎一只红灯笼，谁见谁眼馋。

刚才为什么提鸟的事？在动物中间，我比较偏向鸟。才见樱桃，我就想到了鸟。鸟为什么不来吃樱桃呢？

对鸟来说，樱桃是洗脸盆子那么大的美食盘子，像钉子一样的鸟喙啄下去，满口红泥，连汁带肉咽下去，酸甜呛嗓子眼，多好。吃完一个，还有，有的是，完全不必吃干净。像咱们在仲夏夜进入西瓜地，劈哧啪嚓，吃！但樱桃比西瓜有营养，西瓜引发内热，樱桃解毒。画眉、百灵假如饮了小造纸厂污染的水源，吃几枚樱桃，没事了，拍拍翅膀接着飞。

鸟来了，一只灰喜鹊落在树上，瞭望。咋不吃啊？它换一枝条，看远方。看什么远方，看樱桃啊！灰喜鹊在搜寻异性。孟子所说“食、色，性也”，食在前头啊。又飞来一只灰喜鹊，我看不出公母。它们双双飞起，盘旋，落下，对亮晶晶的樱桃熟视无睹。我甚至想把灰喜鹊捉住，按地下，往它们嘴里塞樱桃，一次塞俩，看它们吃不吃。

两只喜鹊飞走，往银杏树那边。我叹曰：汝，有负吾心矣！谁知道它们懂不懂文言文。

樱桃是弯弯的手指

夜雨之后，红砖通道在桑园格外触目。砖是老砖，被光阴蚀出孔眼，制成砚一定发墨。几株青草，沿砖缝蓬张，把红砖间隔成一个个小网球场。那些草在风里招展腰肢，俯首赞叹被雨水耐心刷了一夜的砖道的清洁。

我蹲在砖道旁，拂下青草的露水，洗手擦脸。过一会儿，瓢虫、蚂蚁要来这里散步，这是一条假日皇冠大道。

小时候，我也砌过一条青砖的通道在平房的院子。

我家住的地方原来有地藏王菩萨庙，“文革”时拆了，砖积如山，为通道材料。从红松的障子到屋门口只有几步。我把障子改了，使之距门远，可砌通道。虽然当时我只有十岁，竟懂得两大美学道理，一是看出青砖宜于发思古之幽情，二是把通道砌出两个漫弯，制造曲径。但我爸爸不按“曲径”走，几步直抵家门。

这条通道花了半月时间弄成，路面并非平铺，有各种错落的形状。它与院里的樱桃树以及屋檐下的燕子巢构成与外界恍如隔世的情调。樱桃树修长的叶子，似美人的眉，倘有风，又簌簌如镖。燕子每日从巢里飞去来兮，雨天尤勤。它那优雅的俯冲，常令人感到燕子径直冲向我家红箱子顶上的镜框上。砖道浑穆，尤其在古铜的夕阳斜罩于我家的烟囱和窗户时，灰砖上洒满被树枝筛碎的金光，宁静从我家向四外扩散。樱桃从树上探出头，像一根根弯曲的手指。

这些使我得意，以为距艺术不远。但我父亲对此无动于衷。他上班时脸色苍白，脚步踉跄着。后来他被关押在单位，开始由我妈送饭，后来我送。那时，常常传来消息，说有人从大烟囱跳下、上吊或触壁而死。每天傍晚，我坐在清静的通道旁等母亲下班。从她进院的表情，我就知道父亲是否还活着。

苹　果

那天我走在街上，水果店的卷帘铝门“咔、咔”拉起来，让我看到了一个美满的世界：灯光下，黄的杧果、红的西红柿、绿西瓜和大白梨摆成一个个斜坡，像提醒人们别忘了世上如此多鲜艳的色彩。我进去逛了逛，检阅这里的新疆枣干、鱼雷式的榴梿和伊朗椰枣。我看到胡乱写在纸壳上的“伊朗椰枣”几个字，无由想起《一千零一夜》的故事，觉得有一种水果应该叫“阿拉伯神灯”才好。我看到挤在一起的苹果，突然感到苹果们好像是一群客人。我的意思说，它们不像是食物，像一群兄弟，刚刚从早晨醒过来，脸上带着回忆的表情。

我拿起一个苹果，看哪边是苹果的脸。员工喊：不许挑。我哪里在挑，我在想苹果在想什么。苹果，盘子里、桌子上、网兜里的苹果都像客人，平和圆满，带着正派的鲜艳与富足。苹果安详，它的笑意在脸上转了一个圈。还可以想象，柚子是厚皮大象，西瓜是农夫，栗子是蚕蛹的堂兄弟。

有表情的苹果可能在回忆着树上的事情。月夜，苹果从枝头看见露珠的光亮，月光照着苹果没被晒红的另一边。结苹果的果树显得比其他树更富有。假如树会走动，松树和杨树都要走进果园参观结苹果的是什么树，这是树里的奇迹。松树猜想苹果有没有松香的味道，所有的树都有一个愿望：吃苹果。它们想知道苹果是什么味，有没有土和木头的味，而苹果树缄默微笑。假如告诉树们，苹果香甜，它们会更疑惑：苹果树从哪里找到的甜，难道土里有甜吗？

苹果的笑容从红的那一天开始一点点加深。秋天，从哪一个角度看它都是热烈的笑脸。我看到苹果就想起“满足”这两个字。苹果满足什么呢？它好像比其他水果心里都有数，不像柿子一肚子稀粥。山楂红得过分且很酸，苹果一心一意的甜。

我在农村看守果园，后半夜总像听到笑声，不是风吹树叶的声，也没有下雨，月亮也没出声。笑声更不像偷苹果人发出的，他们笑也要回家笑。我背着那杆没枪砂也没火药的鸟铳巡视，果园很安静。回到窝棚躺下，笑声又隐约传来，像有人讲故事把小女孩儿逗笑了，又像儿童下五子棋下高兴了。现在想，这该是苹果的笑声，它们个个有那么圆的笑脸，怎么会没有笑声呢？

苹 果 籽

小时候，我吃了一个苹果。消息传到家属院那帮兔崽子耳里，他们静穆了，也可以说敬慕了，表情像喝醉了一样迟钝地看我。人堆——刚才正搞抢帽子混战，把谁的棉帽子抢来，像破狗皮一样扔掷撕掳，直到稀烂——闪开一过道，让我过。

他们没吃过苹果，但知道。小学算术1+2、2+3，课本画的就是苹果。3个苹果加4个苹果等于7个苹果，而不说2个狼加5个狼等于几，也不说3个糠菜团子加2个糠菜团子等于几。不说吓人与熟悉的什物。咱院小孩儿最熟悉糠菜团子，用它解说，学得更快。

我吃了苹果后，他们从头到脚观察，吃苹果的人有变化吗？胳膊变长，头发变绿像海带那样？没有。

这个苹果绿而皱，比鸡蛋大一点儿，叫印度苹果，那当然很甜，和糖精完全不同（有小孩儿舔过糖精）。吃，吃，剩一瘪核。苹果是不需要剩核的，核留给谁呢？所以我把核也吃了。吃完吐5个籽。小籽黑褐发亮，像田鼠的眼珠。我吃了一粒，白瓤，微苦，不及苹果好吃。余下的在桌上摆成横线竖线，然后放入宝盒。宝盒是“金鸡”牌鞋油的空铁盒，它口紧，用拐杖式的旋柄才能打开。苹果籽放进去，里面还有带豁口的玉坠、铜别针和不知什么鸟身上的黄色羽毛。

后来，有人用山楂籽换苹果籽。不干，山楂多便宜。弹弓、玻璃球和松紧带都没打动我的心，只有苹果籽可以证明我吃过苹果。当时我想，人的一生也许只吃一次苹果。

1970年，家要搬到五七干校，大人不许小孩儿带东西。我把铜别针和羽毛送给了穆日根和木兔子，苹果籽种在水文站房后。在墙上给每个籽的位置作了神秘记号。

干校有挺多好玩的东西，从游泳到捉刺猬。我看别人用“金鸡”牌皮鞋油的时候，会猛然想到苹果籽。我认为它们已是开满碎白花的苹果树。一次做梦，家属院小孩儿像猴子一样悬在苹果树的每一根树杈上，狂吃大笑，不听我的苦劝，竟哭醒了。如果回到赤峰，我要告诉别人苹果树是我种的。他们当然不信。太好了，我当即指出，东边那棵树身上箍一个玉坠。我知道会有人怀疑，就把一粒籽埋在环形的玉坠当中。

那时有大人回城，我请他们到水文站看一看。我告诉他们那儿有苹果树。大人们哼哼哈哈，好像谁都没去。

后来，我忘记了这件事。再后来，我不幸得知一个知识：苹果籽长不成树，需要嫁接。我再也没去水文站。学这个倒霉知识之前，我以为咱院的兔崽子每年都被苹果撑得满地打滚，像犯了羊角风。

人的梦想太容易被知识击败，被世故湮没，被时间隔离。带鞋油味的苹果籽，是我的珍藏物，后来却被忘记了，因为有人说它们长不成树。

大　枣

在我小时候，玩具不是用别人为你制造的要由自己完成，或去自然界寻找。有一次，我们发现军分区的一个小子从兜里掏一下，用虎口环着给我们看。

“大枣！”他说。

我们啧啧。真是大枣，这家伙竟然有大枣，多富！然而他松开手，原来“大枣”是把中指的第二指节用红墨水染的，再一攥，挺好。我们纷纷在中指涂上了“大枣”，走在路上有一个指节是红的。说起来令人羞耻，我们那时已经上中学了，隐约也上过物理化学课程，但多半时间在学工劳动或挖防空洞。同样令人羞耻的还有，我们没钱买红墨水，便到学校偷。几人伙着到老师办公室，天真烂漫地汇报最近遇到的事，把老师的视线挡住，偷红墨水。一瓶红墨水咋也染五六十个“大枣”。

手上有了“大枣”，要赶紧向认识的人演示一下，看他惊讶与馋的表情。如果他可怜的央告“给我一个吃行不”，那就太令人开心了。一般说，欺骗，目睹别人流露欲望时的可怜，以及迅速戳穿这个把戏，这些因素会构置一个好的游戏。当被蒙骗的人发现“大枣”是你突然伸直的一个指节时，他的失望与恼怒亦可观。他也会四处找红墨水，让别人仰慕大枣而暴露可耻。

游戏流行得很快。当你神秘兮兮地对别人说“大枣”时，他傲慢地仰起鼻子，也把涂一块红色的手指晃一晃时，这个迷人的游戏就接近了尾声。我们为了维护它的活力，曾跋涉很远，到金鱼胡同和榆树林的回民区演示，但那儿也有了。

后来有人把这个游戏演进为画老太太像。在中指关节画个老太太，由于皱褶的原因，人脸在屈指时似笑，伸直则近于哭了。这也行，但为什么没有“大枣”深入人心呢？因为后者是美味。在当时的中国，能常常吃到大枣的人，不是一般的人，我们都没见过。在电影芭蕾舞剧《白毛女》中，成排的倩女穿着短而肥的裤子立足尖罗列而出，全留大辫子。我们对伊的身段容貌尚无思慕之心，但对每人端着的（道具）大筐充满觊觎之意，里面堆着冒尖的大枣。

歌词曰：大红枣儿甜又香，送给亲人尝一尝。一个枣儿一颗心，哎嗨嗨嗨哟嗬……云云。

当兵多好，有这么多的枣儿源源不断地送来。歌词说，枣儿这东西“甜又香”，这的确是不错的。而吃枣，姑娘说是“尝一尝”，多客气，我们认为每人只允许吃一颗才叫尝，而他们明明有十多筐。歌词写得真好。

在没有游戏的日子里，我们成排坐在盟公署家属院后墙底下，缄默着。没有书读，当然也没有电视，没有打架或武斗的场面可供观看。常常一直坐到太阳落山。我们希望有人给我们讲黄天霸、《海底两万里》、《牛虻》，或随便什么历史上发现的或人们编出来的事情。但没人懂这些事情。而懂得故事的大人们，都要噤声。

高粱与石榴

说高粱是庄稼里的石榴亦未尝不可。

高粱暴露自己红扑扑的脸膛，石榴只露出牙齿，像煮红的鱼子。

见过高粱，你就要钦佩。它们把粮食举在头顶，而不像玉米那样把玉米棒夹在胳肢窝。高粱高举着米粒向天告白，也可说举起了一炬红烛。高粱壮烈，高粱不穿军服也像个军人，不像有人穿着军装也像小人。高粱像跋山涉水的游击队员，身子一动就唰唰响。高粱的叶子像一片片扁刀，割秋风、割露水，高粱不是好惹的，它私蓄一肚子酒精。

人在瓶上看到“大高粱”三个字，就知道是酒。而瓶上若有——大樱桃、大谷子、大香蕉则不知所云，也没人管谷子叫大谷，它是小米的前身。高粱的穗子不是白白红的，山野里一嘟噜一嘟噜的红，比鸡冠花还像炭火，高高在上。高粱酿的酒一腔凛然。酿造五粮液的五种粮食，最有爷们儿风骨的只有高粱，一味阳亢。而大米与谷子旨在调和婉转，高粱是点火烧荒的当家人。

从分子化学说，高粱米含有鞣酸和胶质。而且，高粱一煮就开花，从心里绽放的花，好像禁不起别人歌颂，歌颂就开花，人吃起来不太禁饿。高粱造酒性烈，一煮就开花，没酿没煮的时候，脸红得已经不行了。高粱不是一般人。

石榴是富贵人的爱物。旧时人物，堂上倘若挂一幅石榴，一定是祈生子孙。石榴胸藏百籽，让不生育的人羡慕极了。这个籽，也被寓示子夜的子，一元之初。又是子鼠的子，生肖之长。所以，石榴龇牙咧嘴大笑之际，已被人间看出了福气。好多人求画家画石榴，而石榴最不好画，画不好就像黄梨或小倭瓜。画石榴开口更难，它不让你写意也不让你写实，中国画的表现手法在石榴这儿得不到发扬。

石榴为什么会炸开呢？是方便小鸟啄食吗？这么说并不是不讲理，而在讲道理。鸟啄石榴，把籽包裹在粪便里，带到异国他乡，这正是石榴开口笑的理由。石榴汁可以治疗痛风，治疗风湿痛，却不知有多少人的牙齿与石榴籽纠缠不清，牙跟牙打了起来，一个要嚼，一个不让嚼。看一个人吃石榴能看出他对生活有多少耐心，虽然生活的纠缠不清甚于石榴，比石榴苦得多，但他甘愿忍受却不愿向石榴妥协。人们想像吃西红柿一样吞吃石榴，却吐出一粒粒残红的牙。慢慢地吃石榴，时光情愿为你停下来。你发现一粒石榴籽也是一座时钟，藏着甘美的光阴。石榴籽像一颗颗鱼的眼睛，在石榴皮里互相凝视。

高粱从绿色的秸秆里长出一穗红，长到秋天，见谁都脸红。石榴籽的红没有锈色，光莹似珠。在植物界，果实的红都因为花开时未曾尽兴。

美丽的葡萄

“葡萄。”我爸说，然后摘下一粒放在嘴里咀嚼。

我和姐姐甚至没听清，什么桃？也摘一粒放在嘴里。等我们把这种酸甜莫名的多汁之物咽进肚里后，我爸把葡萄皮吐出来。

“吃葡萄要把皮吐出来。”他意味深长地看我乜一眼，又说，“籽也要吐出来。”

我根本没感觉出它还有皮和籽，而诧异于我爸能够弄来这么奇特的东西。一粒粒紧密地挨着，像把鱼尿泡系在了一起。如果他不说能吃，我以为这是一个摆设之物，工艺品。

“这叫什么？”我扭捏地又问一遍。

“葡萄。”我爸说。

“在哪弄的？”我不知这是他制造或怎么弄出来的。

“买的。”

世上还有卖葡萄的？我从未听说过这件事，也就是说这么好的一件事始终瞒着我在人间发生着。

葡萄，我默念着这个古怪的名字，吃葡萄的速度已越来越快，引起我姐的抗议。她说刚刚吃一粒，我已吃两粒甚至三粒了。葡萄，我管不了那么多，这个词在脑子里此起彼伏地发出声音。而且，这不能怪我，葡萄到了嘴里之后，自动冲进嗓子眼；它们挣脱了咀嚼，争先恐后钻进肚子里，和我有什么关系？葡萄。

我听说葡萄是冯阿訇所卖时，更惊讶了。冯阿訇住在我们去剧院那条路的边上，胡须银白，脸色干净，向每一个路过的人亲切地打招呼。他家里有葡萄，这就不奇怪了。

当最后一粒葡萄丢进嘴里后，我以极大的毅力把它取出来，放在桌上研究。剥去它的紫衣服，它像雨衣一样光滑。里面的果肉像模模糊糊的绿玻璃球，镶嵌着纵横脉络，籽儿坐在当中，这就是葡萄。但为什么这样就不清楚了，也许冯阿訇知道。它很软，不像苹果或土豆那样脆或暄，咬一下也没有咬梨的“咔嚓”声。

葡萄，那时我会不自觉地吐出这个词，像打嗝一样，像金鱼在水面吐出的气泡。

有一天，我终于下决心去拜访冯阿訇，这距我吃葡萄已逾半年多了。我记得他永远站在菜园对面的高门楼下，衣衫干净，笑着跟人打招呼，嘴唇红润。到了之后，却没见到阿訇。我来回走了几遍，见不到他出来。事实上，那一条街都没有人。肥硕的白菜望不到边，蝴蝶追逐着渠水飞向远方。冯阿訇的家，院门紧闭，里面是树与飞檐的青砖瓦房。我只好回去。

葡萄的事情刚刚被忘记，我和父母上街，不期然见到了冯阿訇。我挣脱母亲的手，飞跑到冯阿訇面前，敬一个礼，说：“阿訇您好！”

冯阿訇被突如其来的礼遇感动了，父母对我的行为也满意。阿訇问“几岁了，学习好吗”这些问题，我不言语，全由父母作答。

“走吧”母亲说，又向阿訇解释“我们上街”。

“好，好！”阿訇说。

“不”这是我在心里说的，我紧握着阿訇的手不动，在心里说“你们上街吧，快走，走得越快越好”。

父母见我不走，有些尴尬。他们觉得我平时并不是这样，说“走啊”。

“不！”我开口告诉他们。

阿訇笑了，用慈蔼的眼光征询他们的意见。

“走啊！”我爸几乎要发火了。

“快走啊！”我姐很急躁，她要为“六一”买一条裙子。

“不！”我紧紧握住阿訇的手。

我爸谦卑地向阿訇笑一下，说：“阿訇，这孩子没礼貌。”

阿訇说：“很好啊。”

我爸把我的手拽开，夹在肋下上路。我不禁涕泣，双脚踢踹，把一只鞋子甩到渠水里，另一只甩到白菜地深处。我姐姐不得不下水并猫腰在菜地里寻找。

那天，他们疑惑不已，互相探讨“这孩子到底怎么啦？”而我，拒绝了他们给我的买小人书、山楂冰棍以及上公园看熊等所有诱惑，心里只有美丽的葡萄园。

葡 萄 园

栽种葡萄的人双手伸向葡萄，像给产妇接生。他踩在高高的凳子上，手上的静脉隆曲，像通向葡萄身上的细小的河流。

这双手被阳光晒得褐红。手伸向葡萄时，人觉得他的手的内部不再是骨头，而有葡萄嫩绿的肉和汁液。手把汁液输给了葡萄，或者葡萄把肉和汁水输进了他手掌。

每一串葡萄都是倒悬、甜蜜的金字塔，我喜欢看小孩儿把葡萄摘下丢入（不是送进）嘴里。他们一定嫌自己的嘴小，不然可以一下丢入二十粒。甜在孩子们的舌面上泛滥成灾。

是谁让葡萄长成倒悬的金字塔？葡萄粒的排列好像包含着深奥的数学道理，这个道理只能来自阳光。我们仅感到阳光的温暖与酷热——这是就它辐射的红与紫外线而言，人类还没从皮肤上领悟阳光所包含的甜（糖）的道理、让青草变绿以及让花变红的道理，更不了解阳光里面代数与几何学的道理。人类没有阳光的解码器。

我不止一次想到，葡萄就是精灵，它比山楂和枣都像水果王国的精灵。它们水晶般的紫，如绿玉蒙一层白霜。它们一粒又一粒挤在一起，如看戏的黔东南妇女。它们没有枝，只有藤。透露它的精灵底细的是酿酒，如特朗斯特罗姆所说—— 一瓶才华横溢的白兰地。

葡萄酒何止才华横溢，它像丝绸一般流淌，像栗子一样暴躁，像诗歌那样彼岸，像密探一样难以捉摸。红酒，是葡萄的转世灵童。葡萄里的阳光在酒里变成月光，完成了中医师常说的阴阳转化。葡萄的须如蛇吐出绿色的芯子。葡萄，谁说你不是精灵。《西游记》里为什么没写一个葡萄精呢？这是吴承恩的失误。

人说，葡萄不仅吸纳了天空泻下的阳光，还吸纳了更神秘的从海平面反射过来的阳光，后者把葡萄粒的底部催熟。如眼珠一般的葡萄肉透过紫色的胞衣看太阳，看它从东方升起，变为傍晚的夕阳。葡萄觉得太阳是一粒起火的葡萄，它的上升、降落不过是为了与葡萄对视。

雨后出现月亮的夜晚，葡萄在宽大的叶子下偷偷发光，那是雨水流过时葡萄粒在眨眼。秋天，葡萄的白霜上留下人的指纹。在安达卢西亚收获葡萄的季节，酿酒厂的工人在大池子里赤脚踩踏葡萄，稀烂的紫色汁液沉没他们的双脚。他们的脚多快乐、多罪恶，脚因为没有舌头而遗憾。最高兴的是那些儿童，他们光着身子在葡萄汁肉里奔跑、打闹、尖叫，被别的孩子推倒在紫色汁的海洋里。人间的享受数不完。

种葡萄的人只知道世上一样东西——葡萄。他们看葡萄、拎着葡萄、用手托着葡萄，葡萄里藏着他们的口水。他们把葡萄皮像小帽子那样包在手指上，他们的脸最后像葡萄干那样起皱，还是没明白葡萄到底是什么。它们为什么甜？为什么一粒挨着一粒？为什么是倒悬的金字塔？为什么酿成才华横溢的酒？……

精灵逃逸

我觉着好东西分为两种，一种好而本分，始终如一；另一种，由好脱身，变成另一种的好。

譬如，桃子是第一种好东西，后一类如葡萄。葡萄在水果中本来就属异类，浆果藤生，如眼睛一样挤在一起，累累成串。小时候的图画课，我爱画葡萄。密集的圆圈由上到下构成葡萄串，第一排五个，第二排六个，第三排七个，然后递减，五、四、三排，最后画二个和底端的一个圆圈，添两片叶子。叶子像牵牛花的叶子。这是什么？大家都说——葡萄，可惜不能吃。丢一粒扔进嘴里，嚼嚼，"噗"地吐出皮来。

葡萄不仅是葡萄，还是酒。说，它有精灵附体，由此物逃至彼物，比原来更神奇。土豆的命运是被洗干净，切开，与鸡与豆角与牛肉共炖一锅，或加盟肯德基的土豆泥联盟。它能逃走吗，逃走后变成了什么？土豆酒？当然不能。桃子虽然也能酿酒，但没有葡萄这么飘逸，可干邑，可威士忌，干白而干红。你觉得葡萄是酒国的王孙，到处作秀，所向披靡。它把地中海的阳光藏起来泡在酒里，把波尔多的露水藏起来掺进酒里。葡萄其实是一个小偷，在酒里藏了好多偷来的东西。它不仅偷东西，还不贞洁。不贞洁也算是一种偷吧——葡萄酒和橡木桶幽会，生出孩子交给路易十几寄养。看呀，葡萄干了这么多佻薄事，人们却说，其味绕梁三日，萦曲心怀。这就是精灵，做了坏事却不受责备。

西班牙诗人希梅内斯写道：

“从鲁塞纳、阿尔蒙特和巴洛斯来的驴子，它们驮着金黄色的液体，排着长队，一小时一小时地等着到酿酒作坊卸货。葡萄汁流了满街，女人和孩子拎着瓦罐、土瓮、小壶跑来。

那时候，酒坊里充满了欢乐，普拉特罗，尤其是狄斯莫的酒坊。你瞧，大核桃树下那家酒坊，人们一边用水洗刷，一边高兴地唱着民谣。工人们光着脚，扛着一桶桶葡萄汁，时而晃动，流出泡沫。远处传来桶匠的敲打声，刚刚刨下的木屑散发芳香……我从阿姆斯特朗的前门走入，从后门出来。两扇门快乐相对，在酿酒人的爱抚下，各自光彩焕发……”

我的引文有一些长，可看出葡萄的精灵如何从这里逃到那里。葡萄不过是水果，而酒——酒是什么？它有灵魂与风格——成为葡萄的不沉之舟，它们借此又活了一生，现在的话叫“提升”。在酒里，人们悉知葡萄的性情，它们调皮、任性、纵欲、安逸、高贵、促狭、温暖、体贴，像有人习惯说的：想不到，原来他是这样的人啊！葡萄就是这种精灵。

沙　果

沙果还叫什么名字，不清楚。葡萄有无数别名，如雷司令等等，而沙果只叫沙果。一事一物进入学问境地，就有俗名与学名。拿中国北方的鸟类说，树串儿的学名叫黄眉柳莺，拉丁名phylloscopus inornatus，比电子信箱还复杂。练鹊的学名叫寿带，拉丁名就不写了，太啰唆。从博物学观点说，一物没有拉丁名，就不算是东西，或曰世上没这样东西。美国虽说是创新国家，正规大学的毕业证书、学生致辞，亦用拉丁文，至上世纪60年代中期止。人也有俗名与学名，二狗子即张国栋，铁蛋乃赵长江，只缺拉丁化。而沙果就是沙果，质朴到家。“沙”，北方话是形容词，与“脆”相对，说口感。而“果”便是果，不是瓜枣菜蔬。

洗好的沙果放进盘子，隔日生出瘀迹，像被人揍了一顿。人遭殴之后有“青一块，紫一块”之相，是软组织挫伤，毛细血管破裂，自身无法吸收呈现的现象。沙果没毛细血管，更没得罪人，何故？此谓氧化。

氧化，是十分好玩的词。我们所说的“衰老”，医家称之为氧化。“老”所以无法被制止，是器官——不光皮肤，包括血液细胞——无时无刻不在氧化之中。“老”是一个不准确的词，氧化才指出事的本质。当病理学家指出某种东西具有“抗氧化”功效时，譬如维生素E、红酒、蜂蜜等，等于说它可以减缓“衰老化”的过程。

有一次，和一位从日本回来的医学博士饮酒作乐。席间，我出喟叹，曰：“这几年俺氧化得挺厉害！”海归博士听了，先笑后呛，嘴如喷头一样将啤酒喷出，使其邻座沐浴。我问：“说氧化不对吗？”博士用餐巾揩邻座人西服，说：“对是对，没这么说的。”

跑步提高抗氧化能力，烟酒乃至膏粱厚味促进氧化。人和人，比的不是不氧化，而是谁氧化得慢。人称赞人：“多年轻啊！”用科学的术语说，即谓“多不氧化啊！”或者“跟没氧化似的。啧啧！”

不光有机物氧化——人当然是有机物——无机物也氧化，铁，甚至水泥也由于氧化的原因失去了原来的性质，老百姓叫“到时候了”。水泥是无机物，泡在红酒里也氧化。人泡在红酒里或用红葡萄汁洗澡，也阻挡不住老。外在的东西只起到减慢的作用。然而生活的道理不在有无之中，而存快慢之内。

沙果氧化得很快，每一个都像打过群架。它们比不了人，以精密的血管网络运送养料及排出废料，人之脸色因而比沙果好看一些。我最近看了一些回忆录，胡适的，胡蝶的，还有美国前总统胡佛的。看完，想他们说这说那，主义呀，境遇呀，纷纷扰扰。到底说什么呢？套用鲁迅的话说：我横竖睡不着，仔细看了半夜，才从字缝里看出字来，满本都写着两个字：“氧化”。

氧化吧！去旧可以更新。

糖 梨 儿

到秋天，吃到象牙黄的小糖梨儿时，想起一句成语：吃人不吐骨头。想到时，刚好把核桃大的梨儿吞入，嚼两嚼，将把儿拽出来扔掉——不早也不晚，想到这句成语。小糖梨儿是果皮包着的一口梨粥，无渣无滓，核也是软体，用不着吐。想到的这句话，学自小学课本，好像是《收租院》，说地主老财吃人不吐骨头。那时，闻而惊骇，不吐骨头？印象非常深。当然，这是一个比喻，但老师没说比喻，说就是“吃人不吐骨头”。这样，语文课变成了生物课，言说猛兽对弱者的吞食。后来领悟了这句话的政治含义，即私有制的残酷，刘文彩、杀害英雄少年刘文学的地主和砍雷锋手背的地主婆吃人不吐骨头。

换一个话题说，北方的水果多有硬核，瓜无核却有籽，不吐不快。习惯之后，遇到稀软的糖梨儿囫囵吞之，也喜人。当然我吃东西比较狼虎，斯文人还是吐核，至少把小黑眼珠似的梨籽儿呶吐出口。然而他们吃的时候，也想不起什么成语佐餐。

“糖梨儿”而不写成“糖梨”，是两者在北方话里发音不同。在许多情况下，北方话对较小的什物，有称谓上的儿化：糖梨儿、大枣儿（枣虽称大，实小，如老疙瘩是家里最小的孩子一样），还有小崽儿、小猫儿、小米儿、小鸟儿。大的东西，如鸭梨就不能叫鸭梨儿，不中听。那么大的梨，能叫鸭梨儿吗？不能。

有的南方人以为北方人说话随便儿化，非也。譬如，北京旧有九门，崇文宣武不一，其“门”的后面均不能加“儿”——“天安门儿”，不像话，让北京人听了叹气摇头。而九门之“西便门”，读时必须加“儿”——西便门儿。此“门”不“儿”也让北京朋友笑话。南人对儿化音头痛，发此音不得要领，拎勿清、捣糨糊。究其实，“儿”音没什么了不起，舌头直伸，嘴开舌缩，“儿”也。有些人把“儿”读如“厄”，舌形对，然而鼻腔未打开，如豫北方言。所以儿化之前，先要通鼻子。有一个地方的人说不出“儿”音，在胶东。我爸的朋友车大爷，即我妈说的“老车同志”是此地人，常对我爸说“我一无亲，勒无友，你是我的亲弟弟”。他所说的“勒”，即数学的“二”。车大爷还说“阿勒巴尼亚”。最让他口舌窘迫的地名是“二连浩特”，车大爷开车去那儿拉牛羊皮革，说“勒连浩特那勒人实在”。掉一下书袋，“勒”（二），实为齐地的古音读法，当年孔子孟子都这么言说，像车大爷。

古音令人着迷。诵读唐玄奘法师用汉字记录的佛经，如《大悲咒》，今古读音已大不同。经中的读音有梵语和唐朝读音，如：罗读赖，夜读亚，阿读窝，曳读谢，吉读揭，等等。听和尚以古印度语和唐音诵经，心明眼亮，气象万千。

唯一的橘子唯一的灯

有一次，我从北陵大街经过一座桥回家。在桥上，偶然发现一个生动的画面：拓宽的河堤上，新鲜的黄土堆出阔大的斜坡，一个橙色的圆点从上面缓缓下移。那时是暮冬，在铅云与枯树的背景下，黄土以及上面的橙红非常抢眼。仔细看，才知道这是一个穿橙色衣裤的孩子在堤坝上滑行。

我很感动，好像体味到一种深远的寓意。想了想，又好像见过这场面。一路上，回忆在哪里见过此景：黄土大堤上的橙衣小孩儿，没有。我很奇怪，记忆似乎又与什么东西串笼了。

那天随手闲翻一本油画集，有幅画差点儿让我跳起来。

《唯一的橘子唯一的灯》，作者是奥地利的埃贡·席勒。这是一幅铅笔水彩。

画面简洁，床、墙壁与门都未敷色，淡黄调子，在赭石色的衬布上放一只橘子。席勒将这只橘子诗意地称为“灯”。我第一次看到这幅画时，曾感叹作者的内心多么岑寂，珍惜着来自外界哪管是一点点的温暖。这种感受进入记忆之后，竟然一直活跃着。它一旦与生活实景的相似场面相遇，就会跳出来，如北陵大街桥头的一幕。我在桥头看到缓缓下移的橙衣小孩儿，心里也生出无端的伤感，仿佛替这孩子的寂寞忧伤。可见艺术品潜入人心的时候，场面中央带着情感，不同于实景。

席勒短命，不到三十岁便迈入天国。他是表现主义鼻祖克里姆特的学生，具有卓越的线描才能。他笔下的人或物一反克里姆特的唯美，线条在惊人的准确中艰涩、打结、抖颤，表现人物的手与脸时尤如此，活画出人心深处的焦虑。也许是维也纳心理学派的影响，席勒比其他画家更逼真地反映了人类具有神经症特征的内心惊惧。席勒又是一个受到东方艺术影响的画家。正如克里姆特深浸于日本的浮世绘，席勒笔下偶尔会有中国画的意味，他的《带金钟花的李树》与《向日葵》画面上可以看出朱耷的意味与张力。当然，在淡泊宁静的中国画的领地里，席勒只是身影一闪的旅人。他的内心太不平静了，与东土的笔墨意味并不相容。席勒以粗放的绘画语言真率地表达的敏感与困惑，让观者内心久久不能平静。在《唯一的橘子唯一的灯》里面，你可以感到那只橘子在呼吸。它渴望过、憧憬过、哭泣过，像他纯真美丽的妻子伊迪丝。

翻画时，我对未来寄寓过一个幻想，希望有一天会遇到黄土大堤上的橙衣小孩儿，把这幅《唯一的橘子唯一的灯》送给他，说当年的感想。也许那时我已衰老，而他健壮年轻。这人拿着画惊讶地说："是吗？当年会有这样的事……"

生活所以值得留恋的理由之一，是我们能够挽留并重温一个已经逝去的旧梦。

蜜的秘密

我们在花里看到的是花瓣，是美人意态和飘零。蜜蜂在花里看到了蜜。

蜜在哪里?

娇嫩的花蕊生在花的中心，像蛇芯子、像微型豆芽、像海洋生物的手足。哪里有蜜？花蕊的冠上有一点点花粉，这是蜜源。世上所有的蜜都来自如此稀少的花粉，蜜蜂把它们酿成蜜。

人在世上浑浑噩噩几十年，不明白的事情太多了。比如曾经吃过蜜，却说不清什么是蜜。

蜜何止于甜？它是成分复杂的能量，也是生物体。蜜纯净如琥珀。我宁愿把琥珀看作是远古蜂蜜的结晶，我希望它是蜜的化石，切成一个戒指面戴在手上。蜜抱着手指睡觉，手隔着银子甜。

蜜的汉语发音轻柔甜美，吵架时用不上这个词。“你蜜！”听上去不狠。

蜜是世间最神秘的东西之一，它不同于纯朴的粮食，要去壳碾压，要煮熟果腹。蜜从蜜蜂（的嘴里、肚子里，哪里不清楚）那里到人口中，融化了一个甜的秘密。它和舌头如同情人一般相遇并相爱，缠绵不已。蜜在前生前世就知道人想蜜，知道舌爱蜜，最神奇的是蜜蜂知道蜜在哪里。只有蜜蜂知道花里有蜜。

花多干净。我们以为花仅仅负责人间的美，人把花的图案印在布上，雕成花放在房檐上，故宫影壁墙上刻着琉璃的荷花。花迎风摇摆，一如有情。花临水揽照，一如幽怨。花不语，人却从花容里分明看出了笑容。而花竟是蜜蜂的粮仓。蜂没吃掉花、没嚼碎花却采到了蜜，蜂从美里找到了粮食。

对人来说，蜂蜜提供热量、愈合创面、止痒、解毒、甜。对蜂来说，所谓蜜是它一生的事业和负累。除了采蜜，蜜蜂什么也不会干，不会打猎，不会吃草。可是，会采蜜的生物什么也不需要干了，采蜜已近于天使，无须会其他技能。

在蜜蜂面前，我每每自惭形秽，我会的手艺虽多，肚子里却没有一滴蜜。我也没见过其他肚子里有蜜的人。所谓甜言蜜语都是干坏事之前的铺垫，肚子里也没蜜。即使蜜蜂像法国地铁工人一样罢工，不再酿蜜，它的形态也令人敬重。金黄色带黑条纹的肚子有一些豹的不羁，又生出透明的翅膀，上有河流般的网格。翅膀是蜜蜂的代步工具。它如此辛劳，上帝让它再辛劳一些，给它安了翅膀。众所周知，长翅膀的生物没有哪个懒惰，不停地飞啊飞。人的懒，原因之一是没翅膀。人若插翅，会加速户籍制度的灭亡，不亡也无用，人已飞了。海关的设立、边检站的设立，护照、飞机、汽车乃至婚姻制度的存在，皆因人无翅膀。有翅之人还坐什么飞机？办什么护照？结什么婚？打一圈麻将的时光，人已飞出好几个县。就算胖人，也飞出好几个村子了。借别人钱的人，永远不用还，一飞了之。人长了翅膀，无须买房，谁家房子好，上他家房檐住去。惟人心念太多太杂，上帝不让人长翅膀，让人膜拜车和房。

蜜蜂像手脚沾着面粉的女人，沾的却是花粉。它们说不出话，用翅膀代替嗓子，嗡——。蜜蜂一辈子只发这一个音：嗡。别人以为它还接着发——嘛、尼、叭、咪、吽。蜜蜂止语，只嗡，嗡的意思是热闹，热热闹闹，办采蜜这么大一件事，不可能一点儿声音都没有。蜜蜂带着它的花肚子，藏着它的暗刺，翅膀扇出人之视网膜识别不出的频率，在花丛蹀躞徘徊。

人在槐花里待一天能让香味熏死，蜜蜂却清醒。那些枣花、荞麦花、苹果花、黑莓的花，是蜜蜂一生的工作车间。它在花里度过匆匆忙忙的一生，它知道花瓣的质地、花蕊的弹力、露水的深度，它手脚并用搬回来蜜。蜜蜂用太阳光照的夹角计算自己的路程，它从带白绒的叶子上听到植物的呼吸。

蜜的秘密无人知晓，人们吃掉蜜忘记蜜的味道。除了吃喝玩乐，人会忘记一切。蜜蜂在劳动中、飞翔中、睡梦中忘不了蜜，它把蜜安放在蜜的位置。它继续飞，风告诉它花的位置，太阳与它复眼的夹角告诉它返程的路线，蜜蜂嗡遍了天涯海角。

资讯说，农药，特别是除草剂已让蜜蜂越来越少，蜂类无法抵御化学制剂的杀伤力。资讯说，移动电话的基站让蜜蜂的巡航系统失灵，蜜蜂找不到回家的路而死在尘土里。

人说，蜜蜂死了，人就吃不到蜂蜜了。实际上，现在没几个人吃过真正的蜂蜜。蜜蜂并不为让人吃到蜂蜜而活着，正如它们没想到因为农药和移动电话基站而死。连续三年，我家门口小花园的蜜蜂一年比一年少。是不是世间将失去这样一种美丽的、无害的、会制造甜蜜的小精灵了？孩子们将在课本里像认知恐龙一样认知蜜蜂，好像它是三国人物？

拾 麦 穗

遗留在大地上的珍贵之物不是光线与露珠而是麦穗。收割之后的田野空寂荒凉，麦穗躺在泥土上，如一枚枚徽章闪光。

麦子摆动历来被称为麦浪，如今小小的浪花躺在大地的垄沟里，这朵浪花带着饱满的麦粒和尖锐的麦芒。麦海不知何时退潮，金色的相互碰撞的麦海竟撤离得无声无息。

麦穗是大地留给孩子的礼物。不止一位西方画家画过贫困的妇孺拾麦穗的画作，人们把田野遗留的麦穗与贫与弱联想到一起。麦浪汹涌之际，大地何等丰饶。上天却知道粮食再多也有不能果腹之人，而收麦人无论怎样仔细仍有麦穗遗落在土地上。“余”这个词不仅说一个人的钱财资粮多到用不完，还说老天总让果腹之物有所遗漏，不至于严谨无缺，让麻雀和穷人的肚子里也有一点儿粮食或者叫热量。

麦穗更愿意回到麦垛还是被遗弃在地里？麦穗知道，没一株麦穗会永远遗弃在田野。这些麦穗更愿意被握在穷人和儿童的手里，麦穗被这些手握得更紧，不会松开。法国巴比松画派画家米勒画过一幅《拾穗者》。画面上，三位身穿粗布衣服、脚上套着木鞋的妇人弯腰拣拾地上的麦穗。她们弯着的腰和伸向土地的手——如向大地祈祷，手里不过是一条麦穗。远处是高高的麦垛和灰暗的天空。米勒在三位妇人身上画满了鲜明的光，面孔却模糊不清，人和大地在一起的时候，人的表情早就让位于大地的表情，人和大地表现得同样谦卑隐忍。罗曼·罗兰说，米勒这幅画中的三位农妇是法国历史上的三女神。米勒的艺术评论人说“她们无异于乞丐，但比坐在宝座上的国王更美丽。”

拾麦穗的农妇是穷人，住在森林里的米勒也是穷人。他城里的朋友给他的儿女带来一些糖果，孩子们兴奋地尖叫，米勒躲到暗处擦眼泪。这个世界上，谁关心遗落在田野里的麦穗？他们是穷人和米勒，是乌鸦和上帝。

麦穗是天空的飞鸟，落在大地上，让穷人领回家。穷人的家里空空荡荡，水在水缸里珍藏着光。穷人家猫狗的颜色更接近于土。穷人家灶膛的火亮了之后，把四周照得更加漆黑。星星后半夜溜进穷人的院子，听一听他们是否有鼾声，风藏在杨树的背后，“哗”地从叶子上跳下。麦穗躺在穷人孩子的筐里朝四外张望，听这家人均匀的呼吸，听老鼠飞快的脚步声，看挂在墙上的农具——犁杖、镰刀和筐。麦穗此刻正躺在筐里。因为拾麦穗，穷人的孩子睡得格外香甜。大地还在他的梦里闪耀秋天的光彩，他真高兴麦子被割走却留下这些麦穗。这些麦穗好像一束束金子，不像土里生长而是天上落下的礼物。麦穗里包裹的不像是麦粒而是秘密，如同麦穗遗留在田地是一个秘密。拾麦穗的诱惑是弯腰拾起一条，不远处又有一条。土地多么慷慨，让孩子弯腰得到巨大的喜悦。

麦穗在孩子里的梦境里飞翔，如鸟儿在天空织成一张金色的网。然后落下来，落在树上，如绿树所结的金果子。落在河水里跟鱼儿比赛游泳。麦穗更多落在孩子的筐里，落在穷人的屋顶上。在穷孩子的梦里，他的家也有了麦穗编织的屋顶，雨水顺麦芒的尖顶流下来，洒在屋檐下的白鹅的羽毛上。有了这样的梦，孩子们憧憬第二天早上再去地里拾麦穗。最好的年景就是天天可以去地里拣麦穗，垄沟里的麦穗等待孩子已经等待很久了。

大地肃穆，看到拾麦穗的人频频弯腰，农民从春到秋，对土地一步一叩首。麦收之后，他们的孩子接续到地里叩首。割麦子的时候，白云让出了偌大的天空，让蓝照耀金黄，世界上有一种名叫麦子的圣物从地里割下、装车、进场、入仓。地里和村庄隆起高高矮矮的麦垛，金黄成了大地的主调。大地萧疏之后，田野里还有孩子们在拾麦穗，他们如落在田野里的鸟儿，蹦着跳着，大地被这些软乎乎的小脚丫踩过，舒舒服服。

面包的天堂

麦子，像海涛一样翻滚的麦浪凝固在面包里，被凝固的还有早晨的露水和夜晚的月光。所有面包都像哈哈大笑的胖子，如果面包不胖，谁都别想胖了。仅仅在三十年前，胖仍然是一个好词，胖子可以对向他谄媚的瘦子微笑并用鼻子出气。由此上溯三千年，历史上的胖子超不过三千个，胖比娶小老婆更让人羡慕，那时没有全球化。

面包的笑容，如同农民坐地上盘腿喝酒的表情。对麦子来说，成了面包就上了天堂。天堂并不远，需要炉子而不是梯子，谁进了天堂谁香。人的天堂有可能遥不可及。告诉一个人：你的天堂在你的善心里，在有鸟的树林和有蜜蜂折腾的花蕊里。他不信，说你是个骗子。事实上，如果在雪地迎面撞见一轮红日、月夜听到小鸟的梦呓，都算天堂的一个小片断，但人们不信。

麦子相信天堂不远。它们成为面条算是参加工作，当面片是当自由职业者，变成馅饼皮和包子皮是在黑白两道上混，当面包就进了天堂。

每个面包里都有一个天堂，类似教堂更类似于蜂巢，香味灌满楼上楼下所有的房间，圆形屋子里有面粉砌的光滑的墙壁。如果小虫钻进面包，一天啃三遍墙就饱了。

面包的香气从麦子、从炉火里来，但这只是表象。往深里说，面包的香气包含着大地的沉静，弥漫阳光所赐予的格调。这么说好像牵强点儿，其实不牵强。说阳光有气味、有味道，不如说它有格调。晒过的被子有香气，细究它不是香气，是味，它是用嗅觉来品鉴的格调，来自太阳和棉花之间，主体是阳光。面包里也有阳光的格调，源于太阳对麦子的赞许。麦子护生，天地之大德谓之生。人类对香的理解很窄，对香的表述几乎是文盲。香奈尔说她首创的5号香水灵感来自北欧的白夜，这种说法乃是顾左右而言他。一个人说不出东西的本质，就把它支得更远。北欧、卡萨布兰卡、丽江，均适合描述狂乱的想象。说香奈尔5号具有泰山的味道就不浪漫，不浪漫就没人买。泰山属于松柏加褐色大酱的香型。

面包的香味来自大地和光，来自炉火。而火的前身或者是树和煤。燃烧的煤里有光，而煤不过是树的化石。煤在地下藏了亿万斯年仍然储存着阳光，否则它起不了火。玉就不燃烧，玉乃石髓，不挨着太阳。

这就说清了面包为什么笑和大笑，为什么胖。面包看见了钻进麦子里的光和来自炉火的光，这些同学在自己身体里相遇，面包哈哈大笑。阳光遇见了阳光，真巧了。但天堂里没有巧合，巧合只发生于电视剧。天堂不遵从戏剧三一律而恪守因果律。因果的意思是因即果、果即因，循环回转、生生不息。我们在这个叫作面包的天堂里看到了阳光、雨水、土壤、夜色和火的笑容，神让它们互相转换，变成粮食，变成人的身体。实话说，每一粒粮食都是天堂。

馒头酒

搬家之后，我准备吃遍周围的小馆子，非馋，而在摸情况，用领导的话说叫“心中有数”，减少吃的盲目性。

昨天吃到后楼从东数第三家。该馆子连名号都没有。

问：“咋不起个名？”

馆主曰：“嗨，小破饭店，我都懒得开了，起什么名。”沈阳人把吃的场所不论贵贱大小全叫饭店。

“那也得有个名啊。”

“没名你不也进来了吗？”

这是我和老板间的对话。他说话好像抬杠，否，俺们这旮说话就这样，直而亲切。

桌对面来了个老头，从棉袄里边掏出一塑料袋馒头，有七八个，塑料袋内部挂着哈气水珠。老头要了一玻璃杯白酒，在接碟里倒点儿盐面，蘸馒头吃，小口抿酒。新颖！我想起俄国人用西红柿蘸盐面的事，像幽默表演，但人家很严肃。这个老头眯眼遥视远处，皱纹深得看不见底。这张脸如果打开，皮比别人得多一尺。吃完一个馒头，他又换酱油，蘸馒头吃。依次换醋、胡椒粉。一样是一样，不混淆，吃了四五个馒头，即武大郎说的炊饼，眼睛还看远处。桌上这几样佐料用完了，老头把馒头掰开，蘸白酒吃。我也算饮者，红黄白酒，饮过无数，但这回开了眼界。

酒虽好喝，但过嗓子眼那一瞬还是难受。老头把酒吸进馒头在嘴里嚼，这个厉害。我也情不自禁跟着嚼起来，后自我觉察，停止。过一会儿，老头脸红上来，皱纹也开了不少。对我说："在吉林，人把蛇叫绣球。"

我怎么没听说把蛇叫绣球的，但没敢问。这老汉样子太豪迈了。

隔几分钟，他又吃了两个馒头，说："蛇咬了拇指，昼夜不停赶到沈阳，正好不到二十四小时。"

我没什么蛇知识，跟老头对不上话，问："给你要一碗羊杂汤？"

老头上下看我："下水？那是人吃的吗？"

我正吃这玩意儿，顿觉自卑。左右看别人，还有好几个吃羊杂的，和我一个档次。

老头的馒头与酒俱罄，起身走了。外面正下雪，而我认为遇到了一位老英雄。

悬崖的玉米

10月份去新宾，毗邻行车道有一条正在修的高速路。

高速路真厉害，逢山开道、遇水架桥，难不住它。我目光随它建设步伐往前看：一处山崖被劈开，陡面约十米高，上面站着大队的玉米。玉米站在悬崖的尽头，它前面连人的一只脚都站不下。秋天的玉米，叶子肥卷，深绿里的紫色如笔痕。成熟的玉米棒像它身上斜挎的匣子枪，每株斜插四五个，个个神气。这个土崖楔子形，一侧深沟，另一侧是劈开的道。你看崖上这一群玉米，像听到召唤从四方汇集此地，也如玉米的江水流到这里停下了。它们的叶子带着晚秋的紫，穗流苏老而飘零，真是悲壮。我第一次看到玉米的悲壮，即走投无路绝不退去的决绝。像丘吉尔在英国最危难时刻对国民宣誓：never，never，never，give up（绝不，绝不，绝不放弃）。日头偏西，余晖把劈开的崖壁刷上鲜艳的黄，玉米的叶子反光，如水碗。一群乌鸦呱呱叫着，从玉米头顶上飞过，它们黑色的翅膀分割橙色与水蓝的天幕，像斯密波尔的丙烯画。

风吹来，玉米甩开袍带，甩到彼此的身上。风吹得更大一些，玉米相互靠在一起。在如此明亮的黄昏，夜色正从脚底向上弥漫，玉米们在悬崖的风中拥抱。它们何止通人性，它们就是人们，成百上千，每株玉米都有心肠。

对自然真的不能仔细看，看进去觉得跟人间一模一样。我替玉米们怆楚，为它们被悬崖阻隔而无回路的命运，并觉得崖下有一条江流过才好。江水不必清也不必静，混浊地流淌过去，跟玉米上下呼应。可惜美术家没看到这个场景。

转一圈儿再看崖上的玉米，感到它们勇敢。这是我所看到最勇敢的玉米，好像一群抗战时期的河北农民，顶着日本人的枪口。如果在每株玉米头戴一顶草帽，就成了游击队的整编师，气势可吓跑任何正规军。

多高的山上有多高的水，这话没错。玉米长在高高的崖上，长势那么好，不缺水分。它们站崖上看公路人来车往，不知怎样心情。那时候，觉得做一株悬崖玉米也蛮好，站一个秋天。

玉米之名

袍带缱绻，是玉米中的情人。玉米绿袖长广，期待不识字的农夫俯身写下一些字和念想。隶书、草书、楷书，有关河流、晨昏、露水和山坡的日志。

到了7月，在北方看到了什么？遍地玉米。其实看不清哪一株玉米是什么样子，满目茎叶汪洋。玉米的海由它们的叶子或者说袖子纷拂而成，拥挤澎湃。有一点儿风，高粱叶子出语“沙沙”，月夜听似“杀杀”。而玉米在风里回身转袖，呼喊深远，像要从夏天传到秋天。风再大，玉米哗然似水泄，不知堤坝开了多大的洞穴。倘若塞尚来到塞上一观，北中国的阳光在玉米身上洒下的是葱绿、墨绿、灰绿和带那么一点儿紫痕的绿，飘摇不定，晃眼。

玉米海的单位是垅。深秋，站在垅背上的老玉米的根像鸡爪紧攥着土地。人光膀子穿越玉米地，叶子割破肌肤，是被汗水盐分涂抹过的锐痛。

“玉”和“米”，均属汉字里最好的字，合帝王之尊与社稷之本。何米为玉，何谷为金？何石为燧，何玉为璧？命名的时候，先民把手按在这件事物上，加入多少遐想。在粮食里，玉米的地位粗伧，和高粱相当。在老百姓嘴里，它叫棒子、苞米、苞谷，“玉”不知跑到哪里去了。它的化学属性是淀粉。一位药厂的朋友告诉我，在×吨玉米淀粉中加入×公斤×素，搅和匀了（不匀也无碍）就是人们吃的×片。人们拧开药瓶盖，取出×片丢入嘴里，含水仰脖下咽，我想，他吃了一粒玉米。

玉米一如男人风格的女人。东北老娘们儿中这种类型的不少。虽然姿色招摇，还是很土。玉米生育能力强，抗旱能力强，不曾梦想化为一朵茉莉花。玉米喜群居、喜议论、喜赶集、喜扎堆、喜龇牙、喜锋锐、喜在成熟的种子头顶挂两撇流苏。东北老娘们儿走路蹬蹬的，屁股拽拽的，骂人的时候表情入戏，妩媚倒让人有一点儿不安。玉米包含着东北女性特质：广阔、连绵、斗争、村、乐观以及易逝的姿容。

玉米叶子向阳的一面光滑，再宽一点儿就像烟叶了，背后有小绒毛，长在起伏不平的叶面上。无论夏秋，太阳未出之际，露水顺叶子滚入玉米的腋窝，东北话叫“胳肢窝”（满语）。而玉米在初夏长出半尺高时，看着也不幼稚，像小小子早晨出操。它们占的地太多了。东北如此之大，也被玉米占满。像农村丫蛋儿土生土长，都有一个好名。二丫叫李桂兰，三胖叫刘淑芝。桂、兰、芝，何其清芬。东北的苞谷也有一个好名：玉米，何其优雅！

玉米抽穗的时候，肋下掖着像竹笋又像包在被子里的婴儿一样的小玉米，头上吐一穗娇嫩的簪缨，顽童摘下夹在鼻唇间充胡子。玉米在跟旱象和雨水的吵闹中拔节，周身斜插着一个个做了流苏记号的玉米棒。棒上有牙齿一般晶莹的颗粒，等着灌浆，等着秋天，等着农民在场院用两根干透了的玉米棒双手搓绞，玉米粒哗哗流淌。

小米真小

早晨坐在北窗前，翻书、喝茶、看高远的秋空。忽然发现灰漆的窗台上散落一些小米，这必是被窗外的珍珠鸟踢腾出来的。

小米真小，我仔细看了半天也看不清它们的模样。在窗台上，三五十粒小米才占一点儿地方。拈些小米放在手心里观察，真是很可爱，像小鸡崽绒毛那种黄色，掌一动，它们几乎无重量地跑动着。

小米的样子有点儿像中国的玉，温润和瑞，半透明，没有火气。我素来不爱吃小米饭，因为小时候吃得太多了。跟大米相比，我认为结论是不容置疑的，小米不好吃。

北方干旱地带的农民只有小米吃。像我这样侥幸生在城里（虽然是小城）的人，吃过大米白面，才排斥小米。小米在农民口中，只有饱与不饱之分，没有味道好与不好之别。

现在想，小米饭除了在嘴里不太滑溜，吾乡人称之为“柴”，也没什么不好的味道。其味也如玉的性质，得乎中庸。一种朴素气实际也是大家气，能养活亿万斯民的味道，不可能是卓尔不群的海参鲍鱼之味，大约就是像小米这样没什么味道的味道。

从古文化遗址看，小米还是农耕文明中最早的产物，有“祖宗”一辈的地位。恕我唐突一句，小米历经商钵周鼎之后还是这么小？在吃物纷繁吃法百般的今天，也还这么小？它真是历沧海桑田了。这种悠远，使它定型于永久，不想改变也顺应万变了。

古人将小米称为“粟”，好听，典雅威重，登堂入室不妨。“粱”在汉以前也指小米品种之一。现在植物学家和山地农民都称其为“谷子”，也好听。一种东西，以同一称谓流行官民之口，通行南北之间，是难事。除非它是极有来历之物，如谷子。玉米这玩意儿，东北叫苞米，贵州叫苞谷，翻译小说中矫情写为玉蜀黍。名出百端，是因为它出身浅。至于饼干、克力架乃至曲奇，出身更浅。子曰：必也正名乎。其实大象之物，无须正名，海在哪里都叫海。谷子也是这样，走到哪里一说：谷子。小米说的是脱壳的谷子，这名朴实得无法剥去华饰，也无法分割。小——米，就是它。

得道了，小米，可以致广大而尽精微。

小米的优良还在不酿酒，虽然古书上说它能酿酒。但现时无人酿纯小米酒。谷物正道是养人，旁门才酿酒。此事小米不为也。粮食里玉米个头最大，如兵卒，常被碾碎。其次高粱，美艳而粗粝，其豪气化杯中物。大米是城里娘们儿，阴柔绵软。麦子乃正房发妻，温良和顺。小米为王，不温不火，静观万物，以小制大，是中国的王。至于鸡鸭鱼肉、熊掌牛鞭，则是幕僚门客侠人暗娼，一顿而已矣，两三顿而已矣，转瞬荣华奄忽泔水缸内。它们哪里有小米的安详宁静。

我的梦想中曾有园圃之愿，譬如种点儿菜和向日葵，现在修正，加几垅谷子。秋天，碾好的小米用簸箕飞泻装入白市布口袋，我像农人一样竖掌插入米中，像一把让它顺拳眼泄流，黄澄澄如细砂的小米摩挲着掌心流下，再抓一把，让它流。嘴里学农民的口吻说，啧！多实诚。心里想，小米咋就这么小呢？这时，手与眼同时享受着一种比较开阔的喜悦，与天地关联起来。若是高兴，我可能扛半袋子小米，送给城里亲戚。

在德国熬小米粥

起先我不爱吃小米，怪其不圆滑香糯，柴。我媳妇爱小米粥无数年，诱我食之。我食而上套，觉出其好。小米粥之好如良善人与你肚肠对话，说的都是贴心话。这种粮食极尽朴素而后香，大香无味。而颜色温润，是有来历不张扬的君子思路。

赴德前怕行李重，踟蹰再三，带一小袋小米。我经过北京的、法兰克福的、斯图加特的奔波，脑子被各种信息搅得彻底乱套。入住房间，觉得先要做一件事。想了半天，是撒尿，一撒了之。又想，小米粥？对头。房间里厨具齐全，用亮晶晶的德国钢锅熬小米粥。拿米袋，一看乐了，上印："龙凤之乡翁牛特"，这是我老家的小米。

为什么乐呢？看到"翁牛特"，脑子里出现老家的口音，跟德语一点儿不一样，小米跟这几天吃过的面包汽斯（奶酪）也不一样。窗外的德国森林跟建筑与小米更不配套。熬出小米的香味，混入收音机播放的交响乐中，更可乐。我对"咕咕"冒泡的小米说，你们是翁牛特第一批赴德粮食，为两国传统深厚友谊做出卓越贡献，贡献若何，少顷由我肚肠验收。

喝小米粥，想起杨远新。他是我好友，我俩友好二十多年。去年杨赴翁牛特担任旗委书记。我对他说，你升官，我发财，我要搜刮点儿好东西。

远新说：我们不发达地区没啥好东西，最贵重的玉龙在国家博物馆呢，牛羊和树没法送你，只有杂粮。我说来点儿小米、荞面吧！收到啦，翁牛特的小米粒更小。别的小米煮粥，单位体积五千粒，它可达一万粒。米多，营养就多，这是我发明的说法。它的米色黄中微绿，玉色。味香，香得不嚣张，贴近心地。在这儿喝过，我觉得灵魂（姑且这么说）某处某螺丝和这里的扣"啪哒"合上了。

后几天，我让翁牛特小米与德国同行们开展联谊活动，增进互信和相互了解。小米和德国之Bulgur同煮，和Seitenbacher煮，我也不知这是啥米。产生新味，像洋泾浜德语。乱整吧，你们进肚子之后打擂吧，如"德中同行"项目的主题——灵感与创新。为了省时，我在小米粥里卧德国"行走中的鸡的蛋"，卧香肠片，还卧什么呢？收音机不能卧，还卧过德国胡萝卜、卷心菜。我不讲什么口味，跑步消耗大，一句德语听不懂消耗也大，营养够就行了。食物到了肚子，只是多糖纤维素蛋白质，搞吧，只是有点儿糟践小米的美味。隔三天，我还要吃一锅纯小米粥，否则灵魂那个螺丝和扣不"啪哒"。

有一回，把空锅放在刚关的电磁炉上，锅底遇热变色。损坏德国公物如何是好？各种擦法均不奏效，后用黑妹牙膏擦之，明亮如新。这么新的锅底让我高兴得忘了刷洗，煮小米粥，出薄荷味，我以为是幻嗅。一吃，确是牙膏之味。怎么办？粥舍不得丢掉，吃了。有人说"上帝关上一扇门，一定打开另一扇窗"。那么，上帝让我吃有牙膏味的翁牛特小米粥的好处是什么呢？想了半天才知道，另一扇窗是不用刷牙了。

大　米

万物当中，如果不算人，又美又有用是米。

大米在稻谷时期已经很美，稻穗带出黄金的色彩，如金箔包颗粒。谷化为米，特别在煮熟之后，大米展示出白玉一般、珍珠一般的温润雪白。有的东西煮熟之后离原来面目相距十万八千七百里，如酱肘子，与在猪身上不可同日而语。什么角瓜、西红柿熟了都变了样子。稻变米，煮熟之后金变玉，了不得。

大米熟了比生米更美，它身上每一部分都像棉花一样开花了。我们吃的大米饭实为大米花，此花糯软、晶莹、隆松。面对一碗大米饭，不吃，看上三分钟，一定生出赞美心，其色泽可与任何珠宝相比，三五成团。倘若米粒孤零零落在桌上，人也想把它收起来。

我想，人的种种好，比如聪明智慧美貌，其实都是粮食的好。人买家具爱问材料，紫檀的、花梨的，材料决定成败。人是什么材料的？虽是肉的骨的筋的，其实还是粮食蔬菜肉蛋奶提供的原材料。如果有人请教我：你是什么材料的？我恭敬回答：大米的。

人闭上眼睛想一想，大米——这么好的东西，洁净、雪白、清香的东西进了人的肚子，人能不好吗？能不聪明善良吗？好好吃，吃一辈子，这人肯定长寿。反过来说，人吃了大米之后，还打架、骂人，实在是不应该。这话是我替大米说的，大米愿意进好人肚子。

科学讲，大米不过是淀粉、碳水化合物。我觉得科学家对这个事还没研究清楚。它除了化学性、多糖的分子结构，其精神性还没有弄清楚。大米是阴性的，跟水、银白的云彩是一伙的。高贵的品质让它散发香味，同时不妖冶袭人。这个香只有味蕾知道。我还想一件事，大米喜聚合，喜众来众往，因此吃饭在碗里留一个饭粒实在不应该。静心看一碗矗成尖堆的大米饭时，看来看去，觉得它们有笑容，浅淡、喜悦的笑容。

人习惯用钱买那些别人没有的东西自珍，曰收藏。我看天下的好东西都在眼皮底下，大米就是一种。吃一辈子大米，看一辈子大米，福气已经够大了，用不着再收藏什么古里古怪的东西了。

豆　子

豆子是从娘肚子蹦出来的果实。娘胎虽好，但豆子在里边待不住了。它急躁，等不得像土豆那样被人从地里挖出来，或者像玉米那样被掰下来。豆子是谷物里的孙大圣，自己蹦到世界上。

豆子降生比人省事。人降生要住医院，当娘的哭天喊地，回肠九曲把孩儿生出来。光自己生不了，还要有医生帮着生，差一点儿就要命。人为此生而哭泣，豆子不哭。它天生一副圆脸，来到世上为欢乐，欢乐即在地上打滚儿，豆子乐观。

不乐观的谷物做不成豆浆、豆腐和豆皮。豆子——无论它叫大豆、黄豆、黑豆、红豆，都逗人乐。雪白的豆腐捧在人的手里颤颤巍巍，为什么会这样呢？豆子在豆腐里乐呢。像有人不出声地笑，肩膀颤抖，和豆腐的颤动一模一样。豆子没想到它会变成整齐的方块，跟白玉没什么区别了。豆子听人在叫豆腐的时候说：松软啊、滑腻啊、可口啊、营养啊。豆子又颤巍巍笑起来，这都是谁发明的词？人类的嘴不光会吃，还会说。

豆子喜欢大地，最爱黑龙江的大地。别的地方的地只不过是地，而黑龙江的地是大地。坐一宿火车，天亮的时分窗外还是大豆的田地，大吧？广阔的地方让豆子性格豪放。把豆子放进铁锅里炒，豆子怎么样？它会跳起来骂娘。栗子、牛肉、羊肉、山药这些货，谁也没从铁锅里蹦过高，更没有“啪，啪”地叫骂。豆子不明白为什么把几百个豆子放进铁锅里一起炒，这简直是犯罪。不服从是豆子的天性，像苏珊·桑塔格说的。它想象自己是子弹，嗖嗖飞向目标。人真够坏的，人不光发明了豆腐制作法，还发明了锅盖。盖上锅盖，豆子们在锅里打群架，拳打脚踢，拔枪互射，跟东北土匪差不多。

豆子的婴儿床是豆荚。像浴盆一样的豆荚给每一粒豆子准备了塌陷式的光滑水床。水床的罩子当然也是浑圆的，就像人的眼皮。躺在床里，豆子看到绿色的天空，但没有云彩。豆子终于厌倦了绿色的天空，跳出来看到蓝天、白云和一帮说东北话的农民正在豆子地里打情骂俏。豆子喜欢清亮的渠水，喜欢像火柴棍一般瘦小的青草，它们头上顶一朵，有时是两朵小黄花，这太有意思了。豆子看到云彩从天边倾斜飞行，白云里夹着不怀好意的灰云，豆子以为天要塌了。为豆子从豆荚里跳出来这件事，天也要塌一下吗？云彩如城楼一般飞向远方，豆子看见豆大的雨滴掉下来，不是一滴两滴，简直多不胜数，豆角的叶子啪啪敲鼓欢迎。雨滴到地面干什么呢？这都是豆子不明白的事。雨滴汇成溪流，灌满沟渠，豆子昏迷不醒，直至见到太阳。哪一样种子到世上不是惊心动魄？它们的童年比人类童年更有戏剧性。

在豆浆里，豆子看到了自己的白，牛奶也不过如此。它们在雪白的水里抓住其他豆子的小白手。昔日黄金化白雪，豆子们呼吸着豆的腥气。

豆子以其浑圆活泼赢得人类的好感，人用豆子为人和狗取名，以其小而圆，谓之可爱。豆的营养学定义是植物蛋白。但没人愿意起名叫蛋白，虽然蛋也白，但“豆”字更上口，与逗同音。豆子最逗的一件事就是当年它从娘肚子里蹦出来。

豆子的愿望是与其他豆子们走向远方，在荆棘地长成豆苗，与海边的白卵石结为邻居。豆子勇敢，在咣当咣当的列车的车轮轰鸣里，豆子和其他豆子躺在黑暗的麻袋里憧憬远方。它知道每一声“咣当”的下面都是土地，都可以生长青草，乔木与豆子的小苗。豆子后悔自己没长出一双脚，可能它从娘胎里跳出来太早了，还没来得及长出一双脚。豆子有了双脚之后情愿走到松林里，它仰望着高大的松树，在落叶松的松针里造一所房子，看松香怎样变成琥珀。豆子会走到花田旁边停下脚步，看花的露水从双鬓流到腮边，蜜蜂的轰炸机从云层俯冲下来在花朵面前嗡嗡哆嗦。豆子要去的地方太多，这些美事把它的肚子撑得滚圆，它的豪迈让人类把它称为大豆，这是尊称。制造白面的麦子也不过是小麦，豆子从小就成了大豆。

豆　芽

桑园的草被机器芟过，如剪平头的年轻人，仿佛列队坐在广场上，等待一位大人物演说。最显著的，是它们竟长得一模一样了，原来各式的发式与姿态消失了，显得安静。

在靠近回廊的草地上，长出几棵豆芽，真是可喜。豆芽长在绵密偃伏的杂草间，伸出两瓣叶子，只两瓣，仿佛婴童举起的两只手掌。我第一次认真注意到豆芽的叶，厚而长圆，像裂开的豆瓣。那么就是黄豆在潮而黑的地下待得太闷了，钻出来把身上晾干。然而它们把身体打开就合上了，只好成长。

我不知是谁把豆子遗落在桑园，总之他是可敬的。而豆芽出土的姿态比草更感人，胳膊拢在一起，手掌伸出，对阳光和明亮的世界更虔诚，而不像草那样漫不经心，像树那样世故。当然这种生长姿势在草坪上显得有些矫情了，有表演性，用港台话说是“秀一下”。但为什么不秀呢？这是诞生，虽然是无人理会的诞生，也应该是隆重的。豆芽儿们还很幼稚，当太阳升起来，把昨天露水的寒气都驱走时，它们身上暖洋洋的，便以为太阳是特地为自己升起来的。于是豆芽张开手掌，互相勉励：不要浪费阳光，难道你不知道它是为我们而发出的吗？

它们就这样捧着阳光，怕这些明亮的东西洒出来。时间长了，我有些不忍。觉得除阳光外，豆芽还在顽强地等待什么。什么，是月光吗？我很想把兜里的什物掏出来，一一送给它们。喔，这是你的，给你，还有你。但我只有钥匙，门卡之类。它们不需要。我在桑园找到了几粒浆果，像枸杞大小，红的和黄的，汁液晶莹，一个又一个放在豆芽捧着的手掌里。浆果成了它们的脸，捧着这么鲜艳的面庞沉思，不也很好吗？

离开的时候，我回头瞅，豆芽好看极了。我觉得它们也满意极了，就是这样。

干嚼炒米

现在时兴不吃晚饭，我也逢迎这个时髦，以期降低血脂。但我晚上会饿，学名叫饥饿。有一句成语叫啼饥号寒，说得没有错。饥可以把人逼到哭啼的境地。血液里的血糖下降到一定程度，会让人哭。我不吃晚餐虽未哭，但腹鸣如雷，这算在肠子在肚子里哭，越想睡觉，肚子里的锣鼓队敲打得越厉害。咕——噜噜噜噜，鼓声在腹腔内横着窜完竖着窜。勉强入睡之后，梦又来捣乱，梦中下馆子，下饺子馆，下海鲜馆，饭到嘴边每每吃不进嘴里，比如脚下绊倒，又比如天上有炸弹掉下来。

后来我在睡前吃一点儿炒米，腹之啼饥与梦中窜馆子的事情都偃旗息鼓。我还是不准备在晚上吃正餐，炒米正好满足这一需求。

炒米是把糜子米炒熟之后干吃的食物，一把把用手抓着往嘴里放，没有汤汤水水，干嚼。我把黄澄澄的炒米放在茶末釉（青中带黄那种颜色）的瓷碗里，手抓一把放进去，一捻捻送嘴里解饿。

解饿归解饿，干嚼炒米耗费时光，要边嚼边读报或读基本上看不懂的物理学书籍。所谓炒米是用铁锅焙米，把生糜子米放锅里，锅底加干牛粪饼加热。牛粪饼火好得很，如木炭一样猛烈。这是指牧区，在城里用液化气炒糜子米其味道营养与牛粪饼与羊粪蛋子作燃料无差别。糜子米的水分焙干泛出微微的焦黄色，熟也。营养学将这一种加热称为“糊化”，食之更容易转化为葡萄糖。但炒米很硬。硬不硬，你站在干嚼炒米者的身边就听到，唰——唰——如嚼沙子，或者嚼玻璃。干嚼炒米者不仅牙齿好（这是在表扬我自己）咬肌也好（这也是表扬我自己）。在动物界，咬肌发达的是食肉性猛兽，如虎豹豺狼，虎可叼一只体重两百公斤的公野猪蹿过四米宽的山涧，其咬肌非同寻常，咬住人腿咔嚓一下可把腿咬成两截。我干嚼炒米嚼了半年之后，牙齿咬肌虽然比不上老虎，但我自己评估跟狼差不多。一次在单位食堂吃饭，我比较饿了，一口将一块排骨生生咬断，桌对面的人惊呆得说不出话来，端盘子上别的桌吃去了，他说他不配和有我这样牙齿的人同桌吃饭。

牧区的人并不干嚼炒米，他们也不看报纸和物理学课本。蒙古族人吃炒米一用牛奶浸泡，二用奶茶或红茶浸泡，放进红白糖、奶豆腐、一点点黄油与炼乳，泡到略软不硬食用。干力气活的成年人吃三把或四把米，女人吃两把米，小孩儿一把可也。“把”就是用自己的手抓米，有准儿。

炒米进胃里膨胀，因此解饿。我以为，炒米应该是军粮，跟新疆的馕差不多。它干燥、保存期长，可以与任何液体相搅拌。炒米作为碳水化合物的来源，与蒙古族人食用的肉类、砖茶、奶食品构成这个民族的食物基础。我猜想，在蒙古大军征服欧洲的漫长道路上，行囊中的粮食应该有炒米。军士们在行军中抵御饥饿时，也会干嚼炒米，在战马上或雪地里，或夜里的一切地方。

我祖籍是科尔沁沙原，那里的人习惯在沙地种植糜子。沙漠里不生长什么东西，但长糜子。我老家的沙子和近年土地沙化形成的沙子不一样，它是洁白的大粒沙子，如同砂糖那样，这里生长的糜子炒成炒米最好吃，香甜嘣脆。赤峰的炒米个小色黄，硬而不脆，也不怎么香。我老家胡四台的炒米个大色白，如美人一般。这么好的炒米是大自然的恩典。如同这里的沙漠是大自然的恩典。沙漠里有沙漠才有的湖水和野鸭，生长沙里的植物。这里的民歌常常提到“沙坨子”，而它最杰出的物产之一就是炒米。

我第一次回到老家——哲里木盟科左后旗的胡四台村，我大伯家待客的榆木小黑桌上放着一碟子红糖、一碟子奶豆腐、一碟子黄油和一大碗炒米。我当时看不懂炒米在这里搞什么，以为它是生米，怎么会混进点心里呢？尔后捻一把放嘴里“嘎嘣”一嚼，从此爱上了它。如果有一天我当上了国宴的行政总厨，我会在国宴的茶肴里加一碟子炒米，请各国来访的总统们干嚼或加奶食用，主客边“嘎嘣”边谈有助于世界与地区和平的话题。我企图加进国宴茶肴里的美味还有小段的酸菜心，风干盐渍芥菜疙瘩、风干牛肉、荞麦面条和小米粥。

一位美国医生说：“你就是你吃下的食物。”是的，食物不光关乎热量，还关乎心灵与历史。我干嚼炒米的时候，内心的图景自动切换到科尔沁草原，那里有牛粪与红茶的气味，有白沙坨子和轻佻诙谐的哲里木情歌。那里的人红脸膛、宽肩膀，谦卑而激烈。我的亲戚中有黄眼睛、灰眼睛，甚至绿眼睛的人，但我们同属一个家族，是被炒米养大的人们。

荞 麦 面

科尔沁人幽默诙谐，创造了很多辛辣喜乐的民歌——《万丽花》《高小姐》《维胡隋玲》。他们身材结实、宽大。在通辽的火车站和汽车站等车的蒙古族人，仿佛是一家人，至少有血缘关系。他们有相貌气质上的近似性，看得出却说不出。科尔沁的男人适合被画成肖像画。他们的表情在缄默中包含变化的丰富感。男人的鼻梁直，嘴的线条鲜明，有黄眼睛和灰眼睛的人，他们爱吃荞麦面。

科尔沁人不对他人奴颜婢膝。给他们天大的好处，他们也不愿意谄媚对方。追求自由的人讨厌谄媚。谄媚里面有一半是欺骗，另一半是失去了自由。科尔沁人爱吃荞麦面。

科尔沁人走在白茫茫的沙坨子上，晒热的沙子可以治疗风湿病。沙坨子凹处的泉水甘甜怡口，那是小鸟和牛羊的水源地。张作霖的兵士抢占了好草场和好耕地，把科尔沁人赶进沙漠里。所有在沙漠里长大的人全都骁勇善战。他们喝了沙漠里的水，吃了沙漠上生长的庄稼，变得倔强。僧格林沁和嘎达梅林都是科尔沁人，他们永不屈服。科尔沁人身上的血比别人流得快，容易冲动，科尔沁人爱吃荞麦面。

荞麦面做的猫耳朵汤何等美味。我写下“猫耳朵汤”这四个字时耳边已经传来轰隆隆的声响，似奔雷，如泄洪，那是科尔沁人手端大碗吃猫耳朵汤发出的音效。大碗放在嘴边，右手用筷子往嘴里划拉面汤，像用石块堵住河岸决堤的缺口，轰隆隆，一碗下肚，第二碗接着轰隆作响。他们咀嚼吗？肚子比嘴更需要猫耳朵汤，口腔不应该挥霍太多的时光。一般说来，人吃美味都采用吞法，细嚼就没什么味道了。你看猫吃鱼，鹰吃兔子，鱼吃虾都不嚼，科尔沁人吃荞麦面猫耳朵汤也可能不嚼。反正我不嚼，猫耳朵汤进我嘴里如武生在戏台上翻跟头，三两下顺光滑的食道进入胃囊，它们回家了。

我祖籍在科尔沁的科左后旗，出生地和生活地点在内蒙古和辽宁的城市。随年龄增长，越来越多地显示科尔沁人的个性。海水退潮之后，沙滩上的贝壳才历历在目。科尔沁人的性格好与不好，让别人去说吧。我们只说荞麦面。我越发爱吃荞麦面，如同越发爱喝红茶。我觉得自己像那位到法国小镇参加马拉松比赛的日本选手，他跑啊跑，跑到一个地方停住了脚。他觉得这个地方十分适意，就不走了。这是四十多年前的事情，人们现在也不知道那位日本选手身在何处，只知他跑到一片树林停住脚，走进去再也没出来，忘记了比赛以及一切。有人说他是怪人，我觉得说他是怪人的人才是怪怪的人。他跑了一辈子就是为了找到那片树林。即使这片树林不在法国也要钻进去不出来。对我来说，这片美好的树林就是荞麦面和红茶，组合成科尔沁的血肉。

荞麦面你好吗？我看到灰色的（也有发红发黑的）荞麦面，觉得幸福就在身边。平时吃饭，有什么吃什么，果腹可也。但每次看到大碗里的荞麦面汤，心里不禁浮起许多赞颂词，福气太大，洪福齐天。遇到贤达之士，他们谈到世界局势，谈股市、高铁、小说、书法之时，我每每想把话题转到荞麦面上。我跟他们谈猫耳朵汤和拉拉汤。猫耳朵汤前面已谈过，现在说一说拉拉汤。此汤与北京人士说的疙瘩汤是一回事，食材是荞麦面。疙瘩汤由于有了荞麦面而熠熠生辉。科尔沁人称疙瘩汤为拉拉汤。水沸，把和好的稀面转圈儿下进锅，便有了一片盛世风光。汤里可以随便放什么菜，科尔沁人喜欢放一些肥羊尾、奶油。我只放菜，西红柿、生菜、黄瓜片都不错，卧俩荷包蛋也行。盛进碗里，轰隆隆的响声震耳欲聋（指自己的耳朵）。上帝给世界造了那么多东西，不独山峦海洋，还有香蕉榴梿这些奇怪的美味。上帝没忘记造出荞麦，这是多大的恩惠啊。上帝造荞麦的同时造出了红茶、玉米面、“杰日玛”（炒面），太够意思了。上帝啊上帝，你谁都没有忘记，心里始终装着人民。

月夜，荞麦地里的白花为大地绣了一件纱衣，月光照过来抢这份功劳。白昼里，蜜蜂飞到荞麦花上采蜜，如同给白花钉上一枚枚金黄的纽扣。我站在荞麦地边上会想起猫耳朵汤和拉拉汤，这里是它们的祖籍。荞麦施展了怎样的魔法才结出了荞麦？这个秘密没人告诉咱们，荞麦花不说月亮不说，锅也不说。科尔沁人不管吃多少羊肉，垫底的还是荞麦面拉拉汤。他们唱着情歌，喝着烫嘴的红茶，抽着旱烟。他们血液里的肝糖原来自玉米面和荞麦面。

三枝谷穗

有一位师傅收了三个徒弟。

他发给每人一枝谷穗，说："明天告诉我多少颗谷粒。"

第二天，徒弟们来报告。大徒弟说："一共1328粒。"

师傅："你怎么数的？"

大徒弟："揉碎了，放一张纸上，一粒一粒数。"

二徒弟说："1430颗谷粒，揉碎了撒地上，抱一只大公鸡来啄，数鸡头。"

三徒弟说："我这枝谷穗1379粒。"

师傅："怎么知道的？"

三徒弟："问两位师兄，取中间数。"

师傅说："好，你们都出徒了，明天下山吧。"

众徒弟疑惑："您还没教我们呢？"

师傅把大徒弟叫过来，说："你办事耐得劳烦，是好事，以后要开阔心胸。数谷粒的时候，你是不是常常眼花，是不是做梦都梦见谷粒？耐烦之人还要学习疏朗心境，免得躁。"

他对二徒弟说："你比师兄机巧，会用工具。公鸡吃谷你得数，惠于世又惠于畜。以后要学习明真伪。公鸡啄谷低头，啄沙也低头，你怎么知道吃到肚里的都是谷粒呢？”

最后，他告诉三徒弟：“你最聪明，因为你知道利用人。人间的事都是利用人，甲利用乙吃粮，乙利用丙穿衣，丙利用丁盖房，用人又要为别人所用，互济。你用的是他们的心念，这比实物更有用。我要说，以后勿轻信。人会利你，也会误你。”

之后，师傅给三位徒弟各取了一个法名，明远、明实和明心。

粮食的神性

我羡慕那些吃饭很慢、一直吃尽碗里最后一颗饭粒的人，最后那颗饭粒，可能正是农民弯腰从地里捡起来的那颗谷粒。见到这样的人，我岂止是羡慕，简直会景仰他。

吃饭占用了人生很长的时间，虽然它够不上恢宏大气，它也真不需要恢宏大气。相反，小气和安静适合于每一顿饭。

慢慢用餐、吃干净每颗饭粒的人，身上至少有两项美德。第一是懂得感恩，感恩实在是要从敬重粮食开始。你看和尚去饭堂用餐，身上要穿戴袈裟，看上去一派庄严气象。我有幸与和尚一道吃过饭，他们手捧着饭钵，眼睛盯着钵里的饭，既用心又清净。和尚们肃然起敬的仪容，是对粮食做出的礼拜。古代真有人在吃饭前对饭食拜上几拜，以示感恩。为什么要对饭食恭敬呢？结论是：对入口的饭都不恭敬，还能恭敬谁呢？如果仅仅恭敬明星而糟蹋粮食，岂不本末倒置了吗？是粮食让你生命延续，而非明星。和尚们吃饭不说话，说话轻慢了粮食又不利于消化。科学认为，进餐说话会影响到从胃到胰腺的一系列功能。而你看和尚们专心吃饭，能体会到一样美。他们吃净饭粒用开水洗一洗碗，喝下去，那真是干净极了。以前，我见到我妈吃完炒米用茶水涮一涮喝下去，觉得愚不可及。如今知道，我这样想才愚不可及。我还没有到达他们的境界，从粮食中领悟天地馈赠之厚意。

他们身上的第二项美德是享受福气。福气在哪里？有人告诉我，福气就是手挎LV。我问LV跟VCD是一回事吗？他回答：你是个老土。老土不一定不会享福，李白和苏轼都不洋，都是尽享天地大美的有福之人，他们都不知LV与百达翡丽。

福气在哪里？如果让我回答，首先回答是吃粮食。好东西生长出来而非生产出来。别不相信，你在心里算吧，粮食、柑橘、葡萄、牛奶、蜂蜜、珍珠、翡翠、鲜花都是生长出来的，上帝手里的东西。只有薯片、汽水、电视剧、口香糖这种烂东西才是生产出来的人的产品。

慢慢地享受生长出来的东西，是生命与生命相遇。每一颗粮食都有自己的滋味，越咀嚼越有味，身上充实。事实上，当粮食进入人的身体，是阳光、雨水、土地的香气和蛙鸣在你生命中循环，它不仅是碳水化合物，还是天地的能量。

人常说吸取天地之精华，天那么高，地那么厚，你如何吸取？人有可能接触到的天地精华，也只有粮食和水。天地不光生长精华，还以眼睛观人，看到不丢弃每一粒粮食的人，会生出欢喜心，赐福给他们。

白　菜

说到白菜，我想到了一群女人。我印象中女人总是成群结队，像花朵成群结队，云朵成群结队，而白菜们也整齐地排列在一起。它们微胖、随和、世俗，老了之后仍然是一棵白菜。

如女人一般的白菜是母亲们。许多少女变成母亲之后，心里突然涌出大量关于家务的话语，如大江之水滔滔不绝。这些话不像是学来的，仿佛早就藏在她们心里，等待打开闸门。那是对于孩子、食品、衣物等一切的描述与感受。批评家经常提醒作家写作多注意细节（这是多么好笑的一件事），母亲们对于家务的描述倘若没有细节就一句话都说不出来。她们所说的都是自己与听众可以看到、摸到、闻到和听到的一切，全是细节。而白菜假如有一天突然学会说话，也会快速地、琐碎地叙述厨房的一切，关于粉条们、酱油们、暖气热与不热，也全是细节。

挨过冬季的白菜，在春天里消瘦了一些，外皮不鲜嫩了。我觉得这像母亲们又添了十岁。皮不嫩了，但白菜仍然水分十足，像母亲乳汁充足。谁也不知道母亲的奶是从哪里来的，不来自血管，也不来自肚子，没看过她们携带奶囊，但有了孩子，乳汁便源源不断。白菜亦如此，以水养人。白菜里除去水，还有什么？水是最好的东西。白菜并没有创造水，它把水从大地吸出，加上淡淡的白菜的味道和淡淡的白菜的养分，如此而已。

白菜可能是最缺少人类讴歌颂扬的菜蔬，好在它不需要人类颂扬。它众多，无味，出身平凡。在我看来，这全是优胜禀赋。人类自古即有刁钻癖，以为食物得之愈难愈珍贵，如取悬崖上的燕窝，拿牛结石和狗结石当药，吃鲶鱼须子。然而把他们养大成人的还是粟米白菜。白菜无味最高明，味是岔路，辛者、甘者、辣者都走在一条偏路上。花椒偏得更远，连虫子都不生。白菜懂得中和之美，比无味只多一点点味，可能是甜，也可能是清香，仅此而已。自古未见吃白菜吃死的人，其他食品食之过量可能毙命。白菜不发旧病，不与鱼虾搅和，不傍厚味成名。白菜进了锅里还是原来模样，它不觉得变成其他样子会更好。白菜朴素，堆在墙角的白菜像会笑。蔬菜自有蔬菜的表情，以人的观念看，青椒怎么看都像气歪了鼻子，而且是外国鼻子。豆角在模仿狗的脊椎。芹菜身上藏了许多琴弦。南瓜在模仿儿童的灯笼。葱的叶子中间进了空气。大蒜是裸体者挤在一起祷告。白菜丝毫不古怪，从根上长出一片菜叶抱住菜心如此而已。菜帮如臂膀，一层层抱紧，护住嫩黄幼小的菜心，其他没什么可说。如果哪一样物品像白菜，兹证明它平凡中正之极，让人说不出什么。说不出什么的东西大都得道，可得恒常。

白菜的名字亦平凡之极，找不出比它更白的名字，一白一菜，说的都是本源。龙须菜、鸭掌菜之名是比附，它的命名由人发现了龙须和鸭掌之后而来。被比喻是不幸的，即使被比喻成太阳也很不幸，至少可笑。白菜的名字里没有比喻，如江河日月都不是比喻，它们是原初之物。有人从白菜中发现了“百财”的谐音，商人们便把树脂染色的白菜雕塑放在案头，变成艺术品。更早些时候，故宫里有翡翠的白菜蝈蝈摆件。然而，即使翡翠上身，白菜的形态仍然没增添富贵气象，依然平凡，只不过闪出白菜发不出来的石料的亮光。

白菜最外层的叶子如同它们的劳动服，它们即使躺在角落也有一副劳动的样子。白菜与粉条熬的汤看上去有如艺术品。清汤里面透着明白，透着淡味和长久。挑食的人或许拒绝南瓜、芹菜、辣椒，但没人跟白菜赌气。常年不吃白菜的人显然会缺少一种叫白菜的营养。这一种营养叫作淡，叫平易，叫地气，叫实在。

我看到白菜会想起那些扎着围裙在灶台做饭、刷碗的人，那些在土路上行走、在墙根蹲着晒太阳的人、那些坐乡村长途汽车的人。他们破旧的外衣包着充满活力的身体，适应各种各样的目光。在零工市场找活儿干的民工从不在意你目光里的评价，他们只想从你目光里猜出一样工作——刮大白、刷油漆还是搬家。炒作的新闻里没有白菜，白菜影响不了股市与经济走向。白菜是菜里的泥土，普通之极。它长在地里的时候，蓬勃的叶子也像怒放的花，层层叠叠。白菜一直都把自己当成漂亮的常开不败的花。

苦　瓜

跟所有瓜类唱反调的瓜是苦瓜。在一条以甜划分的河流上，甜瓜在此岸，苦瓜在彼岸。

甜瓜是热闹集市，是锣鼓队，是合唱团。它们的高音是甜，它们的铜钹和鲜艳衣服是各式各样的甜。甜像神秘的地河被甜瓜吸到它们橘色白色红色的瓤里。如果说大地上有珠宝，甜瓜难道不算其中一种吗？假如世界上甜瓜变得稀少，每个县区只生产一枚。那么，有钱人会拿着无味的黄金翡翠排队去换这个甜瓜，他们舍不得吃，捧在手里照相。算命的人会说得到甜瓜的人本有三世祖荫，自已精进修行也得到这样的福分。他的面相和掌纹都预示他是一个配吃甜瓜的人。甜瓜嘻嘻哈哈，它糊里糊涂弄了一肚子甜水，科学把它的甜称之为糖分。玉米面、白面和大米里都有糖分，但它们不甜。不甜就算不上公众人物。就像在国外读完博士不回国就显不出尊贵。针对舌头的甜才算糖，不甜就是明珠暗投，就没有身份。西瓜、香瓜、白兰瓜、伽师瓜、哈密瓜、蛇皮瓜，它们甜成一片，秘密酝酿一个天堂，让舌头不知所措。甜瓜让苹果、鸭梨为自己甜度不够而感惭愧，瓜们滚瓜溜圆，在瓜果摊子上睥睨众生。瓜看熙熙攘攘的人流，想他们无非是想吃瓜而吃得上与吃不上的人，世上无非这两种人。瓜分不出人之男女贫富，它只知道有人吃过瓜，有人没吃过瓜，如此而已。

苦瓜是另一回事，它走得太远。苦瓜比南瓜、丝瓜、黄瓜、角瓜走得都远。它天生具备黄连、黄檗这些黄字辈家族的禀赋，在大地里找到苦，揣在了身上，仿佛走夜路的人在身上揣了一把刀子。苦瓜认为苦才是世间正味。万物活下去的底色是苦，能喘气的、能生长的生灵，陪伴它们一生的苦而非其他味道。所谓甜是幻象，是舌头编造的谎言。甜跟舌头的关系比跟糖的关系更密切。人把轻浮的甜瓜抱在怀里，怀没觉得甜。手拿甜瓜，手也没甜。秤与甜瓜打了一辈子交道，却不知甜瓜哪里甜。万物相互依存，所谓快乐只是因缘偶合的结果。舌头宣布的甜只是舌头的结论。除舌头外，谁也听不懂它的味觉语言。

犹太人对刚刚懂事的孩子布道，先说人生的本质是苦，他们说教育的真谛是接受苦，而不是改变苦。接受了这种观念至少可以远离抑郁症，把人生遇到的所有磨难看成无法避免并理所当然。犹太人的想法也是苦瓜的想法。苦瓜生活在苦里，所以感受不到苦，它从未受到甜的绮靡诱惑而感到焦虑。苦瓜以为苦乃中正之味，清热解毒。甜是浑水，苦才是清水。我小时候听广播老听到一个日本人名为清水正夫，率领日本松山芭蕾舞团来北京表演芭蕾舞剧《白毛女》。清水清澈，人在苦里也清澈，思考能力被苦激活。所谓思考在神经学表述里被称为判断力，即自己给自己过秤的能力，也是空间定位能力。获知自己在哪里，看到了前后左右，同时知道了自己的分量，物理学叫质量。由此得知自己的起点在哪里，终点在哪里以及自己的运行速度是多少。马三立将此称为“饭量”——知道自己吃几碗干饭。人类在已知的几千种疾病中发现与糖代谢异常相关的病曰糖尿病，但没发现苦尿病。甜可置人于死地，但苦不会。作为味觉的苦，只害了舌头但不会使舌头烂掉，苦味无害于其他器官。人惯着自己，先惯自己的舌头，曰吃喝。再惯着自己腿脚，曰行。又惯着自己见不得人的器具，曰色。还惯着自己的脾气，曰嗔。集合起来说叫吃喝嫖赌或酒色财气。人类已经摆脱朝有饭、夕没着落的困窘，有用钱币脂肪积累资源的能力，之后追享膏粱厚味，曰享受，实为轮回。

苦瓜没想过人也会吃它。它以为苦可免刀俎，但仍有人自讨苦吃。苦瓜的一生跟人吃不吃没关系，就像人的一生怎么活跟骨灰盒形状没关系。苦瓜比其他瓜更像玉，故宫里的白玉苦瓜坚而美，比想象中的白玉黄瓜、白玉西瓜、白玉冬瓜更接近艺术。苦瓜之绿是柳梢初青的绿，它绿不到西瓜那种深潭之色。苦瓜的初绿如同说苦也是一种清新，这是春味。春天里，没有哪一样植物突兀地冒出来甜。甜总是夏季与秋季以后的事情，是中年而非青春的味道。事实上，你嚼一下春天的杨树叶子、柳树枝条、包括嚼一嚼杏花和桃花，都有苦味，只是苦得比较淡。大多数植物对人的味觉而言都有些苦，人类栽培养育植物时除去了这些苦，苦是自然界原初的味道。苦瓜不删除自己基因里的苦味，此乃清高。它比大多数瓜果蔬菜都宁静，不去谄媚人类，只过自己的生活。

蘑　菇

蘑菇并不是草地和森林里的居民，它们只在雨后突然出现，打着伞，三三两两，在齐腰深的草里行走。我喜欢这些冒冒失失的客人。它们的样子与草、树、泥土和石头都不一样。如同雨后的深山出现了一拨儿非裔人。蘑菇是坐着雨滴下来的吗？没人这么说。那么，它们是谁的亲戚或后裔？是鹅卵石的后代吗？脑袋像，但身子不像。蘑菇的颜色像老树皮，圆帽子的帽遮卷回去，腿还是挺白的。它们的伞或者叫帽子背后有电路般的连线，又像牛肚。它们上草地干什么来了？

我喜欢突如其来的东西，如蘑菇。这本来不是它们的家园，它们却不请自到。蘑菇另外一样才华是突如其去。如果不采集，蘑菇会消失。伊悄悄地走来，如同伊悄悄地离去。那些草、大树、石头和泥土都不能突然离去，它们不知道上哪儿去，也不知谁帮助它们离去。这对蘑菇来说根本不算事。我曾以为蘑菇身上装着一个定时装置，时间定在四十八小时或七十二小时。时间到，蘑菇没了。它们升天了吗？我在雨后仰脖子往天空看，没看到一只只蘑菇举着小伞飞升。一次，我终于看到蘑菇在飞，我激动地看表——因为这可能是科学史需要记录的时刻——×年×月×日，在天上飞行，北纬东经多少多少。后来那只蘑菇落在树上，我以土块击之，它展翅，原来是一只戴胜鸟。在科学史上留名没那么容易，比在文学史上留名更难。那么，蘑菇在雨后的第二天、第三天去了哪里？如果没被太阳晒化，如果没变为麻雀和戴胜鸟，它们跑到了哪里？没人回答我的提问，我也不敢问别人，免得被讥为愚不可及。我觉得蘑菇有可能沿原路钻到地里去了。

我曾经研究过草地上的蘑菇，看它哪里安着定时装置，撕开它的腿儿和伞，找出一个类似芯片的东西。没有，之后我把它吃了。吃掉蘑菇后，人的时间观念会改变吗？我没感觉。它进了我的胃里，就哪儿也不能去了，胃的下边是肠子，没有什么原路。蘑菇的名字不像植物，它像鸟儿或奇异人物的名字，鹧鸪、三仙姑。我有一个同学名叫何美姑，把辈分放到名字上是不是搞破坏啊？况且她不美，俩眼睛如眼皮上粘两片葵花子皮。我叫她何不美，何美姑这个名让她爸叫吧，他起的，原汤化原食。

蘑菇们是儿童，至于它们是哪一种族的儿童就搞不清楚了。它们身上也许有许多血统——树的、伞的、蛇的血统——这个事可以先放一下。蘑菇们来森林草地游玩，蹚过沾满露水的青草，寻找从天上遗落的鸟的羽毛，找刺猬或腹蛇蜕下的皮。说蘑菇长不大是因为怎么看它都不大，它没有长大的样子。如果蘑菇长到松树那么高就等于长出了一座房子。小蘑菇跟雨有关，小时候，我上学那个胡同雨后车辙里的积水里浮游一只只小生物，如西红柿籽那么大，也那么晶莹，人称“玻璃牛子”。问别人：玻璃牛子从哪儿来的？答曰：雨水里带的。可是，从我离开那个胡同，在全国各地的雨后再没见过像鱼眼睛一样、被我们捞进罐头瓶里养的玻璃牛子。可见，只有赤峰市从房产科到汽车站之间那个胡同降雨才降玻璃牛子，这是确定无疑的。我一直怀疑雨水里藏着不为我们所知的东西。在敖汉旗一处沙漠，雨后，沙丘上洗脸盆大的水坑一定会出现小鱼，两三寸长，脑袋尾巴是全的，尾巴摇摆。这里是沙漠，除了蜥蜴外，没任何生物。鱼是从哪儿来的呢？像压缩饼干似的脱水鱼苗藏在沙子里？不太可能。沙漠干燥，被太阳晒得滚烫。一下雨就有鱼，太有意思了。我觉得这些奇妙的事情见到就可以了，千万别让所谓专家解答，他们煞风景。

蘑菇也是雨水带来的吧？可惜蘑菇不会说话。如它们可言，一定会承认。雨水像播种一样播撒着奇里古怪的东西。包括我怀念的玻璃牛子。蘑菇是雨水带的，还有木耳。我甚至怀疑许多果树根本不会结果，是雨水落在它的枝头上变成了果，比如樱桃。我看桑葚也是，它的小籽跟鱼子一样，完全不属于植物，也许跟玻璃牛子有一点儿血缘关系。春雨在果树枝头悄悄点了种，道理跟嫁接差不多，现在叫转基因工程。果实在枝头悄悄生长，由小变大、由青变红、由酸变甜。山楂由酸变得更酸。果树的作用只是用树枝举着它们而已。

蘑菇你承认吧，你是雨水的孩子。你告诉我们是谁给你起了一个鸟类的名字，也是雨水吗？关于你的出身我们不再问了，可是你要告诉我们，在雨后的第二天和第三天，你去了哪里？会不会像海蜇一样被太阳晒得化为一摊水呢，蘑菇，你说话呀？

洋葱的衣服

蔬菜里面，衣服最多的是洋葱。或者说，洋葱没有身体，全是衣服。如果是紫皮洋葱，剥开外面的紫皮，里面的衣服还是紫皮。把它的衣服一直脱下去，它的衣服一直紫下去，最后剩一个纽扣大的、既不是核也不是芯的东西，像哨兵守在里边，这个东西长开了还是衣服。因此说，所有洋葱都是一个衣裳铺子，或衣服柜子。

洋葱在中药学的药性，有壮阳之效。谁生吃洋葱都要冒汗，性大热。但它怕冷，穿上了所有的衣服。而且它的衣服不分里外，样式色彩全一样，薄厚不一样。小时候，我们夜里翻墙爬上小卖店的洋葱垛吃洋葱。躺在洋葱上大吃，吃完一个再吃一个，跟吃梨差不多，把洋葱的衣服全吃了，不辣，甜而脆。现在的洋葱个个脾气火爆，再显能耐的人也吃不了俩洋葱。这是怎么回事？跟气候变暖有关还是跟排碳量增加有关，搞不清楚。也许是菜农加了过多的添加剂，把洋葱惹恼了，谁吃辣谁。

一次，我碰见一个在新疆生活的人，他说新疆的洋葱可以生吃，甜。我一把拉住他的手，问：“是真的吗？”他说真的。这下我放心了，世上还有温良恭俭让的洋葱、君子绅士洋葱，只是它们离咱们有点儿远。

科学资讯说洋葱有净化血液的功效。敏德尔博士那本风靡全球的《最具抗衰老效果的100种水果蔬菜》，对洋葱给予积极的评价。但洋葱怎么吃好呢？它总是太辣。有人说拿洋葱泡红酒既好吃又好喝，我试过。我戴上韩国产、著名的游泳镜，咔咔切洋葱，浑身熏出一层汗，但眼睛没事。在洋葱碎末上倒上红酒泡一个礼拜，问题来了。国产的中档红酒，开盖后到不了一星期就馊了，拿勺豁拉酒里的洋葱馊得更快。而且，你喝到的酒味道怪极了，这两种东西似乎不应该在一起混，混上就有不可思议的化工原料的味道。人说好多日本人正在喝这样的洋葱酒，他们太能自残了。

有一年，香港遭遇寒流，冻死了一位七十多岁的老人。他家里没有取暖设备，香港过冬一般用不上取暖设备。人们发现老人身上穿着所有的衣服，共十一层，除了两件西服外，其余全是衬衣。这么多衣服也没帮他保住体温，他以洋葱的样子溘然离世。

服装科学里面有一门人体工程学，其中说衣服和保暖之间的关系。该学认为，若想有效保住体温，不在衣服厚，而在层多。保暖的不是棉花、棉布与皮革，是每层衣服之间的空气层。由此，服装学里还有一门学科叫空气气温学，阐示为什么穿很多层衣服会保暖。其实这门科学从仿生学而来，鸟类的羽毛就靠空气层保温与排热，它是一个系统。

现在专家特别多，每一种学科派生出分支学科，分支再分支，简直就像洋葱一样，繁复之极，内里什么都没有。

姜 汤 记

过去，渤海边上有一个姜国，产姜。该国的人忽视姜，爱说“简直像姜一样微不足道”。

有个聪明人，叫鲜于姜。他听说海对面有一个翠国，产翡翠，却没有姜。鲜于姜雇了一条船，满载姜，准备赴翠国。离岸前，戍兵告诉他：“如果你回来的话，身上要带姜，否则不准入境。”

鲜于姜想：这算什么？简直像姜一样微不足道。

到翠国，这里的人起初不懂姜，以为是无刺的黄仙人掌。鲜于姜演示：泡姜枣茶，治妇女妊娠恶心。姜末与扇贝同嚼，简直妙不可言。所以说，姜成为翠国的贵重之物，人们见面先问：“今天你吃姜了没有？”国王巴图翠经常说：“简直像姜一样重要。”许多人改姓姜，女人的名字变成姜女、姜兰、姜梅。

姜给鲜于姜换来翡翠、祖母绿和琥珀。至于他手里的黄金，“简直像姜一样微不足道”。浪漫的事是，他用五公斤干姜娶来一位美女，腰围只有六十七厘米。他身上最后一块姜缝在裤腰上。一次，有人用夜明珠乞求换他腰里的姜。怎么能违背市场经济的法则呢？换。他的财物里又多了夜明珠。

鲜于姜过上了骄奢淫逸的生活。没多久，他开始怀念祖国，眼里常含着泪水。终于，他准备回姜国。鲜于太太可能吃姜太少或腰围太细的缘故，不想同往。鲜于姜怒曰："你以为你是谁？我有这么多珠宝，回国能娶八个像你这样的媳妇。小样儿吧。"

珠宝装满船，启程前，鲜于姜向送行的国王和人民发表演说："我日夜听到祖国的召唤，这并非幻听。像姜离不开土地一样，我要回国。再说也挺长时间没吃姜了。我会想念你们，美丽的翠国。"他用目光找到人群中的前妻，瞪了一眼。

国王说："你的到来，简直像姜一样重要，希望你回国后多给我们运姜。"

鲜于姜渡海回到姜国，第一件事是跪下亲吻这片长姜的土地，然而被戍兵拦住，让他出示姜。姜？没姜了。他解释，自己祖祖辈辈是姜国人，说出自己父母姓名和绰号，用方言唱了三首姜国民歌。不行！戍兵手指墙上标语：非姜莫入。鲜于姜哭、闹、打滚儿和抽风都没能打动戍兵的心。没办法，他只能返航回翠国。

谁也想不到，风浪打翻了船，珠宝沉入海底，鲜于姜与船夫抱着破船板漂流到荒岛，用三个月的时间扎了一条筏子，回到翠国。上岸后，他成了穷人，像姜一样微不足道。更可怕的消息是，翠国人用姜芽培育出更多的姜，开始说"简直像姜一样微不足道"。

鲜于姜流落街头。一晚，他在庙里借宿，对和尚讲了自己的际遇。和尚说："人生其实就是交换，用美貌换钱财，用才能换地位。但不能换出自己唯一的东西。唯一就是所有。"

鲜于姜听不懂这些话，问："有姜吗？我煮点儿姜汤喝。"

和尚说："嗨，姜啊，墙角多了，随便煮。"

西 红 柿

在我长期喜爱的东西里，有一样是——

西红柿。

我甚至为它着迷。如果我看到哪一个人站在路边，弯着腰，忘情地吃一只西红柿时，就感到他是自己人，是“我们”。

而“我们”在吃过西红柿后，手向地上甩汁水，以袖子擦腮，更令人感到亲切。假如真的有一位上帝，它看到子民这样享用造物的恩典，一定会高兴。这样吃柿子，与喝柿子汤、在桌边文雅地吃糖拌柿子完全不一样。当一个人腮边没有沾上西红柿的汁液，那珍珠般莹润的西红柿籽没有在牙齿间上下飞逸时，仿佛还没获得更大的幸福。即使如啖西红柿，幸福亦有大小之别。

我吃柿子前，掰开，看。赞美它们。在鲜红的西红柿的穹窿里，绿莹莹的籽像小粒的翡翠排成一个小金字塔，也像杂技演员叠成的罗汉。这令人欣喜，和其他果蔬比，这个情况似乎藏有更多的秘密，比杏与葡萄肉更神秘。我有时对站在顶尖的西红柿籽说，小心，别掉下来！每个西红柿里都有五个装籽的房间，泛黄光的小籽像小鸟的眼睛，滴溜溜地。它们像议员一样，在五个大厅里表决秋天的事情。

我的朋友赵世民是乐评家。有好几次，我赶到他在鲍家街的居所时，都见他笑着，进厨房取一只大红柿子，掰一半给我。接过来吃，特朴实，虚情假意的东西一点儿都没有。他吃完还拍拍肚子，更加“我们”。而后的谈话是轻松愉快的。那年赵世民生病不能下楼，其兄大踏每天都为乃弟送柿子。

西红柿还有一些奥妙，譬如其番茄红素对前列腺大有补益。但我们不图这个，只为了稀里糊涂由口至腹的美感。

有一次，我到一位高官府上去。高官客厅里好吃的有的是，譬如镶花生仁的红枣等，荔枝成筐。高官挺客气，问：“吃点儿啥呀？”我说有柿子吗？高官宽和地笑了，进厨房取西红柿。我从其不易察觉的叹惋中，看出他对我的怜悯。大约是：天下之大，品尝美味竟有未出柿子之右者。

绿屁股柿子

神经哲学家（亦称哲学神经学家）说，人的潜能与他所运用的显能相比，后者只占百分之二左右。也就是说，每个人都揣着百分之九十八的潜能浑浑噩噩地度过了一生，自己不觉。

我闻此学说挺惊讶，还有那么多的潜能没发挥，岂不是捧着金碗讨饭吃么？一定要把它们找出来运用。我坐那儿想潜能。潜能，出来吧！闲着也是闲着。但潜能不动声色，要不咋叫潜能。我回忆自己的显能。胡琴、笛子，水平太一般。作曲，我七岁的时候作过一回曲，时比莫扎特大两岁，曲名《拉风匣之歌》，中速，进行曲式，降B调。但没唱出去。我给朋友演唱此曲，还没等唱到副歌——副歌是一首歌曲中最好听的部分，朋友翻着白眼说，像你这种曲，我一天能作一百首。而后，我从作曲界全身而退。其他的显能是当车工、在农村起猪圈、套车、给果树喷药，都没啥了不起。

潜能应该是超凡脱俗的洞察力。我也有一些洞察力，这是针对香瓜而言。别人挑香瓜，用鼻子闻，还有人用手掂量；我挑香瓜，目光一扫就把筐里的好香瓜纳入眼帘。一指，这个、那个，上秤一称，完事。有一次，我对卖香瓜的人说：“我把香瓜挑完之后，你干脆回家，剩下的没法吃。”那人（一农夫）眼光发亮，用粗黑的大手捧着我的手说：“大哥，我算服了你了。”什么是“服了”？即在实践中自然而然形成的威信。我在香瓜界威信挺高。

我与香瓜在心灵中形成默契，像组织部与干部之间的关系一样。谁好谁坏，一看就明白，还用闻、用捏吗？笑话。吾妻乃香瓜发烧友，她见了香瓜一般是一口气连吃四个，吃的时候表情专注，另一手像女游击队长一样掐着腰。她自己也挑香瓜，但水平没法跟我比。她对我作一赞语，赞曰：你挑香瓜可比写散文能耐大多了。

除香瓜外，我的另一洞察力是挑西红柿。好柿子有棱，不是红色，而是粉里透一些白。还有一特点是屁股要绿。那些像猴屁股一样的红屁股柿子不是用了催红素，就是摘早了捂的。绿屁股柿子乃天生丽质，皮厚汁多。吾妻在吃香瓜的时候，我一般在吃西红柿，也是三至四个。吃完，我想象着莹洁的、像鱼子一样的西红柿籽在我肚子里游行，是一件高级的事情。有此潜能，我也该知足了。

腊菜缨子下酒

我饮酒遍尝百味，都不入口。

说遍尝百味，很有吹嘘自己是大员外的意思，其实没这个用意。“遍尝”是有酒就喝，随梆唱曲。“百味”在于所吃之物啥玩意儿都有，蝎子甲鱼，林林总总，并不由个人掏钱。而“不入口”，责任在我命贱。若在旧社会，我顶多出落一个土包财主——好东西吃到嘴里不知道啥味，也许是酒精把舌头味蕾的武功给废了。

近日吃一物，曰好。吾妻之友赠腊菜缨子一束，用盐渍过，淋淋漓漓深绿而近于黑。一嚼咯吱咯吱，如老鼠啃办公桌脚。

这玩意儿好吃，尤其下酒。首先它浑身一股浓郁的乡土气息，像沈阳举办的秧歌节一般。憨，是一味，有布衣荆钗的纯朴；粗，又是一味，无须精细烹饪，不妨下锅一煮。这种风格，与东北汉子和东北人惯饮的高粱烧都是一种神韵相近的契合。

腊菜缨子有一个雅得引人发笑的学名：雪里蕻。这已令人不知所云，而“蕻”是茎的意思，联在一起，便有诗经般古奥了。用它炖豆腐，一白一绿，暗自传味，相得益彰，两者可作恋人观。而腊菜缨子下酒，亦如老夫少妻，泼辣与体贴、热肠与温口，见得出一段恩爱。

嚼腊菜缨子适合回忆农村的事——烟笸箩、火盆和烧秸秆的香气，主人披黑市布棉袄沿房山墙转一圈儿，干咳两声，寻个暗处撒尿，回头再给槽里之马添一把豆饼渣子。

喝烧酒辣得人张开大嘴直哈热气，心也暖了，肠也热了，皱着眉头看窗外那棵光秃秃的杏树，心里默念节气：三九添一九，黄牛遍地走。

在城里，嚼腊菜缨子下酒，眼前竟有恩恩怨怨的台湾电视剧。嚼一阵儿，左顾右盼总好像不是滋味儿。

节日晚宴之鱼肉篇

傍晚际，我、图嘎和梅林三坐在连部门口的松木垛上，远看西山晚霞，盼：快黑！天快黑！这天是中秋节，入夜即有盛大的宴会。而晚霞如徘徊台上的坤伶，如一时无法撤离的队伍，如滥用酒精者的面庞，不退。

这是“五七干校”，时在1970年或1972年，当然是20世纪。而我们，是被当地工人农民称为“干校的狗崽子”的小流民。

天终于被狗崽子们盼黑了。我们搬桌子——把桌子从屋里搬到空场上，一个挨一个对好——摆凳子。有人举手把电灯挂在柳树上。其实我想知道那人怎样把电灯从顶棚上拉到外面，忙蒙了，没看到。大人们高兴，无端相互嬉笑。我妈是二排的，我爸是四排的，文工团是三排，电台是一排，博物馆和机关学校是五排。而一会儿桌子上将摆满平时吃不到的好东西。我们像兔子一样窜奔于厨房和各排之间，把资讯报告给大人：炊事班在炖什么、切什么、炸什么、蒸什么、收拾什么。

大人变得友好，低头看我们，开口：“聪明啊，这帮孩子。”

他们馋得善良了。平时——就我能够理解到的——他们互相揭发、批斗。意思是这样：老甲从老乙枕头底下搜出一封信，撰信人乃老乙老婆，信中若写“寂寞，生活困难，想你啊”一类的词的话，老甲报告工宣队，老乙就要白着脸筛糠、检讨、涕泪，因为这些词在破坏“伟大的五七道路”。而过关之后，老乙自会搜集老甲的反动罪行，而且一定会搜集到。比如老甲用报纸揩屁股，老乙仔细观察此纸，如污“革命”字眼，交工宣队，老甲便筛糠。

我们呢，也不搞庸俗的戏耍了。这些戏耍是在山野与驴赛跑、观驴做爱、劝驴做爱、捉刺猬、看刺猬那张猪脸、用柳枝抽水里一蹦一蹦的虾子。今天好啊，宴会。那天我第一次听到“宴会”这个词，宴——会，多好听。过去只“会咽”。桌子摆出来，一百多人吃饭，上悬电灯。这是什么？宴会。头天晚上，我在厨房凝视一条一百多斤的花鲢鱼，比我高，吊在梁下，脊背划开一刀，白膘半尺多厚。肚皮因为风干起了细小的皱纹。那鱼看着特高贵，流线型，像古代的展览品。后来它变成了碗里傲慢的肉块，跟豆腐炖，刺儿像骨针那么粗。

电灯下，大人们互相敬烟、开玩笑，我们钻桌子。说着，菜端上来了，用脸盆，各自以碗盛取。计有：

豆腐炖花鲢鱼、油煎滑子鱼、海带炖草鱼、萝卜炖鲫鱼、洋柿子炖鲶鱼、白菜炖鲤鱼、芹菜炖鲳鱼、韭菜炖鳕鱼、菠菜汤、西瓜皮拌虾米皮。另有什么珍馔佳肴，因为是上一个世纪的事儿，记不太清。但记得上菜时，文工团那边喊：乌拉！

我赶紧跑去看，以为“乌拉”端上来了，后来知道这是学苏联人，高兴喊“乌拉”。不高兴喊什么呢？大人没告诉我。

乌拉端上来之后，又端上许许多多的乌拉，红洗脸盆、黄洗脸盆、白洗脸盆、绿洗脸盆，冒尖的菜肴转瞬进入饭盒，转瞬入嘴入肚。人们盯着饭盒唇齿翻卷，无一人言语。人若有两张嘴、三张嘴、四张嘴，也倒不出空儿说话，均被鱼堵满了。一个人说话，手拿一张纸。有风，他用手按在桌上念，这是工宣队长。说什么，听不清，最后一句是：“毛主席革命路线胜利万岁！”

全连人停吃，把嘴里东西胡乱咽下，喊："毛主席革命路线胜利万岁！"接着饕餮。

最好玩的是两个家伙喝醉了。一个报社的，叫明春，平时衣冠俨然，爱念诗："去年潼关破，妻子隔绝久。今夏草木长，脱身得西走。"老念，我、图嘎、梅林三都会了，接续："麻鞋见天子，衣袖露两肘"。他听了，说："对，对。"那天晚上明春喝果酒，颧骨和眼皮全红了，对着曙光他妈手微微伸出，说："我爱你呀！"曙光他妈回："你也不看这有多少人！"

另一个防疫站的人双手挠自个儿胸脯儿，血印像铁丝网刮的。

我们吃饱了，手摸溜圆的肚皮，尾随二排的几个人到水库边上。水库阔大，高崖临波。他们唱苏俄歌曲《纺织姑娘》等，使我知道人在饱腹之后也有忧伤。波浪仿佛抢听歌声，一排排挤过来，触石而退。我在想，明春竟会爱上曙光他妈？他妈牙齿稀黄，播音员。

后来，干校的多数人回城了。一天晚上，我和图嘎坐在空场上看月亮。图嘎突然仰倒，手捧头，说："宴会多好啊！"我也认为好，没说。一栋栋房子空了，门窗敞开。不住人的房子像一群傻子在荒野行走，丢失了灵魂。

十七岁口福

我十七岁的时候下乡了，当知青。

据说写知青生活不仅不时髦，而且已引起文坛前卫人士的愤恨。他们愤恨知青作家在文中流露的理想、纯洁信念和亲历的苦难。那么，我写一些知青生活中琐屑的事情，譬如吃。

吃

玉米面发糕。

“糕”是一个高级词，仿佛是富有滋养与滋味的上等食品。但玉米面发糕就不上等了，玉米掺水，在盆里搅稀发酵，上锅蒸。熟后刀切成块——若有艺术观点亦可切成菱形。剩下的事就是吃。

我们——赤峰县东方红大队的知青们，收工后或蹲或站吃这些黄澄澄的大发糕。味道——最奇怪的事情在于——我当时与现在无法指出它是什么味道，因为饿。我们知道白面馒头香，烙饼更香。但不知发糕是什么味道。为什么饿呢？难道粮食不够吃吗？不是，赤峰县东方红大队是全国农业学大寨的典型，甚至联合国的黑人都参观过，亩产吨粮，粮食怎么会不够吃呢？青年点的学习室堆满了玉米，随便吃。

饿是因为累的。

我们早上四点钟起床，吃发糕然后下田劳动。十点钟发糕液化成汗蒸发，再吃发糕。中午收工，当然正规地吃发糕。晚上还吃。吃完学马列主义，而后再吃发糕。

菜嘛，只一种，咸菜疙瘩。把咸菜疙瘩切成条是高雅的吃法。多数人——包括我——赤手从缸里捞一个吃就是了。知青中的有钱人，譬如当代课教师的人，花一角钱买两棵葱，捏成段儿，有白有绿的，泡在酱油里佐餐。

哼！这是我们鄙夷这些小资产阶级分子的奢侈生活而从鼻孔里发出的愤慨。但我们也知道，葱儿比咸菜甚至咸菜条都好吃。

我们一年四季只吃这两样东西：发糕与咸菜。

到了十一，即国庆节，我们将吃一顿白面馒头。这是党中央、毛主席送给广大知识青年的关怀。毛主席万岁！每到十一，我们青年点都会响起这样的欢呼声。

的确如此，白面如果不是毛主席给我们的，还会是别人吗？难道是金日成？不可能。我们心花怒放地吃白面馒头，吃了还想吃，只叹自己只长一个胃，恨不能把肚子剖开，把肠子之流掏出去，全装满馒头。吃饱了，我们还盯着馒头看。这么好的玩意儿，竟无人吃，孤零零地放在锅里。可惜呀！

还是回到发糕上。几年前，我们知青聚会，说那时咱们每顿吃多少发糕？大家闷头想了半天，说一般是二到三斤，一天吃十来斤。大窦有一次吃了四斤。

四斤。我们觉得难以置信。大窦这家伙唱歌只一句：“我爱这蓝色的海洋……”带哆嗦的，第二句他唱不上去。过半天，还是那句“我爱这蓝色的海洋……”你不得不在心上给他续上第二句“祖国的海疆壮丽宽广……”他唱多少句，你在心里续多少句，要不难受。这家伙一顿吃四斤发糕。

我们在二十年后聚会的时候，面前摆满各种菜肴，但无人动箸。大家皱着眉头、撇着嘴，思索自己当年吃二三斤发糕，大窦竟然吃了四斤，成什么人了？

大窦现在干啥呢？我问。别人说他在发电厂看仪表呢。

喝

喝就是喝白开水，大锅烧的，凉了，用白瓷碗一舀，喝。其实喝凉水也无碍，但凉水与发糕宜酿成烧心之势。

除了白开水之开，在青年点没什么喝的。

知青中有位回民，叫八哥。回民喜饮茶。这小子有一次不知在哪儿弄点花茶末，纸包纸裹的，哆哆嗦嗦倒进大缸子里，准备在屋里偷着喝。

八哥平日踮着脚走路，显轻捷，爱边照镜子边挤眉弄眼；爱清洁，每天劳动毕，用手巾把全身上下擦一遍。有一回，他屋的王又林在门口扔了一块西瓜皮。八哥端着脏水准备往外倒，嘴里哼着小曲儿，“哎，哎，哎……”他端水踩在西瓜皮上，双脚急剧错动，像在传送带上往后跑一样。终于，八哥把水全都泼在自己胸口，而且屁股坐在了铁锹上，锹把反弹，击中后脑。总之，那回他倒霉了。

八哥把茶沏好，没舍得立刻喝，端到窗台上，等待下色并观赏。

“快来呀！”走廊有人高喊“八哥偷喝茶叶呢”。随即，脚步杂沓，人们如抓一个反革命分子一样冲了进来。

八哥端着茶缸子，想藏没地方藏。想放炕席底下，不行，炕洞里，也不行。水这玩意儿最不好藏，你不能把它倒箱子里锁上，或倒进鞋里穿走。

“八哥！”我们义正词严地喝问，“干啥呢？”

八哥只好停止炕上炕下之躲闪，把茶交了出来。于是，一人一口，转瞬，八哥之珍饮罄矣。

王又林喝一口，假装厌恶，“呸”地吐地下，说“什么破茶”。

八哥盯着地上那块湿，拍着大腿说：“我的茶呀！”

大伙哄堂大笑而去。

在青年点，我们别的没喝过什么，白酒喝过一次，太难喝。啤酒，大队书记外甥女结婚时喝过一口。酒装在碗里冒沫，一人只让喝一小口。

其实，我们也知道世上有许多好喝的玩意儿，毕竟是“知识”青年。我儿时，泛读过一点儿法国小说，知道一点儿什么“马爹利”、“杜松子酒”、“朗姆酒”之类。给他们讲，这帮家伙全听傻了，一劲问：

“好喝不？好喝不！”

“啥味？啥味？”

我开始瞎编，说朗姆酒是苹果味中含有樱桃味，杜松子里兼有香蕉、葡萄和牛奶三种味，把他们馋得翻翻乱滚。

我记得，当时白险峰站在炕头豪迈地说：“赶明儿，爷们儿挣钱了，先买一瓶杜松子酒喝！”赢得了大家敬慕的眼光。

酥　饺

我来武汉参加一个活动，住在江湾的酒店，凭窗就见长江。江水没有白浪碧波，实如宽而长乃至无尽的水泥大道。仔细看，才看出轮船缓缓移动。

电梯里遇到一位外国小伙子，他羞涩地、欣赏地盯着我T恤上的字。笑，又看，接着竖大拇指，说出一句令我惊讶的话——牛×！

T恤上的字是：RUN TO SAVE ENERGY，意为："跑步节省能量"。上半年，这件T恤伴我在德国出尽风头。我爱好跑步，跑步怎么会节省能量呢？言外之意是身体力行节约能源。这对金融危机下的欧洲人来说，简直是济世箴言，德国人甚至跟我合影，以为我是上帝派来的使者。我不懂英文，这15个字母有这么大的威力，始料未及。

电梯相遇的小伙子也是德国人，名蒂森，是"河面蜻蜓"摇滚乐队的键盘手。他来中国才两天，却会说十几句重要的中国话，包括牛×。我和他坐在长江边的展亭里聊天。聊天不如说哼曲——他和我各自哼唱自己喜欢的旋律，斯美塔那的《我的祖国》、鲍罗丁《在中亚细亚草原上》，还有邓丽君。他没听过，唱我更没听过的德国歌，有一首我熟悉，是舒伯特作曲、莎士比亚词的《听，你听这云雀》。我们聊得很高兴。

回酒店，床上摊着会议发的茶缸、T恤和帽子，制作得很考究，鲜艳。

这些东西我用不上，把打扫房间的服务员找来，送给了她。

女服务员四十岁左右，对这几件小礼物很惊喜。她扭捏地拿来一张纸、一支笔，说："我们不可以从酒店里拿出任何东西，请你帮我写个证明吧。"

她叫张爱梅。我说是恋爱的爱吧？她脸红了，说热爱的爱。我写了一个证明给她，张爱梅鞠躬致谢。

第二天一早，我在酒店大门外遇到一个女人对我笑，她可能认错人了。她穿一件白碎花纱衣，蓝裙子，是的，我不认识她。她也许是会议工作人员，我也笑笑。这个人突然递我一个塑料袋，说你尝尝。

见我不解，她说："很好吃的，酥饺，我手工做的，几十年见不到的。"

我凭什么吃人家几十年见不到的手工酥饺？我问："你是……"

她笑了："张爱梅。"

我说恋爱的爱，她脸又红了，说热爱的爱。

她说："我女儿非常喜欢那件T恤和帽子。尝尝酥饺吧，我昨天专门做的，今天休班，特意送来，不能进大厅。"

"女儿多大？"

"十七，上高中。"

"你等了好长时间？"

她点点头："一个小时吧。"

我隆重地把酥饺捧进房间，打开。油炸的，金黄，裹一层白粉。白粉是用糯米和白糖一块儿磨碎蒸好的，张爱梅昨晚去乡下亲戚家取来的。这种武汉小吃几十年见不到了。

我尝了一个，其余送给蒂森。过了半小时，蒂森满面红光地到我房间，并排竖两个大拇指，说："太牛×了！好吃要你的命！"

我笑了，没解释这事的来龙去脉，用旋律也唱不出来，除非是柴可夫斯基。蒂森从怀里掏出一样东西给我，说："明天回国，这个送你。"

这是一样电子产品，是互译发声十国语言之机器。我打算把它送给张爱梅的女儿。

问服务台她哪天上班，回答张爱梅请假半月，侍候重病母亲。

离开武汉的时候，把这个互译通装进行李，不免怅然。我舍了T恤得了酥饺，舍了酥饺得了互译通。回去后，要把互译通寄给张爱梅，是她应得的。

人体的盐

我见过喝酒吮一根钉子的人。钉子被盐渍过。他喝一口酒，抿一抿钉子，神色快活。

钉子半尺长，别人说是棺材钉子。我问："棺材钉子咋这么长？"说："短了钉不透，你没看棺材板子多厚。"

我见过棺材，一头高一头低，顶盖有半尺厚。我对棺材的畏惧，由钉子而来。这么长的钉子钉上，人（假如没死的话）再也别想往外爬了。

这人在当院喝酒，搬一把椅子，坐中央。酒瓶放在右边地上，无盅，钉子攥在手里。人说，钉子也不是他腌的，偷放人家咸菜坛子里稍带而成。他架二郎腿，穿毛背心，披中山服（四个兜），还留着分头。

我远远看他喝酒。喝的时候用力，有"嗨"这么一个尾音帮衬。喝完，吮钉子。吮在吾乡叫咂摸。他手执钉帽，在口唇间横着一顺，由左至右——"滋溜"。他顺一下我跟着咽一下唾沫，用现在的话叫心仪。我想，天下好事莫过于喝酒吮盐渍钉子。滋溜、滋溜……

我跟我妈说——在秋天的时候，各家腌咸菜——咱家也腌点儿钉子吧。

我妈吓了一跳——"腌钉子？"

我爸说："钉子还要腌吗？钉箱子、墙上钉钉挂帽子，难道要提前腌一下吗？嗯？”

“嗯”很吓人，我爸一说这个，就要搞家庭暴力。我逃跑，不再提这个事。

后来，我妈小声问我：“腌钉子干吗？是科学实验吗？”

科学实验？我妈太高看我了。我没说，说则招羞。他们形而下惯了，缺乏栖居诗意。腊菜缨子能腌，钉子为什么不能腌？守旧。

后来——后来就是摆脱了童年时代，长大成人——喝酒的时候，我常奇怪地想起盐渍钉子的事。甚至想，饭馆突然加一道菜——盐钉子，放盘子里，滋溜、滋溜，也蛮有创意。我跟一位饭馆老板说过这个创意，他笑笑未语，水平停留在我妈那个阶段。创新很难啊！

故事说，哥俩进餐就一条咸鱼。“就”，乃佐餐，不是用嘴，而是眼光。其父规定，吃一口饭看一眼咸鱼——鱼挂在房顶。弟弟多看了一眼，哥哥举报。父怒：“咸死他！”这是笑话，见于《笑得好》之类的书里。而我看到的盐渍钉子是写真。我想，盐啊，实在是至味，不说钠与钾对人体细胞壁平衡的道理，它是人离不开的东西。我小时候读书，知红军给民众带来了盐巴，穷人膜拜。我激动地取盐粒含在嘴里，分享他们的快乐。盐是什么？五味里面，它是一种精神。甜者绮靡，酸者旷远，苦者尖刻，咸乃中正之味。盐的味道如同讲述一种道理。有一个人（纽顿）说，人和星星、小鸟的区别是什么呢？这话把我问住了。星星和小鸟区别本来就很大，它们和人又有什么区别呢？纽顿说，人体有盐。好啊，说得多好。人的身体里有盐，人有了盐则沉稳、不轻浮。盐是多好的东西！感谢上帝，让人需要盐，然后有了盐。

我听说，藏獒原本不咬人，一旦咬了人，见人就要咬。为什么呢？因为人的血液中的盐刺激了它的“咬欲”。所谓嗜血，实为嗜盐。专家说，像藏獒之类的动物从来没有品尝过像人肉这样的美味，“美”的意思是有盐分，吾乡叫“咸淡”，好像说，人是带佐料而来的。但我不知道，在哺乳类动物中，只有人类的血液中有盐吗？祈高明人教我。想到这个，想一旦遇到藏獒的时候，当它箭一般蹿出直扑我腿肚子的时候，诫之曰：我这有咸菜。嗖地扔出一袋六必居咸菜。你们（我说的是藏獒）既然这么喜欢盐，别掏人腿肚子，这多不好，吃吃咸菜就行了，但别吃太多，影响血压。

盐和水晶

我刚上中学，我爸拿来一本书，说这本书你要好好读一下。他并没解释为什么是我——而不是别人——要好好读这本书。书的名字现在想不起来了，作者却记得：李若冰。此书用现在的话说叫散文游记集，写青海的风光物产。

我开始好好读这本书，大约看了十遍，对青海心驰神往，最神往青海的盐场。盐，对我而言是房后国营小卖店木柜里的青盐粒。在青海，盐的面积比广场还要大，有盐的房子。我回想，我最想住进盐的房子，它差不多就是一座水晶的房子。小时候，我不知世上有没有水晶，以为它只是一个名词，如凤凰这个词，只在词里存在。我觉得世上有两样东西靠近水晶——盐和玻璃，我想来想去，玻璃太通俗而且断面是绿的，水晶就是青海的盐。

我开始向往青海。我在脑子里给青海盐场添加了李若冰没写过的东西：盐的房子前有一棵树，结着红盐和绿盐，上面落几只白羽毛的鸟；红盐甜，绿盐酸，它们是小白鸟的冰糖；盐房子里生火，烤不化墙壁却冒出香味；如果在盐的地面撒一层葱花，味更香；从屋里往外看，地面盐的缝隙长出青草，水从盐下面流过去，声音如琴筝玐。

我没怀疑过自己的幻想，想多了就成了真的。前几天，我读报上的医学资讯，说乌克兰修建了许多盐房子，病人住进去治好了哮喘以及皮肤病。看到这条资讯，我的反应是：我在盐房子里住过。仔细想，我怎么会在盐的房子住过呢？我连见都没见过。这使我想起了少年看过的李若冰的书。李若冰是陕西的一位散文家。

现在，我的年龄可以让我分清盐和水晶，还知道世上有人造水晶。盐的化学名称叫钠，饼干和甜饮料里都有钠。假如实施严格的自我健康管理，含钠的食物都不应该吃，它是高血压症主要的诱因。有些患者毫无道理地把此病归于遗传，医学文献介绍，高血压与遗传无关，它是系统性疾病，不是一个器官而是多器官发病。

我要说的并非盐的罪过，而是盐的神秘。如果它算一种石头的话，这是多么神奇的石头。“味”这个词，说的就是盐。汉语极为精妙地用“轻”和“重”形容盐在食物中的容量。盐溶于水，溶量饱和之后，水把人漂起来，死海就是这样。盐在人体里的作用是平衡细胞，它强烈地吸水，保持细胞内水分充足，医学称之为潴留。而钾会把多余的水分排出去。

盐比土有思想，比石头多一份灵魂。盐是在人体每一个细胞都旅行过的精灵。盐可以透明——譬如它化于水中无一丝痕迹，但盐粒却是半透明的，如眯着眼睛看世界。盐比砂糖更白，盐粒无论多细小，在显微镜下都是锋棱的晶体。盐有一肚子话却不往外说，尝一下才知道它很“重”。中国人爱说“道”这个词，但并没多少东西得道。道在哪里？或许在盐中。盐在高血压症中的作用，是人的错而非盐的错，错在未得中庸。

水晶这个词，只是“水”字用得好。说透明的晶体怎么说？说它水晶。水晶在石头里是不说谎的人，像沉睡的石头突然睁开眼睛。水晶使冰糖变成了庸俗的模仿者。水晶所想，是混沌的石头想透明也可以透明。

盐和水晶是物质界浪漫的分子，也许它们仍在进化过程中。在特定的条件下，比如光速下、纳米下、高速撞击或超高超低温度下，它们会变成更高明的东西。换一种说法，地球上的一切都是碳的不同表现形式。

瓜　子

对蹲监狱的犯人来说，真正的节日，是有人来探视。

监狱里的伙食以及文体设施无论多么优良，也代替不了来自外界的一点点东西。探监的人不仅携来吃的用的，还有亲人之间面对面的交流与瞩望。

监管人员常说，无人探监的犯人，改造最难。犯人在刑罚期间的自新，劳改部门称之为“改造”。

一位来自贫困山区的老母亲，经过乘坐驴车、汽车和火车的辗转，探望服刑的儿子。

在探监人五光十色的物品中，老母亲给儿子掏出用白布包着的葵花子。

葵花子已经炒熟。老母亲全嗑好了，没有皮，白花花的像密密麻麻的雀舌尖。

服刑的儿子接过这堆瓜子，手开始抖。母亲亦无言语，撩起衣襟拭眼。

我不知道服刑的这人是老太太第几个甚或是唯一的儿子。他犯了盗窃罪，偷铁路上的月牙板。对老母亲来说，儿子仍然是最爱者。因为他是自己流着血生出来的，是用乳汁喂养大，在眼前一点点长高的。老太太不懂刑律，只知道儿子由于他个人的过失被政府押起来了。老母亲也许幻想过政府很快把儿子放出来，会在一个风雪之夜破门而归。 她知道这并不可能， 只有“刑满”才能“释放”。狱方人士说：“改造得好，犯人可以减刑。”于是她盼望儿子改造得好。

她千里迢迢探望儿子，卖掉了鸡蛋和小猪崽，还要节省许多开支才凑足路费。来前，在白天的劳碌后，在煤油灯下嗑瓜子。嗑好的瓜子放在一起，看它们像小山一点点增多。没有一粒瓜子舍得自己吃。十多斤瓜子嗑亮了许多的夜晚。

服刑的儿子在瓜子面前垂着头。作为身强力壮的小伙子，正是奉养母亲的时候，他却不能。在所有探监人当中，他的母亲是最褴褛的。母亲一口一口嗑出的瓜子，的确包含千言万语。儿子“扑通”给母亲跪下，他知罪了。

老母亲又撩起衣襟擦眼睛。

黑酥油与白酥油

我小的时候，曾祖母讲过一个故事，人死了之后，像旅行一样在路上走。走着，看到路口摆两碗酥油。一碗黑，一碗白。酥油白的好吃，细腻香醇。黑的粗粝，苦，酸。

一人只让吃一碗酥油。白或者黑。曾祖母说，吃了白酥油，能言善辩；吃了黑酥油，发傻，嘴拙，只说实话。

吃了酥油，人接着走。到达上帝的处所。上帝问：这一辈子你做了些什么事?

吃白酥油的人把自己说得像英雄一样，全是好事。

吃黑酥油的人也想夸赞自己，话到嘴边，全成了自我揭发。比如：骂人、偷过东西、嫉妒、不讲卫生等。总之，是一个很坏的人。

处所的人大笑，吃黑酥油的人羞愧着，但没办法，黑酥油比药还厉害，说不出假话。

这时，曾祖母对我说，孩子，那时你可别吃白酥油啊!

我以为她说错了。我正期待着上帝惩罚那个吃黑酥油的傻瓜。

“为什么？”

曾祖母说：“孩子啊，你在人间办的事，人家全都看见了。”所谓三尺以上有神明。

她说的“人家”，就是上帝他们。

“他们怎样看见的？”我问。

“你别管了。记住，人不管做错了什么事，都能因为诚实而被原谅。”

“后来呢？”

“后来，吃白酥油的人的舌头被冻在西藏的雪山上，距今已经好几百年。吃黑酥油的人重新回到人间，他就是你哥哥朝克巴特尔。”

朝克巴特尔是我堂兄，显然这是曾祖母开的一个玩笑。那时我以为是真的。朝克巴特尔脸红，永远带着傻笑。一次我问，你吃过黑酥油吗？他笑，不说吃还是没吃，显然吃了。

曾祖母是相信神灵的人，小孩儿也如此。长大之后，人们对这样的故事往往一笑置之。后来，我听到一件事，宛如这个酥油故事的现代版。

有一个熟人，多年未见，已经荣升司长。说话，他说到达今日得益于一次考试。那是国内比较早的一次政府官员考试，各种题答完之后，他被最后一道大题难住了。此题三十分，输赢定生死。

——简述唐代的防止水土流失的措施。

他绞尽脑汁也想不出唐朝有什么水土流失之计，最后叹息，写道：不知道。

发榜后，此题他得了满分。满分的答案就是“不知道”。而别的考生，疾书唐代植树造林之举，全零分。

据说那次考试由联合国有关组织参与出题，观察官员的诚实。

熟人说到这里，自谦捡了个便宜。

我说，考试前你吃过一碗黑酥油，然后讲这个故事。他大喜，连称诺诺。

第五辑 黎明的云朵

黎明的云朵

天刚亮的时候，天空是青白色的，颜色像玉石一样。树和草半隐半藏在阴影里。这时候太阳还没有出来，太阳不能一下子从黑夜里跳出来，那像是原子弹爆炸，吓人。太阳要在天亮之后缓缓上升。如果这个地方的东方有山，它就从山后边升起。如果有海，太阳从海平面升起。如果一个地方没山也没海，比如华北平原、松辽平原、成都平原，那就从平原的地平线上升起吧。太阳无私，在哪儿都照样升起。然而实话说，太阳愿意从东山后面，特别是有百丈危崖和苍松碧柏的高山后面初升，显出它光芒万丈。

我住在平原，太阳从平原的、住宅小区的楼房东面升起。在天亮了好大一会儿之后，东边的天空出现一条条红云，像红纱巾在地平线飘荡。你会问，云彩不是白云吗？怎么会有红云？日出之前，东方的白云被太阳的光线染红，变成了红云。刚开始的时候，云彩的红里面有一些蓝，有一点儿暗，桃红色。接着，云彩变成了绯红，绯红的云朵看上去很激动，很热烈。这一点儿也不奇怪，这些红云是太阳的锣鼓队，为太阳初升鸣锣开道，它们是太阳的先头部队。说红云是锣鼓队是一个比喻，它们手里没有锣鼓，只有万千红绸，在东方的地平线飞舞。

在这么美妙的欢迎下，太阳庄严地升起来了。人们说的红日实际是金色的太阳，它放出的光把天空染得通红，像炼钢炉一样。这时候，刚才说的红云变成了金色，匍匐在太阳的脚下。太阳继续上升，它的脚下堆积着红色的、金色的、粉色的云海，好像是太阳种下的花田。

云　彩

小时候，最羡慕云，认为它去过很多地方，饱览河山景色。那时候，以为只有空军军人才能坐飞机，一般人坐坐拖拉机已经很好。

我看到云彩每每和山峰对峙，完全是有意的，想起毛主席的词“欲与天公试比高”。而云彩常常在远处，也是我小时候奇怪的一件事。问大人：咱们咋没有云彩呀？大人支支吾吾，完全不关心这件事。我读过分省地图册之后，以为云彩也是中央分配的，一个地方多少有定额。显见，我儿时即有计划经济即体制内的思维特征。我所看到的云彩，其实是外地的。于是改为羡慕外地人，他们抬头就看到了大朵的云彩，多么享受。

后来，去黄山，见白云从脚下的山谷缠绵而过，真想往下跳。他们那儿的云彩实在比我老家多多了。当一拨儿云雾席卷而过之后，再看山峰，神色苍老坚硬。而云，连一片叶子也没有带走，无语空灵。

幼时，我相信云分为不同的家族。它们不断在迁移，赶着车，带着孩子和牲畜——自然去了一个很好的地方。云彩怎样看待地上的人群呢？人可能太小了，它们看不见。后来，我曾站在房顶上对着云彩挥舞一面红旗，并相信它受到了感动。

我爱唱一支歌：“蓝蓝的天上白云飘”，其实只喜欢这一句，后面的词属不得已。对着天唱歌尤其有意义，只是仰着颈唱歌，气有点儿不够用，老想咽唾沫。我曾对着云彩把此歌唱过好多遍，像献礼一样。

云的小村庄

头一回看到的哈萨克草原，是塔城的铁克力提。那里的丘陵草原跟内蒙古的牧区差不多。大块的云彩飘过，人们看到云的影子在绿草上飞跑，如黑色的马群。像内蒙古一样，这里的草原上会远远地出现一棵树，枝叶繁盛但不高大，它好像走不出草的包围，正在犹豫，在回忆一件事。这样的小树在早晨拉出长长的影子，好像一位矮个子君王从长长的地毯走来，地毯就是他的影子。

铁克力提草原到处是草的芳香，这是草、野花和被熊蜂扑散的花粉集体发出的香气。香气在鼻腔和喉咙涂了一层凉丝丝的空气的蜜，让人们想唱歌。我想起的第一首歌是——“流浪的人啊越过天山，走过了伊犁，你可曾看见过阿瓦尔古丽，我要寻找的人啊就是啊你，哎呀美丽的阿瓦尔古丽。”走过新疆才知道，天山有多么雄浑辽阔，人和动物在他面前就像蠕动的蚂蚁或比蚂蚁更小的微生物。而唱歌的人越过庞大的天山，仅仅为了寻找娇小的阿瓦尔古丽吗？办这么一件大事只为了两人相爱这么一件小事。在维吾尔族、哈萨克族人看来，翻越天山是小事，爱情才是大事而且是永恒的大事。这份感情不是人和天山比较出来的，而是旋律里唱出来的。只有越过天山的人才有这样广阔的忧伤。

草原上的小树在天边，从山坡背后站立。距离远得让它们彼此看不到，人们坐在车上可以看到。风向变了，云彩的影子往西边的草原移动，而那边有热烈的金莲花，它如油菜花一样鲜艳，但不是花田。它们按自己的意愿组合，变成小片或大片，比油菜花更野性。云彩的黑影遮住它们，金莲花似乎变白了，而绿草像被野火烧过一样黑。云影移过草地，看上去阴影没动，是金莲花和绿草从黑土里跳出来或逃出来亮出色彩。金莲花的花朵拉着前面那朵花的黄裙子嬉笑着躲避云的阴影。

一只鹰飞过去，让我感到这里是新疆的草原。我看到鹰是先看到它在草原上飞逝的黑影，如一只黑兔掠过。抬头看，一只鹰从头顶划过，它双翅宽阔，比身体宽几倍，翅尖向上挑起，如佛教徒用中指做的手印。我没见过鹰扇动翅膀，它一直在滑翔。空气对鹰来说是起伏的冰原，它从巅峰滑下来，只需滑下去就够了。鹰把人的视线引向天边，山川轮廓柔美，合抱着耀眼的蓝天。白云像洪水一样从山隘泻出。在新疆，白云包围了所有的山脚，如蒸汽火车的雾气围绕车轮那样。山显出高大，但近看并不高，只是山和云的关系好，隔一会儿拥抱一下。

世上有多少朵云？这问题真不好回答。一天之中，从铁克力提草原天空飘过多少朵云？谁也答不上来这个提问，上帝也忘了今天早晨往天空撒了多少朵云。大云被风撕成小云，有的云被山顶的松树挂住了胳膊，有的云在山坳里睡着了。早上出门的云在晚上回家时，它们的数量、形状、长相都不一样了。我喜欢云层里的灰云。灰云仿佛让天的蓝色含一点儿绿色，更湿润。草原在灰云下面显出深绿，好像里面汪着水。

云彩什么时候可以变成有用一些的东西呢？像棉花一样堆在地上，人钻进去散步或谈恋爱。冬天，把云加工成热云，在夏天加工成凉云。在云里安床，放桌椅板凳，拿鼓风机吹出一条道。云的地板是白色的橡皮泥，踩上去有弹性和香味。如果云足够大，人们在地面的云里建一座小村庄，建造刷红漆和绿漆的木头房子。在那样的屋子里，人们不看电视只吃棉花糖。

云是一棵树

我见过喀纳斯的云在山谷里站着，细长洁白，好像一棵树。我过去看到的云都横着飘，没见到它们站立不动，这回见到了。

旅游者很难形容喀纳斯的景色。喀纳斯不光有一个湖，它还有神秘的、用蒙古名字命名的黑黑的山峰，有碧玉般的喀纳斯河，有秀美的白桦树和松树。我喜欢把白桦树和松树放在一起说。在喀纳斯，白桦树和松树常常会长在一起。白桦树像水仙花那样一起长出几株来，树身比白杨树更白，带着醒目的黑斑节。松树比白桦树个头矮但更壮实，一副男人的体魄。松树尖尖的树顶表示它们在古代就有英雄的门第。它们长在一起，让人想到爱情，好像白桦树更爱松树一些，它嫩黄的小叶子在风里哗哗抖动，像摇一个西班牙铃鼓，看上去让人晕眩。喀纳斯松树的树干，色泽近于红，是小伙子胳膊被烈日晒红了那种红，而不是酱牛肉的红。松树如果有眼睛的话——这只是我的想象——该是多么明亮，深沉与毫不苟且的眼睛，一眼看出十里远。

喀纳斯的云比我更了解这一切。它每天见到黄绒的大尾羊从木板房边上跑过去，看到明晃晃的油菜花的背后是明晃晃的雪山，雪山背后的天空蓝得让人睁不开眼睛，眼睛成了两只紧闭的蚌壳。云的职责是在山间横行，使雪山不那么晃眼。它在白桦树和松树间逛荡，好像拉上一道浴室的门帘。云从山顶一个跟头栽到地面却毫发无损，然后站在山谷。我在喀纳斯看见山崖突然冒出一朵云，好像云“呼”的一下爆炸了，但我没听到声音。我看到白云蹲在灰云前面，像照合影时请女士蹲下一样。白云在灰云的衬托下如蚕丝一般缠绵，我明白我在新疆为什么没见到白羊却见到了黄羊，因为云太白，羊群不愿意再白了。

喀纳斯的云可以扮演羊群和棉花糖，可以扮演山谷里的白树。喀纳斯河急急忙忙地流入布尔津河与额尔齐斯河，云在山的脚下奔流。它们尽量做出浪花的样子，虽然不像，但意思到了，可以了。云不明白，它不像一条河的原因并不是造不出浪花，而是缺少“哗哗”的水声，也缺少鱼。这些话用不着喀纳斯的云听到，它觉得自己像一条河就让它这么去想吧。

我写这篇短文是更愿意写下布尔津、额尔齐斯、喀纳斯这些蒙古语的地名，听起来多么亲切。这些名字还有伊犁、奎屯、乌鲁木齐以及青海的德令哈，它们都是蒙古语。听上去好像马蹄从河边的青草踏过，奶茶淹没了木碗的花纹。蒙古语好像云彩飘在天山的牧场上，代表着大大小小的河流和山脉，更为尊贵的名字是博格达峰，群山之宗。蒙古语适合歌唱、适合恋爱、适合为干净的河山命名。这些地名用维吾尔语、哈萨克语、塔塔尔语说出来好像是一个动人的故事的开头。它们是云，飘在巴旦木花瓣和沙枣花的香气里。

喀纳斯的云飘到河边喝水。喝完水，它们躺在草地上等待太阳出来，变成了我们所说的轻纱般的白雾。在秋天的早上，云朵在树林里奔跑，树枝留下了云的香气。夏季夜晚，白云的衣服过于耀眼，它们纷纷披上了黑斗篷。

喀纳斯的云得到了松树和白桦树的灵气，它们变成了云精，在山坡上站立、卧倒、打滚和睡觉。去过喀纳斯的人会看到，云朵不仅在天上，还在地下。人们走过青冈树林，见到远处横一条雾气荡漾的河流，走近才发现它们是云。喀纳斯的云朵摸过沙枣花，摸过巴旦木杏和核桃，它们身上带着香气并把香气留在了河谷里。早上，河谷吹来似花似果的香味，那正是云的味，可以长时间地留在你的脖子和衣服上。

喀纳斯的云会唱歌。这听起来一点儿不怪。早上和晚上，天边会传来“咝——”或者“哦——”的声音，如合唱的和声。学过音乐的人会发现这些声音来自山谷和树梢的云。它们边游荡、边歌唱。在喀纳斯，万物不会唱歌将受到大自然的嘲笑。

乌　云

大朵的白云何时换上了檀香木的黑衣?

乌云轮廓鲜明，比白云沉重，从天空降落到大地。雨水让乌云沉积在天空最低一层。

谁见过云彩装满了雨水飞行？这是乌云。

乌云动作快，它们在天空排兵布阵，争夺山头。乌云把一切扯平之后，渐渐稀薄。云的峰峦消失了，滚动的云轮停驻，雨水滂沱而下。

乌云仿佛是最委屈的人。雨前，乌云的翻滚让时间停滞，地上弥散腥味，院里的鸡、树上的鸟和草里的虫子集体焦虑。被乌云遮住阳光的大地笼罩黄而灰的色调，柳枝一动不动，空气不再流通，乌云的烦恼到达了顶点。时间、空气、母鸡和虫都要借助雷电的力量而获解脱，咔——雷炸响，雨水终于挣脱乌云的怀抱，飞向大地，哗、哗、哗，地界立马清凉。

最热的时候，雨水落在人脸上如温汤，雨藏在乌云里更热。乌云是雨的产房，产房里铅灰的洪炉，把雨炼成滴、熬成串、编成丝藏在云层。不这样，雨水如像湖水一样掉下来，就很不像样子。

不是每一朵云都能变成乌云。乌云是云里的矿工，是云里的马帮和船队，它们穿着海带色的雨衣在天的江岸旅行，把暴雨和冰雹送到闪电的点火处。

闪电是雷的导火索，是下雨降雹的发令官。乌云禁受不起雷电的暴喝，一哆嗦，兜在襟上的雨全都洒在了地上。雷并不知大地何处干旱何处缺水，乌云更不知道。它们只是把雨水运到自己驮不动的地方，随意卸车。

白云悠闲，它身穿里外三新的白绸衫，绸衫上下没接头，在清风里徜徉。白云轻，禁不起风吹，一吹就飘。它们越飘越高、越飘越远，在天空聚成岛，划分云屿和云礁，让天空有一些家当。

白云被乌云的阵列吓跑。白云有洁癖，一朵比另一朵更白，它们拖着用不完的被褥，在阳光下晾晒。白云只记得“富贵”二字，只爱穿戴只爱飘。

乌云不是穿黑衣的白云，乌云是在天海里沉没的轮船，它拼命往上浮，但一点点向下沉，甚至触到大地的山峰。乌云装载着雨水，没等运到既定的港口，船已经漏了。乌云的黑檀木船板被闪电击穿，雨水集体弃船。

草原上，乌云飘过来，让大地变窄。草原辽阔，是八份天空两份大地的立体图景在人视野里的映象，天的高远衬出大地的宽长。乌云低垂，包住博格达山顶的巨石，大地窄成一条，像一张兽皮铺向远方。乌云下坠，雨后坠。哗哗哗哗，不知雨和什么东西撞击而喧哗。雨滴在空中砸在另外的雨滴上，出声响。雨在草地一瞬成河，招来更多的雨声。草原的雨幕比玻璃还乌涂，看不清十米以外的景物。拴马的桩子露出半面的白茬，干牛粪在暴雨中膨胀、漂走，积水变成绿褐色。就在暴雨狂倾的时候，往远看，山峰已显出翠色，背后是浅浅的蓝天。雨不知何时停歇，不知为什么停歇，也不知哪一部分雨先停。嘈杂的雨声稀疏之后，雨滴说没就没了。大地睁开眼睛，屋檐假装在下雨，越下越少。

不降水的乌云痛苦，翻滚却不降雨，像辗转产床的孕妇生不出孩子。肚子里没孩子，只有肠梗阻。乌云为下雨而高兴，那么不安，那样翻滚，终于洒雨成兵。最奇妙的是雨把乌云下没了，乌云在雨水里变浅变薄变白，没了。天空竟无一丝云。原来，雨是乌云的脚，它已经走在大地上，钻进泥土里仰面休息。生完蛋的母鸡还在，雨水降落，乌云却没了，正所谓“空不异色，色不异空”。不下雨的乌云已被天空阉割。

云中的秘密

云彩是谁的衣裳，脱到岸边被风吹走这么远?

云的衣裳像洗衣机冒出的泡，堆在山的头顶。

云不散，虽然最后散了，但在天上依存了最多的时间。从飞机上看下面的云，很薄，飞机不忍心去撞这块被单似的云。从天上看，云彩不是团，它的缝隙露出大地的黑色。云所以没被风吹破，是后面的云手抱住前云的脚，说它们搭一个梯子也行，平行的梯。云毫无目标地漂泊，听从风的摆布，身板越来越薄。飞不了多久，云的全身都变成了肋条——天上常有梯田形、洗衣板形、台阶形的云，那是云的肋部，脑袋和手都累没了。

云是衣衫，虽然不知道这是谁的衣衫。姑且算是星座的衣衫，洗澡脱在岸边，被漫出河岸的水冲跑了。不要说天上没有河，我过去也这么想。自从2011年6月22日北京下了大暴雨之后，我觉得一切地方都可能突然出现一条河，从地铁站口涌进站里，从高架桥悬下瀑布。谁知道，北京的“天”上，竟会有这么多的水，几百上千吨。水开始并不遵从重力定力，在云的一个什么地方待命。后来出发，按重力定律一倾而泻，没让牛顿惊讶，但北京人民都惊讶。远望北京机场如洞庭湖一样波光潋滟，这时，水面实应划出一只又一只小船，赤卫队长韩英（机场旅客中找到这样的人不难）站船头唱:

洪——湖唔唔水呀啊啊，浪呀么浪打浪啊呵。机场如果不是泡着一架架呆鸟似的大飞机，这里多么像红区，像鄂豫皖边区老革命根据地。旅客们在候机楼合唱——太阳一区（读区，不要读出）闪呀么闪金光呀啊。（男合）清早噢——（女合）船安儿——（众合）去呀么去撒网，晚上昂昂船儿鱼满舱，昂昂昂……昂……多好！跑道修得平，水上波纹细腻，如宋代古画的水波纹。

天有天的庄稼，云是天的大豆高粱。天有天的河川，云是河川。地上的人仰面看云，想到云像棉花堆、像羊群、像城堡。在天人的眼里，云有五色，分成红黄绿青蓝。此中奥秘，不足与人类视网膜道也，各有各的乐趣。从一堆乱糟糟的云里，天人看到小麦青青，看到云里的森林苍郁高古。云的河水有轻柔也有泛滥，鱼虾乱蹦。天上的矿是铅灰低重的云层，矿工是天堂疲惫的飞鸟。你以为小鸟飞来飞去在天上玩吗？不能这么说，它们是天上的劳动人民。

鸟儿在天的春天叼来种子播种，看护小苗生长，长成穗，灌浆，成熟。秋天的黄昏，老鸹从天际低飞，它们背负粮食，只不过人眼看不清天上粮食的模样。人眼睛分不清的东西太多了，分不清光线里的红外线和紫外线，而昆虫一眼就看得清清楚楚。红外线红，紫外线紫，如此而已，人类怎么了？

在天边，大雁驮着成捆的麦子，运到南方。燕子驮着小把的油菜，运到另一个地方。云的河流开埠，大船装满了粮食、丝绸和矿石，运到云的第一和第二世界做买卖。云上的矿可提炼水晶，提炼翡翠。玉在天上是最平凡的东西，像鹅卵石一样。地上有什么天上就有什么，五谷稼穑，堆在天堂。

你去问开飞机的飞行员在天上有过多少奇遇？烫金的云彩凭空奔忙，紫色的云彩搭一个玫瑰色的拱门。云彩有云的手语，它与其他的云对话，谈风向、风速和爱情。飞行员都是守口如瓶的人，他们为了自身安全决不透露天上的事情，不说出他们看到了碧绿的雨滴、云里的动物大战——它们的名字全带“豸”字边，但念不出读音。飞行员独处时会陷入冥想，会欲言又止，他们又想起天上的奇遇。没人对飞行员严刑拷打，逼他们说出天上的事情。

第六辑 / 火苗去了哪里

火　柴

火柴多好啊，像一排戴红帽子的孩子躺着睡觉。火柴燃烧之前，要“哧啦”一声，昭示开始。火，这么神奇的东西，怎么能像手电筒那么平庸地白亮呢？火在火柴棍上笑，晃着圆圆带光的脑袋，做出红焰和白焰两种表情。如果我们到了一个没去过的地方，比如说穆日根家里的地下室，四周黑暗。那么掏出火柴来，哧啦！周围一切深深浅浅暴露出来。黄漆的木箱。书，定睛看是《青年近卫军》。筛子。箩。镐头和养蜂的箱子（他家怎么会有养蜂的箱子呢？）我们总能找到喜欢的东西。这时，火苗摇曳，这些东西的影子也跟着摇曳，像有腰。火柴熄灭了，骸体如一根迅速退却的红丝，烫得指尖疼。再点一根，这些东西又出现了，摇晃。这时，如果有电灯，亮得一览无余，多么煞风景。电灯，就像糖精水、方便面与卡拉OK一样，抹杀了许多事情的快乐。

我们不明白火柴头和磷片一擦，为什么火苗腾起，也不想听这里面的道理，于是一根又一根地擦亮，扔掉，又擦亮。在物资匮乏的年代，这是我们玩得起的一种玩具。我们感到火苗是活的，就像电灯是死的。划火柴时，伴随着手势和动感。而今，打火机和电子打火灶把火柴挤出了生活之外，孩子遇到这个词还要查字典。那边，父母说：“那是古人用的一种东西。”

火柴的隐秘、炽亮，映红我们脸膛的一瞬，像对许多原初和富于创造的事物一样，我始终抱有悠长的怀想。

火的伙伴

在大雪飞落的冬季，烤火成为一个甜美的词。

人们出去、进来，仿佛是为了接近烤火而做一些准备。

烤火的姿势最美。伸出手，把手心与动荡的红焰相对。你发现手像一个孩子，静静倾听火所讲述的故事。

我爱看烤火的手，朴实而温厚，所有在劳动中积攒的歌声，慢慢融化在火里。抓不住的岁月的鸟翼，在掌心留下几条纹，被火照亮，像羽毛一样清晰。

烤火的男人，彼此之间像兄弟。肩膀靠着肩膀，脸膛红彤彤的，皱纹远远躲在笑容的阴影后面。用这样的姿势所怀抱的，是火。像他们抱庄稼迈过田埂，像女人抱孩子走到马车边上。

烤——火，这声音说出来像歌声结尾的两个音节，柔和而亲切。说着，火的伙伴手拉着手从指尖跑向心窝。

你在哪里看过许多人齐齐伸手，在能摸未摸之际，获取满足。这是在烤火，火。

在北方，田野只留下光洁的杨树，用树杈支撑着瓦蓝的晴空。雪后，秋天收回土地上的黄色，屋舍变矮，花狗睡在炕梢，玻璃窗后睁着猫的灵目，乌鸦飞过山岗。

雪花收走了所有的声音，河封冻了。这时，倘若接到一个邀请，倘若走进一个陌生的人家，听到的会是：

来，烤火，烤烤火。

火琉璃

最华丽的东西是火。它烧起来，身子左右扭摆，雍容如绸缎。绸缎是对火外形最贴近的描述，尽管人不敢用手去摸它。火碰人，但不让人碰。火苗软，四肢如婴儿身体一般蜷曲自如。冰冷的铁遇到火，说火比水还要柔软。火的手像在水上吹过波纹的微风。许多东西害怕火。但火不清楚这件事，它想摸一切东西，从山峰到花朵。火把双手放在冰上，想把冰抱起来，但冰开始流泪。冰的全部身体只是一滴泪。对人来说，泪是心里的水。悲伤的人用眼睛在心的井里汲水。心脏和眼睛中间没铺设管子，水从心爬上眼睛很困难。泪水爬上眼睛是想看一看那些不幸的人。牧民的草场被开矿的人占了，补偿费寥寥无几。他们给有草场的人当牧工，冬天买不起取暖的煤。被圈进城镇的农民在街上卖菜，卖一天菜赚的钱折叠起来没有火柴盒大。泪跑出来看他们，引出来更多的泪水围观。失去草场和土地的人，四十岁苍老得已如一段炭，生命一点点变短，灰烬被风吹走。冰从火的怀抱跑脱，化为水，土地留下黑黑的背影。冰想看看火的模样，但睁不开眼睛。大体说，火焰高鼻梁，像观世音菩萨一样微合眼帘，身形似坠露。

火的衣衫比绸缎更明亮，如琉璃般的罩光，又如向上飞的鱼。金红的鱼从火里蹦蹦跳跳，钻入虚空。它们红脊红鳍，像筷子一样细，没有网能收拢这些鱼。有人说火家族的相貌全一样，说得不确切。非洲人长相各式各样，但在外人看来全一样。有个中国人在赞比亚被偷了钱包，警察抓到三个嫌疑人让他辨认。丢钱包的人沮丧地说："这三个黑人长得全一样，让我怎么认？"火有红脸金脸蓝脸白脸，相貌不一样，它们的身段瞬息万变，跳着各自的舞。

人类的视网膜比较简单，看东西只看个大概。人看不清飞鸟扇动翅膀，而鸟会看得清。鹰的眼睛在一万米高空能看清兔子在草丛里拉屎。人差远了，别总吹自己伟大，连伟哥都够不上。幸亏动物们听不懂人类的广播，听懂得羞死。动物们看清了火的舞蹈。火烧起来不仅往四外飘，还在跳重重叠叠的群舞。每一束火实为云母片般重叠的薄翼。火分成一层又一层。如果你眼睛够尖，会看到它穿着一件又一件火纱衣，又一件件脱掉。人永远看不到火的胴体，除非你进入火而又不燃烧。

火的热烈让它交不到朋友。它拥抱松树就毁了松树，它抱住庙宇就毁了庙宇，火永远孤独。火捧起矿石，眼看着液体的金子从石头里流出来。石头流出黄铜黑铁的汁液。火不知这是为什么，是什么让金子汁液从石头里渗出来，像水一样？而火跑进森林里，见到更多的火，火从树上跑出来迎接火。这些火以前住在树里吗？火不知道这是为什么，正如它不知道美丽的树何以化为焦炭。

富兰克林发现了电，又发现电不可贮存。粮食、煤炭和金币都可以放进一个地方，电却不能。铁箱子尤其不能装电。富兰克林试过把电装进什么东西里，但上帝没创造这种东西。爱迪生听说这件事后让电在电灯里消耗掉，为了卖钱。世上可存的东西是人的东西，比如衣衫和存款。不可贮存的东西是神的，比如火和电。不可存的东西都不让人摸，火以及电。火似乎藏在任何地方——木头里、煤里、纸里。小时候玩火，看到火吞吃一张白纸，纸只剩乌黑的小角最终消失，火和它同一秒钟消失。这时心里怅然，想知道火去了哪里，但不知道它去了哪里。它从其他的地方出现，如炉膛。火出来了，披着明晃晃的琉璃绸缎，一步三摇，把煤和木头烧尽之后又跑掉。火，它到底是什么东西呢?

火苗去了哪里?

佛说：请拿一支蜡烛来。

弟子们拿过一支蜡烛。

佛说：请点上。

弟子点上，光明在前。

佛说：请把蜡烛靠我近一些。

蜡烛靠近佛。佛吹一口气，烛熄。佛问：火苗到哪里去了?

弟子面面相觑，答不上来。

火苗去了哪里？并不是问它是不是熄灭了，也不是回答浸油的棉纱在有氧条件下燃烧，是问刚才那一朵火苗，到哪里去了?

并不是眼见的东西才存在。流星从天空划过时，它在当下的时间已不存在。传到人的视网膜上的星光，只是多少光年之前的光。那么，人们不得不接受一个乖谬的事实——见到了一样早已不存在的东西：流星。

眼睛（光的感受器）和时间，遮蔽了真相。

即使如真相，也只存在于一定条件中。

火苗作为一种现象，它存在的依据不是油脂和棉纱，是火苗闪亮之前的广大的黑暗。火苗和黑暗并存，火苗如果“去”了什么地方，也是回到了黑暗中。

人所看到、所感知的事物，多是个体，人们习惯并依赖这一点。比如见到孤立的人、房子、声音和色彩。但事实上，世上什么事物都没有孤立存在过，是人的假定。

譬如，量子力学发现，一个原子可以在两个地方同时存在，这几乎是人的惯有思维所不能理解的。

譬如，天空无所谓蓝，这是光谱顺序，是地球对太阳的角度对人而言所形成的颜色。说蓝是有条件的颜色亦可，说蓝是一种假象亦无不可。

那些自称坚持真理的人，不知道有多少人在坚持谬误。他们坚持的大多是已知和旧知。

说火苗并没有存在过，亦无从消失，也算一说。分从哪一种角度和向度观察，这不是诡辩，也不是虚无，只是告诉人们别太固执己见。

弟子问佛陀：如果一尊神死了，它去了哪里？佛说：请拿一支蜡烛来。点亮、吹灭。问：火苗去了哪里？……

走到哪里都认得出火的模样

我记不起小时候第一次见到火是什么感受，小孩子见到什么都抓一下，如我爸说“蒙古族人的手里长着眼睛”。但火不可抓，人一生也抓不到火，最后却被火抓走了。

火是一朵花。这朵花颤抖、试探，包裹一圈儿火芒。西班牙诗人阿莱克桑德雷说：“所有的火都带有激情，唯有光芒孤独。”夜里，光芒为火镶一层边，像雾，像麦芒。光芒和火中间有一层空隙，仿佛把火苗安排到一个玻璃罩里。这是说火苗，油灯和火柴上的火苗。火苗是火的孩子吗？它弱小，但与大火同样明亮，穿着同样的衣衫。

火穿着一模一样的衣衫，由红黄蓝白四块布幔缝制。在阳光下，火的衣衫被剥走，它成了透明人。火除了衣衫，没有其他家产，它的身体长在衣衫里。在斯图加特的索里图山边上的熊湖岸上，在南西伯利亚的安吉拉河边，我见到与故乡一模一样的火。

火在夜里笑，微笑或大笑取决于风势。人盯着火看一会儿，感到其实它想跑，被什么东西拽住了脚。火的脚跟绑在木柴上，绑在煤和油里，不然早跑了。火盼望像鸟一样高飞，在松针上跳跃，听松树暴跳如雷。火倾出身子，缩回来，柔软之极，它比花草和水更像舞蹈演员。火像一朵莲花，这用斧子劈不开的花，如同斧子劈不开一滴水。火和水包住斧子又放开斧子。它是色、又是空。火是实体，却没有重量。用秤估算不出火的重量。火像荆棘，满身有刺。火像锦缎一样光滑细腻。我摸不到火，却感到了它的光滑，火的皮毛比狐狸更光滑。皮毛从火的颈子流泻，由红色变为金红，转为空心的蓝。火的蓝比天的蔚蓝更浅一些，屁股坐在一个白盅里。自然这是火的白盅。在光里面，红与蓝常常相邻，由金黄联结，黄昏的天空也是如此。

火苗的形状如一滴水，这滴水从地面向天空生长。火苗的苗跟植物的苗一样往上方延伸。但火苗更像一滴水。这滴水遇到外物散开包抄，像莲花打开叶片。火的顶如莲花的顶，点染一点红。

火睡觉的时候并没有熄灭，炭才是它的梦乡，多少火苗在炭里相拥而眠。在薄薄的灰烬里，火已睡熟。"剥"的一声，是火的梦话。火在炭里多么安静，像婴儿那样恬然。它拱起圆圆的脊背如熟睡的猫。风走过，炭火的火星惊起，跳进夜色里再也回不来了。

在黄泥铁桶的小炉子里，火倾听小米粥的歌声。粥的歌声跟打呼噜差不多，咕嘟咕嘟，吹起一些泡儿又吹破一些泡儿。火沉湎于这些歌声，它闻到粮食的香气塞满四外每一个缝隙。火奇怪，它在铁锅下面奔跑。为什么传来粥的歌声？铁锅是世上神物，遇火每每发出不同的奇香，黍米之香，菜蔬之香。起初，火以为铁是香的，后来得知锅里有米，米香即是大地之香。

火是蒙着眼睛奔跑的精灵。火看不到任何东西。它见到木柴时，烟挡住了它的视线。它见了黑夜，夜退到远方。火焰的光芒隔离了火的视线。火在阳光下睁不开眼睛，火在枯枝上爬行，火在草绳上模仿一条蛇。

不烧的时候，火待在哪里？这个疑问与火苗去了哪里一样令人困惑。不能说火藏在木头和煤里，它同样藏在布、干草甚至塑料里。铁和石头撞击迸出火星，火什么时候钻进铁和石头里了？在凸透镜的照射下，火从纸里跑了出来。是的，火藏在一切地方，是火柴、打火机、铁和阳光让它跑出来，它在那个地方沉睡久了，被火唤醒，急急忙忙跑出来。火在煤的身体里睡了多久？至少睡了几亿年。火从阳光的梯子爬进树里，树在地里化成煤最后变回来，成了火。

可是，火熄灭之后又去了哪里？

黑夜里，火张望、扭捏、奔跑。火哪儿也没去，最后却失去了踪影。夜和枯枝上找不到火的身影，连枯枝也被火拐走了。火所去的地方，人看不到。世界或许分成许多层，人的眼睛只看到其中一层，如同音波的一段频率。在人的眼皮底下，人看不到的东西太多了。人看不到身边的鬼神，看不到自然的征象，看不到光之外的其他颜色。人眼是如此简单，结膜、角膜、虹膜，加上视网膜，怎能看清周围的一切？

火只有一个模样，火不分外国火与中国火。火有金红的面容，有白与蓝的脸谱。火把自己的脚拴在风上。风到达的地方，火也到达。火把干树枝烧得像铁丝一样红，它的躯体或者叫能量凌空而去，化为炭的另一种形式。

如果用火讨论万物，万物的本质都是炭。而且万物都不会消失，不生不灭，只在火里变换了一种形式。它们在人眼中消失了，在大自然的循环中却没消失，也消失不了，永久循环。

火让白雪变成冰凌的酥片，化为水。火让水在壶里跳跃，无数小气泡化为大气泡，变成旋涡。火藏在酒里，穿着蓝色的衣服。火穿红衣从炭里走出来。如果想到人的周围藏着火，有一点儿吓人。但火是如此沉静，它只待在它待的地方，打骂都不出来，只有火才能把火引出来。火毁灭过万顷森林，竟安静地藏在一张纸里沉睡。火……

第七辑 / 不许管狗叫狗

爱听二人转的狗

人出了国后，先怀念祖国的不是心，而是肚子。胃，或称消化系统在激烈排斥外番饮食的同时，怀念着小葱拌豆腐、打卤面、粉条头萝卜丝炸素丸子和黄瓜拉皮。人在国外，脑子想这事那事，肚子只想“国吃”。科学家说胃是人的第二个大脑，说得太对了。19世纪的奥地利精神病医生庞克解剖人体，第一次发现胃壁有两层神经束和神经细胞的网络，这是大脑才有的东西啊！胃想搞什么？后来弄明白，这是胃用来回忆和识别故乡饮食的思考器官。在西伯利亚，我的胃从早到晚想吃的，腹腔像开进消防车，彼此呼叫。吃不到，胃改为回忆绿茶的滋味。我按照胃的指示喝绿茶，但这里宾馆的电源是三相插座，我的小电壶为两相。我想起，阿巴干广场有干活儿的中国人，找他们去。

见着一个中国人，一说就明白，两相转三相的电源插头。他说送给你了，到工棚取。

他姓李，吉林扶余人，在中国人承包的广场工程铺石板。老李说，一起干活儿的俄国人体格好，可是懒，干一点儿活儿歇没完。老李干活儿身上舒服，歇着筋疼。说着到了工棚。

帐篷工棚住着几十号中国人，地下摆炉子、马勺和塑料豆油桶，一只半大狗从铺下窜出来，朝我吠。

“福贵。喊什么玩意儿！中国人。”

狗接着吠。老李让我跟它说中国话，狠点儿，要不它叫起来没完。

我本来就怕狗，大喝“闭嘴，滚一边儿去”！

狗收声，变得唯唯诺诺，用讨好的目光端视我。

“它叫福贵？”

“对。它是张福田从国内偷着带来的狗，我们坐汽车来的。刚来时它小，塞一个地方就入境了。张福田提前回国，把它留这儿了。”

老李把插头给我。“这条狗可不一般，比我还爱国呢。人要说俄语，它满地乱转，表示闹心，一听中国话就老实。邪门儿不？”

老李打开电视，俄罗斯主持人说话。这只狗——福贵低头咬自己尾巴、咬雨鞋，呜呜哀鸣。电视一关，好了。

“它喜欢二人转。”老李从破碟片里找一张，放进DVD机，画面上，描红抹绿的二人转男女演员打情骂俏，福贵看得目不转睛。

“福贵鼓掌！”

它立身抖前爪，意谓鼓掌。

老李说：“它太爱国，爱家乡人。我给你演练一下。我说人名它立刻模仿。赵本山！”

福贵慢步走，左看一下，右看一下，如赵本山表演收电费的。

“高秀敏！”

狗乱颤头。

“表示高秀敏能说。潘长江！”

福贵缩头。

“表示个矮。这些人它都认识，粉丝狗。对——”老李在铺下摸出一个盒子，打开，露出铜质奖章。“这是福贵的奖章，阿巴干市政厅颁发。前年我们住一个破楼里，半夜起火。人撤出来之后，一个俄罗斯妇女说孩子还在屋里，才两个月。楼快烧塌了，警察不让进。张福田让福贵进去救小孩儿。福贵钻进火里，用牙咬小孩儿脖领子，拖着出来了。”

“福贵！”老李把奖章戴它脖子上，“立正。”

福贵立身，胸前当啷奖章，眼神无所适从。

老李接着说：“你知道它为什么讨好你不？眼睛老盯着你，有话可惜说不出来。它想让你带它回国，不在这儿呆了。这条狗对三个词最敏感，中国、扶余、二人转。有一回，半夜有人说梦话‘二人转’，它刺棱醒了，以为放二人转，汪汪大叫。”

老李又对福贵说：“他带你回中国。”

福贵兴奋地“汪汪”叫，咽唾沫。

“带你回扶余，看二人转。”

福贵高兴地晃尾巴。

“福贵，给他作揖。”

福贵站起来给我作揖，我用手接应，差点儿没给它回一个揖。

“月底我们回国了，阿巴干九月份上冻。福贵就得扔这儿，海关不让带毛的玩意儿出境，怎么整？”老李抱膝盖叹气。

我该走了。福贵碎步跟着我，眼睛仰视我，眉头有几根毫毛长长探出来，很认真，很庄重，像说：带我走吧！到门口，它咬住我鞋带不松嘴。

老李抱起福贵，它从怀里往外挣脱，鼻子一拱一拱地大叫，如孩子绝望时号啕大哭。

福贵像我的胃，时时刻刻想回家，恐怕它是永远回不去了。

不许管狗叫狗

我见过一位不许管狗叫狗的人。他是警犬驯导员，姓刘，面色平静。

“狗的视力……”一次我向他发问。

“犬”他纠正我。

“是的”我问，“犬有没有彩色视力？”我听说，狗——当然是犬的视神经缺少管状与锥状细胞之一种，不能分辨色彩。看世界如国画家一样，“墨分五色”。还有一个外国人声称狗看周遭是带红色的灰白，仿佛他有犬目。

刘驯导员沉吟一下，说：“犬的嗅觉是最好的。”他显然不愿说犬的缺点。

“那它们的视觉……”

“犬主要依靠嗅觉。”刘说。

那就说嗅觉吧。“狗……”

“犬”他再次纠正我。

“是的，犬。”我说，“人类基本不能用嗅觉识别事情的性质。”

“对。”他坚定地回答。

“比如我们无法用嗅觉识别谁是经理，谁是足球教练，也嗅不出来谁是倪萍、赵忠祥。”

“对。”

“我们要靠视力推理判断。”

“是的。”

“但狗，不，犬能够将气味记忆存盘，像DNA指纹图一样，绝不重复。”

刘点头。

“可是，”我的疑惑还没有解决，“环境的因素，比如化妆品、经过化学洗涤剂漂染的衣物、食物、从空气中飘来的工业污染、卖油条、炸臭豆腐的气味，会不会干扰犬对嫌疑人的识别呢？比如他昨夜在KTV包房玩了一宿，抽烟喝酒洗浴等等。”

“犬的嗅觉是不能怀疑的。”刘严肃地回答。

“我没怀疑。我说的是犬的鼻子这么敏感，是否容易被环境污染所——怎么说呢——伤害？”

“是的。”他有些伤感，“现在的环境太糟糕了。”

“不适合狗生存。”

他瞥了我一眼。

“妨碍犬的精巧的嗅觉。”我又说。

他默默点点头。过了一会儿，他说：“我跟你说吧。你知道用警犬追捕嫌疑人最怕啥？”

“嫌疑人往鞋上倒酒，然后把鞋脱掉？”我回答。

他摇摇头。“最怕月经期的女人。”

我不解其意。

“有一次，我们追捕嫌疑人。快追上了，犬越来越兴奋。突然，它停下了，朝桥上暴跳狂叫。一个女人骑车在上边走。我一看，完了。

“咋完了？”

“肯定是经期妇女。狗对血液气味最敏感。一遇见这个，就完了。”

“怎么完了？”

他比画，说不出来。

“把原来的气味忘了？”

“对！”他痛惜地说，“把原来的记忆覆盖了。”

我一听，也挺遗憾。但你也不能不让妇女来月经啊？

“血的气味太强烈了，传得特别远。”刘接着说。

强烈？可见人类的鼻子低能拙劣，无异于形同虚设。人们不可能知道谁在月经期，或做其他什么。

“那犬更不能到屠宰厂附近破案。”

他移动坐姿，不予回答。凡是对犬不利的话他都不说，且不爱听。

后来我想，我们的鼻子看来只是粗略地辨别香臭，如稚儿读连环画。犬鼻是读哲学概论、微积分、大百科全书的。咱们，鼻盲而已。但鼻子太灵之后，每天对几千种气味进行分析，也够恼人的。倘若参加万人集会，其味无异于万众呐喊，太可怕了。我突然有点儿怜悯狗，当然是犬。

犬的彩色照片的告示，在楼前贴了十多天，直到被风刮得支离破碎。我瞅一眼，就联想到，这空气中其实有多少我们并不知道的神秘气味啊。

吉娃娃

我跑步的朋友张延华是爱狗者。他有各种狗，掌握狗的价格和交配方面的信息。那天，他把一只“吉娃娃”带到辽大操场。吉娃娃是袖珍狗，产于遍布仙人掌的墨西哥，比猫还小一些。在锻炼的莽汉之中，加入这么一个像松鼠、像鹿，又像猫的动物，严肃热烈的体育气氛被冲淡。

这是早晨，太阳刚刚升起，操场上的人做着各种动作，跑圈、跳绳、踢球、倒立，所有的人全在出汗。这些事跟上班、卖菜、下馆子比，当然显得奇怪。吉娃娃在其中，忽奔跑、忽蹦高、忽看引体向上的人，目不转睛如记数。大家笑了，锻炼的气也泄了，说小狗模仿咱们呢，像讽刺，戏剧中的丑角不就以夸张的动作讽刺人生的乖张吗？吉娃娃看大伙儿不练了，便在众人的围观下哆嗦，耳朵像树叶一样——它的意思是让人抱。大伙儿轮流抱狗，大发赞美之词，狗得意。据说狗能晓人语——吉娃娃通的乃是汉语，带沈阳口音。这狗得意之后，并不傲慢地大吠或撒尿，而显谦逊。我在电视上看到的墨西哥人也是谦逊的，虽然他们戴着宽檐帽跳舞；女子跳舞时掀动的大裙子，里边能装七八个人。吉娃娃谦逊时假装吃草，表示有羊的温顺，还认真地听人谈话——谈话的内容是关于它的各种资讯，比如交配一次需两千元，还有狗要吃狗食，用狗香波，服狗维生素A、B、C、D、E……吉娃娃闻之摆尾，意思是知道、同意、圈阅、照××意思办理。我感到做一条狗之好是人所享受不到的。没有一个人在早晨被一堆人围着赞美，赞美他的方方面面，包括私生活。在辽大锻炼的人，多数下岗，更没什么可赞美的事。

快上课了，学生们穿越操场去教室。几乎每一个女学生见到吉娃娃都发出韩国歌迷式的惊叫。女学生虽第一次见到吉娃娃，但一见如友："哎——呀！""哇——"声调里的娇嗔，一听就是赞美狗的。如果用这语调爱戴一个人，这人——用港台的用语——会疯掉。这是晕眩之余的心声。吉娃娃当然懂这个，嗅女学生的鞋，表示"彼此彼此"。女学生蹲下，说"……耶"，语尾助词全是"耶"。不然不像夸这么好的一只狗。吉娃娃得到最好的赞美后，总是昂头，睁着大眼睛与人对视。我觉得眼里话语最多的是狗与马。狗的眼里总有湿漉漉的情意，还有缠绵与期待。狗眼多情，但绝无人眼多情时的风骚。狗的话语挤在眼睛里，这些话仿佛与委屈有关。上帝不让狗说话真不公平。狗在凝视之余，开口"汪汪"，然后对自己"汪汪"的空洞感到失望。因此狗叫完，嗓子眼常有呜咽的余音，意谓无言以对，徒唤奈何。

吉娃娃那天在操场做了一圈大秀之后，钻进张延华怀里。它的脑袋从运动服领口露出来，看大伙，作别。小黑鼻子下边是拉锁，像钻入睡袋一样。

流 浪 狗

流浪狗无数次在人群中寻找自己主人的脸，它看到了一万张脸也许更多，其中没有它的主人。人们管它叫流浪狗，它觉得它只是狗而已。流浪是什么？是找不到自己的家，还是找不到自己的主人？它不懂。狗坚信家就在它寻找的路途中，主人是它看到的第一万零一张脸。是的，狗从不怀疑找到自己的主人和家。

狗和人一样，每天要做的第一件事是填饱肚子。食物在哪里？食物不在装狗粮的碟子里，食物在路上。流浪狗吃到的残羹冷炙，全要仰仗人。在人类扔掉的垃圾里有狗的食物。这件事不好说，也许有，也许没有。当你看见一只狗在路边的墙根晒太阳时，它可能吃饱了，至少不太饿。如果你看到的狗东奔西跑，连路边的石子也要嗅上一嗅时，多半快饿昏了。

我不知道流浪狗脑子里想得更多的是寻找主人，还是寻找食物，也许一起想。在它脑子挂着一根晾衣绳，上面飘落着两件破衣衫。一件叫主人，一件叫食物。它找得到食物——虽然肮脏不堪，但可以果腹，而找主人却没这么幸运。它的主人在人的眼光看来也许尊贵，也许不尊贵，却难找。主人不在垃圾箱里，不在路边装碎骨头的塑料袋里，他们在哪里呢？在流浪狗的记忆里，它的家——当然首先是它主人的家是一间不大的屋子，厨房连着卧室，煤气灶和排油烟机放在朝北的阳台上。冬天，阳台的玻璃挂着厚厚的白霜。晚上，男主人坐在沙发上，边喝啤酒，边看电视。狗趴在他脚下听他谩骂在电视里踢足球的人。这家的孩子一边假装写作业，一边玩手机游戏。隔一会儿，传来女主人的谩骂。每到周末，这家人会买来烤鸡架和朝鲜冷面，放在餐桌上，如同圣诞大餐。人嚼不碎的鸡骨头是上帝为狗准备的礼物。上帝没把人的牙齿设计得可以嚼碎一切东西。如果人连橡胶都能嚼得稀烂咽进肚子，老鼠吃什么呢？流浪狗觉得它的家正是被称为天堂的地方，而它的三个主人是三个天使，男主人是天使长。虽然，天使长因为工作辛苦收入少而常常摔啤酒瓶子，狗认为瓶子是应该碎的，因为它不结实。女主人三十岁头发就白了，染成红色，她骂人可以连骂一小时，这是指她右手掐腰的时候。如果掐腰的手换一下，可以接着再骂一小时。狗听这些骂声骂语简直入了迷，多么流畅，伴以各种各样的表情手势。狗不明白，男主人和小孩儿听到她的骂为什么不翩翩起舞呢？难道这家人一言不发才好吗？狗觉得骂声、哭声、笑声和狗叫一样，是活力的表现，是提前表达生活既将出现各种各样难以预料的事。最难预料的事竟然是狗丢了。是人丢了狗，还是狗丢了人。这事太复杂，狗已经想不起来了，好像这是它上辈子的事。

雪下了一天一夜，狗爪子完全陷进了雪里。被大雪伪装的街道好像很整洁，狗知道这是假的，用不了几天，街道就会变成脏泥汤子。但雪地里见不到什么垃圾。人，加了衣帽看不出谁是谁。人只露出他身体的二十分之一，一点点脸，狗愈发分不清谁是主人。如果没有雪，狗记得在卖熟食的铁皮车下面，在露天柜台下面有一些碎骨头，但雪覆盖了一切，雪真是一个伪君子，狗在雪里吃力地跑，它看到别的狗在雪里的溲迹，那是黄色的洞孔。无论黑狗黄狗，雪地上的狗尿都呈黄色，好像它们喝过啤酒。麻雀也没有食物了。原来，卖粮食的摊床边上的树顶落满了麻雀，人一走，麻雀就落地啄地上洒落的粮食。大雪盖住了这些粮食。狗已经几天没吃东西，除了雪，没有东西可吃。它越来越不抗冷，因为胃里没有食物。这只狗跑的时候三条腿落地，另一只被汽车轧瘸了。它跑起来不快。它觉得用不着快，可能就在下一刻，它的主人像上帝一样降临在它面前，蹲下，抱起它。狗用脸在主人衣服上蹭，泪水沾满了主人的脏衣服。

它不知道，它的主人因为它腿瘸，永远遗弃了它。

狗市游

一天，朋友约我去狗市观狗。有人说“不养狗的人不善良”，朋友听了不安，觉得担着“不善良”这么个名不好，就去买——现在善良也可以买到了。

那天有风，狗市空中飘着狗毛和复杂的臭味。这是说，臭味并非一狗之臭，而由几百条毛色价格品种面貌不同的狗合伙散发。空气中的狗毛颜色不一，是绒毛。狗们春天脱毛，即换季。

参观开始。有生以来未见之狗，在此少长咸集。其大其小，嘴脸品性各不相同。狗与狗的差别，比人与人的差别（在外观上）大得多。有些根本不像狗了，像猫像狮像驴，他们还说是狗。

穿行在狗中，连看带问，渐入狗境。狗的个性，乃至狗的灵魂开始凸现。一条苏格兰牧羊犬蹲在塑料桶上，比人高大，凝视远方，像英雄一样怀念往事，或许怀念北威尔士的风土狗情。此犬鼻梁修长，耳廓削挺，毛如流苏一般披挂而下，俨然一位北欧17世纪的部族首领。

我把狗的形象“看进去”之后，再看人反不适应，特别是那些卖狗的人，觉得他们和狗不般配。第一，人着装不得体。狗均无衣，皮毛或光滑短簇，如鹿狗；或雍容披纷，如约克夏犬，无不出自天然。而人在躯体之外包裹一层衣服，如露半截胳膊的T恤，显出没道理。第二，人表情不自然。狗的表情均本真，即使皱着鼻子大叫，也本真。大多数的狗都比较宁静，不轻易流露内心的想法。而人，包括卖狗的人，带着假笑诱导人们买狗。看一眼人，再看一眼狗，觉得人的表情太花哨，不必要地眉飞色舞，不必要地眨眼、飞眼或挤眼。第三，人言语太多。狗们朴讷，表现出对整个世界的接纳。既然如此，不复他想。而人，比比画画，说出许多连狗都不知道的狗的事情。而狗的表情则是：干卿底事？眯眼听着，不予理会。

狗看多了，朋友丧失了购买的信心——不知买哪一只好。我们在狗的气味中离开，回到大街上。这时，迎面走来一位女人，红发高翘，眼大嘴小。朋友J说："哎呀！她长得太像博美啦！"博美乃德国狗，毛蓬然，面如狐。大伙说，真像真像。然而对她穿裙子站着走路感到遗憾。一会儿，又过来一位卖雪糕的男人，他皱纹集中在脑门颧骨周边，朋友又说："哎呀！像沙皮狗不？"在这条街上，依次看到了许多与喜落地、吉娃娃、黑贝和各种串儿相貌相似的人。但谁也不像土狗。好容易——经过打车、逛超市、吃饭之后——才忘记那些狗，而看人也像人了。

想起书上说的，日本德川幕府时，政府用国库之资养了十万条狗，并规定人如果用不礼貌的口气（不使用敬辞）对狗讲话，视同犯罪，因为德川家康属狗，认为自己前生是狗。在狗市，人们也尊敬狗，特别是价格贵的狗，就差没用"您"和它们攀谈了。

小狗睡觉

我每天跑步经过市场，亲切接见红塑料大盆里的黄褐色的螃蟹、待宰的公鸡、胡萝卜和大蒜，有一窝小狗吸引了我。

小狗挤在柳条编的大扁筐里，它们把下巴放在兄弟姐妹们的脊背上，像鲜黄带黑斑的黏豆包黏在了一起，黑斑是豆馅挤到了皮外面。我不知道还有哪些生灵比这些小狗睡得更香，它们的黑鼻子和花鼻子以及没有皱纹的脸上写着温暖、香甜。

小狗在市场上睡觉，自己不知道来这里要被卖掉。它们压根听不懂“卖”这个词。卖，是人类的发明，动物们从来没卖过其他东西。狗没有卖过猫，猫没卖过麻雀，麻雀没卖过驼背的甲壳虫。动物也没卖过感情、眼泪和金融衍生品。小狗太困了，不知是什么让它们这么困。边上铁笼里的公鸡在刀下发出啼鸣，仿佛申诉打鸣的公鸡不应该被宰。而宰鸡的男人背剪公鸡双翅，横刀抹鸡脖子，放血，那一圈土地颜色深黑。笼子里的鸡慌慌张张地啄米，不知看没看到同类赴刑的一幕或多幕。

小狗睡着，仿佛鼻子上有一个天堂。科学家说，哺乳类动物都要睡眠，那么感谢上帝让它们睡眠。睡吧，在睡眠中编织你们的梦境，哪管梦见自己变成拿刀抹那个男人脖子的公鸡。

家里养了小猫后，我差不多一下子理解了所有小狗的表情。原来怕狗，如耗子那么大的狗都让我恐惧。后来知道，小狗在街上怔怔地看人，它们几乎认为所有人都是好人，这是从狗的眼神里发出的信号。狗的眼神纯真、信任，热切地盼望你与它打滚、追逐或互相咬鼻子。狗不知道主人因为它有病而把它抛到街头；狗不知道主人搂着它叫它儿子的时候连自己亲爹都不管；狗不知道世上有狗医院、狗香波、狗照相馆。人发明了“狗”这个词之后自己当人去了。

人在教科书上说人是高级动物，为了佐证这一点，说人有思想、有情感、有爱心。人间的历史书包括法国史、丝绸史、医药史以及一切史，却见不到人编出一部人类残暴史和欺骗史。人管自己叫人已够恭维，管自己叫动物也没什么不可以，然而管自己叫高级动物有点儿说冒了，没有得到所有动物们的同意。如果仅仅以屠杀动物或吃动物就管自己叫高级动物，那么狼早就高级了。

小狗在泥土那么黑的筐里睡觉，像彼此搭伴泅渡一条河，梦的河。狗像展览脸上幼稚的斑点，像证明筐有催眠的魔法。而它们的母亲，在一个未知的地方落寞地想它们，一群没有名字、无处寻找的儿女，用眼神问每一个过路的人。

猫三题

猫

印名片时，想为自己弄一个庄重而实事求是的头衔，终于想到——“猫学家”。

猫学家比较少，农业大学兽医系的教授也很少自称猫学家。我从小跟猫一起长大，懂猫爱猫，沾染了它的某些习性，比如敏捷、爱睡觉、夜晚出去乱逛、警觉等。

我妈把猫当作人来看待，说这是上辈子欠它们的。它们（不是一只猫）有名字——汉名与蒙古族名。我妈和它们谈心，但我奇怪她从不用蒙古族语和猫交谈，一律是汉语，好像猫是从南方来的朋友，不懂蒙古族语。其实猫的老家在埃及，但我妈不会埃及语。我在这种氛围中长大，难免猫化。一般说，生物聚合一体会相互学习。我不知猫在我身上学到了什么，可能学不到什么。在猫眼里，人不算聪慧，既不捕鼠，又不上房，学他们啥？而我钦佩猫者，一在其天真。假如把天真看作是小题大做的认真，是煞有介事，是永不世故，那么猫都具备。猫之可爱，在于它们永远严肃。动物中有哪一种不严肃吗？想一想，凡我动物，都严肃。小虫亦如此，一爬一耸，没有跟谁开玩笑的意思。只有人不严肃，歌星们动辄说：“掌声在哪里？”没绯闻说有绯闻。这个无趣，还说猫。猫的严肃出自无停歇的观察。在小动物中，猫最爱观察。一般说，动物很少集中注意力于琐屑的事情，猫能。猫坐在窗台上，看向日葵，看电线杆子旁玩耍的儿童，看老汉卖糖人儿，看云彩的影子遮住孟四虎家的房顶又离开。这些互不相干的事情，与猫的“食色，性也”全无干系，形而上之，猫却兴致勃勃。猫另一个特征（前面说过）是认真。卓别林说过，认真是幽默的根基。如果人把手放在床单下面“簌簌”抖动，猫立刻按住它们，不许动。对所有可疑的移动，猫都要管上一管，无论日影、小虫和香烟的烟圈儿，猫都干预。尽管它有时不知道这是什么东西。“不许动”是猫的天职。它不分析“簌簌”的会不会是人的手指，动就要捉住它，直到不动。我太奶奶——一位受尊敬的老猫学家叹曰：猫啊，像警察一样恪尽职守。其他的动物，如狗、猪、鸭子，从来不管手指在床单下面动不动这类无关大局的事，而猫从不敷衍。它观察苍蝇的飞行，看表针如木偶般地移动。一切运动都使猫放心不下，真可怜。猫的第三项特点是喝牛奶。牛奶是另一种动物的乳汁，按原理，除小牛之外的动物都不应饮之，猫却喜欢。人喝牛奶是喝，喝即饮，乃人类的专长。鸟饮水，以喙含之，仰脖流入。人不仰脖也能咕咚咕咚地喝水喝酒喝米汤喝芬达。猫没这个能耐，用带刺的舌头舔碟子里的奶，像儿童又像贼。猫还有一种好笑的习性，人扔它一块肉，猫先用爪捂住，然后以低沉的喉音咆哮，警告人别抢。你给它东西，它却以为你要抢回去，可见它对人并没有正确的认识。同样，猫把肉叼到隐蔽的角落里吃。我妈常用这事隐喻一些不知好歹的人：“明明是给它的，它以为自己抢来的”。听，多有哲理。

和猫在一起的日子令人愉快。寂寞中，见猫寂寞地走来，寂寞便没了。而猫，会跳上桌子，与人端坐对望，真是有趣极了。

猫　忆

猫，走起路来那种姿态是袅袅婷婷的。它在心情愉快的时候，直立如旗杆似的尾巴会妙曼地扭上几扭，套用鲁迅的话，“实在标致极了”。

只有猫的眼睛可以称作“炯炯有神”。我很想有一双猫的眼睛，即使黄澄澄或一黄一蓝，即使瞳孔在正午变成一根竖线，也值得。

猫在受到惊吓时，尾巴会像蒲棒一样奓煞起来，毛茸茸的可观。然而只有猫崽子才容易受惊吓，它们不通世故，常常把尾巴搞成松鼠的样子。

猫们吃惊时会横着走路。它只有四条腿，而不是螃蟹的八足，因此走起来别扭，一副欲罢不能的状态，比足球人盘球还好看。

猫一焦躁尾巴就不断拍打炕席，如果它当时在红砖铺的地上，就用尾巴拍地。

我们家在养猫的年月里，炕上铺一块蓝塑料布。我常把脚伸进塑料布底下，“簌簌”地移动，猫警觉地用爪子捕捉，假装捉到了一只耗子。

猫从寒夜归来钻入你的被窝时，身上有一股味道，不算好闻，也不算太难闻。它进被窝会以呼噜表示感谢。

我们家的大猫名字就叫“大猫”，在它生了许多小猫之后，名字改作“大妈”。但这不是它自己改的，是我们。

“大妈”的孩子分别有花花、黑子、蔑吉嘎等，还有一些不知名的，现今它们早已离开了人世。

猫　上　树

家门口有一棵皂角树，在花池中央，光有绿叶，没结皂角，今年新栽。

中午，有妇女指着树乐，边乐边拍手。她是保洁工，穿一身迎风招展的纺绸衣衫，短袖短腿。“哎——”，她指着树，笑声有些异常。

怎么了，结元宝了？我取眼镜戴上，看。一只黄猫在杈间盘旋找路，下不来了。猫是半大猫，如说人类的青少年。又有一人从树下过，仰视，说：“这猫挺好，尾巴多粗。”猫之体格好不好，不在尾巴粗细，这是吓得毛奓煞了。

小黄猫不知是自己上去的，还是好事者恶作剧。它辗转，起急。枝杈距地一人半高，无宽隙，猫的屁股、爪子放不到合适的地方。它头朝下想跳，不敢；退着出溜，试了试，不得要领；窜回，不断喵、喵。

猫看到保洁工嬉笑，转身，用屁股对着她。我想起童年养的一群猫中，有一只和它相像，白爪白尾，余黄。我们家的这只猫名叫“虎崽”。它最有噱头的节目是在菜园招蜂惹蝶。蝶过，虎崽跃起，双爪合拢如作揖。蝴蝶当然飞了，虎崽悻悻然视之。虎崽另一之异处是听孙敬修讲故事。小叮当的音乐在收音机里响起来后，虎崽没准从什么地方踱过来，端坐桌上。它盯着收音机发亮的绿眼，观察选台的指针滑动。选台时，收音机出现古怪的声音，咕噜或唧哩，像海豹钻进泥潭。虎崽赞赏地以尾尖轻点铺塑料布的桌面。孙敬修的声音传出来，像坐在天上和小朋友说话，遥远而亲切。我每次听完一个故事，都发觉虎崽并没有离开。当然你可以说它听不懂故事，凑巧坐在这里。是的，我每次听小叮当广播，虎崽凑巧都坐在这儿。我还想说，一切容易与儿童沟通的事情，无论色彩、声音或植物，都容易和小动物沟通。现在有喜欢看电视节目的猫狗，尤其看卡通片，这不算神奇，猫听广播才是真功夫。

我说虎崽的事迹时，显然使小黄猫在树上待的时间太久。它还在转圈儿找梯子，哪有长梯子的树啊？过一会儿，我下楼相救吧。猫——刚才我曾说它是青少年——葆有天真本色，虽然它急于下树，当鸟儿飞越天空时，又竖立双耳，全神贯注地看鸟飞越楼顶，再低头找路，发出悲观的叫声。就在我准备下楼时，来一电话，说一些事。我想建议对方换话题说猫，但跟人家不熟，没提。挂电话再看窗外，只有树在，猫已杳然。而我的手掌还等着托住它毛茸茸的热乎肚子呢。

猫的眼里带着另一个世界的秘密

我梦见一个巨大的超市，人们抱着猫来回走。过了一会儿，摆放粮食的木板下面，帆布口袋里都是睡觉的猫，还有一些猫卧在筐里，如一团斑斓的皮袄。四周黑暗，藏着无数只猫的瞬目。有人打开门，白光射入，猫纷纷走出去，像开会的会议代表那样。一女子用越剧的老生声腔唱道：

你吃鱼来我点灯，
他坐椅头吃花生。

这是什么情景？我醒了。我依稀记得梦中有人说：这地方有个习惯，到超市里为猫放生。我反问：猫还用放生吗？分明是你养的猫不想养了，拿到这里丢掉。梦中那个人以杭州话与我激辩，我听不懂，只好醒了。

我住在杭州边上的乡村，这里是余杭和安吉交界之地。这两个地方以水库交界，水库不大，沉绿似潭，即使风吹来，水面的波纹也不超过古人在画里画的那么细腻。四外的山上长满毛竹，远看，竹篁头顶一团团黄晕。这里最多的居民是鸟，它们的啼鸣比汉语与法语的区别大得多。有的叫“啾—嘁哩哩”，像这里的土话；有的叫“呖—呖—呖—呖—呖”，像有人手摇一只金铃铛；乐观的鸟干脆大笑——“嘻、嘻、嘻”。我很想知道是什么样羽毛的鸟儿在发出什么样的啼声，但这是不可能的。对造物的秘密，人永远只知道很小的一部分。上帝对人开放了数学、物理学特别是电子学的探索领域，对更高级的奥秘——如鸟鸣，如医学，如地震仍然对人封闭。

我住在朋友李坚的别墅里，这是假日俱乐部中的一幢。在这里，“俱乐”的不是屋的主人，他们不常来，最乐的是猫仔。我每天会发现一只猫。第一天，一只白猫在我身后绝尘而去。第二天，在白边黄杨木的灌木丛里发现簌簌窜行的黄猫。第三天夜里在露台上见一只长尾黑猫在露台上望月。拍下照片，它灼灼之目如抹了荧光剂。第四天，见白猫尾随黄猫跳窗进入一家佛堂，这间佛堂日夜亮着红烛。第五天，见黑猫与比它大一倍的黑狗共坐石上，看鸭子翘尾巴钻水底捉螺蛳。无论白猫黑猫黄猫，它们都是野猫。我猜想这里还藏着二十六只各种毛色的猫，以轻捷的脚步奔忙着生活。它们比我更熟悉鸟声，知道初一、十五有人来山首的弥勒佛像前转经上香。野猫永远不信任人，见人飞跑，远离人类越远越好。在这一点上，野猫做得比猪狗都要好。人都不信任人，野猫怎么信？

齐白石画的鹰和鸡的精神在爪子上，但他不画猫。猫的精神全在眼里，中国笔墨没法画。猫的眼睛里带着另一个世界的秘密，如来窥探这一个世界的秘密。这个世界有秘密吗？人世间无限多的秘密，有些只是欺诈，包括用美、用爱置人于死地。这不算秘密，只是罪。除了核大国元首所掌握的核武器发射指令，这个世界没有秘密。秘密不存在于群星之间、河流之间、野花与白云之间。

猫似乎掌握了不少人间的秘密，因此它越来越怕人，见到人跑得越来越快，鸟也是这样。人见到人之后居然还在微笑、握手，小猫十分惊讶。

我住这个地方叫“黄母山”，村民造起的别墅掩映于竹林中。街道上无人，只有狗游荡。猫狗共同的特点是边跑边回头看人，怕人在它们背后袭击。村上面的水库似一尊端庄的绿度母，安卧山间。这里有鸟啼犬吠，春天有猫竟夜呼喊，大自然用风吸纳生灵的声音，愈显其静。这里昼夜不息的话语是溪水发出的，小如絮语，大似轰鸣。溪流用不间断的话语说着谁也听不懂的话。

鹿

多幸运，我看见了鹿。

阳光从落叶松的缝隙透射到草地上，草地穿上一件白色斑点的花衣，像鹿身上的斑点。露水还没有干，像人眨眼。两只鹿从松树后面走过来，天真、信任地向四周看，眼里没有其他动物见到人的恐惧。

首都机场附近一处名曰710的院子，早晨有七八只流浪猫在台阶上晒太阳，伸腿拉胯，好像有人把它们摊在那里晒皮子。我走过去，才迈步，猫全耸身走了。猫们舍不得那个地方，走两步回头看我。我不用问猫，已经知道人类在猫类眼里有多么可怖。虽然人觉得自己漂亮，服装业和化妆品业都在支持他们的漂亮，明星自认美艳绝伦。但在猫眼里，在麻雀和松鼠眼里，人一定比妖怪还怪，猫眼的惊恐已说明这一点。我想告诉这几只年龄不过两三岁的小猫，我在人里不算是最坏的。但它们听不懂，听懂了也不相信。猫——这回我说，没办法，拜拜吧！如果你们认为拜拜就是喵喵，那就喵喵。

鹿美丽，无论从哪种意义说。鹿都是美丽的动物。动物的动，对鹿应该改成尤，鹿是尤物，比人物还要好看，更多纯良。鹿如同知道自己美，站在光斑错落的草地上，扭过颈子嗅空气中青草的味道。鹿是草食动物却比更多肉食动物跑得快，也更警觉。它的蹄子多么精巧，仿佛随时可以跑。上帝让草食动物比肉食动物跑得更快一点儿，让肉食动物耐受饥饿的能力更强一点儿。但上帝万万没有想到，人会发明猎枪和夹子。如果说人是上帝造的，上帝一定后悔开天辟地五千年。还是说人由猴进化稳妥，让上帝少一些负疚。

我恍惚记得曾祖母说，人见到鹿是非常幸运的事。她说，人这辈子能见到几次鹿呢？见一次可以多活十年。我年龄小，想她为什么不去赤峰长青公园看鹿呢？也许她脚疼（她说自己的脚后跟进了黄水），也许她找不到去公园的路。小时候我想，曾祖母每天上公园看一趟梅花鹿，一年下来多活三百多岁。而我觉得自己不需要活三百多岁，太漫长了。我的曾祖母努恩吉亚七十多岁离世，我父亲“文革”中被抓走，她像没了油的油灯一样突然灭了。

曾祖母所说的幸运是指见到野生的鹿，可是人能到哪里去看野鹿呢？野生动物生存的三要素是隐蔽物（森林草地）、水源和食物。我想象中的野鹿在齐腰深的草丛飞跑，迎风摇摆的草穗上方鹿角一掠而过。森林里的清泉边上可以见到鹿，清晨的山崖上也有鹿，鹿的眼神融化了乳白的轻雾。

眼前的鹿低头吃草，它温柔的嘴巴和鼻孔一起翕动，耳朵愉快地摇摆。假如鹿的背上骑上一个人，会是什么人？我觉得只有仙女配骑鹿。她赤着脚，披一件白纱衣，辫子上插满了指甲大的野花，走向罩着雾的湖边。

猴们和娃们

树林西边有个大铁丝笼子，标牌书大字：禁扔杂物。小字：猴笼。更小的字：广西猴。

我看了半天，想看出猴的广西性，脑里结合漓江山水和南宁国际歌会，没看出来。上帝造猴像在一个半圆的毛坯上刻出一张脸，只刻半个面颊和一线额头就停止了，上帝累了，而眼睛炯炯有神。猴走起来东张西望，每步俱张望。它为给自己的多动找一些缘由，做各种动作。用哲学家思考的问题发问，它们动作的意义在哪里？猴的作为没有人类所说的意义，游戏自己，动而已。基因不让它们停下来。小广西猴把一个胶皮圈套进脖子，摘不下来而上蹿下跳，但不急，换了人不知急啥样，说不定要打120。小猴劈腿跨过大广西猴头顶，再倒着跨回来，使它尝受韩信之辱。大猴没感觉，读食品包装袋上的字，生产日期、配料什么的。

猴不像鹰那样远望，不像狼那样踱步。许多动物在笼里并不观察人。狼和熊什么时候盯着人看过？吓死你，它们不瞭人。“天低吴楚，眼空无物”。猴偶尔瞥一下人类，流露无助。小广西猴伸展比外科医生和锁匠还灵巧的手指在铁丝笼上攀爬，大广西猴剥东西。猴喜剥，喜观察可剥之物的核心与真相。

两只孔雀一起开屏。它们可能记错日子了，今天没什么庆典。孔雀的屏上有几十只宝蓝色的眼睛窥视你，唰唰抖动，荡漾流苏。这时候怕风来捣乱，兜旋吹来的风让孔雀艰难转向，屁股示人。不过孔雀的屁股也没什么好看。雌孔雀也开屏，开合利落，如相声演员手里的扇子。

马鹿低头吃玉米秸枯干的叶子，一片喧哗。它们行步迟疑，后腿不得已才移前，像舞蹈。

鸵鸟笼的牌上写着“孔雀”。鸵鸟像一帮驼背的强盗，用异样的眼神看人。据说它一脚能蹬死一个人，有三百公斤的力量。一鸵鸟俯首，两翅垂张及地，如谓：请、请吧！

动物园边上是花房，三角梅开得极尽热烈，从盆里开出盆外一米多，有花无叶。人说，花叶不相见，是狠心的植物，不知狠在哪里。

比动物和花好玩儿的是餐厅的孩子们，他们也被称作服务员。这些乡村的孩子（陕西话叫娃）经过培训，女孩儿红短裙粉格衬衣，男孩儿黑马甲白衬衣。他们为客人点菜端菜，表情愉快，仿佛说：这算工作吗？玩儿而已，而且好玩儿。支使他们拿葱、蒜、酱，十次八次也不烦，好像愈玩儿愈深入了，如出牌一样。余暇，他们打闹、唱歌、起哄，比小广西猴更雅致，而快乐不减。在一起，他们有口无心地谈论爱、梦中情人。他们认真地倾听胖厨师谈结婚的事儿。娃们在年龄上刚刚进入“爱”的临界期，在阅历上刚刚接触城市和所谓现代生活方式。更多的时候，娃们一人压另一人肩膀唱无病呻吟的情歌，破碎呀、抛弃呀，而表情健康。如果有一天他们得知自己是在工作、在赚钱，养活一个家，就没这么轻松了。

厢红旗柳树最多。有一棵半抱粗的老柳好像被雷劈过，躯干残破，却生出柔枝，垂地依依。还有一棵大柳树，及抱，枝叶阔大。人们围着树砌了一圈白石矮椅，乍一看，像大树的裤衩落地，来不及提起来。

吃猴就是吃人

我听说咱们国家的粮食已经吃不完了，仓储花费巨额资金。政府动员农民退耕还林还草。在中国人口如此众多之时，粮食多到放不下的程度，这是历史上没有过的福音。朋友贾辉丰几年前说过的话我现在还记得，他说：“孩子和我们最大的区别是不知道饿。”然而中国告别饥饿也只是几十年的光景。我有几个安徽的朋友，童年都有要饭的经历。要饭不同于现今的乞讨，不是募钱，是挨家乞剩饭充饥。有专家呼吁，让三分之二的农民进城成为永久居民，以增加收入。美国专家劝中国农民少种地，以节省水资源。这都说明中国有了粮食。一个国家有粮比有钱更重要。对“饥饿史”这一章，许多国家怎么翻也翻不过去，中国终于与之作别。

粮食太多，人开始吃肉。满街的酒楼日夜喧腾，不是招人吃粮食，而是吃肉兼喝酒。吃在中国成了最大的秀场。有人搞“写食主义”，实为“写肉主义”。人在一起比吃，比的不是吃猪肉羊肉，是比别人没吃过甚至没听过的肉。我觉得没有比这个更恶心的事了。蜥蜴、青蛙、蛇、穿山甲、羊羔、乳猪，全体倾入人的嘴里腹中，天下没什么不能吃的东西了。好在凤凰与龙是人们想象出来的动物，否则早吃没了。科学家在发明钢铁和水泥的时候，未使之有肉的滋味，否则也不够吃了。如此狂热地大吃动物，往往发生在饥荒年代。一位长者回忆自己吃过一只猫。说到这儿，七十多岁的人语气仍有羞愧。我理解他的心思，吃了不该吃的东西后，就不放过自己。在吃与不吃之间，的确存在着罪与非罪。按《圣经》的说法，为躲避洪水，挪亚方舟拯救了人，与人同乘的还有几样动物。上帝想不到的是，这几样动物，后来成了人的食品而不是伙伴。人吃它们不是因为饥饿，而是因为……我真不知道是因为什么。我知道人吃牛羊肉是因为喜欢吃，但吃穿山甲就不知因为什么。古人形容大恨，常常用吃来表达，如有“壮志饥餐胡虏肉”这么夸张的词。但现今的人恨穿山甲、恨青蛙，韩国人恨狗吗？搞不懂。

从人的牙齿观察，属于吃肉兼吃粮食的动物。人类在早期只吃肉，所谓茹毛饮血。我过去说——港台叫“我有说”，婴儿每天早晨啼哭，是因为饥饿作为遗传因子已经储存在潜意识中。原始人早晨睁开眼睛之后，最恐惧的事情是不知今天的食物在哪里。那时，“食物”在山崖和丛林中奔跑，不好捉甚至被“食物”吃掉。耕作的出现，是上帝对人类的拯救。人们采集植物种子埋在地里，第二年吃那些种子，它们和肉一样，包含蛋白质和碳水化合物，可以维持人的基本代谢和运动所需的热量。此为人猿之别。因此，人的臼齿发育得很好，作吃粮之用。而门齿和犬齿虽有食肉功能，但基本上变成美观的东西，比如笑的时候、照相的时候用一下，再就是吃西瓜、啃梨的时候动用。它不表明离不开肉，更不表明广泛咀嚼吞咽野生动物之用。

吃海洋动物、吃非哺乳类动物以及圈养动物，表明人还有一些仁慈，但吃动物发展到吃猴的时候，我以为离吃人已经不远了。人与猴的基因有98%相像，我觉得猴肉之味大约和人肉仿佛。我甚至武断地认为那些吃猴的人实为想吃人，但不敢，因为法律基本上是保护人的，保护人之不被吃不被杀不被劫掠。而猴呢？我看到照片上即将被吃的幼猴恐惧无助的眼睛，心生惊。猴无法说、无法写，但一定想：即生猴，何生人？上天如此不公！

对那些吃猴的食客，我不知怎样对他们说，也许该说：你们终于吃到人了，这辈子没白活。

老鼠的大地

对老鼠来说，大地是一个无穷连接的地下室，它们的世界在地下。人类感觉幽暗莫测的地下世界，在老鼠眼里熠熠发光。老鼠在排水的、电缆的、煤气的、光纤的地下沟渠里发现了美和秩序，也发现了食物和安居工程，它们是地下迷宫的主人。

老鼠到地上来，像人们到地下去，只是偶尔为之。老鼠会觉得地面太不安全，不光猫多，主要是车多。我在路面偶见鼠尸，像干白菜一样扁平，估计是被宝马或比亚迪轧成了这个样子。我想起“鼠窜”这个词。老鼠跑得应该非常快，只有猫比它略快一点儿，怎么会被汽车轧到呢？现在的汽车不光轧人，还轧猫狗。街上会见到瘸脚的流浪猫狗，它们是汽车的受害者。

从20世纪60年代开始，老鼠成为被憎厌的对象。它们不知道，当时的人们在报纸上咒骂它们，老鼠不看报纸，念报，它们也听不懂。老鼠唯一能听懂的异类语言是猫叫，或者叫猫吼。对老鼠来说，这就是死神的声音。与其在报上骂鼠，不如诱猫聚叫。而猫叫起来，比如春夜，老鼠会纷纷闭上眼睛，等待这帮恶魔闭嘴之后再出去工作。

西方的文化中没有憎鼠的传统，迪士尼乐园用鼠造出一个全世界小朋友喜欢的形象。他们塑造的鼠热情奔放、天真鲁莽、夸夸其谈，有民间立场，它们遭遇的失败比胜利多但不气馁。老鼠米奇代表了美国人的民族性格，这种性格在惠特曼、马克·吐温的作品里都找得到。假如米奇的性格不用老鼠来塑造，哪些动物可以担当呢？老虎、狮子不行，它们代表君王；蛇不行，它没有儿童可以理解的四肢和表情；狼承担不了善良角色；猫看上去没有责任感；鱼搞不了恶作剧；孔雀不可能帮助别人；鹤只关心成仙的事；狐狸不靠谱；兔子好像笨了一点儿；牛不会游戏；马不适合在家具和地毯里钻来钻去；猪不被所有文化接受。沃尔特·迪士尼用老鼠的形象创作了米奇，为儿童创造了一位知心朋友。这是不亚于发现重力定律的创造，说的不是商业价值，从人文意义而言，发明米老鼠比发明麦当劳、发明游戏机、发明麻将都要好。它至少对人们有三点启示：没有传统继承的国家可以创造文化让别人继承；为儿童创造的文化通过商业模式可以风靡全世界；米老鼠的爱与爱心可以生发幽默以及冒险故事。

迪士尼的遗憾是没办法让真正的老鼠看到这部片子，还没有证据表明老鼠能看电视剧。据说老鼠无所不能，有最强大的免疫系统和最好的胃口，它们聪明、顽强、机警，缺点是看不了电视里的动画片，白白在黑暗中度过一生。

鼠

房后有一座没有卖出的写字楼，墙壁奇怪地修成罗马式风格，空场的铁门锁着，没有树，也没有人。

下雪那天，这处空场干净了。我把它想象成不对外开放的工地，譬如汉武帝弟弟的寝地，下面珍宝无数。不久，雪地显现生机。大痕迹是鸽子留下的，它们高抬脚，慢落步，像明星在星光大道留下足迹。琐屑的小爪迹是麻雀之屐，成群结队，忽起忽落。老鼠像推土机一样蹚开一条道。所有的道都能指向装修工人从楼上扔下的食物垃圾袋。前几日租房住的时候，我发现老鼠夜间破坏三楼门口的垃圾袋，一只橘红的螃蟹壳被拖到二楼缓步台的窝前。壳进不去，洞窄。第二天，蟹壳变了位置，还没进去。第三天也是。第四天，我把蟹壳破成小片。早晨看，没了。老鼠或许庆幸，人什么时候学好了？看来“公民道德纲要”挺有用。老鼠的门齿双层，里面那层永远生长，与蟹壳VS，刚好恰当。

我说的是，屋后空场在雪的帮助下，像照片一样显影，看出生物活动，原来什么也看不到。雪地里分明什么都没有，麻雀却剥啄不已，看来还有好吃的，鸽子们走走停停，像熟悉环境。我觉得缺猫，后来，猫也出现了，蹲在平房的顶上叫。平房也很神秘，彻夜亮着灯。猫不下来，估计没有别的猫。我看过一个电视纪录片——《公猫凯奇》。凯奇生活在罗马古竞技场，它一直思考与母猫好合。与米娜以及米娜的女儿莎拉曼以及凯瑟琳娜狂欢。平房这只猫是凯奇的沈阳版，眼神动作都像。我替它呼唤：米娜，你在哪里？凯瑟琳娜与莎拉曼。

后来，大铁门咣啷开了，进来几个拎大红扳子的人，蹲在下水道井口，说话、鼓捣。鸟和老鼠没影了，凯奇也遁形。这几个人的动作、表情，怎么看和环境都不协调，像埋地雷。凯奇和老鼠可能就这么想的，溜了。

张无龟

我给我们家的乌龟起了一个名，叫“无龟”。吾妻说，这不跟没起一样吗?

我说，这怎么能一样呢?古有柳无忌，“无”也是一种有，叫“有龟”也行，早先有叫“李有才”的。

吾妻说：无龟……

我说，也可叫张无龟——卖龟的人姓张。父在随父，父不在随卖主，就叫张无龟。

妻说：还是有点儿……

好办，我告诉她，追求异国情调，可以叫无龟尼科娃，也可以叫无龟纯一郎，都行。

吾妻从鼻孔哼了一声，不再言语。

张无龟周身盈掌，花纹光怪陆离。多日不食不饮不语，爬一下也要考虑很长时间。最大的动作是伸脖子于水面，如等人拯救。

我们将其捞出放在地上，请它散步。张无龟缓移角落，不散。自从我观察到它的所作所为后，对自己进行剖析。跟它比，我的问题总的说是过于好动。每日狂奔五公里，加之单杠双杠，这还没说杠铃，蹲七十个杠铃之后，夜半翻身，腰痛如裂。我觉得无龟的不慌不忙好像讽刺我。

张无龟不写散文，不上北京开作代会，不参评鲁迅文学奖，也不上直播间当嘉宾。我说过，它最大的动作只是把口唇伸出水面，呼吸一下而已。

一日，我在纸上写：“淡泊宁静，无欲则慢”，贴在张无龟背上，被吾妻揭去，遭训斥。

再写：“一动不如一静，人生要学龟生”，继被揭去。

又写：“像张无龟那样持重”，此标语贴了一个小时。

昨日，吾妻张望无龟良久。我问：“怎么啦？”

妻说：“放生吧，去北陵公园。”

她说，经询问，龟不吃乃是有病了，再在屋里憋着更不好。我说行。尔后，吾妻又获资讯，北陵的水有污染，龟去了活不成。我问，那怎么办？她说把龟送给卖金鱼的人。送去，她对那人说：你养着吧，我养不好。卖金鱼的人假装不好意思，挑几条金鱼，妻带了回来。

金鱼放在张无龟原来的玻璃缸里，吾妻仍凝视良久，说，龟是在菜市场买的。

我说：“什么？”她说：“这是卖给人吃的。”不管怎么说，小龟总算多活了几天，

不是鱼虫市场吗？

以上是张无龟的故事。

第八辑 蝴蝶一如梦游人

虫子澄澈

小青虫有跟菜叶同样的质感，浅绿，更多是水样的绿。真羡慕青菜能派生出这样的小虫。如果菜青虫不是菜叶的子女的话，也是它的亲戚，血缘很近的亲戚。有的人对菜青虫吃菜叶子感到愤怒，我不知道这样的愤怒从何而来。世界上无论有多少样山珍海味，小虫子吃到的只有菜叶。它跟菜叶是共生关系，相当于吃它妈的奶，你生什么气？一只小虫子能吃多少菜叶子？尽其一生，也吃不下一片菜帮子。它的生命那么短，吃着吃着就死了。听不到它鸣叫、哀告，死在一个人们不知道的地方，也可能化为露水。菜青虫不吃法式牛排，也不吃宫保鸡丁，即使你掏钱请它去吃它也吃不下。如果把它放在一盘子宫保鸡丁上，它以为是受刑，熏也熏死了。只有人类吃各种奇里古怪的东西而不会死，什么生蚝、海胆、牛鞭、燕窝。如果拿这些东西强制喂食牛羊，一定会喂死它们。人为自己能吃许许多多的东西并不死而怡然自得，他们把吃东西当成地位的象征之一。

小青虫在菜叶子上爬行，它这辈子不想离开菜叶而去其他地方，最可庆幸的是它没理想，菜和其他虫子也没强加给它什么理想。它只在菜叶子上爬，吃吃菜，喝喝露水，太阳照得暖和时睡睡觉，就这些。它听从老天爷的安排，用流行的话说叫“一切都是最好的安排”。

没在菜叶上爬过其实不知道菜叶并不好爬，菜的绿叶部分如同泡泡纱，在上面匍匐很磨肚子。小虫无脚，只好用肚子走路。大肚子人假若肯于匍匐前进，肚子也会扁平化。虫子知道，世界除了菜叶之外空无一物，它没时间仰望星空与城市的灯光。虫子的大床是一张青玉案，饿就吃这张床。虫子把菜叶咬出斑斑点点的小窟窿，正好透点儿凉风。它从窟窿眼里往外看，下面的菜叶层层叠叠，不光吃不完，睡也睡不完。菜青虫再一次满意自己是生在菜里的虫子，它不想让别的生物知道它的幸福。如果人也躺在菜叶子上，就太没意思了。人还是去自己的房子里待着吧，他们身上的颜色跟菜叶子对不上。

菜青虫从菜叶上爬过来，像菜叶活了——菜叶卷起一滴清水，然后爬动，这不就是小虫吗？拈过一只青虫看，它通体澄澈，看上去比人干净20×20倍。它没有腰椎（也没腰脱）这类东西。是的，它只是一包清水。小虫子吃菜叶长大，身上除了水还能有什么呢？菜叶上的小虫如一小节挤出的牙膏，然而它会爬，与人无害地在菜叶上蠕动。它的意思是从菜叶这一段爬到那一段，其实都一样，它视力不行，可能以为前面有比菜更好吃的东西。什么东西，难道是肉吗？上帝赋予菜青虫的爬行速度是每秒一微米。这个速度怎么能保证它这个物种不灭绝呢？它没被灭绝的原因第一它不好吃，第二它不是蛋白质，第三它不是药材尤其不是中药材，第四有伪装色，第五耐饥渴，第六有剧毒，第七攻击力强。小虫具备了其中四项，可以勉强活着。但免不了被鸟儿吃掉。然而最可怕的不是鸟儿。上帝不会在安排鸟儿吃虫子的同时又安排老虎、狼和狐狸都去吃虫子。那样有多少虫子也不够吃。比虎狼更冷酷的是农药，尽管小青虫只是一滴水，有伪装色又不是药材，但农药仍然会准确无误地杀死它。不是杀个半死，是全死。这就是人办的事，农业大学农药系正在培养这些刽子手。

小虫子没有胃肠肝肾这类复杂器官，也没脑子。其实不是所有生物都需要脑子。本能足以让一条命活下去，该经历的苦难不是有脑子就可以回避的。人因为有脑子才去上大学，但大学往他脑子里装了一堆狗屎，还不如没脑子的好。我看一些人一辈子没活好，是因为脑子没用对。小虫子想长脑子也没地方长，它身体里到处都是来自菜叶里的水。风从它身上吹过，它以为下了雨。雨浇在它身上的时候，它以为自己钻进了湿润的菜帮里。小青虫在菜里生活了一辈子，并不知菜叫“菜”。它以为菜是一颗星球，夜里可以在天空发光。菜叶的大地碧绿无垠，除了小虫，竟没有其他主人。菜叶被风吹动卷起来，小虫认为那是大海掀起的波浪。小虫爬行，失足掉进菜心里，它才知道嫩黄的菜心比菜帮更可口。菜青虫吃到菜心后，套用人类表决心的话说，叫“下辈子还要当小虫”。

小虫看佛像

春天，岸边的柳枝爬上绿苞，所谓“东风柳枝长”。叶苞好像从伊水河里爬上柳梢，为了看一眼龙门大佛。奉先寺的卢舍那佛像四季安详，对眼前景物视若无睹。春天不一样，大佛喜满身心，看万物生长。伊水河的水量在春天大了，生灵们开始活动，小鸟儿飞来飞去，在空中结一张透明的网，兜住春色。小虫子从冬天醒过来，缓缓地爬向石窟。龙门石窟存佛像十万八千尊，最小的佛只有两厘米。小虫要找小佛像。

小虫拿佛菩萨当作自己的朋友。两厘米佛像的洞窟是菩萨的家，也是小虫的家。这里清凉，远处的伊水像漫过了对岸，其实只在往前流。水流到洞龛这一段，慢得像集合的队伍散开了。河水慢慢看这些佛像。佛像经两千年人间风雨，庄严如故，俯视有情国土。小虫觉得佛像等待与自己相逢。佛也这样回答小虫：为了等你，化为石像。小鸟儿也飞到佛像的龛里歇脚。无数翠鸟从四面八方飞到这里，在佛像脚下肩上，好像长出了一簇簇绿叶子。

大佛年年看到此景，嘴角些微含笑。佛对一切生机无不欢喜。草芽、叶苞和小鸟遗落在空中的羽毛，都在宣扬生的美。生命，仅就美这一项就是一个宝，而生的意义可谓贵。多么卑下残缺的人，他生命的价值对家人亲友都宝贵。人看佛像，佛像看人，均栩栩如生。卢舍那佛是龙门石窟里保存最好的大佛，高十七米多，唐皇李治、武则天夫妻凿成于675年。卢舍那的梵文意思为“遍体光明”。在一千四百年间的每一个早晨，第一抹朝晖里的大佛如披金纱，景色一定动人心魄。阳光把佛像一点点照亮，金色一点点加深。唐朝的工匠们看曦光中的大佛眉目清晰，眷恋这一块土地。杜甫诗“孤舟一系故园心”，就是在洛阳。佛的面庞和衣褶上，滑落过工匠的泪珠和汗滴。我们走走站站看大佛，却说不出佛的表情里的深蕴。宁静里、庄严里、亲切里还有更深的意味，对这些，佛不从表情里透露。每个游人带着对佛的印象回家，一人一个印象，都喜悦。雕像达到这样的境界不可思议。如果没有龙门石窟，中国就没有在人类历史占有顶峰位置的石雕艺术。

春天里、晨曦中、月夜下看奉先寺大佛，最为殊胜。

花 大 姐

我想不明白，瓢虫哪儿像大姐呢？个头、动作？但民间给瓢虫起的外号就叫花大姐。

瓢虫在虫里属于精致的一类。它像最小的纽扣，钉在袖子上都嫌小，却可以“嗡”地飞走。人觉得这甲虫爬得这么慢，像冻僵了，似蠕动，没想到它还会飞。人觉得会飞的生灵，翅膀应该像木梳一样别在身体两侧，如鸟。不一定，瓢虫没看上鸟那套。它的翅膀是它的花衣，是彩釉的倒扣的碗，如塑料制品，正是它嗖地带瓢虫飞走。飞的时候不需要如大雁那样排队或扇动翅膀。飞就飞呗，扇翅膀干吗？

像小扣子一样，像纽扣电池一样的花大姐飞到了哪里了？我每次都没弄清楚。鸟飞之后，天空还有影子供我们双目追随，瓢虫说没就没了，很像飞落在你衣服的后领上。夏天，我有时会看到人类的纱裙或白短袖衫上落着瓢虫，它跟着他们走。这时我想笑，瓢虫并不知道这个人去哪里，跟着走啥？这跟蹭车一样，能省点儿劲儿就先省着，但失之于盲目，瓢虫盲目。

目是说眼睛。花大姐有没有眼睛，我不清楚，也不想就此查百度。我不想当一个查百度的写作者。瓢虫背上的黑点，曰七星、三星，都像眼睛但无视力。瓢虫身上带着自然界最美丽的色彩。瓢虫的橙色是最准的橙，胡萝卜和荷兰足球队队服都没瓢虫的色彩纯正。准此啊，准此。黑底红星的瓢虫典雅极了。是谁告诉它，黑红搭配的典雅？瓢虫它们家谁在学美术？

我喜欢家里飞来一些瓢虫，几星的、什么颜色的都不挑剔。让它们落在家具上做点缀。它们那么小，小的东西都惹人怜爱。又会飞，在各处布置色彩，对人无害，是好东西。它们因此得到儿童的喜欢，“花大姐”即带着儿童的语气。

我姐塔娜小时候喜欢花大姐。她把从花园里搜集来的瓢虫装进一只火柴盒内，里面铺着玻璃糖纸。她慢慢地拉开火柴盒的抽屉，说“珍宝”。我第一次见到瓢虫，以为真的是珍宝。命名对一个人大脑的烙刻作用是强大的。如今我看到瓢虫，脑子里先于瓢虫出现的那个词是“珍宝”，继之删除，然后才是瓢虫。可见我们小时候接受的关于红太阳光芒万丈的教育将跟随我们一生。我现在见到哪个人手上戒指镶的宝石，觉得它会动，早晚会从戒指上走出来，嗡地飞走，或回到塔娜的火柴盒里蠕动。塔娜有意捉一些瓢虫放在她的白底红花的裙子上，当摆设。如果我家炕上的蓝塑料布上有花大姐爬，我知道那是塔娜的珍宝，它们来自长途汽车站的花园里。

夏天，长途汽车站的站台上有赤峰市少见的鲜花，朱槿花、唐昌蒲还有扫帚梅，开在绿窗黄墙的日式建筑的窗前。坐汽车的人从如城墙般高的石砌站台走下去，穿过花丛，走进停着的圆鼻子的长途汽车。塔娜的同学赵斯琴、吴明艳、玲玲弯腰采花朵，塔娜独自对着花笑。我知道她在对着花大姐笑，心里一定想把橙色的、红色的、黑色的如瓷器一般光洁的瓢虫装满两只红双喜牌火柴盒。

瓢虫慢吞吞地爬行又可以“嗡”地飞上空中，却不见人们观念中的翅膀，此乃可喜者一。它把它精致的身体全部塞进美丽的圆壳里，比我们往旅行箱里塞衣服还要利索。人所看到的只是一个壳，见不到它的面孔、羽毛以及螳螂式的刀枪，它是温和的种群。此乃可喜者二。瓢虫无毒，瓢虫可以飞进人的鼻孔里但不干此事。此为可喜者之三、之四。瓢虫从天竺葵的叶子上爬过，不出沙沙的声响。我翻过瓢虫看它的内容，它平坦的腹部只有六足。我把两只瓢虫扣在一起，像给盒子盖一个盖，看上去真像一个珍宝。但瓢虫各自离去，不想当假冒的珍宝。

瓢虫的壳比人类的衣服还有用，其色彩斑点有美术与迷惑天敌的功能。这个壳保护它的身体，又是它的翅膀。壳挨着脖子根的地方有折页，打开与关上一点儿不费事。总之它是个利索人儿，也是温和安静多功能的人儿。

每当我家里的窗台或墙壁上出现了瓢虫，我觉得离大自然又近了一步，好像住进了林场。或者住在离长途汽车站不远的地方。小虫和植物是生存的共同体，花朵和树一定喜欢这个小小的、无害的、又有美术特色的小虫，让它跟自己生活，人却不能。

虫 鸟 记

无事的时候，在桑园里看到蚂蚁、雀包括毛虫，有一种亲戚朋友的感觉。蚂蚁最忙，分秒东奔西走，看着心怜，我倒也帮不上它什么忙。想过从家里带点儿饼干渣子给它们惊喜，老忘。蚂蚁知道此事肯定不满意。那天看电视，知道蚂蚁本事大到让人吃惊，会放养家畜，古人谓之为“牧”。把家畜即大毛毛虫放到树上，蚂蚁兵分两列，毛虫委曲其中，阵式俨然，很严肃。毛虫吃了一天树叶，蚂蚁吃它晚上分泌的浆。你一想，这是高科技的事情，蚂蚁让人敬重。我在桑园坐着，对蚂蚁说，你们的事上电视了，蚂蚁照样埋首忙碌，所谓宠辱不惊。人要是上一回电视，不定乐啥样呢。蚂蚁的事迹也说明，动物、昆虫的能力不一定比人类差，以后咱们应该更加谦虚一些。

再说鸟雀。我不通鸟经，见着红鸟便叫红鸟，记不住名儿。也听说过鹩哥、靛颏、画眉这些名儿，对不上号。就像日前某人拉着我手，说，哎呀，早听说你啦，对不上号。我不喜欢笼子里的鸟，憋屈，笼子再好（清末旧王孙的鸟笼精美到奢侈，如紫藤鸟杠）也是给鸟造监狱。你说听它唱歌，它再能唱（吾乡谓之“哨”）也没人家歌剧院的人唱得好。买CD不结了吗？真正热爱歌唱艺术的国度如西班牙、意大利，街里没拎鸟笼子的人。所以玩鸟是奴役心理，官小，奴役不着人，奴役鸟。因此说你看玩鸟人的表情，那个样，是不是？我最喜欢鸟从天空飞过。唰，一道弧线。啥呀？鸟。鸟就这么神奇。因而人们把鸟当成自由的代名词。蹲监狱的人也最仰慕鸟。世上有许多好东西，美女金钱等等，都不能“唰”地从你头顶掠过，且唱着歌。鸟在桑园里啄食，一蹦一跳，轻巧顾盼，并看一看我。当时我在练八段锦，寻思：放心，我不跟你抢草籽吃。说着，鸟蹦过来了，脊背是红的。我说，嗯，这鸟没准跟鲤鱼有点儿亲戚关系。说着，又出来一只。好看的玩意儿，一旦有两个，就让人高兴。双胞胎鸟投奔我来了，时有剥啄。我不练了，屏息站着。好像有人说，受动物亲近，说明你是好人。我这人其实不算太好，自己知道。但鸟在脚下钻裤而过，看得你脖子左转右转。挺高兴又挺紧张，鸟看得起咱们，知道咱们不是荼毒苍生的坏种，是朴素的人。鸟像叩首似的左啄右叨，像地上布满了好吃的东西。我瞪眼看，也没啥呀？都是土。我这架势端不住了，一挪腿，鸟飞了。我心里说，明天此时还这儿见。估计它俩不能来，毕竟有语言隔阂。

鸟飞了之后，我接着练八段锦，舌下津液泉涌，卷舌吸气缓咽，体会道家所说“甜”字。发现地上有一毛虫柔软拱腰，黑红两色条纹。人要是披这么件大氅多么贵气。又想，这老兄若如马那么大，在街里蠕动可不得了。想起刚才养画眉那人说，画眉吃虫乃如过年。他手里拿个盒子，打开全是人工孵养的虫子。没营养，他说，还得是自然界的虫子，真虫子。这家伙，连虫子界都出假了。我抬眼看他找“真虫子”，并往这边走来。心说，毛虫你快爬吧，这么显眼。那人近了，我赶紧找草棍把它挑到树丛里。养画眉人问：“看着虫子没有？”我说没有啊。他皱眉说：“现在的虫子太奸，找半天也找不到。”我说那是，傻虫子早让鸟吃了或被人踩死了。心里对这位穿黑红格裘皮大氅的虫子说，这回我救了你一命，下辈子若你为人我为虫，你也想法救我，拜托。后来想，啥呀，就这么一挑，没准闪断人家腰呢，真是。

蜜　蜂

蜜蜂丢了什么东西吗？它们匆匆忙忙，像寻找。

故事说，蜜蜂寻找着一封古代皇帝留下的信件，信上写着小蜜蜂怎样可以变成一只飞越大海的鸟儿，变成鱼或一头大象。

虽然大家认为当一只蜜蜂已经很好了，轻盈，而且芳香。但蜜蜂还是愿意变成更大的动物，跑来跑去或游来游去。

传说这封信藏在花朵里面，当然它很小，只有一滴水的十分之一左右，上面的字小得只有蜜蜂才能看得清。

蜜蜂们——我说的是所有的蜜蜂——找遍了天下花朵，找不到，就在空中“嗡嗡”地抱怨一番，接着飞向另一朵花。

每找过一朵花，蜜蜂做一个记号。但花朵实在太多了，它有时来不及做记号，所以，时常地返工，把花蕊重新翻检一遍，弄得到处都是花粉。

它们太累的时候，吐出蜜来。对蜜蜂来说，蜜就像一个日记本，记载着每一朵花的形状和颜色，包括花瓣的长短和花粉的味道。

有一天，一只蜜蜂老了。它的薄翅有许多地方已经残破，修补不好，飞不动了。它伏在槐树的枝上打瞌睡，看到许多年轻的蜜蜂飞来飞去，一时替它们惋惜。

它想告诉年轻的蜜蜂——当然这是善意的——不要再找那封信了，也许压根儿就没有这封信。但年轻的蜜蜂没时间停下来听老蜜蜂的劝告。也许就在听它劝告的时候，恰巧找到那封信了。

老蜜蜂想，找就找吧。如果不这么奔忙，蜜蜂会胖得像一只大白蚕，也不会留下这么多蜜。花朵为蜜蜂而开，把花的话语带给其他的花。这是一个造物主的秘密。

这个秘密包括，让蜜蜂永远相信可以找到那封信，然后变成更大的动物。

黑 蜜 蜂

黑蜜蜂无牵无挂，孤独地飞在山野的灌木上方。一只肚子细长的黑蜜蜂在岩石的壁画前飞旋，白音乌拉山上有许多壁画——古代人用手指头在石上画的图形符号。我觉得像是古埃及人来蒙古高原旅游画的。黑蜜蜂盯着壁画看，壁画上有一人牵着骆驼走的侧影，白颜料画在坚果色的黑石上。黑蜜蜂上下鉴赏，垂下肚子欲蜇白骆驼。古代骆驼你也蜇啊？我说它。黑蜜蜂抻直四片翅膀，像飞机那样飞走。

草原上有许多黑蜜蜂，长翅膀那种大黑蚂蚁不算在内。盛夏时节，草地散发呛人的香味，仿佛每一株草与野花都发情了。它们呼喊，气味是它们的双脚，跑遍天涯找对象。花开到泛滥时节，人在草原上行走没法下脚，都是花，踩到哪朵也不好。花开成堆，分不清花瓣生在哪株花上。野蜂飞过来，如李姆斯基—科萨科夫在乐曲里描写的——嗡，嗡，不是鸣叫，传来小风扇的旋转声。黑蜜蜂比黄蜜蜂手脚笨，在花朵上盘桓的时间长。我俯身看，把头低到花的高度朝远方看——花海有多么辽阔，简直望不到边啊，这就是蜜蜂的视域。蒙古族人不吃蜜，像他们不吃鱼，不吃马肉狗肉，不吃植物的根一样。没有禁忌，他们只吃自己那一份，不泛吃。野蜜蜂的蜜够自己吃了，还可以给花吃一些。蜜蜂是花的使者，它们穿着大马裤的腿在花蕊里横趟，像赤脚踩葡萄的波尔多酿酒工人。晚上睡觉，蜜蜂的六足很香，它闻来闻去，沉醉睡去。蜜蜂是用脚吃饭的人，跟田径运动员和拉黄包车的人一样。

草原的晨风让女人的头巾向后飘扬，像漂在流水里。轧过青草的勒勒车，木轮子变为绿色。勒勒车高高的轮子兜着窄小的车厢，赶车的人躺在里面睡觉，凭驾车的老牛随便走，随便拉屎撒尿。黑蜜蜂落在赶车人的衣服上，用爪子搓他的衣领，随勒勒车去远行夏营地。月亮照白了夏营地的大河，河水反射颤颤的白光。半夜解手，河水白得更加耀眼，月亮像洋铁皮一样焊在水面。那时候，分不清星星和萤火虫有什么区别，除非萤火虫扑到脸上。星星在远处，到了远处，它躲到更远处。虫鸣在后半夜止歇，大地传来一缕籁音，仿佛是什么声的回声，却无源头。这也许是星星和星星对话的余音，传到地面已是多少光年前的事啦，语言变化，根本听不懂。等咱们搞明白星星或外星人的话，他们传过来的声音又变了。

黑蜜蜂是昆虫界的高加索人，它们身手矫健，在山地谋生。高加索人的黑胡子、黑卷发活脱是山鹰的变种，黑眼睛里藏着另外一个世界的事情。他们彪悍地做一切事情，从擦皮靴到骑马，都像一只鹰。黑蜜蜂并非被人涂了墨汁，也不是蜜蜂界的非裔人，它们是黑蝴蝶的姻亲，蜜蜂里的山鹰。蜂子们，不必有黑黄相间的华丽肚子，不必以金色的绒毛装饰手足。孤单的黑蜜蜂不需要这些，它在山野里闲逛，酿的蜜是蜜里的黑钻石。

一位哈萨克族阿肯唱道：

黑蜜蜂落在我的袖子上，袖子绣了一朵花。
黑蜜蜂落在我的领子上，领子绣了一朵花。
黑蜜蜂落在我的手指上，手指留下一滴蜜。
我吮吸这一滴黑蜜，娶来了白白的姑娘。

晨光在草原的石头缝里寻找黑蜜蜂，人们在它睡觉的地方往往能找到白玉或墨玉。黑蜜蜂站在矢车菊上与风对峙。它金属般的鸣声来自银子的翅膀。图瓦人说，黑蜜蜂的翅膀纹络里写着梵文诗篇，和《江格尔》里唱的一样。

蜂　蜇

我得了类风湿关节炎之后，去敖汉旗林家地镇温泉治疗，当地人叫热水汤。那年我十七岁。人们最早发现这处温泉是在冬天。冰天雪地，这地方冒出白色蒸汽。有风湿病的人奔着蒸汽来到这里，用石头砌池子坐浴，当地人叫“坐汤”。汤在古汉语里的意思是热水，子曰：“见善如不及，见不善如探汤。”但没说多少度算汤。林家地的温泉冒出来超过一百摄氏度，红皮白皮鸡蛋放进泉水里一会儿就熟。

我每天下池泡我的类风湿，主治双手双脚红肿，身上其他地方没风湿也跟着泡。有钱人花一元在镶白瓷砖的池子泡，水湛蓝。没钱人花五角在黑水泥的池子泡，水如乌鸡汤。床钱另算。我下五角的池子，疗养院里看得见病成奇形怪状的患者，手脚强直、肌肉萎缩、行走艰难。所有的人都希望据说含着氡气的温泉治好他们的病。有人好了，有人没好并死了。我看到的最惨的病人小刘颌关节强直，不能说话，也不能够进食。他后来饿死了，只有十六岁。小刘颌关节不能开合，说不出话，但能呵呵笑。我学小矮人行走，拼命逗他笑。他痛苦地说，别让我笑了。他的颌关节连笑都笑不了，像长了锈的门折页。

看到他们的惨状，我十分恐惧。这或许就是我的未来——不能行走，进而不能翻身、不能笑。最后，双臂抱着蜷起的双腿，如关在瓮里的人。这是许多重症类风湿患者最后的样子。

我拼命锻炼身体，到山下的公路上跑步。第一天跑步，公路上对面开过来一辆北京吉普，这是大官坐的车。车到我身边停下，下来一个微胖的大官，问我："你干啥呢？"我说："跑步锻炼身体。"大官说："你不是乌云高娃的儿子吗？咋上这儿跑步来了？"我说我类风湿坐汤来了。他说："可怜啊，上车吧。"我坐上吉普车。头一回坐，我以为吉普车在碎石路上的颠簸是故意设计的，属于享受的一部分。叹转眼间，车把我拉回了疗养院，大官说："下车吧，你要休息，别跑步。坐汤本来消耗体力，跑步不更消耗吗？"大官当时是敖汉旗委书记才吉尔乎，我妈在林东老盟政府时的老领导。之后我不跑步了，怕被大官看见说我不懂事。我改登山，还要下蹲，举石头等等。但类风湿没见好也没见坏。这时候，有人告诉我，治类风湿最好的方法是让蜜蜂蜇关节，但一般人适应不了，太疼。

大凡小孩子都怕激将，那一句"一般人适应不了"让我生发自残的豪情。疗养院建在山上，周围有大片的野生苜蓿草还有椴树，常见南方放蜂人的蜂箱。

我来到苜蓿草地。蜜蜂在淡紫色的小花上忙碌，并不知我是来受刑的。一般人小时候都被蜜蜂蜇过一两次，于无意之间。而我要自蜇，这多少需要有一些勇气。我伸手想捏住蜜蜂们的薄翅，却犹豫，想起病友们蹒跚的步履，毅然捉一只蜜蜂，把它弓起的肚子放在我红肿的中指上。蜂针蜇进肉里，中指更肿了，回不了弯。我看到自己的中指怎样迅速变成了一根胡萝卜。疼是疼，说钻心还不够。疼劲过去后，我再捉一只蜜蜂，蜇在我左手拇指的第二关节上。这一针厉害，拇指肿得如红薯，比刚才那针疼多了。我心想蜂针的毒素难道不一样吗？看来不一样，刚蜇这针药效是双倍的。一般人被蜂蜇多在手指肚。这个部位没有关节缝疼。我往回走，边走边看手。这只左手整个肿了起来，红而亮，疼里含着一些麻。回到疗养院，这只手攥不成拳头了，端不起碗。我觉得不是我疼，是类风湿的毒素在疼。只不过我知道了它们是怎样一种疼法而已，想到这儿，十分欣慰。

之后，我每天去野地里自蜇。有一回把蜜蜂惹急了，蜇在我前额上。蜜蜂在我前额蜇的那个针算白蜇了，头骨硬，针没蜇进去，也没起包。慢慢地，我学会用左手提蜂，蜇右手五个指头的关节。总之我的十指被蜇了一遍。来自革命老区江西吉安的放蜂人见我必伸大拇指，他说他爷爷、他爹和他常年风餐露宿没得风湿病的原因就在于被蜂蜇过。而我，是他见到的第一个自蜇的人。蜇我的蜜蜂都死掉了，蜂针带出它的肠子。但放蜂人一点儿不心疼，他说蜜蜂多得很，随便蜇。交谈间，我们一同品尝了蜂蜜，还嚼了嚼蜂蜡。蜜蜂那时候归集体所有，放蜂人只挣工分，没损失。

我的类风湿慢慢好了，出院后插队到当铺地当知识青年，干再重的农活都无妨碍。蜂蜇对治疗类风湿关节炎是否有效，我拿不准。这只是久病乱投医措施之一种。我觉得我的风湿病好转主要是吓的。

人看到自已的同类被某种疾病折磨得惨不忍睹时会产生两种效应。一种是被吓得免疫力低下，凭命运摆弄。另一种是激发了免疫力，把命运的船头生生掰过来了，我可能属于后一种。

蝴蝶一如梦游人

会飞的生灵里，蝴蝶一如梦游人。它好像不知往哪儿飞，断断续续。鲍罗丁有一首曲子叫《我的生活》，听过，搞不清他的生活是什么样的生活，醉醺醺，有一点儿混乱，甜蜜忧伤各半，如蝴蝶。

蝴蝶蹁跹，像找丢失的东西。仔细看，它啥东西都没丢，触须、肚子和翅膀是它全部家当。它飞，一跳一跳，像人跺脚。也许，它视陆地为海洋，怕浪花打湿衣袂。

蝴蝶有大梦，伏落灌木的时候，其实在工作。梦里飞飞，直至被露水凉醒。诺瓦利斯说："如果在梦中梦见自己做梦，梦就快醒了。"它梦见城市的水泥地面长满卷心菜和十字花科椰菜，楼顶冒出清泉，空气变好了。蝴蝶对空气很挑剔，它的肺太纤弱。蝴蝶梦到月亮跟太阳商量，替它值一个白班。月色昼夜相连，雾一般的蝴蝶弥漫城市上空，如玉色的落叶，却无声息。

人愿把蝴蝶想象为女性，正如可以把鸟类想象为男性。鸟儿笔直高飞，一如士兵。蝴蝶一生都在草地灌木中。蝴蝶假如不怯生，从敞开的窗飞进人类的家里，那么——

落在酣睡的孩子的额上，有如天使的祝福。

落书页，好像字句开出素白的花。

落碗边，仿佛里面装满泉水。

落鞋上，这双鞋好像刚刚走过鲜花的草地。

落于枕旁，人梦见青草像一片流水淹没大地。

蝴蝶落在墙上的竹笛上，笛孔屏息，曲牌在一厢排起了队：平沙落雁、阳关三叠、大起板、鹧鸪飞。

蝴蝶飞过人的房间，看人的床铺、厨房、牙刷和眼镜，缓缓飞出窗外，接着梦游。春天是做梦的季节，边飞边梦，蝴蝶就像年轻人。

蝴蝶的折痕

未经政府批准，我私下里把蝴蝶称为开关。开——蝴蝶的翅膀打开。关——翅膀合上。蝴蝶是生物界的奇迹之一。一条虫子，后半生长出了翅膀。虫子成了蝴蝶之后就变成国王陛下与王后陛下。像茶花一样的白蝴蝶落在红牡丹上，站不稳，晃上几晃，开开关关，使花看上去更红更娇艳。蝴蝶不是鸟，却可以飞来飞去。人看够了人，看够了牛马毛驴之后，看到轻盈的蝴蝶感到安逸。它们不怕人，不躲人，又不啄人眼睛。人常常忘记蝴蝶是昆虫，觉得是信使与精灵。蝴蝶脑袋太小，脸更小，它不依赖脸吃饭，吃的是翅膀饭。人们还没看清蝴蝶面孔长什么样已经喜欢上了它，不用再看脸长什么样了。只要蝴蝶胆怯地、试探地、如邮递员一般出现在花丛时，我们觉得空气些微颤动，春天被打开了开关，流出了青草和更多的花。蝴蝶富于表演性，那么弱不禁风却要飞起来，分明惹人怜爱。蝴蝶飞出每一寸似乎都会累得吐血，然后摔下来，然而它一直在飞。蝴蝶如女人一样没有方位感，它们似乎不知道自己要飞向哪里，东一下西一下，像找不到下脚的地方。最可怜见，它落下便关上翅膀，仿佛方便小孩子把它拈起来。蝴蝶，被拈起来你就完了，你知道吗？蝴蝶似乎是聋子，什么都听不见。

飞行的生物多携利器。如蜂刺、如鸟爪，蝴蝶有什么？它们只有花纹与粉，没被麻雀吃掉已万幸，没被马蜂蜇死更万幸。不过，好像没听说哪一类生物吃蝴蝶，文艺类的虫鸟味道都不好。就肉而言，文艺与味道成反比。

蝴蝶开开，蝴蝶关关。蝴蝶掌管着春天的阀门。蝴蝶为每一朵花作示范动作，让花朵学着它们的样子开放。在伊犁，我看到一片黄花开在两山之间的河谷里。山上青松苍郁，背阴的地方还有雪，而黄花在河谷里浩荡奔流。我从远远的地方走过云，走到黄花前。黄花打开翅膀飞走了，露出它刚才覆盖过的小白花。往左右看，这一片河谷落满了黄蝴蝶。它们的翅膀开开关关，试图在微风中的花朵上站稳。哪儿来这么多蝴蝶呢？真让人目瞪口呆。

我恍惚觉得蝴蝶会发出歌声，只是没听到。蝴蝶飞过来，如在虚空蹈水，空气里有看不见的波浪涌过来，使蝴蝶一耸一耸穿行，怕湿了脚和袜子。蝴蝶的歌声细小呢喃，多半是歌词不熟。它的歌大致可以分成几类：一是花朵类，描述花蕊的细嫩与露水的清凉。二是灌木类，生硬的灌木是蝴蝶的崇山峻岭，刮破翅膀的事情经常发生。三是情歌，蝴蝶跟人相同的地方是爱唱情歌，不相同之处几乎什么都不相同。蝴蝶的情歌连唱带舞。它似乎并没有意中人，又似乎眷恋一切。这是谈恋爱的基本要素，随时分手，随时结欢。

蝴蝶的情歌还没被科学家翻译出来。也许已经翻译出来，内容露骨。科学家不好意思写出来。蝴蝶对所有生活的描述和期待都以一个夏天为界限，相当于人的一生。它们的歌声故而伤感，如西班牙的情歌。蝴蝶也因为悲伤而飞得很慢。蝴蝶飞着唱着，落在树枝上竟会死去，一碰掉在地上，翅膀再也关不上了。其他蝴蝶还在飞，翅膀越扇越用力，仿佛虚空里的浪头越来越汹涌，淹没了它们细弱的歌声。

蝴　蝶

没有什么生物比蝴蝶更了解空气。透明的空气在蝴蝶看来，像海浪一样，是浩浩荡荡的。于是你看到蝴小姐在飞翔中起伏、躲闪。我对一只空中的蝴蝶说，嘀，好大的浪呀。蝴蝶像遇到知音一样，频频扇翅。

准确地说，蝴蝶之翩翩不能叫作“飞翔”，它也没有鸟儿强劲的胸肌与骨骼，唯此，蝴蝶让人珍怜。虽然科学家提示出它的真相，蛹蛆之类，煞风景。但我们相信它只是蝴蝶。蝴蝶使人间有了一些天堂的意思，特别是在有草坪和鲜花的人间。它飞得不快，透露眷恋，仿佛一切无不美好。对人的视网膜而言，蝴蝶之扑翼刚刚好，使人们能凝视看清它。而鸟儿像箭一样掠过，使人茫然。

我在桑园里发现了一只蝴蝶，橘红之翼，镶着黑边儿。因为是秋天，它已经不躲闪了，落在槿树的叶子上。我走近树，蝴蝶把双翼小心合拢，仿佛是为了让我捉。我把手缩回，更不好意思把它们用大头针钉到墙上，尽管它是一条虫，但它有更多的神性。我低头看这只蝴蝶，双翼上的粉隐隐闪着光，但它并不看我，我的确没什么可看的，也不会飞。我庆幸这时没有小孩儿从这条小路走过，蝴蝶可以多喘息一些时分。孩子们固然可爱，但多数孩子天性中有虐杀的因子。他们如果在路上发现一个昆虫，会抢着把它踩死，然后扬长而去。或者把线勒在蜻蜓的脖子上，拎着走。

列那尔说，蝴蝶是“对折的，找不到投递地址的雪白的信函”。蝴蝶送信已经送了整整一个夏天，在花朵或黑松的针叶上，把这些“信”打开，可惜没有人认真读过。

蚂　蚁

它在人类看来是最小且最忙碌的生灵，是人类能看到的生活最无意义的生物体。人类对蚁类的轻蔑见诸语言则如“蚁族”，“命贱如蚁”。

而蚂蚁仍然在忙碌，我看它们是最有喜剧感的昆虫。两头大、中间小，有哑铃式的细腰。蚂蚁终日在地上爬，仿佛叩谢什么，祭拜什么。它忙来忙去，谁也看不到它吃什么却活着。人经过百般进化，变为平均50～80公斤，150cm～180cm的生物体。他们对其他生物的恐惧首先是从体积开始的。虎的体重150～200公斤，又有斑斓皮毛，其可怕自不用提。狼体重30公斤，以食肉为生也可怕。动物的体积小到老鼠麻雀以下，方可解除人类对异己的恐惧感，因此看得见人类追打老鼠麻雀。小于鼠雀的生物如昆虫，人之杀戮更是不在话下。儿童——他们承载着最多的人类原始本能，见到虫子，见一个踩死一个。一半是厌恶、一半是快感。人对自己瞬间灭杀另一个生命有莫名的成就感，特别是他们看到一个蠕动的昆虫化成了一摊水。昆虫倘若有害，人类反而敬畏，马蜂体积不大，但人人见而避之。

蚂蚁的身长短到不及人类指甲的长度，体重到不了一克，因此常被人类踩死。人类把大脚踩到蚂蚁窝上，一脚踩死几十个蚂蚁也无困难，这是一些人自豪的理由。既然踩不死一窝虎崽，踩死一窝蚂蚁也可证明能力。虽如此，蚁类实为人类最贴近的写照，蚂蚁的生活比狼类、羊类、猫类更像人的生活。它们终日在泥土里忙碌，农民不正是这样吗？蚂蚁忙东忙西，但似乎不知自己在忙什么。常常站下来想想，再接着忙。蚂蚁在停下想完之后也没改变自己的生活方式，没去飞翔、没下河游泳、没上花朵采蜜。蚂蚁不管停下来多少次，想多长时间，最终还要按本能的指令在土里奔跑觅食。蚂蚁忙到了没时间思考自己为什么是蚂蚁，因为它们忙不过来。

按生物学的解释，蚂蚁不具备思考的器官，上帝没给它们安装这个软件。它们只知道执行，接受指令的方式是同伴传达的生物信息。这些信息以化学气味组成。蚂蚁接受信息之后便着手执行。它们没安装不执行指令删除指令的软件，也没安装自私自利的软件，只知道执行。蚂蚁不思考生命之长短、伙食之优劣，没这个软件。它们终日奔跑也不为减肥（蚂蚁的腰够细了，不能再细了）。蚂蚁甚至跑不成一条直线。我一直希望看到一只蚂蚁沿一条直线爬行，爬到一个它从来没去过的地方，错了。蚂蚁群居且穴居，沿直线或曲线误入其他蚂蚁的领地就踏入了不归路，蚁蚁见而诛之。蚂蚁在看似一无所有的大地上设置了化学信息的国界和围墙，翻墙者杀无赦。蚂蚁不靠大脑（无脑，更谈不上大）而由化学气息决定它怎么活，化学气息已划好死亡的边际。蚂蚁跑跑停停之停，是在整理一下安装在口腔里的化学气息接收器，看它灵不灵，按太阳照射的夹角确定一下自己的位置，接着跑。在其他蚂蚁面前，一只蚂蚁如不显露跑姿，如慢条斯理地踱步、如晒太阳、如躺在石头上睡觉、如哼戏曲、如研究与己无关的草的叶子，就离死不远了。蚁类个个是劳动力，个个也是行刑队员。

人只看到蚂蚁的渺小，而未理会它造型的恐怖。上帝没把蚂蚁体积制定到牛羊那么大完全出于仁慈。蚂蚁即使像羊那么大也十分吓人，它的六只爪子完全是凶器，只有机器人可与之抗衡。它的头颅看上去没有一点儿理性与表情。就脸而言，昆虫的所谓“脸”都让人难以理喻。牛羊这一类脊椎动物的脸能让人看出一些表情，而外骨骼的昆虫根本没表情。虾是什么表情？蜜蜂是什么表情？它们的表情能吓死你。按人的标准看，蚂蚁缺了许多软件，最缺的是那个叫“我”的软件。它们无我，“无智亦无得”。它们忙，但不知谁在忙。它们凶恶，但其他物种都比它们大，搞不死比它们大太多的异类。它们奔跑、建设那个谁也不明底细的庞大的王国。

蚯　蚓

蚯蚓多么温和，一生待在土里蠕动。它一辈子走过的路程也超不过一百米，大地是蚯蚓的家。土，说起来是坚硬的东西，用铁锹挖一锹土，土上带着切痕。但蚯蚓能在土里行走，这又算一个柔软胜刚强的例子。有人说蚯蚓食土为生，如果这样就太好了，它永远不愁吃的东西。土虽多，蚯蚓却不见长胖，它懂得节制。或者，土吃起来很慢，蚯蚓沙沙地咀嚼，一天吃不了多少就饱了。

蚯蚓身体粉红，跟人的肉色接近。它的身体干净。这样的身体表明土地原本不脏，即使吃土也可以长出人肉的颜色。而人需要吃粮食和肉才长出人色。光吃菜，人脸偏绿，人身上的血红细胞减少，转为“血绿细胞”，接近于螳螂的气色。

我见到蚯蚓先想到蛇。蚯蚓跟蛇有多少亲缘关系？它们相似但蚯蚓比蛇少一层皮。蛇皮，中药称蛇蜕。它是蛇的盔甲，而蚯蚓没有。上帝为什么不让蚯蚓长一层甲虫的甲呢？蚯蚓一定在什么地方得罪了上帝。它藏在地里不出头也可能是怕被上帝发现。上帝惩罚谁，一般用两种方法，一是让它基因缺陷，二是让它干一些自不量力的事。然而基因有缺陷的生物大都本分，譬如羊不想吃狼肉并且远离狼。人的神经系统不敌毒品，这是基因缺陷，但有人尝试吸毒挡都挡不住。

蚯蚓没见过蛇，蛇只是一个传说。蚯蚓觉得下辈子变成蛇也不迟。这辈子做一个安分守己的蚯蚓已经够好。它的天敌，比如鹰或鸡轻易吃不到蚯蚓。泥土的堡垒让蚯蚓十分安全，而蚯蚓也没想出去抓鸡或吃人。蚯蚓吃土的口感好像吃饼干，沙沙响。蚯蚓觅食无须像牛羊那样翻过一个又一个山坡，它抬头就有吃的，食品同时是被子、褥子，还是房子和床，总称土。蚯蚓喜欢土地的黑暗，静谧安详。土用臂膀护住蚯蚓，因为它没盔甲。蚯蚓偶尔也到地面上走一走，它觉得没什么意思，一来阳光晃眼，二来道路不平。蚯蚓在地面辗转不安，不如回到土里舒服。蚯蚓学不会蛇的灵巧。蛇哆嗦一下钻进草丛，再哆嗦一下钻进石缝。蚯蚓觉得蛇如果不吃药根本做不出这样的动作，这类似于麻痹震颤症。

有人听过蚯蚓的歌声，在雨后。说蚯蚓的歌声细弱如丝，像吹一片树叶子。蚯蚓唱歌做什么？雨浇湿了泥土，也浇湿了蚯蚓的身体。它听到沙沙的声响并非口腔咀嚼而来自雨，不禁惊呆，仿佛雨在吃土。每一片草叶都对雨滴做出回音，蚯蚓终于在沉默的大地听到了歌声，随之合唱。

不知道蚯蚓怎样在泥土里寻找自己的同伴。它生来孤独，如果有一天听到隔壁泥土松动，那一定是客人来访。两只蚯蚓缠到一起拥抱，有说不完的话，话题是土。蚯蚓想不出离开土还能说什么话。除了土，蚯蚓还谈到雨和庄稼的根须。蚯蚓在地下跟草和庄稼的根须握手，它们洁白的根须散发甜味。对蚯蚓来说，穿过这些根须相当于穿越森林。如果进入一片玉米地，蚯蚓毕其一生也走不出这片地下的森林。土里还有什么？蚯蚓见到最多的是蚂蚁。蚂蚁其实很凶恶，孤零零的爪子长在机器式的身躯上，头颅似乎没有一点儿理智。蚂蚁贪财，搬运一切东西。

蚯蚓走路离不开扭捏。其实它只会掘土，并没有学过走路。它不知学会走路有什么用处，蚯蚓哪儿也不想去。大地温暖安全，适合于一切爱睡眠的生物，其中有蚯蚓这样连皮都没有的，露出赤裸鲜肉的温和生物。

蜻　蜓

它们是吹不破的肥皂泡，在低空飞行。在全世界，蜻蜓为儿童而生而死，唯有儿童才注意到世界上有一种翦翦而飞的漂亮生物叫蜻蜓。

大多数生物的肚子只为装食物，而蜻蜓的肚子似乎是为了美，它的肚子如此细长多节、如此鲜艳，超越了果腹的功能而进入审美。

儿童被蜻蜓的肚子所吸引，儿童们说的蓝蜻蜓、绿蜻蜓、红蜻蜓说的都是蜻蜓的肚子。它的肚子如火柴棍一样细、一样长；如果装食物，装的也是一些甘露，无须蛋白质和脂肪。

蜻蜓与蜜蜂、蝴蝶一样，是夏季的绣工。蜻蜓在草地上摇摇晃晃，草地上亮起一片丝线，如水面的反光。与鸟翅相比，蜻蜓的四片（比鸟多两片）翅膀过于梦幻。好像不是用来飞，而是工艺品。它的翅膀如同做了脱水处理的透明树叶。放在书本上，能够透过蜻蜓的翅膀看清书上的字。黄昏下落，蜻蜓扇动翅膀，让远山再次降低。蜻蜓没有嗡嗡，不善酿蜜，不会蜇人；在人类眼里，它属于没用处亦没能耐的生物。蜻蜓到底在做什么呢？人看到蜻蜓忙碌，会发出这样的疑问。除非，它出人意料地酿出一滴蜜，蓝蜜、黄蜜或红蜜。人的思绪是围绕人的利益而结构的。他们想不通，蜻蜓活着只不过活着，不再干点儿啥吗？然而大部分人活着也只不过是活着，也未酿蜜，更不会飞。

小时候，我见到蜻蜓款款飞行，为之惊讶，想到大地上一定安住着神，否则怎么会有蜻蜓与蝴蝶翻飞？当我彻底弄明白蜻蜓并不是蝴蝶的变种时，感到世界的丰富性永远无法理解。蜻蜓与蝴蝶仅仅是两种可以放在一起比较的昆虫，它们在相近中又有鲜明的差异。在森林里、岩石中不知有怎样的多样性与多变性，而人所受的教育大多着眼于功与用，封闭了人的视野。人在蜻蜓的飞行中看不到美，因为没人告诉他们无用的东西也有美。纪录片《舌尖上的中国》在电视上播出引发超乎寻常的关注，我觉得这近于恐怖。一个十几亿人口的民族如此嗜吃，他们全神贯注于有人教他们怎么吃动物和昆虫，这部片子得奖，人们以荣誉的口吻谈论“舌尖上的中国”，我替他们脸红。

厨师的食谱上还没发现蜻蜓，它空灵无肉。油炸的话，剩不下什么残骸。这真是好事，它可以在舌尖的中国的国土上懵懂飞行。雨后，蜻蜓翅膀的反光比玻璃更明亮。

有些生物天生是儿童的朋友，如蜻蜓、燕子、羊羔。另一些则成了敌人，如狼与狐狸。其实狼蛮冤枉，如果没有动物园，狼与儿童终生也见不到面，何来敌人？狼的相貌凶残么？它与人类的宠物——狗很相像。儿童文学为孩子从小树立了一个观念——敌人，好坏。借此，人类的仇恨能力开始滋生。蜻蜓是另一回事，它们的可笑无须儿童文学的培养，它们比儿童更弱小无害。蜻蜓的飞行高度可为儿童所触及，它们机械僵硬，它们好像没脑子，最重要的是它们漂亮。由于成了儿童的捕杀对象，在蜻蜓眼里，人类的儿童全是狼。每个儿童心里都有嗜杀的因子，儿童杀不到虎豹豺狼，不舍得杀父母，去杀昆虫。死在这班小刽子手里的无辜者是蚂蚁、蜻蜓蝴蝶和蜜蜂。

有一次，我在新疆喀纳斯那边的禾木河边上看到了蜻蜓王国的集体活动。六月份，山顶背阴处积雪，地面黄色和红色的野花迎风怒放。我看到一群蜻蜓飞向河边。开始没想到这是蜻蜓群，而如一片肥皂泡在空气里飘浮。

走近看见蜻蜓的翅膀笔直排列，它们像侵略一个更加弱小的国家的飞机。机翼如一战时期那样四个翅膀。它们降落，如同融化在河水里，不再露头。而新的蜻蜓群又低空飞临，阵式严肃。我当时想太多的蜻蜓如果叮一个人可以叮死他。我如雕塑一样注视而不是打扰它们，流露岩石的表情。蜻蜓的翅膀折射炫目的光，十字形的光影遮挡了地上的花朵。蜻蜓无声地飞向河中央，也许是对岸。它们干什么？对岸比这里好吗？蜻蜓娇小的肚子在风中飘摇，如草棍或黄的蓝的花蕊。它们踩着看不见的空气的台阶，降落到清澈的、非常凉的禾木河水里。后来，它们也许冰镇而死，也许去了另一个地方。

剿蚊记

不仅鲁迅先生憎蚊，厌其一边吸血一边锐声议论。我们这些微末的人也一律对蚊子怒目。我恨蚊子并不是心疼自己的血，吾血如涌泉，蚊蚋吸一夏天尚不及在医院化验抽的一针管多。关键是痒，吾乡叫“刺挠”。古人说“痛可忍，痒不可忍”。不忍，就挠蚊子叮的大包；少顷，痒已转痛。蚊子用心多么险恶。夜晚最宝贵的事情是睡觉，上帝创世时分出昼夜，就有这个心思。上帝都让人睡觉，蚊子却不让。你不失眠，但它失眠。我最气愤的时候，恨不能拎着蚊子的腿放在铁砧上，将十八磅大锤高举过头，砸！对每个蚊子我均想如此一一砸死，累点儿不要紧。我想过，在动物界（蚊子属昆虫，也算大动物范畴，如同大文化范畴），凶猛者虎豹，丑恶者熊罴，奇臭者黄鼠狼子，都没有妨碍别人休息。蚊子太不叫玩意儿。明年高考的作文试题应为“我恨蚊子”。

夏夜，吾与妻并排于榻上，想谈点儿理想人生什么的，蚊子来了。嗡——其声骤远骤近。我媳妇“啪！”小手拍在自己脸上。我问：“打着没？”她回答“嗯”。我在黑暗中窃想：那蚊子带一点儿血迹，连同长脚瘪卧于媳妇的脸上。吾妻平素何尝以掌自掴击？此刻不得以出此下策矣。过一会儿，蚊子复至，估计来为亡友报复，嗡——，我揣摩它正与脸前耳畔作眼花缭乱之舞，没声了。我腾出手，照脸上“啪！”比我媳妇“啪”响亮得多，蚊声复起焉。没打着，我脸皮粗厚，搞不清蚊脚的起伏。一会儿，我媳妇又“啪！”我说：“你小点儿劲儿。”她说：“不行，小劲打不着。”吾妻精通运动力学，盖速度与力度成正比（太极拳的内功除外），出手迅捷，力量也就大了。就这样，我们在夏夜里令人痛心地修理自己。

当然我们有蚊帐与灭蚊灵。挂蚊帐使夏夜的闷热更闷。一次我半夜醒来，见月光浴于帐上，竟看呆了，今夕复何夕？后来才知道是蚊帐。况且睡时若以脚趾触蚊帐，帐外之蚊必咬得你缩脚，脚上之痒甚于脸上。蚊子咬人竟不择地，一次叮在吾女鲍尔金娜眼皮上，越日有升旗式，她乃大队委员，要主持此事。校服书包披挂整齐后，吾女一目圆睁水灵，另一眼帘红肿下垂，这都是蚊子的孽迹。而灭蚊灵，我以为不可以轻用，“滋滋”喷完之后，不禁引颈深呼吸，蚊子当然也窒息了。这不算高明。

关键的问题在于打，主动消灭蚊子的有生力量。不要把打蚊子当成一项事业，而作为一种娱乐，身心并用，利国利民。蚊子活动的规律（书本上说）多在夜间，待“嗡嗡”之声响起来后，亮灯，目光炯炯扫视四壁，发现敌情，执苍蝇拍趋前。看啊，那蚊子轻巧的高脚蛰伏壁上。屏息挥拍重扣，“啪！”整死一个，我为什么说这是一种娱乐呢？打蚊子练眼力，又练判断力和身体的柔韧协调能力。比如，蚊子自以为聪明，常匿身暖气、字画、窗帘甚至东汉时期的广腹陶瓶后面。轰它们，在运动中消灭敌人。它们被迫起飞落在墙上，黑白分明，一拍即矣。有些更狡猾的蚊子落在电线和灯具上，以为人们怕触电或击落灯而不敢动它们，没那个。你踩着凳子向它们宣战，蚊子纷纷起焉。在半夜打蚊子的时候，不妨打开视野，不能因为蚊子咬你小腿就在小腿上打蚊子，要观察顶棚，它们往往在顶棚上窥视你。

一次，在纱窗上生擒一活蚊，属于探马之类，不禁欢喜。先用胶水粘住它，翻抽屉找放大镜仔细观察。蚊子原来也是漂亮之物，翅膀精巧，长脚轻捷，只是嘴的探针长了一些。我用指甲把“探针”掐去，观其颜面竟搞不清眉目在哪里。此蚊被我用打火机烧死了，虽然我不知道它咬没咬过我。几日前读佛偈，言“何苦杀生”。我心存不服，它们叮我痒我。佛说，蚊不曾杀你。那么，这种剿蚊的娱乐属于一种罪过了，阿弥陀佛。

苍　蝇

读《史记》能增添男人的悍气，很想蓄起秦人的一字胡，时不时按一下腰侧的佩刀。这感觉很壮烈，沈阳话叫“支棱”。

说着，屋里冒出一只苍蝇，其嗡嗡之声让人怀疑它安了一个发动机，或昆虫界的BP机。按说各不相扰，我不应倚仗自己块儿大而生杀机。但——我说过——刚读过《史记》，气大。拍案而起，执蝇拍取它首级，什么发动机不发动机。想起鲁迅为讥刺徐志摩而虚拟的神秘诗歌，如时下青春派散文，即“青春美文”，“……慈悲而残忍的金苍蝇，展开馥郁的安琪尔的黄翅。”该苍蝇喧嚣虽甚，却极尽眼花缭乱之能事，我根本摸不到它的线路图。非洲有一种鹿狂蝇，飞得比喷气机还快。有人用计时器测算，它一分钟飞过13英里。真是行行出状元。我上下扑打这只苍蝇，按说已应将它拍死十次了，但嗡嗡之声依旧。

我在无计可施之际，妙事发生了。

此物落在苍蝇拍上。

这不是骂我吗？它不是一般苍蝇，是苍蝇王，大智大勇。举例说，倘若它被推举为什么委员，我均膺服。

我用苍蝇拍端它到窗前，此虫歇了一小会儿，越窗而出，投入新生活，并不理会我的注目礼。

蛛网上的星辰

雨停之后，阳光从云层里钻出来，蛛网上钻石闪烁。我宁愿把这些雨滴看成是钻石，不然见不到这么大的钻石。女人手上戴一个戒指，依稀镶着米粒大小的石头，对你说：这是钻石。你连眯眼带聚焦也没看出上面还有光芒，钻太小。但人家说，钻石就这么小，大钻石被戴安娜戴走了。

过去，我妈有一颗钻石胸坠，比黄豆大点儿，切割三十二个面，拿手上稍动，钻石放射彩虹光，我以为神奇。那时候连我妈都有钻石，可见此物便宜，工农干部都买得起。资料说，“文革”初期，红卫兵在全国抄家收缴一百一十八万两黄金，可见民间有过一些财富，之后被剥夺了。后来，我妈的钻石消失。我家虽然也经历过抄家，但它不一定是被造反派收走的，可能自己弄丢了，我妈则认为是我弄丢的。有可能，它太小，装衣兜里摔跤的时候就没了。

从小时候起，我开始喜欢有三十二个面的东西，稍动就射出光芒。但只有钻石如此，玉米面窝头和腌大萝卜怎么转都不闪光。煤块的面超过五十个，却无光。直到有一天我在桑园见到蛛网上的雨滴，心想钻石出现了。雨滴不转，我转脑袋，蛛网晶莹放光，真美。三十年前我写过一组诗，名叫《假如雨滴停留在空中》，想知道雨滴停留空中的景象。这么多年过去了，一直没看到。这景象宇航员在太空舱可以见得到——水滴抱成团，像傻子一样在空中晃来晃去，重力定律失效，所有东西全散了架子，在空中随便飘。而在雨后，空中有雨滴的展览会，布展人是蜘蛛先生。水滴被蛛网收留，保持一个圆形，滴溜溜地闪光，四周草木葱茏。

每逢雨后，我都去公园里看蛛网上的钻石展。别人问我干什么，我不与之透露。不是怕他们看，雨滴看是看不坏的，我怕他们一巴掌打破这个网。网是蜘蛛的厨房和粮食，把它打烂，你得到什么好处呢？要想看大蛛网，要到森林里。大网像锅盖，如八卦阵那样一个圈环一个圈，经纬联络。蜘蛛在自己结的网上漫步，如同走在星光大道上，一足抓一根丝，六足抓六根丝悠游，迈螃蟹步。我猜测螃蟹跟蜘蛛有点儿亲戚关系，只不过出了五服。螃蟹去海里发展，吃喝不愁。陆地的蜘蛛则要织网收小虫果腹。蜘蛛织网比渔民还早十万年。渔民网鱼和螃蟹，蜘蛛网虫。跟其他昆虫比，蜘蛛的谋生方法可归于智慧，前提是肚子里有丝。狼在跋涉中寻找食物，经常挨饿。蚊子无血不成席，每每有巨掌罩过来，“啪叽”。有人发明了电蚊拍，蚊子在电网上抽搐爆裂。死去的蚊子如果喝过人血，爆裂后发出恶心的焦煳味。如果喝了低密度胆固醇偏高之人的血，味更难闻，油大。一次，我无意触到通电的电蚊拍，肚子万幸没爆裂，手忽抬二尺高，不知道的人看到会以为我在练武功。蜘蛛清白，没人“啪叽”它也没人电它。拿电蚊拍电蜘蛛有点儿太过分了。蛛网是蛛之家，它在树叶里另有一个家，网是它的餐厅和广场。蜘蛛像一个风餐露宿的全真派道士，安我于灌木之巅兮，望我大树，树大招虫兮，喂我蜘蛛。太阳、月亮、星辰、露水，蛛网上一个都不少，都光顾到了，特别适合养生。我观察落在网上的小虫，一些绿颜色，没什么脂肪，一咬一包水。蜘蛛看日出、网白露，卧在这个高弹的蹦床上，比《离骚》对湘夫人起居的描述还舒服。下过雨，网线有点儿滑，但蜘蛛出门从来都系安全带，肚子里好几捆。蜘蛛从网上滑落，马上有丝承接，比阿迪力安全。蜘蛛配得上一个“蜘”字，是昆虫里面的大知识分子，相当于院士。它会结网、会养生、会走高空钢丝自备安全带，牛大了。前两天，有人在食堂告诉我，材料科学将是电子信息科学之后更伟大的一次革命。他说，蛛丝的坚韧性、弹性和轻质，胜过人所能制造的所有绳索，是最优质的材料。但蛛丝之谜还没被破解，不能仿制，其科技含量远胜马迹。

在虫鸟之间重温大师语录

我在千山住过一夜。傍晚，从旅舍出来，准备穿越公路去对面的庄稼地。玉米秀出流苏般暗红与白金色的须子。那里响起昆虫的大合唱。母鸡在地边埋头啄食，公鸡警惕地眺望四周的治安状况。

然而公路车多，准确说是车速太快，没有横道线，只好等。这时，屋舍的人字形尖顶反射夕照，空气中传来仿佛只在夜里才有的露水的气息。我无意间低头，看一只小虫已经从马路对面爬了过来，就像踩在上帝的脚上。小虫一寸长，栗子色，蓬张金红的须毛。

小虫太勇敢了，无视卡车、出租车和农用四轮车的飞驰。一只白色的小狗，刚刚被桑塔纳撞伤。小虫爬得很慢，显出优雅。它怎么能从车流如鲫的公路上爬过而毫发无伤呢？我甚至想把庄严、大义凛然这些词献给它。

我想起福克纳说的："我对我们的评价是以我们做不可能之事所获得的辉煌的失败为基础的。要永远梦想，永远定出比你所知你的能力更高的目标"。（《创作源泉与作家的生命》）福克纳认为，人生的底牌就在"不可能"三字上，人所做的一切都在挑战不可能，包括一次又一次的失败。小虫如同千山版的小福克纳，我按照军委最近颁布的新共同条令向它致帽檐礼，小虫还我行进礼。

我遇到的第二件趣事跟麻雀有关。我家后面的废园里面野草疯长，有一株草（我惭愧于没有植物学知识，不知何草。）直不愣登长了一米多高，旁叶无出，顶端有穗，如军乐队的指挥棒。一只麻雀俯冲落上去，草低头，就在麻雀要掉下去的时候，它飞开，再俯冲。我以为其乐趣超过荡秋千。隔一会儿，麻雀找来一只伴侣，它俩对冲落草，两力相抵，草竟不晃。于是两只麻雀快乐地大叫，重新玩这个游戏。如果两个麻雀落在草上的时间不一致，草弯腰；而其中一只麻雀会扑空，再开始。当它们稳稳地共居一草时，便大叫，炫耀胜利。

没想到麻雀竟会搞游戏，我以为它和老鼠一样，只为生存奔忙。麻雀不仅游戏，而且幽默，有搞笑态度。过去我小看麻雀了。它不仅懂得生存，还懂得“生活不过是游戏，艺术也不过是游戏，虽然是高尚的游戏。我们生活在一个喧杂的时代，要想逃避它，只有一条出路，那就是做梦。我们在梦中见到这个坚不可摧、玄秘深奥和清晰可见的世界。”（博尔赫斯《文学只不过是游戏》）这段话我刚刚读到，但废园的两个麻雀估计早读过了，且实践之。

福克纳和博尔赫斯提到了梦想、游戏、可能与辉煌的失败。我读过似懂非懂，以为翻译得不对劲。而小虫和麻雀以简单的行为告诉我，没啥不对劲，如泰戈尔访问日本时在演讲中所说的：“在真理中发现美，在美中发现真理。”

第九辑 / 小卖部的手风琴声

白银的水罐

井是村庄的珠宝罐。井里不光藏着水，还藏一片锅盖大的星空和动荡的月亮。

井的石壁认识村庄的每一只水桶。桶撞在石头的帮上，像用肩膀撞一个童年的伙伴，叮——当，洋铁皮水桶上的坑凹是它们的年轮。

那些远方的人，见到炊烟像见到村庄的胡子，而叫作村庄的地方必定有一口井，更富庶的地方还有一条河，井的周围是人住的房子。在黑夜，房子像一群熊在看守井。没人偷井，假如井被偷走了，房子就会塌。

井为村庄积攒一汪水，在十尺之下，不算多，也不少。十尺之下的井里总有这么多水，灌溉了爷爷和孙子。人饮水，水进入人的血管，在身体上下流淌，血少了再从井里挑回来。村里的人有一种类似的相貌，这实为井的表情。

井用环形石头围拢水。水不多也不少，在清朝就这么多，现在还这么多。村里人喝走了成千上万吨的水，水不增不减，不垢不净。多少人喝够了井水翘胡子走了，降生面貌陌生的孩子来喝井里的水。井安然，不喜不忧，在日光下只露出半个脸——井只露半个脸，另半个被井帮挡着——轻摇缓动。井里没有船，井水怎么会不断摇动？这说明井水是活的，在井里辗转。

在月光下睡不着觉，井水有空就动一动。

村民每家都有财宝罐，都不大，放在隐秘的地方——箱子、墙夹层、甚至猪圈里。而全村的财宝罐只有这口井，它是白银的水罐，是传说中越吃越有的神话。水井安了全村的心。

水井看不到朝暾浮于东山梁，早霞烧烂了山顶的灌木却烧不进井里。太阳和井水相遇是在正午时光，它和水相视，互道珍重。入夜，井用水筛子把星斗筛一遍，每天都筛一遍，前半夜筛大星，后半夜筛小星，天亮前筛那些模模糊糊的碎星。井水在锅盖大的地方看全了星座，人马座、白羊座，都没超过一口井的尺寸。

井暗喜，月亮每月之圆，是为井口而圆。最圆的月亮只是想盖在井上，金黄的圆饼刚好当井盖，但月亮一直盖不准，天太高了。倘若盖不准，白瞎了这么白嫩的一个月亮。太阳圆、月亮圆、谷粒圆、高粱米圆，大凡自然之物都圆。河床的曲线、鸟飞的弧线，自然的轨迹都圆。人做事不圆，世道用困顿迫使他圆。圆的神秘还在井口，人从这一个圆里汲水，水桶也圆。人做事倾向于方，喜欢转折顿挫，以方为正。大自然无所谓正与不正，只有迂回流畅。自然没有对错、是非、好坏。道法自然如法一口井，大也不大，小也不小，不盈不竭，甘于卑下。

大姑娘、小媳妇是井台的风景。大姑娘挑水走，人看不见水桶，只见她腰肢。女人的细腰随小白手摆动，扁担颤颤悠悠。井边是信息集散地，冒人间烟火，有巧笑倩与美目盼，孩子们围着井奔跑。村里人没有宗教信仰，井几乎成了他们的教堂。但没人在井边忏悔，井也代表不了上帝宽恕人的罪孽。但井里有水，水洁尘去污，与小米相逢化作米汤，井水可煎药除病。井一无所有，只有水。一方水土养一方人，水说的是井与河流，土是耕地。对树和庄稼来说，井是镶在大地的钻石。鸟不知井里有什么，但见人一桶一桶舀出水来，以为奇迹。春天，井水漂浮桃花瓣。入井私奔的桃花，让幽深的水遭遇了爱情。花瓣经受了井水的凉，冰肌玉骨啊。从井里看天，天圆而蓝，云彩只有一朵。天阴也只阴一小块，下雨只下一小片。井里好，石头层层叠叠护卫这口井，井是一个城。

井是白银的水罐，井水变成人的血水。井无水，村庄就无炊烟、无喧哗、无小孩儿与鸡犬乱窜。庄稼也要仰仗井，井水让庄稼变成粮食。人不离乡，是舍不得这口井。家能搬，井搬不了。井太沉，十挂马车拉不走一口井，井是乡土沉静的风景。

扁　担

扁担站在门后。

我小时候的门还分两扇，像中式的衣襟一样，双手分开才进屋。难怪如今偏瘫的人多了，门都成了单扇。推开双扇门，一扇挡着锅台（有人在挨锅台的地方搭鸡窝，门挡了鸡窝），另一扇门挡的是扁担和水桶。扁担藏在门后，不是扁担做了见不得人的事，扁担除了挑水没别的任务。它不能放炕上，不能放桌上，放别的地方碍事，就放门后合适。再讲，扁担不仅是一段扁木，两端还挂着铁环铁钩，很啰唆。

扁担的好处可以分两方面说，它的木头坚而韧，负重又有弹性。大水桶单只可盛三四十斤水，一副七八十斤，扁担挑起来上下颤但不断。没听说谁家挑水把扁担挑断的，那比走道挨一个晴天霹雳还丢人。颤，说扁担的弹性，没弹性它就不叫扁担。为什么没人抗一根铁棍挑水？没弹性又添了分量。好扁担的弹性让挑水人借到力，一步一颤，两只水桶像乌纱帽翅一样上下颤动。挑水人在每一步的行进中享受三分之一秒的小轻快。我小时候，挑水的都是小孩儿，大人在造反或挨斗。挑起扁担来，水桶刚刚离地。大桶沉啊，疼得肩膀受不了。那个时代鲜有高个，都被水桶压矬了，姚明巴特尔肯定不是挑水出身。好扁担挑这么重的水桶还能上下颤动，木头不是一般的好。有人骨折后在腿里镶了三条钢板，弹性赶不上扁担好。好扁担还有一点儿文艺性，即花纹好。把一段方木头削成扁圆，两头尖，中间厚，这就是扁担——看过扁担的人可以不读上边这段话——花纹像鹅卵石的图案一样，环环相扣的扁圆，年轮在木质里显出横竖茬，也是阴阳茬，深浅相隔。扁担也分长幼，新扁担如新兵一样光鲜，白而直，老扁担颜色像水桶一般黑。再老的扁担就弯了，弹性都没了，相当于老得不像话，不仅要退休，还会当成劈柴烧火。身为扁担，一定要直，就像钢针、筷子都要直一样，弯了等于下岗。弯扁担的弯头朝上不行，水桶往中间溜。弯头朝下，水桶就触地了。但没见过谁家烧老扁担，连扁担都烧，太没有人情味了。扁担是硬木，榆木柳木柞木，一般劈不开。

扁担创造别样的美，可惜今天见不到。说的是大姑娘用扁担挑水，一手搭在扁担上，屁股在后面扭，腰肢最惹火，比芭蕾舞美多了。人们并不知，少女肩上担起三四十斤分量，才显出腰臀的美妙。另一只手在身边儿甩，增加美妙。女人，从前面看不公平，有丑有俊。从后面看全公平了，腰跟屁股都差不多。它们用苗条挺翘而不是五官创造美，其美不比五官差。这么说女人八成不爱听，但男人都爱听。大姑娘在街上走，人所看到的腰臀之美只是冰山浮出海面八分之一，身无重物，腰扭不起来。细腰是静态美和局部美，扭腰是动态美和全局美。腰若一扭，风情四射，一般人都受不了。但人家大姑娘凭什么为你扭腰？你是秦始皇呀？这时候，扁担下凡，助成其美在人间。沉重的水桶压在肩上，女人力量不足，借助髋关节的大幅摆动借力，腰如摆柳，屁股似两个葫芦左右转。这时候，姑娘甩起的手指尖、挺直的脖颈，都有不一样的美。而梳大辫子的姑娘，两个红头绳随辫子在屁股上晃，像蝴蝶飞。此美胜过时装表演，现在没了，因为扁担没了，水井没了，自来水消灭了这些美。为了看到美，男人让自己老婆在家里挑水，也不像话。

然而这一类的好看是别人眼里看到的，担扁担的人肩上只有痛苦。我当知识青年的时候，挑八十斤的水桶浇树，走一公里。我十七岁，挑不动。重担集中在扁担那么宽的肉上，痛得难忍。起初走几步一歇，再十几步歇、几十步歇、走百步歇一歇。头一天挑水下来，右肩肿起拳头大一个包，晚上睡觉，轻轻一摸都火烧火燎。第二天，这水还要挑，慢慢地，肩膀生出茧子。再后来，肩膀那块肉没感觉了，摸一下像摸别人，手感类似槐树皮。此际，挑水肩不疼了，步子也迈大了，以在肩膀上创造一块死肉为代价。那时想，若于上古，我被其他部落掠去吃肉，生番吃到我肩膀这块肉时，可能会咯掉一颗牙。他们百般研究争论却不知此为何肉。我当然知道谜底——死肉，扁担制造，但不会告诉这帮愚昧的土人。想到这里，我每每咧开嘴乐一下。死肉也有死肉的用处，天下没一样东西无用。如果非要找出一件没有的事，那就是上大学。在中国上大学是白白浪费钱，白白浪费青春。像钱早就贬值，各种商品都出假货一样，大学早已堕落得比过去的中专水平还低下。它连续四年让人买假的教育，念出来却无处就业。皇帝新衣里面最大的那件，就叫大学。

过去我见到扁担就害怕，现在见不到此物了，女人也显得不那么美了。减肥比不上扁担压出的美。以不担水这件事而论，我觉得生活很幸福。到风景区，还能见到挑砖瓦水泥的人，扁担是他们的谋生工具。人靠肩膀能挣多少钱？况且要上山下山，跟受刑没啥区别。他们肩上的死肉不知死多少年了。不光肩膀，他们的身上、甚至脸上的肉都像死肉，只有眼睛凸出来，盼你让他挑点儿东西。他们的肉不叫软组织、不叫肌肉筋腱，叫藤、树、根，他们从人类进化为物类或另一种人类。

马 灯

那年我到坝后，干什么去已经忘了，但脑子里挂记着那盏马灯。我们住在大车店的一铺大炕上，睡二十多人，都是马车夫。白天，我和主车夫老杜套上我们的马车，拉东西。把东西从这个地方拉到那个地方，好像拉过羊圈里的粪。那羊圈真是世上最好的羊圈，起出二十多厘米厚的羊粪，下面还有粪，黑羊粪蛋子一层一层地偷偷发酵，甚至发烫，像一片一片的毡子，我简直爱不释手。并沉醉于羊粪发酵发出的奇特气味中。晚上，我们住大车店。

大车店没拉电、客房挂一盏马灯，马厩挂一盏马灯。晚上，车夫们掰脚丫子，亮肚子，讲猥亵笑话。马灯的光芒没等照到车夫脸上就缩在半空中，他们的脸埋在黑暗中，但露着白牙。不刷牙的车夫，这时也被马灯照出洁白的牙齿。苇子编的炕席已经黄了，炕席的窟窿里露出炕的黑土。肮脏的看不出颜色的被褥全在马灯的光晕之外。房梁上，悬挂着一尺左右，像暖瓶一样的马灯。灯的玻璃罩里面的灯芯燃烧煤油。花生米大小的火苗发出刺目的白光，马灯周围融洽一团橘黄的光芒，仿佛它是个放射黄光的灯。马灯的玻璃罩像电吹风的风筒，罩子四周是交叉的铁丝护具。装煤油的铁盒是灯的底座，可装二两油。

蛾子在屋顶缭绕，它们靠近灯，但灯罩喷出的热气流把它们拒之灯外。

不久，车夫们响起鼾声，这声音好像是故意发出的极为奇怪的声音。你让一位清醒的人打鼾，他发不出梦境里的声音，他忘记了梦中的发声方法。有人像唱呼麦一样同时发出两三个声音，有低音、泛音和琶音，有许多休止符使之断断续续。有人在豪放地呼出噜之后，吸气却有纤细的弱音，好像他嗓子里勒着一根欲断的琴弦，而且是琵琶的弦，仿佛弹出最后一响就断了，但始终没断。打呼噜的人大都张着嘴，但闭着眼。他们张嘴的样子如同渴望被解救出来。我半夜解手回屋，背手踱步，在马灯的光亮下视察过这些打鼾的车夫，洞开的嘴还可以寓意失望，吃惊和无知。他们是够无知的，把这个村的羊粪拉到另一个村的地里。其实，我看到那个村也有羊圈。那时候，农村里的一切都归公社所有，拉哪个羊圈的粪都一样。就像一家人，把这个碗里的饭拨到那个碗里一样。车夫们睡姿奇特，如果在他们脸上和身上喷上一些道具血，这就是个大屠杀现场或廿先烈就义图。有人仰卧，此乃胸口中弹，有人趴着，背后中弹。有人侧卧并保留攀登的姿势，证明他气绝最晚，想从死人堆爬出去报信但没成功。

即使不解手，我也希望半夜醒来到外面看看夜景。夏夜的风带着故乡性，它从虫鸣、树林、河面吹来，昆虫在夜里大摇大摆地爬，爬一会儿，抬头看看天上的星星。月亮瘫痪在一堆云的烂棉花套子里。我看到夜越深，天色越清亮。接壤黑黢黢的土地的天际发白。可见“天黑”一词不准，天在夜里不算黑，有星星互相照亮，是地黑了。被树林和草叶遮盖的地更黑，这正是昆虫和动物盼望的情景。在黑黑的土地上，它们瞪着亮晶晶的眼睛彼此大笑。夜风裹着庄稼、青草和树林里腐殖质的散发的气味，既潮湿、又丰富。我回屋，见马厩里的马灯照着马。木马槽好像成了黑石槽，离马灯最近那匹马大张着眼睛往夜色里看。灯亮照亮它狭长的半面脸颊，光晕在它鼻梁上铺了一条平直的路。马在夜色里看到了什么？风吹了一夜却没有吹淡夜色。那些踉跄着接连村庄的星星就像马灯。喝醉了的大车店老板手拎马灯，如同拎一瓶酒。他走两步路，站下想一想，打一个嗝。青蛙拼命喊叫，告诉他回家的路，但他听不懂。夏夜，马灯是村庄开放的花，彻夜不熄。马灯的提梁使它像一个壶，但没有茶水，只有光明。马灯聚合了半工业化社会的制作工艺，在电到来之前，它是有性格，有故事的照明体，它是移来移去的火，是用玻璃罩子防风的火苗之灯。它比蜡烛更接近工业化，但很快又变成了文物。马灯照过的模糊的房间，现在被电灯照的一览无余，上厕所也不必出门了。

针

像母亲领着孩子的手，穿过厚厚的云层。对往昔的追念，让人凝视那些斑驳的岁月，让往事像花朵一样开放，使我们看到静置在老日子最下面那些东西，包括母亲手里的针。

针拿在母亲的手里，当母亲把目光转过来的时候，是关于“家”的最贴切的油画构图。妈妈目光柔和，拿针的时候，她的面庞和姿态告诉人，什么是宁静安详。当母亲专注于膝上一件衣衫的连缀时，把这个画面和其他专注的事情相比：医生专注于伤口，账房先生专注于算盘，士兵专注于瞄准。让人觉得天下最为柔顺善良的人，莫过于母亲了。

针在家里是最小的什物，因此母亲藏针的时候最为认真，不是珍贵，而在它太容易丢失了。这一枚光滑尖锐的利器，却丝毫没用兵刃的悍意。它在刀剪的家族里，也是一个女人，身后总带着索拉。那些绵绵的白线，被它缝在被子，包括膝盖的补丁上。像一串洁白的、小小的足印。在家的王国里，针线与棉花布匹生活在一起，一起述说关于夜，体温和火炕的话语。这些话被水洗过，被阳光晒过。阳光和水的语言被远行的孩子带到了异乡。

我回想下乡和结婚的前一夜，母亲都在灯下缝被子。我想起，那些棉被是早已缝好的，她又是拿出来，加密针脚。加密针脚并没有特殊的用途，谁都不会盖坏一床被。但母亲所能做的只是这些了。在命运面前，她并不能做什么。儿子虽然是自己的，但仍要被命运之手领走，领到远方。母亲的语言与针线的语言一样，绵绵密密但素朴无声。当孩子远行，当柔软的棉被和线一起到达的时候，母亲的手里只剩下一根孤零零的钱。

妈妈把它小心收起来，放在炕席下面，或别在布包上，针尖向里。其实儿子大了，已不在身边，已经不用担心他淘气耍，刺破手尖。

现在年轻的家庭，恐怕已经找不到针了。城里没有针，没人缝补旧衣。年轻的母亲孩子准备的是成摞的买来的衣服。在城里，和针一起失去的，还有朴素的诗意和许多难忘的场景。

门

如果说，摇篮是童年的象征，一杯热茶是温暖的象征，启动的车窗上握紧的手是友情的象征，家的象征，是——

门。

门的朴素的脸上，写着我们的寄托、欢喜和庇护。在心底抹不去的记忆里面，清晰地记得门的表情。

当受了委屈的孩子，从外边跑回家，双手刚刚拍到门上时，便开始大哭。在这里，门划分了“他们”和“我们”。从门开始，生活呈现的是另外的世界。

儿童初窥世事的时候，用肩膀倚在自家的门上往外张望。仿佛那边是海，这边是岸。

在暗夜里回家，推开门，先看到母亲在油灯下抬起的脸，她咬断缝衣的线，从锅里端出温热的饭菜。后来，我想到母亲时，白发、端碗的浮筋的手，和门上木纹的肌理叠印在一起，在乡愁的心海上幻化。

靠在家的门上，可以痛哭；可以蹲在它的脚下，以指尖蘸唾沫翻小人书；可以用粉笔在上面画线，看自己长了多高。推开门之后，传来“吱呀”的回应，这是家的歌声。站在门边上，如同站在父兄的脚下。

“文革”中，父亲被拘押。母亲“办班”，每天深夜返回。那时，我和姐姐常常夜深了还不敢睡觉，在被窝里等待敲门声。轻轻地拍门的声音，使我们在无数夜晚一跃而起，抢着给妈妈开门。那时候，开门就有妈妈。

有一年，我们全家从“五七干校”返回。使我眼湿的，是看到了我家的门。它淳厚，蓝漆里面隐约透出地图似的木纹，像老友一般蔼然。我感到，对家的渴念，包括秘密与惊喜，都包含在见到门的最初一眼里面。

离家远行时，回首，目光流连的地方包括家里那扇门。我们从外面所能看到的家，只有门。

如果回家，阔别之后的柔情会在抚到门的那一刻激发。拍一拍它，心里蓄足期待。门的后面，包括门，是我们的家。

墙

命运选择那些土垒在一起，堆为泥墙。它们的躯体就是它们的肩膀，它们没有四肢，只有肩膀。

泥土肩扛自己的兄弟，对垒雨、对垒北风、对垒最强大的敌人——时间。风拿这些土已经没什么办法，它们是墙。

北方有望不尽的墙，它们是院子的边界，是房的框架。灰白色的墙被风刮走了皱纹，墙是村庄最老的老人，是家的外壳。

我去过的一些遗址，如辽上京、准格尔汗国故城，那里一无所有，却留存着当年的墙。所谓断壁残垣说的也是墙。人早没了，繁花胜景没了、屋顶没了、却有墙。它们是一些低矮、毫不起眼、凸起于地面的泥土屏障，但非土丘，而是墙。在好多遗址，砖垒和石垒的城垣瓦解了，砖石没了踪影。土墙依旧在，长在大地里，土与地的联系比砖石更紧密。

我觉得墙上长着眼睛，没有一堵墙不在向外看、向里看。荒野上的人远远看见一处院落时，院墙和屋子的墙早就看到了你。就像藏在草丛里的动物早就看见在道路上行走的人。墙的眼睛细长，它在风里眯惯了眼睛。它打量过往羊群、骆驼队、独狼和流浪的人。墙认识自己的家人，它虽然不能动，却想像狗一样扑过去，围着家人转上几个圈儿。

房子上有墙的眼睛，看人度过几辈子。墙看到孩子在炕上翻滚成大人，看他们在炕上拉屎撒尿，吃饭喝粥，娶妻生子，数钱吃肉，然后卧病蹬腿。墙看到的人是炕上的动物，像人看羊圈里的羊。墙看人在土屋里高兴、流泪、讲理和不讲理，看见人在欲望里轮回，既相信真理又依赖愚昧。房子不过是四堵墙，用木头和泥巴做屋顶挡住夜空和雨水。开窗射进光线，开门出入家人。人垒起这四堵墙就不愿意拆掉，墙窒碍了人的脑子。他们把好东西搬进来，把钱放在炕席底下。垒墙的人不如住帐篷的人自由。帐篷的墙是毯子和布的帐幔，在风中鼓动。墙僵硬，墙与时光死磕到底，墙被人扒了屋顶和窗户还是墙。墙的土一旦当上墙就再也长不出庄稼，开不出花朵，吸收不了水分，不再与季候一道渡过立春、雨水、惊蛰与清明。墙年纪轻轻就成了老人，墙只会站立，墙做的事情是阻挡。

墙是一堵干燥的泥巴所宣示的领地，墙里墙外裁定财产与情感的归属。墙怎么能建立一个家？人的心念从这堵干燥的泥中穿来穿去，干燥的泥没办法让人心安稳。墙让流动变成静止，让目光停留在土上。人年轻时都有过拆墙的念头，年老了都想把墙加高。墙是人所需要的泥土的皮肤，人待在自己家里，穿着墙的皮肤入眠。人一方面盼望自己的思想如水一般自由流动，另一方面筑立更多的墙把自己与他人分开。仰视一座摩天高楼，想不出楼里有多少堵墙。人们在一堵堵墙里悲欢离合。人的终身伴侣是什么？不是人，而是墙。人类最早广泛应用的发明是墙而非其他。

乡村的墙头是鸟儿和小猫的乐园。小猫在墙头袅袅行走，俯瞰下界，不让君王。鸟儿成排站立墙头创造风景。我尤怜惜那些墙头的青草，命运让它们在这里生存，得到最少的雨水，迎接更多的风。墙头草觉得自己是勇敢的卫士，为主人看家护院。青草从来匍匐于地，而墙头草高出地面五尺。人把墙头草当作坏词使用完全是强词夺理，草随风势伏堰乃自然之道，怎么是机会主义？用自然现象比附人是语言的通病。

信息时代拆除了什么？它在拆一切墙。有人看到了他平时看不到东西，有人暴露了他不想暴露的东西。墙不仅是疆域领地，墙还是等级和智愚的分野。人弄不清自己脑子里有多少堵墙，人一边拆脑子里的旧墙一边建新墙。在许多情形下，墙就是强，强权强大与强势。东欧旧政权解体后，人们推倒柏林墙绝不仅仅是一个象征。互联网是人类历史上最大的拆墙手，它把墙的强大化为粉末。失去墙即失去阻隔也失去庇护。墙是立于眼前的四壁，墙将永久存在，它是伟大的分类法，是秩序与安全岛，墙是囚禁，墙是红杏的梯子。

碗

碗的事也不是小事。以前上别人家吃饭——吃馆子是这几年的事，八十年代末期，人们才普遍下馆子，然而这是说我老家——吃饭的人来到别人家，居于席前，先看碟子碗。看啥？家境荣枯，盘盏系于一半。细瓷为好，细瓷而又成套的碗，表明日子过得已经发达。

飨饭多在正月。互相请，真个是人人为我、我为人人，互济会。在风和日丽的正月，谁家大白天不晃晃悠悠踱入一大帮食客，用上海话讲是“没面子”。这帮人穿着呢子大衣，穿风衣，戴礼帽，戴人造毛的水獭皮帽，过本命年的人从裤脚和皮鞋间露出鲜红的袜子。他们高声问候，四邻俱知。主人惊喜地出来迎接，其实相互见过八百遍了。但这是过年，是请客。“客”字在吾乡读“且”，上声。“且”们带着一肚子关于这顿酒菜的美好构思，晃晃悠悠进院。入门，夸赞主人家里干净，对过年新添的摆设表示惊讶，说说入席。

入席，筷子碗都摆上来，叮当清脆入耳。一盘子鸡，一盘子鱼，一盘子扣肉。上述为“硬”菜。其余的，为表丰盛，其格式如“×炒×”，即肉炒芹菜炒白菜炒角瓜炒黄瓜炒白果炒柿子炒菠菜炒咸菜炒辣椒炒豆角炒韭菜炒疙瘩白，前边的肉炒后面各类蔬菜。满满一桌子，丰盛，毕竟过年了。这景象让“且”高兴。菜在过年的主要功能是观瞻，谁没吃过菜？这些日子吃都吃不动了。但，菜少了不行，不热情，甚至不吉利。不富裕就是不吉利，炒这炒那证明富裕着呢。

整两拳？

整两拳吧。“且”们问答。

拳不是泰拳与太极拳，更不是猴拳，乃酒戏。把食指、中指、无名指在“×炒×”的上方伸缩弯曲，口爆数码，输者笑嘻嘻地喝下，再划。碗们，在桌上仪表堂堂。即便不是新碗，也被女主人用碱水洗得干干净净。沿儿有两道蓝杠的粗碗、描画富贵花卉的细瓷碗，更富的人家里，碗绘金边儿，即如今微波炉禁止使用的那种。在席上，你看吧，盘拱鸡鸭，碗中清虚。一看，盘子是为碗服务的。碗上担一双筷子，尊贵。这家人无论怎么忙乎，切菜、剖鱼、下饺子，都是为了进入这个碗。再往大了说，人辛苦一年，为的是碗里要啥有啥。

碗舀日子。端起了碗，就得让日子过下去。多难也得过，啥空也不能让碗空了。你看这小碗，一下一下，盛走了多少光阴岁月，掏尽了多少座尖尖的粮仓。人回家，端起碗说的是家常话、老实话，向家人吐露。碗在装了那么多粮食之后，也装了不少的话。有碗，就有绵绵不断的生活。对我来说，用不惯自助餐的金属托盘，也不爱用方便饭盒。我就爱端碗，左手端起碗，右手攥一双筷子，心里踏踏实实。这情景是人一天中最好看的姿态之一。

擀 面 杖

用擀面杖擀牙膏皮的时代过去了。

擀牙膏皮是为了节俭，用手捏挤不净的牙膏残余，用擀面杖在案上一滚之后，牙膏皮挤板整了，余膏全聚集于前。这时，把牙膏皮折成三叠，继续使用。

擀面杖是北方人擀面条和包饺子用的，多用枣木制成，有长短两种。贩子们将其他杂木制成的擀面杖漆红油，也谎称“是枣木的”。有人还用擀面杖打孩子，但擀面杖只是他们追赶时握在手里的一种威权，并不能下手。在乡下，打孩子较好的工具是鞋底子，既痛又不致残，往屁股上拍。当坐在炕头上的父亲怒上心来，咬紧牙根啐骂“我×——你个……”的时候，已经动手脱下一只鞋，当他最后骂出“妈”字时，那鞋已“啪”地落在孩子腚蛋子上，孩子身体向后一弓，仰面“哇”地嚎起来。

“文革”中看电影，观毛泽东接见非洲一带的外宾。乡下人用烟袋锅子点画银幕上的外宾：“那家伙腋下夹的什么玩意？擀面杖？”

寡闻。哪有那么细的擀面杖，说高粱秸还差不多。

在那个年代，用擀面杖擀牙膏的仍是少数人，因为在那个地方多数人都不刷牙。想刷牙而企图更节省的，就用牙粉。没有钱但真正懂得卫生常识的人，用盐水刷牙。

我小时候刷牙，以为这只是为了牙齿洁白好看，所以只扫前面的大板牙。把后槽牙刷了，人家也看不到，岂不可惜。乡人说："你看人家猫狗从不刷牙，牙照样白。"猫狗的牙的确雪白无比，且无龋齿，狼也是这样。它们是食肉性动物，无牙垢。咱们杂食，尤其常喝玉米面粥，不刷哪儿能行。

鞋

很久没见一边走路一边磕鞋的人。

除非在乡村大路。高高的杨树如用鸭蛋青绸子裹住躯干，在薄薄的蓝天下，点染静谧的繁华。

道是走不完的。乡间的行者不像城里人双手插在兜里，他们手里要拿一样东西：锄头、锹、一篮鸡蛋。这些东西无论在肩上肘弯手里，总催人快行。

说不准哪时，有人站下，扶树，脱下一只鞋磕土，甩出土来，勾着脚，手掌托鞋，平端眼前，看里面有没有土。

钻进鞋里的，是新鲜湿润的活土。这人贪图近道从麦地里走过，从蝴蝶翻飞的菜地走过。暄软、被太阳晒得洋洋得意的土，钻进鞋子，给他洗脚，跟脚趾捉迷藏玩儿。土香，有肌有肉，不像死土——城里随风旋走的浮尘。乡村的土在鞋里被踩成泥箔，这是磕鞋的人眼里看到的，裂成片儿，磕出鞋外，洒在砂石的乡村大道上。鸟儿在树上盯着这些土片惊讶：土怎么上这儿来啦？而行路人的身影远了，和庄稼融混一遭。

磕土的鞋不会是皮鞋，也没有阿迪达斯。家做的，由母亲或嫂子一锥子一线纳出来的鞋，才会钻入黄土。她们用锥子在鞋底钻眼儿，是一个女人所用的最大力气。在乡村，你看哪家针线笸箩里的锥子把不像白金一样闪闪发光。麻绳穿过鞋底的时候，以手拽，用牙咬。就此，鞋底子写满了密密麻麻的字。这些麻的字，闪着棕白色的光，最终伏在庄稼人的脚底板下。你说庄稼人怎能不风雨如仪？这是亲人给你挂的一副掌。

旧时的游子远行，行囊只有斜系在背的一双新鞋。脚下一双，背上一双，天涯就这么走了过来。睡觉前，珍惜地脱鞋，对合枕在头下进梦。梦里有蝈蝈声、蛐蛐声、公鸡打鸣与柴火毕剥声以及老母亲没有拢住的那绺白发。

养 蜂 人

当城里人为夏夜的溽热辗转反侧时，养蜂人早在星月之下的窝棚里盖着被子入睡了。风把露水的凉气收入山谷，三伏之夜，凉可砭骨。在城里所谓桑拿天的早晨，养蜂人于黎明仍然披一件薄棉袄。人多的地方发热的是人，人少的地方清凉来自草木。

早晨的白雾退去，茂密的苜蓿草里露出蜂箱的队列，褐色的木头被露水打湿。蜜蜂等待阳光照亮山野之后才飞出箱子，露水打湿了花蕊，蜜蜂下不了脚。露水干了，太阳把花晒出了蜜香。

养蜂人戴着网眼护帘的斗笠，开始放蜂、取蜜、换蜂蜡，蜜蜂成团飞在空中。齐白石画蜂以清水晕染蜂翅，每每说“纸上有声”。对蜜蜂小小的体积而言，它发出的噪声相当大，跟小电风扇差不多。嗡嗡之声和李姆斯基—科萨科夫的《野蜂飞舞》并无二致，野蜂的翅鸣更大。

养蜂人穿的衣服并不比麦田稻草人身上的衣服更讲究，比草木的颜色都暗淡。在山野里，劳动者比草木谦逊。山野是草木的家，人只是路过者。没人比养蜂人更沉默，语言所包含的精致、激昂、伪诈、幽默、恶毒和优美在养蜂人这都没有了，语言仅仅是他思考的工具，话都让蜜蜂的翅膀给说完了。

养蜂人从河里汲水，在煤油炉上煮挂面，没电视。我一直想知道十年不看电视的人是什么样子，他们的心智澄明。电视里面即使是最庄重、最刻意典雅的节目，也是造作的产物。电视对一切都在模拟，不仅新闻在模拟，连真诚也是模拟和练习的产物。而养蜂人一生都围着蜂转，心中只想着一个字：蜜。

天天想蜜的人生活很苦。他们被露水打湿裤脚，在山野度过幽居的一生。他们知道月上东山的模样，见过狼和狐狸的脚印，扎破了手指用土止血，脚丫缝里全是泥土。他们熟悉荞麦地的白花，熟悉枣树的花，熟悉青草和玉米高粱的味道。他们身旁都有一条忠诚的老狗；他们把一本字小页厚的武侠书连看好几年；他们赚的钱从邮局飞回老家；他们不懂流行中的一切时尚；他们用清风洗面，用阳光和月色交替护理皮肤；他们一辈子心里都安静；他们所做的一切是换来蜜蜂酿的、对人类健康有益的蜂蜜。

媒体说，几乎所有的蜂蜜都是假的，用白糖和陈大米加化学添加剂熬制而成。

可是蜜呢？蜜去了哪里？没人回答这个问题。

乡　村

“乡村里仓房的大门打开了，准备好一切/收获时候的干草载上了缓缓拖曳着的大车/明澈的阳光，照耀在交相映衬的银灰色和绿色上/满抱满抱的干草被堆在下陷的草堆上。”

这是瓦尔特·惠特曼的诗（楚图南译），每次读到这里，我都急于披衣穿鞋，到门口去迎这样一辆大车。

乡村的丰饶与芳草，被这样一辆大车满载着，摇摇晃晃而来。所有的譬喻，在这儿都可以成为现实，节日、早晨、露水、星星、父兄、故乡，它们都是可以“满抱满抱”的，不会使喜欢这些词语的人失望。

我是一个在城里长大的人，但无比喜欢乡村。我常常为别人指我为“一个在乡下长大的人”而感到宽慰，仿佛又呼吸到了干草的甜蜜的香气，头上曾经顶过无数的星星。

我认识一些人，在乡村长大却急于批评乡村。他们为贫穷而可耻，为自己童年没有上过幼儿园而羞愧，贫穷固然可耻，但光着脚在田野里奔跑，不比在狗屁幼儿园更益智更快乐吗？在乡下的河边，双脚踩在像镜子一样平滑的泥上，十趾用力，河泥像牙膏一样从趾缝清凉细腻涌出，岂不比在幼儿园背着手念“b、p、m、f”更高级吗？

乡村可以改变人生。我惊异于两年的知青生活对我的颠覆性改变。这样的改变在开始并没有显示出来，随着年龄的增长，“乡村”像一个次第发布指令的基因程序一样，越来越使我为一个标准的文本。从照片上看，我的身态骨架，包括表情都像一个北方的农民，好像手里已经习惯拿着镰刀或赶车的鞭子。而坚忍、吃苦、好胃口以及顽固的幽默，也由乡村深深地浸入我的确良骨子里，这使我在今天无论遭遇怎样蹇促，还都能够忍下去，并保持明净的心境。我感谢乡村接纳了我这个孩子。

有人认为知青怀想乡村是一种矫情，是贵族式的浅薄地歌颂田园风光以装点无聊的生活。对我来说并非如此。我不知道是否每一个知青都在内心默想过乡村的土地。对知青来说，苦役无异于噩梦。我在乡村经历过的生理上的苦楚，到今天仍然是唯一的。在夏日正午近40摄氏度的高温下耪地，人变成了一个刚刚能呼吸、能机械移动的动物，脑子里一片空白。而冬季的寒风可以把人脸冻得用手一碰就是一道血口子。然而我还是怀念乡村。当我在电视里看到农人到粮站排队卖粮的表情，我同时忆起了粮站周围庄稼发出的气息，那是叶子宽大的玉米的气息，比草多一些甜味，比河流又多出一些土气。在夜里，在蛙鸣和蛐蛐的歌唱中，这些气味会和落日、马粪与炊烟融合在一起，变成令人难忘的甜蜜而忧伤的印象，久存心底。

农人言语简净，一语多头，透着十足的幽默和狡黠。使人感到宽调中的曲迂，如飨享村民的宴筵一样。你感到他们的语言中具有永远学习不尽的丰富隽永，意味深长。听他们说话，像走在乡村大道上，像一路览阅草尖上的露珠、高粱穗玛瑙般的密集、白杨树的朴素和渠水的清凉一样。

乡村无尽，只有上帝能够创造乡村，而人类创造了城市。虽然蛰居城市多年，我始终没有闻到乡村早晨、中午、晚上和夜里的气味，闻不到乌米、烤马铃薯、井水的味道。而我下乡那个大队米面加工厂那头小毛驴发出的亲切的喷嚏声，也是近二十年来我在人群当中从来没有听到过的。

石屋是山峰的羊群

山巅的夜色比平地薄，也许离星星近，夜被银河的光稀释了。脚下的石板仍清晰，缝隙像墨勾的线。树上的柿子深灰色，灌木如国画堆起来的焦墨，石板路留白，斜着通往上面的屋舍。太行山白天黑夜都像水墨。阳光下，危崖千丈是皴法，大笔皴出石壁和悬松。入夜，山村如晕染，纸上留了更多的水分。石屋石墙的棱角显出柔和轮廓，这是淡墨一遍一遍染的，树用焦墨拉一下就可以了。我在下石壕村转悠时脑子想这些话，好像我是个画家。然而我不懂绘画，借国画技法状眼前所见，说个意思。

夜空上，星星大又亮，一部分星星被山峰挡住。走几步路，星星从山后冒出来，它们好像在旋转。这么大的星星如白锡做的铃铛，本该挂在天马脖子上，如今藏在了太行山的身后。我暗想，即使最小的一个星星掉下来，落在山上，也会叮叮当当响一晚上。

坐在木墩远望，天黑什么都看不清了。山峦刚才在红和蓝的天幕下凸现轮廓，眼下色彩尽了，山退隐。仅存一点儿光线时，雾（实为云海）从山谷汹涌地挤过来，挤进村显得薄了，赶不上蒸馒头大锅的白气密集。雾待一会儿跑了，可能嫌村里太静。村里的石屋构造朴拙，一排房子在山的衬托下显得小，只是人手堆起的一处居所，山是老人。石屋如同山峰放牧的一群白羊。

村民从我身边走过去，去村口的大石亭。石亭能装十桌人吃饭，四面见山，亮着红灯笼。山村静久了，多亮一盏灯、多一个人大声说话，就添了热闹，何况石亭亮起十几盏灯笼，红纱官灯。从身边走过的是妇女和老人，这个村和中国所有村庄一样失去了年轻人，他们离开土地去了水泥地，遭长途颠簸和出租房的罪，赚现金。中国没那么多耕地让他们耕种。灯光下，妇女和老人站在家门口向外张望，越显出房屋院落的寥落。村里大部分儿童去山下学校读书。东奔西跑的精灵不在家，村里更静了。石亭的红灯笼一亮，村民的心活了，来看热闹。

夜色浓重，看山不是山，是深浅不同的墨色。头上一条小路是石片垒起的，七八米高，石片中间钻出树，直径超过五十厘米，拐弯向上长。有的人家窗下横挂着木梯，这里家家离不开梯子，不是上山是上房，晒柿子、花椒和玉米。木梯子被风吹雨打变成白色。墙上标语隐约可辨，有一条是"生女也是接班人"，另外一条"女儿也传种"。这两条标语说的都对，尤其后一条。人种都从女人那里传过来的，没别的途径。

"呜哇哇——"，音乐响起来，自石亭那边。这个音乐是CD放的，类似大型文艺晚会的开始曲。我想下面该出主持人了。果然，一个女声用央视春晚的声调说："各位领导、各位来客、女士们、先生们，大家晚上好！"

我一边往那边赶，一边在心里给她续下边的词："中央电视台平顺分台下石壕支台春节晚会现在开始！首先宣读海外华人和驻外使领馆的贺电……"，但大喇叭里的女孩子说的是另一番话："九月太行，是丰收的季节，苍山披翠，大地金黄……"，很有文采嘛。我趋近石亭，见亭里坐几桌游客，服务员化舞台妆，穿性感纱裙往上端煮鸡蛋、烤马铃薯、炖鸡和柚子大的白面馒头。端烤马铃薯还用化戏妆吗？服务员眼角画进鬓里，如花旦一般。后来知道，她们是演员，兼服务员。

主持晚会的姑娘个子不高，没化妆，像城里人。她流畅地把太行山的人文地理介绍了一遍，宣布演出开始。服务员如仙女般手转扇子跳起舞来，伴奏带是央视经常放的大歌。仙女跳完，主持人又把吃的东西介绍一遍，是一些在其他地方吃不到的山货，诸如鹅卵石炒鸡蛋，清蒸南瓜苗，酱伴花椒嫩芽。仙女们换了另一身衣服，再跳舞。刚才是水红色短衣短褂跳扇子舞；现在是白裙搭青罗条，跳贵妃舞。主持人再上来，说："哪位嘉宾唱歌？"一位游客大咧咧上来，用闽南话唱"敢拼才会赢"和普通话的"天路"。仙女们换短打扮，唱上党梆子。

这家伙，小山村热闹啦，音响师用最大音量放音，唯恐群山听不到。村民们都来了，安静地站在石亭下面观看。他们全神贯注，表情十分满意。这时候你就知道文艺的重要，它是心灵上的银铃铛，有人摇一摇，心里才满意。演出很快结束了（节目少），音箱发出深情的"难忘今宵"。主持人用央视的口风说："难忘今宵，难忘太行，星光为我们指路，友谊是最美的琼浆。"音箱转放苏格兰民歌——"友谊地久天长"。

村民对主持人的文雅词语很满意，有人说话他们就满意，都是吉利话。苏格兰乐曲在太行山巅回荡，我问主持人是哪里人、演员来自何方？主持人告诉我，她是"大学生村官"，担任村主任，服务员和演员都是这里的"大学生村官"。这些女孩子来自长治、潞城、太原，她们在这里服务几年，可以留下，也可以考公务员，给加分。她们有警校生、矿院生和师范生。问年龄都是十九、二十岁，刚刚来这里。我才来，已觉得雄浑的大山需要她们的漂亮衣服和容貌，这些活泼的小"村官"让太行山感受到了青春的感染力。

雾散了，树叶滴水

凌晨醒来，是因为屋里进了雾。昨晚睡觉我敞着门，听雨声，让雨制造的“负氧离子”进屋来，这东西的催眠作用比酒精厉害。

我住的这个石屋位于太行山百丈悬崖上面的下石壕村，坐车穿行凿崖公路几十里尔后到达，辖属山西省平顺县。

山村奇静，我不知这里为什么没公鸡。村里的劳动力都下山打工去了，公鸡也下山了吗？日月升降无声，白雾来去也无声，这里只有雨声。昨夜有雨，敞门入睡如同听到一场雨在太行山顶的音乐会。其实雨也无声，人听不到雨丝划过空气的声音。耳边是雨敲击柿子树叶与核桃树叶的唰唰声，前一拨雨才落脚，后一拨雨又来了，雨水从屋檐滴在青石板上响声清脆。我仔细听其他“乐器”的奏鸣——雨打在倒扣的木盆上，滴在窗户的塑料布上，洒在菠菜叶上混成交响，落在门口的沙子里无声。

入睡后，一觉醒来窗棂微微泛白，我先回忆这是哪儿。每次出门睡醒时先回忆自己到了哪儿，也有回忆不起来的，起身到窗边向外看看才知道身在何处，在德国就是这样。看外边，雨停了，屋里进了雾，怪不得被子泛潮。床边的雾约有半尺，遮住了鞋，但床头柜的衣服还叠在那里。我大喜，吾榻拥云，有成仙迹象了。欲拍照——我躺床上，床下雾气缭绕，证明成仙并非自吹，照片在这儿——但我独宿，没人给我拍，可见成仙真不是容易事。洗完冷水浴，穿衣出屋，步入雾的世界。雾横着飘，一块块有锅盖或棉被大，相互牵扯，悬地二尺半，照顾你看清脚下的石板路。

在村里走，迎面来人从雾里现身，如有抗刀的坏人来到，近前三五米从雾里出现，人想跑也来不及了。这里没坏人，都是好人，他们朴讷醇厚。早上吃饭，四五个老乡拿着房客丢失的手机钱包送过来，房客瞪大眼睛感谢，说你们拾金不昧啊。老乡不以为然，他们在心里说，谁的就是谁的。

从雾中淡入的不光有人还有树，树的叶子被雨水洗得发亮。雨早停了，但树叶还滴水。雾的分子在溜光的树叶上待不住，索性化为水打滑梯落到树根下。苹果和枣在雾里现身，它们红的不一样。苹果紫绿相间，枣鲜艳。拇指盖大的枣在白雾里鲜艳，像树上挂的红宝石。

村里的建筑全系石材，石板路和碾子在雨后黝黑反光，三个石碾子并列。到秋天，村妇在碾子旁碾谷说笑，是热闹地方。屋顶的石片白光错落，野草在石缝摇曳。人走在窄窄的石巷，身旁被雨浇黑的石墙垂下桃形的牵牛花叶子，绿得鲜嫩。带绒毛的花蔓依在石头上，如婴儿偎在祖父身边。可惜牵牛还没开花，喇叭花如开放在水淋淋的黑石旁会有多抢眼。人说心想事成，有时会灵验。再走几步，在墙头上见到一只大南瓜，它的橙红，比喇叭花和红灯笼还明亮。南瓜像一百个橘子堆成的果篮，只是外皮有几道绿痕。南瓜摆在这里，仿佛是为了美术的需要，扫去石屋的沧桑气，让雾不显得闷。

往前走，雾散了，或者说雾退到对面的山峰。山峰开始一点点清晰，笔陡的石壁白垩色，峰上存土的地方长出苍松。苍松沉黑，成了悬崖的冠冕。雾越消退越露出壁立千仞，脚下云海仍是见不到底的深谷，太行山更显雄峻超拔。有人说一座山是一处关，太行是万壑千关，只有云海相伴。云海上面藏着一个小山村，牵牛花在石墙上悄悄伸出蔓丝，枣在雾里微红，雨水洗干净石碾沟槽的米糠，树叶缓缓往下滴水……

在水上写字

傍晚，群山在白雾的包拢下退到了远方。刚才下雨，雨不知停还是没停。我的意思是说雨丝和雾汇合了，见不到成串的雨点，但树叶在滴水，雾气越发浓。

这里是山西省平顺县境内的太行山，我在下石壕村。村庄建在峰峦之上，我们坐车经过九曲二十八弯的凿岩山路才来到这座三十八户人家的村子。村名下石壕，像唐代的名字。几年前，有急于上位的领导把下石壕改为岳家寨。领导怕听到“下”这个词，越（岳）胜于下，更胜过下石和下壕。这是官员的迷信，虚妄之心没有不依赖迷信的。山村不大，往四面看都是比肩的山峰，才知自己立于山巅，此处乃太行之巅。

雾气徐徐侵来，缓缓消散，好像被吸进了地里。梨树、枣树从迷茫中渐然清晰，露出肥硕的绿梨和青枣，好像是雾让树孕育了梨枣。有只梨从枝头落在石板上，“啪叽”一声。我第一次听到熟梨落地竟然会“啪叽”，它躺在地上，绽开白果肉。让梨开绽的不是牛顿的万有引力定律，是熟透了，像女儿大了要出嫁，果肉要坐在石板上看四外风景。枣倔，藏在高枝等着竹竿敲打。村里没人打枣，青壮劳力下山打工去了。

雾散了，我像迷路的毛驴一样在山村转。村里没有一瓦一砖，房子和道路全用石条石板造就。看不出房子盖了多少年，斑驳的石头搬来垒屋，依旧斑驳，说房子是明代建的也有人信。青石瓦片在雨后如砚台般细腻，含蕴花纹。一棵榔树直立云霄，树龄越千载，大人无法合抱，树身红铜色，遍布铜钱大的凹痕。村人视此树为守护神，他们的祖先已于唐宋元明清逝去，留下这棵树。此树曾和先人相伴，村人对树露出虔诚的笑容。这个村的街道有如迷宫，在巷里穿来走去，不知谁家挨着谁家。刚看到一个穿红衣的妇女在东边晾花椒，转一下又见她在西侧晾花椒，浑似双胞胎一齐晾花椒。

说话间，雾又来了，房子被童话一般的雾收走，只露出脚下的石板路。不出五分钟，雾又赶路了。一位老汉双手插兜站在一人高的石街上看我，没表情。他身后的房子用红油漆写着“八路军藏金银处”。八路军不光有作战处、政治处，原来还有藏金银处，在山巅。雾又来，再散，我已经走到一个大石亭边上。亭长方形，立八根石柱，似会议室，四壁皆空，可观八面山色。亭子下面有厨房，这里是村里的人民大会堂和国宾馆，开会开招待会用。在这上面吃饭，比菜肴更合口味的是环绕的山色。谁想吃太行山、吃云海、吃星辰月亮就上这来吧——平顺县下石壕村。还有什么吃的我不清楚，还没开饭呢。

再走，过小石桥，见七八岁儿童趴桥上，用树枝点水。我问：“干啥呢？孩子。”他不抬头回答：“练字呢。”啊？这排场太大了，在一条河上练字。我蹲下，看他用树枝在水面划横、划竖、划撇捺。人说划沙无痕，水痕比沙消失得更快。我说：“你写个太行。”小孩儿站起来，伸臂写“太行”。我只能说他写了好几层涟漪，看不到字。这时水面金红，这肯定不是小孩儿写的。抬头看，雾里涌出夕照，红光从黑黝黝的山峰肩膀迸射，洒在河上的只有一小部分。小孩的树枝一笔笔划破了金痕，我抢过小孩儿手里的树枝，在水上写个“人”又写个“大”。字没留下，树枝挑出一根水草，小孩儿哈哈大笑。

夕照里，村里的屋顶鲜艳夺目，白石房变成玫瑰红，黑石房有乌龙茶的金绿。一恍惚，觉得这里是仙境吧，我还没修炼已经成仙了？“开戏了！”孩子说。石台上那座方亭子亮起了灯笼，长而圆的宫灯，有演出了。

黄 姆 村

村子在深山脚下，公路修到这里为止，尽头是一个水库。水库呈元宝形，有一道一百米长的坝。我每天早上到坝上跑步，然后观望。那时是六月，每天早上下细雨，雨丝比蜂蜜拉的丝还细，用黑色的衣服遮挡才看到亮晶晶的雨线。水库似深潭，翡翠一样沉绿，环绕对面的山峰。白色的水鸟张开比身子宽几倍的翅膀飞行，像为水库遮雨。

站在坝上看村里，有十多幢小楼。这里并没因为山清水秀而贫困，村民家家有楼。我问过，小楼连盖带装修都是五十万元以上的标准。这些楼房只在绿树里冒一个尖，村庄藏在树丛里，空气里含着翠绿。村里西面水库，其他三面皆青山，长满翠竹。竹子和松与梅不一样，它长的密密麻麻，山被它们长的连一点儿站脚之地也没有，远看，篁竹的梢头一团团摇动，似金凤点头。此地形如碧绿的龙首，水面是伸出的龙舌，村庄蹲在舌根。不通风水之人，也看出这是一块吉祥地。

村庄真是小，十分钟可以转一遍，初转时，家犬在各户门口朝我叫喊，转第二遍就有几只犬追随我巡视，我成了队长。说到工业，这个村只有一处碾米厂。一处桶装水厂，不妨碍环境。这里的清幽洁净，不是什么妙手偶得，而是有意为之。因为水库是水源地，村里刻意封山育林，不对外招商，这里是维护得来的世外桃源。

从大坝下来，见一人在菜地里拾掇。也许村里人太少，这人见我主动招呼，第一句竟是“我是杭州人”。他身穿晒白的红球衣，手脚粗大。怕我不信，他又加了一句“我是城里人。在这开了个水厂”。他指指身后。

我说“你家保安对人大喊大叫不好”。他问“哪一个？”我说“穿黄皮草那个”。他抬头思索“哪个穿黄皮草？”

我跑远了，看他手拄锄头，还在思索“穿黄皮草的保安”。第二天，他大笑，明白我说的是他厂里的大黄狗。

我住在村中的山庄里，朋友李坚在山庄有一处别墅，邀我到这里小住。偌大的山庄有湖、有塔和大佛。庄里只住两三个人，小猫成群窜来窜去。山庄管理员阿勇和小莲给我做饭。早上，见到阿勇拎小筐在竹林挖笋，他身边是此起彼伏的林鸟啼鸣。我爬上小山，闭眼躺在石上听鸟啼，辨识有多少种鸟儿歌唱。一怔，才知自己刚才睡着了。

我对美丽村庄的期待是：一、它要小，十多户人家就好了。不会因为人多而嘈杂。二、它有水。水是村庄的灵魂，正像草地是它的衣服、鲜花是它的笑容一样。三、它有不太高的山，可攀玩宜远望。四、它要静，在这里叫喊的不是集市的人而是小鸟和公鸡。五、植被茂盛、野生胜过手植。六、它有网络信号。七、它具有盗贼不喜欢的地理特征，也就是位于路的尽头。八、民风淳朴。九、虽偏远仍适于跑步。十、进城方便。第十一条我就不列了，因为上述十条在现实中是矛盾的，基本上不存在。把陶渊明的《桃花源记》抄下来当第十一条当然可以，但现实中还是不存在，是幻想。

现实中，我去过占其中一两条或两三条的村庄。我在这个村庄住了一周，它占全了我想象的美丽村庄的特征，但忘记了村庄的名字。

可是这个村叫什么名字呢？想不起来似乎不仁义。唯一的线索是村里的中巴站牌，上写——黄姥山，这可能是它的村名，也可能不是。

小卖部的手风琴声

库伦沟林场的场部在一个小镇上，十几户人家，也许叫小村更合适。房屋的红瓦被露水浸过，一片鲜洁，好像洗干净的红砚台，等人用毛笔去试墨。各家的木板栅栏被雨水浇得黝黑，上面环绕嫩绿的牵牛花枝蔓，点缀蓝和粉色的花朵。你看久了，发现栅栏里有一条狗正以疑惑的眼神看你，并使劲嗅你带来的外来者的气味。

我去买牙膏，现在是早上五点钟，不知小卖店开门否。走过去，水泥路两边用石头砌的排水沟长满野草，而没有常见的垃圾。飞鸟从头顶飞过去，变成黑点。在阿荣旗的早上，眼前常常出现这样鸟的黑点。也有小鸟迎面飞过来，由高向低，同伴说我们处于气流的下坡。这时传来断断续续的手风琴声，总是拉开头两句就停，这不是哪一家放音乐，而是有人拉琴。

琴拉的是乌克兰歌曲《德涅伯尔》，开头两句像这首曲子。可是，在呼伦贝尔草原阿荣旗的林场，有人用手风琴拉乌克兰歌曲？我生活在所谓大城市，也未曾在街上听到从窗口飘出的琴声，原来有过小孩儿练习钢琴声，现在没了。夏日窗口飘出的只有打麻将的码牌声。我从一片被小葱和小白菜间隔开的土路走过去，进入小卖店，琴声忽然响起来，一个老汉像母鸡展翅那样对着我拉手风琴，他红脸膛，坐在一只用水果箱子改制的简易椅子上。

“花城百花开，花开哎朋友来……”他边拉边唱，欢迎我。等他拉完四小节，我低声、卖弄地对他说：作曲秦咏诚。

哎哟！他站起来，身高有一米八五。你还知道秦咏诚呢？他欣喜并惊讶，从柜台边上拖出另一只水果箱子改制的椅子，快坐。

我说，知道秦咏诚有啥可哎哟的，你能拉德涅伯尔更哎哟啊。

没啥，他开始拉这台破旧的鹦鹉牌手风琴，风箱有的地方漏风了，键子和簧片的接触也有间离，声音忽轻忽重。

“拉，多咪，拉——咪，来多，多西——”这架破手风琴的乐音让他心醉，甚至合上了眼睛，我跟着旋律小声唱：“——在黑云后面徜徉，林中的枭鹰……”不幸，我忘词了。

还拉啥？他眼瞅着屋顶思索，他老婆不好意思地看他，仿佛他快出丑了。皮亚佐拉？他问我。

我竖起大拇指，皮亚佐拉，这是意大利的炫技派作曲大师。他拉了一段，额上像蛐蛐须子的长眉毛上下跳动，但我没听

过这首作品。

他摘下手风琴，脱外套，身上剩一件千疮百孔的白背心，上印五个字：我为边疆修大渠。

拉什么？他问。

查尔达什会吗？

嗨！他拉起查尔达什，蒙蒂作曲。这首曲子的前身是匈牙利人的民间舞曲。他拉得真好，慢板和快板的节奏都准确（民间音乐人常常篡改节奏）。

他拉过一遍后又拉了一遍，一共拉了三遍。这位民间手风琴演奏家的小卖部里摆着镰刀、驭马用的皮套包子、刷绿漆的铁犁、一捆铁锹杠，水果罐头最多，摆了两排。他老婆一直站着听，她前额的皱纹把眼睛压小了，头发花白，手背暴露凸出静脉，女农民就是这样子。她频繁地眨眼，仿佛沿着她丈夫的乐曲走到了匈牙利，正在辨识那里的森林和道路。

匈牙利的森林有库伦沟林场多吗？这里长着一片又一片樟子松。樟子松一年只长一小点儿，路边这些粗壮的樟子松不知已经长了多少年，像一队队披墨绿斗篷的军士。这些军士漫步在阿荣旗的原野，成千上万。空气中，除了查尔达什，还有屋外传来的布谷鸟的单调的鸣叫。屋外菜畦子开着白花，像落下了成群的蝴蝶。

我听完乐曲，躬身致意，告辞了。我觉得意外听到这么多乐曲，已经偏得了，再待下去就打扰他们了。走在街上，背后传来《我爱这蓝色的海洋》，“文革”时期的歌曲，男中音马国光当年演唱的。对我而言，我爱这阿荣旗的早晨，寂静中有人拉手风琴。快到住地，我想起我是买牙膏的，但我不再返回小卖店了，下站再买，让这个记忆在脑海里保留着唯一性吧。

乡下女人

家属院里停着一辆马车，黑胶皮轱辘，驾辕的白马垂首立着，像为什么事默哀。一杆小鞭插在辕杆上，红缨好看。这是乡下人进城卖大米的。

在横竖垛起来的大米袋子上，坐着一位乡下女人。她双手袖在棉猴样的灰棉袄里，戴一条绿围巾，怯怯地看着往来的人。她男人穿旧军大衣，手持计算器，脸上装出凄苦的表情，和一帮老太太杀价。

乡下女人静静地坐在大米袋子上，仿佛生了根。

待大米卖完之后，她跳下车与男人走进商店，在众多商品面前惊羡、皱眉或口出“啧啧”之声。买东西是她许多梦想中的重要梦想，她即使很专横也道理十足。只有今天她在车上坐了一天，其余的日子都极操劳。她是女人，要追求时尚又拒绝时尚最终按自己的审美趣味买一堆被丈夫讥之为“很村”的货色。她是母亲，要给孩子买花花绿绿的衣袄，便宜而实用。孩子穿了这些行头之后，就愈如年画中的童子一般憨。乡下女人给老婆婆买的东西，必是看上去很值钱，又很不中用的物件。这既可是讲和的礼物，也可是纷争的开端。

乡下女人健康扎实地迈开步子在街上走，她们很可爱，但并不适应城里男人的目光。

当一个城里男人用卡夫卡式的目光沉静而犹疑地看她时，她必是心忙乱了，怕被人笑话，也怕被人亵慢。

我喜欢看乡下女人和那匹垂首的马。白马偶尔抬蹄子，复保持立正姿势。乡下女人黑水晶似的眼光从额前垂发向外清澈散出。

在乡下的时候，常常能看到农妇的笑。这种笑像一眼毫无矫饰的泉水，自石缝间逸流。我恍然记起在生产队部的“农村夜校”里，顶棚是秫秸与报纸合成的，早已熏旧。人们麻木地聆听文件或文章。在很暗的灯光下，惟乡下女人勤勉地缝着什么。她将线头挽成疙瘩，然后以牙咬断的片刻，恰如一帧极美的肖像。偏头，一只手举着衣物，线把脸颊勒出一道深印。“啪”的一声，线断了，她又将舌头在嘴里寻找线头，吐出去。倘若怀里的孩子哭了，或者被旱烟熏咳嗽了，乡下女人能以最快的速度掀开层层叠叠的衣服，将大奶子甩出来，准确塞入孩子嘴里。

乡下女人多健谈，得意处便纵声大笑，这种豪放是城里女人所没有的。她们的笑声穿透了簌簌的杨树叶子，最后落在墙根许多伸展叶子的草上。

乡下女人会包最好吃的酸菜馅饺子，会喂猪，会把儿子培养得像牛犊子一般健壮。

铁匠街的黎明

我住的地方叫阿热亚路，在喀什噶尔的老城区。

现在是北京时间七点，对喀什来说还是黎明。路灯还亮着，像刚刚点燃的蜡烛，衬托宝蓝色的天幕。刚刚醒来的喀什，身上还披着蓝纱巾。

阿热亚路实为一条小巷，经过老城区改造，沿街两侧的房子一派阿拉伯风情。“卡其”这个词源于印地语，意为干枯的泥土，后转为英语的卡其布。卡其就是这里房屋的颜色，比杏白，比牛奶的颜色黄，像新刨出的木板的颜色。这条巷子里尽是这样的房子，高低错落，平房或二层楼房。墙砖像用木块贴上去的，细看是仿木块的工艺砖。

维吾尔人起得很早，他们把清水洒在自己门前。阿热亚路上铁匠铺密集，是“铁匠巴扎”，高鼻深目的铁匠们把自己的产品摆在门口，挂在高处。这里有一尺多高的纯钢折页，这么大的折页只有《一千零一夜》故事里古城堡的大门才用得上。还有成对的黄铜大门环，我把两只手握在铜环上，心想：一握就握住了这么多铜。门环背衬雕花精美，怎样恢宏的人家才佩有这样的门环呢？铁匠露出诧异的眼神，好像没人像我这样攥住门环不松手。我对铁匠和门环分别笑笑，松开手，同时明白，住在农村或古代的人才有可能在两扇大门安上这么好看的东西，我只不过摸一摸。

铁匠铺里摆着许多好东西，让我流连巡视却用不上。这把锋利的斧子上面刻着三朵小花，用不上。圆弯刀，用不上。木柄一米长捞肉铁笊篱，用不上。一个远远离开了土地、森林和村庄的人，用不上真正有用的东西。

看这些东西时，我觉得右脚的鞋动了一下，低头看，一只小鸟在啄我的鞋带，更准确地说，是啄鞋带上的草籽——昨天我刚从莎车县的乡下回来。我如此清晰地看见了这只鸟儿的小蓝脑袋瓜，颈子一伸一缩地啄鞋带。我想把这小鸟用手捧起来，心里说：小鸟，你让我像抱小猫一样抱一下行吗？我把鞋带（连鞋）都送你。我一弯腰，鸟飞走了。但它刚刚啄过我的鞋，我越想越高兴，我默记小鸟的特征——蓝脑瓜，灰下颏，黑翅膀，灰爪子——后来飞了。小鸟飞到西边的街上，西边的人家正捏着塑料管往地上喷清水。十字路口的黑大理石碑刻着金色的隶书字体：坎土曼巴扎。

我悄悄走向小鸟，它不飞，步行躲开。我再追，它又躲开。这不是逗我吗？我和小鸟在街上转圈儿跑。我们俩都不飞，只跑，用绅士的步伐慢跑。我抬头，见到一个维吾尔老人正看我。他眉开眼笑，脸上满是慈祥。我第一次见到小鸟啄人鞋带，老汉可能第一次见到一个人追一只鸟追不上。老人右手放左边胸口，庄重地向我躬身，我赶忙还礼。老汉的胡子如胸前绣的一团银丝，戴一顶墨绿色的花帽，缓缓走了。他的灰风衣长可及地。

小鸟儿站在铁匠铺边（它可能是铁匠雇的护铺的鸟儿），我继续漫游。空气中传来木炭的气味，馕铺开始工作了。我探头往炉子里看，白胖的馕面在炉子里贴了一圈儿，炉子像一个冒香味的宝库。干燥裂纹的柳树根劈成段，垛在炉子旁。一位穿绿长裙，蒙黑头纱的维吾尔少妇走进一家卖手抓饭的店铺。在门口，她和店里的女老板互致问候，行贴颊礼。在喀什，我鲜明感受到维吾尔人的彬彬有礼，这个民族把互相尊重看作是每天的大事。那些弹唱十二木卡姆的民间艺人都彬彬有礼，有歌声，有舞蹈的地方必然通行礼节，它们同是文明之树开出的花。

野鸽子在屋顶上盘旋，一个穿阿凡提长袍的维吾尔老汉赶着毛驴车走过。铁匠在砂轮前蹲着锉折页，火花从他裤裆喷出如礼花。他戴的风镜，是我小时候戴过的——方型，由四块玻璃组成。街东的骡马客栈播放十二木卡姆音乐，民间艺人扯着嗓子演唱，而我钟情音乐里的手鼓声。独特的中亚风情的6/8拍子的节奏，让我跃跃欲试，用鞋跟打节奏，把脚步变成舞步，往前、往右或往后顿挫而行。

我在这条街上走第二个来回的时候，孩子们上学了。天空露出玉石般的青白色，杨树的树干愈发洁净。仔细看，绿色的小桑葚爬在枝条上，桑树的树干像毛驴肚子一样白。

乡村片断

人跟人比，比的是名誉地位。人跟树比，比啥？树沉默、天真、甘于卑下。树柔软、坚硬、敢于腐烂而不留一丝痕迹。树把普照大地的阳光保存起来，变为绿叶还给大地。树是青草、昆虫和小鸟的家。树落叶毫不悲伤，第二年把新叶举在头顶。树是水的花园，树永远在生长。

人如果活得像树那样，人人身上都有清香。

幸福？好多年前，没人说这个词。它在心里悄悄藏着，在字典里白白躺着。那些年，幸福这个词软弱，比盆景长得还慢，更不用说开花结果。现在幸福跟人们招手了。可它是什么？是吃的，穿的，是不挨欺负，是高兴，是打麻将光赢不输，是车，是房子，是没完没了的欲望吗？幸福是一辈子拉不完的单子？可能幸福没那么多，可能它是个找也找不到的东西。找吧，每个人的幸福可能都不一样。

海来了。涨潮的时候，海浪一次又一次地往岸上跑，像亲友重逢。在陆地全还是海水的时候，每寸土地都是海的故乡。海里有珍宝、有故事，海连着所有的地方。

人降生的信息，母亲最先知道。人辞世的先兆，医生最先知道。人生的大事，都是自己不知道，别人先知道。

家是啥？千里之外想家想的是什么？土坯抹泥的房子外面，有一张门板的脸。推开门进屋睡觉，敞开门下地干活。门天天迎接你，目送你，大月亮地里，门在外边给人站岗。

门是家的灵魂，人是门的上帝。家里要是少了一口人，门知道吗？

把身子靠在门上，听听岁月讲述的秘密。它像钟表一样滴答作响。

榆树是树里的爷们儿。拧着劲儿长，跟钢筋似的。树这辈子没少遭罪，雷劈电闪、虫咬火烧，那也得活呀。有的树富贵，有的树娇柔。有的树把自己长成了石头，长绿叶的石头。榆树就这样，不开花不结果，春天一把一把地往地下撒钱，叫“榆钱儿”，圆圆的，吃着甜啊！

没见过这么大的雨，哗——哗——，好比泄洪。哪是雨？这是老天爷的一场事故。人管天，白云散尽；天管人，一锤定音。

药进了肚子，不光到病那儿去。它哪儿都去，全身溜达一遍。病维护自己，药维护主人。它俩斗起来，不知要经过多少回合。

美丽、漂亮、好看，是仨词儿，意思一样。克服、忍受、煎熬，仨词儿，意思也一样。撤销、迁移、消灭，意思还一样。别看世界上词多，意思就那么几层。

词儿也有让人疑惑的地方。聪明有时候和奸诈是一个意思，奸诈有时候和愚蠢是一个意思。你看，愚蠢跟聪明又拉上了手，说不明白了。

有守国土的，有守球门的，没听说有舍命守一个村子的人。农民的眼睛里，一辈子就守望几样东西。庄稼是一样儿，村子是一样儿，再就是老婆孩子。村子没了，庄稼上哪儿种去？就像把筋抽走了。农民不是旅游者，他们脚底下有根系，在土里扎着。到了非走不可的时候，已经触犯了他们的尊严。

恨是压在心上的一块铁。心要喘息，要挣扎，逐渐变硬了，像铁一样。

怀恨的人以为报复可以带来幸福，其实幸福从来不和报复在一起。导火索引爆的是炸药，不是鲜花。

男人把爱情想象成一只鸟儿，它是自由与飞翔；女人把爱情想象成鸟巢，它是安全、牢固和温暖。

鸟和鸟巢想到了一块儿，就叫美满。

一层一层的雾，粉红如烟，笼罩山野。山杏的花，手拉手给山坡披上一件嫁娘的新衣。雾散了，山杏探头窥视春天的情形。孩子们要给仙女压轿，孩子们要为鲜花鼓掌。为什么孩子的心里装的都是幸福的事情？没有丑恶，也找不到虚假。

长大了，人所失去的不仅是快乐，更有纯真。纯真走失，虚假升堂，快乐离开了，去寻找纯真的人。

快乐并不是成长的牺牲品。

如果快乐来自于内心，是来自纯真。快乐不过是幸福的花朵，纯真才是果实。

人要能重新活一遍，觉着比现在过得好。假如真的从头开始，会什么样呢？下棋的下一千盘，每盘都不重样。人生也往往如此。

肩膀抗过二百斤麻包的人都明白，越是负重，越得直腰，要不连步都迈不开。

直开腰板，肩上的重量就交给大地，人只是一个支柱。弯着腰抗东西，早晚得压成一张饼。碰着啥事儿，人别忘了直腰，“立木顶千斤”啊！

以往干部管农民没什么商量，就像农民种地也没跟庄稼商量。现在商量了，两方面有点儿不得劲儿。没在一边儿高的板凳上坐过呀！商量好，比带领、管理、教育、引导这些词儿仁义。常商量就习惯了。没吃过饺子的人，刚吃饺子也不习惯，看不着肉，说烫嘴。慢慢地，过年都吃饺子了。

雨要是不在春天下，秋天指定下。一年就这么多水，下完就完了。

看一个村子有没有活力，莫过于早上站山顶看家家户户的烟囱。炊烟像丝棉，从各家的烟囱飘出来，把村子包裹得像一口热气腾腾的大锅。炊烟里有柴草的香味儿、小米粥的香味儿，日子回到了太阳下面。城里说的人气，在这儿叫人烟。人到哪儿炊烟到哪儿，拢住这片炊烟的人，当然算得上英雄。

人心能老不？生活了这么些年，心总年轻？人老了，胳膊腿儿，连眉毛胡子都老了。但心老不了，跟年轻人想的事一样。谁要说自己老了，记着，他心可没老。

承诺别轻易说出口，说了就得用一辈子担当。上帝唯独让人说话，是相信人是言而有信的生灵。

承诺落地，就好比鸟开始飞，河开始流，找寻目的地。

大自然都是承诺者，树承诺花，花承诺果，果承诺种子，种子承诺土地，土地承诺春天，春天承诺万物。大自然诚实啊，一草一木都不失信，岁岁枯而岁岁荣。

“克”（kē）在东北话里是顶牛的意思。不是牛跟牛顶，是牛跟老虎顶，非分出个你死我活。人跟人要是“克”上了，必有一场惨烈之战。也难怪，人的基因里都有一点儿兽性的残留物，仇恨培育这些基因壮大，一点点吞噬了人性。

粮食——在农村叫口粮，在城里叫主食，在酿酒厂叫淀粉，在养牛场叫饲料。这么多的叫法儿，说来说去还是粮食好听，特本分。庄稼、碾子、犁杖、水井这些词儿都本分，听着端正。过些年，这些词儿都没了，MP3了，听说城里人现在不怎么吃主食。粮——食，这个词儿多好。

贼心要是长到好人身上，自己遭罪。它长到坏人身上，别人遭罪。

好人天天防范自己的贼心，跟它斗争，怕它转移成贼胆。坏人嫌乎自己贼心小，发展培育，最后把自己赔进去了。

好人坏人，有时候就是一念之差。念是心念，防心比防毒蛇猛兽都难。

血缘就是个血缘，里边不含政策，也不含知识。血缘不告诉你该做什么，不该做什么。生活给予人的智慧，比血缘给予的多得多。

农村小孩儿都吃过甜秆儿。玉米秆儿、高粱秆儿，当时没听说过甘蔗。嚼啊、嚼啊，甜水哗哗往肚子里咽，嘴跟粉碎机似的吐渣滓。好甜秆儿吃着不光嘴甜，肚子都跟着甜。在庄稼地，听风吹玉米叶子，唰——啦、唰——啦，嘴里一个劲儿咽唾沫。想，甜秆儿的甜是从哪儿来的呢？玉米的根像抽水机，把土壤里的糖分抽上来了？土壤里还有糖分，没听说呀？想着想着就傻了。

看了没，这就是群众。“近之则不逊，远之则怨”。群众跟干部的关系，就像骑自行车和开汽车的关系一样，谁都觉得对方可气。车不一样，速度不一样，想法也就不一样。

不过，开汽车的到火车跟前，那也是群众。火车跟飞机比，更群众。飞机跟日月星辰比，算群众都占便宜了。

以后的人，看我们也跟看群众似的，尽管可爱，仍然好笑。在自然和历史面前，大伙儿都是群众。当个好群众吧！

磨刀的一来，猪羊害怕；刺猬一来，长虫害怕。生物链的意思是说谁都得怕点儿啥。有所怕才有所敬畏，敬畏之后才有珍惜。

如今说爱情、说财富、说享受说得太多，说说友谊吧。

友谊是用血水泡过的麻绳，悬崖上能担得起一条命。友谊是遥远的恒星，是静静的河流，是没有香气的花朵。友谊在，诚信还会不在吗？怀揣着友谊的人，值得所有的人尊敬。

谁要觉得天特别远、地特别宽、花特别艳，那就是恋爱了。谁要觉得天特别低、地特别窄、花特别蔫，那就失恋了。谁要觉得天不过是天，地不过是地，花不过是花，那就结婚了。谁要觉得天是锅盖，地是水缸，那不是人，是青蛙。青蛙就会说一句话，说了一辈子。

鹤要是一条腿站着，是睡觉呢，两条腿站着就出问题了。人吧，坐着站着躺着、哭着乐着想着，看不出是喜是忧，忧中有喜，或喜中有忧。人是万物之灵，碰上自己的事儿，有时候灵，有时候不灵。

静水深流，心思重的人从外表看不出来。人的肩膀宽不过两尺，可啥都想担。世界上想帮忙的人比忙都多，帮上忙的真没几个。

近朱者赤，近墨者黑，近啥人学啥人。历史其实是人学人的模仿史。可惜人跟自然学到的东西太少了。拿河流来说，遇平则静，遇遏则鸣；逢春开化，入冬结冰，在四季轮回之中走向大海。人也像河流那么忙，忙来忙去究竟要上哪儿去呢？人皆好学，学到的多数是别人的毛病。

啥叫奢侈？人头马兑茅台酒、拿鱼翅拌大米饭、让熊猫推碾子、用牡丹花炒天鹅蛋，都比不了朱二这出。拿谷子苗喂羊，奢侈啊，奢侈。

天下的好东西里边，有一样叫针。穿线缝衣，针做的是团结的事儿。在医生手里，针做治病的事儿。针在油灯捻儿上拨一拨，一亮一大片。针挺了不起。

有人管酒叫酒水，酒哪是水？别看液态，那是流动的火焰、瓶装的粮食。酒跟水倒在碗里都像水，人跟人走在街上都是人。外表一样，其实差别挺大。

手啊，就这么一举，代表着民意。人平常用嘴说自己的想法，关键时刻还得靠手。手比嘴权利还大。举与不举，立等裁决。比“锤子剪子布”厉害。看这些手，握镰刀的、和猪食的、烧火的、脱坯的、拔草的，举起来就是一票。现在老百姓的手值钱了，往后得好好珍惜自己的手。

酒要是在瓶子里待着，十年八年没事。它要进了人肚子，啥事儿都出。四大发明咋没算上酒呢？世界七大奇迹里也没提酒，怪事。

有一个猎人跟狼搏斗，枪掉山崖下边了。狼咬他腿，他掏出酒瓶子塞狼嘴里，咕咚咕咚全进去了。狼喝上酒，浑身哆嗦，走不了道，盯着猎人哭了，意思是：灌我酒干啥？不如给我一枪呢。都说狼厉害，厉害啥？连酒都喝不了，还是人厉害。

野生的丹顶鹤每年11月份向南迁飞。卫星定位技术发现，野生丹顶鹤从俄国兴安斯克起飞，抵达向海，然后飞到盘锦的沼泽地。休息三到五天，在唐山以南的海岸休息六到八天，到黄河入海口休息十到二十天。12月上旬到达盐城的滩涂越冬。迁飞距离两千两百公里，迁飞时间约二十五天，每天平均飞行八百公里。

歇息地是鹤类迁飞的重要条件。如果没有湿地和生态保护区，鹤无法到达越冬地，遭遇灭绝。

云彩要是树就好了，在山上栽着，一片一片望不到边，又能下雨，还能遮凉。云彩不招虫子。可惜呀，云彩不生根。在天上白白让风刮跑了。

感情这种事儿，跟豆角秧差不多，先出叶子再出蔓儿。豆角蔓儿像蛇信子，绕着架往上缠，缠实了开花，花不大。之后结豆角儿。豆在荚里包着，好像婴儿躺在床里。不立架，不起蔓，豆角儿往哪儿结啊？感情也是，前前后后有个过程才结果。

两口子在一起好比打篮球，往别人筐里投球，自己才得分。好比画肖像，把别人往好看了画才美。专画缺陷，还不如上医院照CT呢。两口子的事儿就像电视剧似的，剧本好还得演员好，演员好还得导演好，几好儿轧一好就拍成戏了。不过，电视剧才几十集，人这辈子胜过几万集电视剧，一点一点拍吧。

经常出现在梦境的地方，教你一口方言的地方，赶回去过除夕的地方，每个人都叫得出乳名的地方，喝酒爱醉的地方，少年想出老年想回的地方，童年数过星星的地方，对你知根知底的地方，就是一个人的家乡。

这个村子要是撤了，就像谷糠跟小米分离，光剩下一个名儿。头两年还有人念叨这个名儿，过几年就没人知道了。让历史学家把这个村子写进中国通史里？不可能。树杈从树上掰下来，想安也安不上。

人能回避这个回避那个，但是回避不了血缘。拿树说，这有一棵，那有一棵，在泥土的覆盖之下，根在一块儿连着呢。

生命立起倒计时的牌子，人的价值观就要调整、改变、颠覆，乃至升华。这时候，这个人思维敏锐，目标清晰，行为果敢。他要挑最有价值的事情来做，就像篝火在熄灭之前，蹦出耀眼的火星。

其实，生命给每个人都立了一块倒计时牌，包括刚刚出生的婴儿。只是这块牌子有些遥远，有些模糊。牌子上的数字还没有缩到很少的数字……

有身即有病，有病才有身。病从何来？喜怒哀乐、一惊一乍都可能埋下病根。不是肉身抗不住病，是人心抗不住病。文殊菩萨问：何物是药？善财童子遍访世间，回答：世间无一物不是药。心静是药，善良是药，敬畏天地江河草木是药，谦逊卑下是药，利益大众是药。小孩儿敬的大礼更是甘露妙药。

人要是掉到“爱”里边，有甜蜜，也有疑心。人恋爱疑心最重。因为爱情太珍贵了，恋爱的人像金匠一样不断测试它的纯度，是百分之九十九点九？还是百分之百。

有人说，真理是从怀疑当中产生出来的。但真爱产生于信任。

候鸟的大脑有一个生物罗盘，即使穿越海洋、沙漠，地面没有参照物时，也不会迷失方向，在繁殖地和越冬地之间，年年穿梭往来。没有方向感，当不了一只鸟。人的方向感不一样，有钱的方向感，没情的方向感；有小的方向感，没有大的方向感。有人一辈子也没有方向感。

仁、义、礼、智、信、忠、孝，说的本是人应有的方向感。

世上不喘气的事物里边，钱是唯一成精的东西，能填山移海，也能逼人上吊。钱也有姓氏，个、十、百、千、万、亿，越往后辈分越大。钱攒在手里，手出汗钱不出汗。钱的故乡不叫村子叫银行。钱像人参娃娃，挖地三尺，人都能把它找到。钱无味道，但走到哪儿都能被人闻出来。钱没有腿脚轮子却云游八方，后面跟一群追赶的人们。

钱在人前成精了，在山川、动物、友谊、信仰面前啥也不是，又回到了纸的位置。

给大伙谋事儿，光靠赤胆忠心不够用，还得有钱。就好比牵着骆驼穿过针眼，针眼是啥？钱。用钱的时候钱不吱声。用错了，钱该说话了。钱说的话，一句顶人一个跟头。

戏演到这块儿，说了不少。乡情、亲情、爱情，可一提到钱，这地方的人立马把眼珠子瞪溜圆。咋回事儿？穷呗！

人有对象就幸福。有对象的人再找幸福，还得上下求索，八方寻觅，像狗熊找蜂蜜窝似的。

说幸福在自己心里，谁也不相信这个话，都上外边找去，以为幸福在一个地方等着自己。

处感情靠咳嗽不行，靠钱也不行。婚恋之事与年龄关系很大。

二十岁谈恋爱是一通长拳，飞拳快腿，麻利又好看。三十岁谈恋爱是八卦掌，一招一式讲究程序。四十岁谈恋爱咋的？太极，前后左右都得照顾到，用意超过用力。

老虎三岁搞对象，丹顶鹤两岁搞对象，老鼠生下来就搞对象。它们明白，这事儿不能往后拖。

燕子不识字，串鸡、雪雀子都不识字。它们不知道地图和文件准备抹去望海屯这个地名，它们年年还要飞回来。小鸟看到破砖烂瓦，那是个什么心情？村里没广播了，老爷们儿和老娘们儿不吵架了，静悄悄的。小鸟儿指定害怕，这一夏天的日子，不知跟谁过去。要是想望海屯的人了，上哪儿找去呢？

村庄的历史比城市还早。建一个村庄，用的是燕口衔泥的辛苦。一根草棍一口泥，慢慢才垒起一个村庄。村庄比城市的钢筋水泥包含更多人的感情。

在城里，高楼大厦之间没有祖先的身影，没有露水，没有鸡鸣犬吠，也捧不到一捧渗透过汗水的泥土。

城里人爱家，农民爱的是自己的村庄。